藏寶圖

莫言中篇小說精選 II

mo yan

莫言

台灣版序

中篇小說，是上世紀八〇年代最為流行和最引人注目的小說樣式。現在活躍在大陸文壇的中年作家，大都是借助一部中篇小說成就名聲，登上文壇。我本人的成名作《透明的紅蘿蔔》就是一部中篇小說。大陸文壇一般將三萬到十萬字數的小說，劃到中篇的範圍裏，但到了九〇年代，七、八萬字的小說，也算長篇了。

我基本上是遵循著由短篇，到中篇，再到長篇這樣一個創作路徑走的。我的中篇小說都是八〇年代和九〇年代寫的，進入新世紀之後，再也沒有寫過。按說中篇是我喜歡的也是我得心應手的小說樣式，但為什麼就不寫了呢？當然可以說我好大喜功，盯著長篇去了，但也不完全是這原因。最根本的原因是這幾年我寫作的數量在減少，將近三年來我已經沒寫任何小說，不是不想寫，很想寫，但總感到沒有找到能夠超越自己的思路。將來我還會寫中短篇小說，會的，一定會的。

收入這套中篇小說集中的作品，基本上是以我的高密東北鄉為背景寫的，但風格還是有變化，有的質樸，有的荒誕，有的幽默，有的妖魅，我不知道這樣一批小說，依靠什麼來吸引台灣讀者，大概，讀小說有點像嚼檳榔，或者說，我的小說有點像檳榔，喜歡者會被它的古怪味道吸引並嚼之上癮，不喜歡者則入口即吐。因之猜想，我這本書的讀者，都是我的老讀者，他們或她們都是我的朋友。我就是為朋友在寫作啊。馬奎斯說，他為了讓朋友們更喜歡他而寫作，這話說得真好啊，他總是能說出有趣而雋永的話。

朋友們從這些中篇裏，大約可以讀出一個年輕時的莫言和比較年輕時的莫言，這應該是故事之外的收穫。一個作者生理上可以白髮蒼蒼，老態龍鍾，但心理上要保持年輕，這道理我非常明白，但實踐起來困難重重。難也要幹，老夫常發少年狂，為了讓朋友們喜歡我。

模式與原型

一

急煞車使狗的額頭撞在了冰涼的帆布車篷上。車裡的警察弓著腰站起來。一個警察拔開了囚車的插銷，車門便自動地往外開了。

警察們笨手笨腳地跳下去，站在車門的兩邊。其中一位紅臉膛、大耳朵的小個子警察對著車裡喊：「狗，下來！」

突然湧進來的光明和涼氣刺激得狗眼流出了淚水。他看到車下那幾位警察臉都閃爍著寒冷、扎人的光芒，宛若河道裡的冰塊。他的腦子昏昏沉沉，思緒像天上的流雲一樣飄遊，無法定位。車上那位還沒跳下去的警察，從背後推了狗一把，大聲說：「下去，讓你下去，聽到了沒有？」

狗咧咧嘴，迷迷糊糊地問：「這是哪兒？」

「這是東北鄉，你的老家！」車上的警察不耐煩地說著，又推了他一把。

狗用戴著銬子的雙手抓著那位警察的胳膊，哀求道：「政府，好政府，你們斃了我吧，我不願意看到鄉里的人……」

車下的警察抓著他的腳往下一拖，車上的警察就勢把他往下一推，於是他就沉重地跌在了被嚴寒凍得裂了縫的堅硬土地上。

由於手不方便，狗的臉先於身體觸到了地面。他感到鼻子一陣痠痛，牙齒和雙唇嘗到了泥土的味道。幾隻手叉著他的胳膊將他提起來時，他感到有兩股溫熱的液體從鼻子裡流出來。一低頭，他看到有一些大顆粒的血珠子劈劈啪啪落在地上。血珠落地，破成一些更小的血珠兒在地上滾動一陣，然後才湮到地裡去。他感到整個臉都不屬於自己，只有那兩道熱辣辣的流血的感覺存在著。有一些血珠兒流進口腔，讓他的舌尖嘗到了血液的腥味。

一位英俊的警察從褲兜裡掏出了一塊揉搓得皺皺巴巴的粉紅色手紙，遞給那位紅臉大耳的小個警察，說：「給他堵堵。」

小個警察看一眼同伴，極不情願地接過紙，剝開，嘟囔著，把紙在狗的鼻孔下輕描淡寫地按了按，然後扔掉。看著那塊沾在地上的紙，小個警察說：「他媽的，來例假也不挑個時候。」

狗對警察們的斥罵已經習以為常。一個放火燒死親娘的人還有什麼尊嚴好講呢？幾個月的教育，已經使他相信自己連條狗都不如。

——你的名字叫狗？

——是。

——你連條狗都不如。

——是。

英俊警察看看地上的髒紙又看看狗繼續流血的鼻孔，訓斥那位小個警察：「笨得你！我讓你把他的鼻孔堵住！」

小個警察斜著眼睛瞅一下英俊警察，罵罵咧咧地低語著，把地上那塊沾血的紙撿起來，撕成兩半，搓成兩個團兒，走到狗面前，罵道：「低下你的狗頭！」狗順從地低下頭。小個警察在他的腿上踢了一腳，罵：「仰起你的狗臉！」狗順從地仰起臉。他感到小個警察惡狠狠地把那兩團沾著沙土的紙捅到自己的鼻孔裡，冰涼的疼痛飛一般地擴散到他的雙耳裡去。他忍不住地哀嚎起來。

「還他媽的嚎！」小個警察又踢了他一腳。

英俊警察嚴厲地盯了小個警察一眼，說：「你注意點。」

小個警察啐著唾沫，走到一根枯樹枝般戳在地裡的水管子旁，煩惱地擰龍頭。擰了半天也沒有水流出來。小個警察踹了水管子一腳，罵道：「聾子耳朵——擺設！」水管子晃動著。水管子周圍結了一層青白色的厚冰。水管子烏黑，顯示出煙燻火燎過的痕跡。小個警察在那片冰上滑了個趔趄，險些跌倒。然後他向一道圍牆走去，圍牆的背陰處，有一些陰森森的積雪。小個警察抓起雪搓手，一邊搓一邊罵。搓一陣，走回來，在一棵粗糙的楊樹幹上擦手。狗看到小個警察的雙手凍得通紅。

狗還看到小個警察的兩扇大耳朵也凍得通紅，他緊接著感到那兩扇大耳朵冰涼、僵硬，有一些格外鮮紅的地方是凍瘡，尚未潰爛。狗看到小個警察響亮地擤出一些清鼻涕抹到楊樹上。楊樹上還抹過許多人的鼻涕。狗已經辨認出了這是東北鄉政府的大院子，那棵楊樹曾經拴過狗的驢車也拴過狗自己。狗看到今天是一個乾冷的天氣，時辰是上午，太陽在東南方向兩竿子高處掛著，陽光應該算明媚但不溫暖。狗看到英俊警察和他的三個同伴都不停地踏著步，搓著手，往手上哈氣。一團團的白氣從他們的嘴裡、鼻孔裡呼呼地噴出來。狗看到小個警察的手上也冒熱氣兒。狗看到這幾位縣裡來的警察都穿得很單薄，肚子裡也沒有什麼油水。狗不曉得他們為什麼要冒著嚴寒把自己拉回到東北鄉。狗感到這些警察也挺不容易，他心裡有些愧疚。奇怪的是狗儘管衣不遮體，但並不感到十分寒冷，面對著那些為抵禦嚴寒不停地蹦跳的警察，狗感到他們像一些扮鬼相的猴子。狗只是感到身體麻木，一行一動都不方便，四肢不聽指揮，否則也不會像個死人一樣實趴趴地跌在地上。狗感到手腕上的銙子已經把太陽的熱傳達到自己手腕上。狗在銙子狹窄的平面上能夠很費勁地看到自己狹長的臉，這張臉連狗自己都厭惡。狗看到牆上的磚頭有紅色的也有黑色的，牆根上有白雪也有灰色的煤渣子。狗看到路邊的草上沾著一層毛茸茸的霜花。狗嗅到了一股朝氣蓬勃的生活氣息。這氣息與其說他是用鼻孔嗅到的，還不如說他用眼睛看到、用耳朵聽到、用腦子回憶到更為準確，因為他的鼻孔裡堵著紙，他感到鼻子已經凍凝了。

囚車冒著黑煙在空地上拐了一個彎，然後熄了火，開車的警察跳下車，打火抽菸。那打火機不好用，啪嚓嚓打了幾十下也不著火。一個警察說：「老趙，扔了吧，幾十下打不著，還要它幹麼。」司機警察說：「沒油了。」說完就走到囚車旁，擰開油箱蓋，沾一些汽油，滴在打火機筒裡的棉絮上。

狗感到自己已在鄉政府大院裡站了許久，而鄉政府大院像一個冷冷清清的廢磚窯，人都到哪裡去了呢？臉皮永遠被酒精燒灼得通紅的鄉委書記哪裡去了？肥胖得像小熊一樣的鄉長哪裡去了？還有那比男人還像男人的女副鄉長哪裡去了呢？狗運動著稀粥一樣的腦漿費力地思想著。他不明白警察們來這兒幹什麼。狗抬頭看到一群麻雀在蕭條的樹枝上跳動著，他是先聽到了雀叫才抬頭。他的眼睛裡有淚水，涼涼的。他知道自己是沙眼，一見風、一著涼就淌淚。狗看到鄉政府的房屋上有很多並列著的、一模一樣的門窗，門窗上的油漆都因為風吹日曬褪了顏色，狗記得它們原來都是碧綠的。突然間有很多鐵皮煙囪從磚牆上伸出來，洶湧地冒出了焦黃的煙霧。那些煙濃厚極了，像海綿一樣。狗看著那些盤旋扭動的煙霧，感到自己深陷在淤泥的深潭裡，愈掙扎陷得愈深，那些焦黃的濃煙團團旋轉著包圍了他。是那火紅色的大公雞撕肝裂膽般地啼叫聲，把他從沉綿的夢魘狀態中驚醒，他張大嘴巴吸了幾口氣，然後，不顧警察的咋呼，用手背把鼻孔裡的紙團揉出來，兩股凜冽的冷氣宛若鋼錐沖進去，直透天靈，儘管痛苦銳利，但腦子頓時清楚了許多，那些纏繞得讓人呼吸困難的煙團，也裂開了縫隙，於是他看到了兩隻站在雜色磚頭砌成的牆上、面對著金色的太陽、抻頸奓羽啼鳴的公雞。公雞斑斕的羽毛光澤華麗，在陽光中閃爍，雞冠和顫抖的尾羽，宛如抖動的紅色與藍色混雜的火苗兒，親切地喚起了他沉痛的記憶。

公雞佇立牆頭，機械地轉動著腦袋。幾隻羽毛灰褐色的母雞先是在牆根下的垃圾裡漫不經心啄著什麼，後來都停止了啄食，像接到了命令的士兵一樣，咯咯叫著，朝公雞佇立的牆頭飛去。這些格外肥胖的母雞的飛行簡直像一場滑稽表演，牠們都有飛的強烈意識，但都缺乏飛行的能力。在距離公雞半米高處，就像一團團草坯，沉重地跌落下來，隨著牠們的身體飄飄落下的，是牠們振動翅膀時脫落的骯髒羽毛。

狗看雞，入了迷，使他短暫地忘掉了困厄的處境，恍惚如坐在生產隊的場院裡等待著生產隊長派活兒。那時候生產隊飼養棚裡的牛馬正被兩個專職飼養員依次拉出來。飼養員一正一副。正飼養員是上三代都是雇農的老貧農孫六。孫六，六十歲左右年齡，禿頭，嘴裡只剩下一顆孤獨的長牙。副飼養員是一位刑滿釋放分子，姓沈，四十歲左右年齡。瘦小的個頭，顯得有幾分文質彬彬。瘦得肋骨凸凸的牛馬晃晃蕩蕩地走出飼養棚，到一只安放在水井邊的大缸飲水，一股好聞的、熱烘烘的牛屎味道撲進狗的鼻子。牛呼呼地喝著水，拉著屎，撒著尿，屎和尿冒著縷縷短促的乳白色熱氣，井裡冒出一團氤氳的熱氣，井台上結著冰砣子……隊長說：狗！

狗從沉思遐想中回到這個嚴酷的上午，鄉政府那一排房屋上的鐵皮煙囪裡的焦黃煙霧都變成了藍色的淡煙。一扇門開了，一位身穿警服、光著頭的鄉村警察弓著腰小跑過來。狗一眼就認出了這個四十多歲的邋遢男人是鄉派出所的吳所長，外號「吳尿壺」。他曾親手把一副生了鏽的舊手銬套在狗手腕上。

因為鑰匙失靈，開銬時動用了小鋼鋸。狗看到吳所長齜著被菸茶染黃的牙齒，很歉疚地笑著，顛顛地小步跑著，在距那位縣裡來的英俊警察幾步遠的時候，就伸出了他那隻沾滿煤灰的大手，用沙啞的喉嚨喊：

「啊呀呀，宋隊長，這麼早就來了……」

那位英俊的宋隊長及時地將雙手插進褲兜裡，用冷漠的神情對著灰禿禿的鄉村警察的滿臉熱情，冷冷地說：

「吳所長，難道你們沒接到電話？」

「接到了，接到了，」吳所長把那隻大手羞答答地縮回來，摸著衣角，說：「這麼冷的天，俺尋思著領導同志們就不來了呢……」

「怎麼會不來?!」宋隊長威嚴地說，「說定了的事情怎麼會不來呢?你們書記呢?鄉長呢?」

吳所長摸摸光頭，咳嗽一陣，說：「年關到了，書記和鄉長上縣去了……關鍵是集上還沒有幾個人，同志們先進屋暖和暖和……」

「真他娘的不像話！」小個子警察罵起來。

吳所長看看狗，眼一瞪，對準狗的頭，搧了一巴掌，罵道：

「都是你這狗日的!攪得雞狗不得安寧！」

吳所長又搧了狗一巴掌，就前去拉開門，讓縣裡的警察進屋。狗對這個搧自己腦袋的鄉警並無惡感，他看到鄉警褪色的警服上，有一塊巴掌大的油污，很鮮明地在背上，形狀像一隻烏龜。

警察們進了屋，吳所長說：

「狗日的，你在外邊涼快著吧！」

宋隊長說：

「實行革命的人道主義，讓他進來。」

吳所長說：

「狗日的，那就進來吧，還不快謝謝宋隊長！」

狗的目光穿過冰涼的淚水，看著屋裡模糊的景物，想按照吳所長的教導向宋隊長道謝，但他張不開嘴。他用手背沾了沾眼裡的水，畏畏縮縮地靠在牆角，盡量緊靠牆壁，少占空間，因為小小的房間裡，已經滿是警察了。

狗知道這間屋子是吳所長的辦公室兼宿舍。狗看到一張破舊的鐵床占據了房間的六分之一，床上的被子髒極了。吳所長手忙腳亂地把被子捲起來，露出了一張墊在褥子下的黑狗皮。

吳所長說：「請坐請坐。」

兩個警察一齊坐在那張床上，床又搖晃又咯吱。吳所長從那張破桌子上拎起警帽，扣在頭髮花白的腦袋上。桌子上顯出了一個清晰的帽印，其餘的桌面上落著一層厚厚的灰塵。吳所長彎著腰捅爐子，又捏著煤鏟子往爐子裡填煤。一股嗆鼻子的黑煙從爐底返出來，警察們咳嗽起來。英俊警察說：「老吳，你想把我們嗆死嗎？」吳所長說：「怎麼敢怎麼敢呢？窮鄉破所，沒有好煤燒，哪能跟縣局裡比？去年冬天我去局裡開會，看到院子裡堆著小山一樣的『大同塊』，小斧頭劈開，茬面明晃晃的，像瀝青一樣，填到爐子裡，嗚嗚地響，火旺生風，屋子裡熱得光著脊梁都不覺冷。都是警察，您在城裡享的是什麼福？您說是不是宋隊長？」

宋隊長不理吳所長的嘮叨，擼起袖子看看錶，說：「這東北鄉人，怪不得窮，都快九點了，還不出來趕集。」

吳所長說：「宋隊長，您可是說差了，東北鄉人勤快得很。」

宋隊長說：「九點，準時遊街，老吳，讓你準備的鑼鼓家什呢？」

吳所長說：「不用準備，文化站就有，隨用隨拿。」說著，他撿起一顆訓練用的木柄手榴彈敲著牆壁，大喊：「小高！小高！」

隔壁門響，一個縮著脖子、留著大分頭的小伙子推門進來，說：「吳老尿，麼事？」

吳所長說：「我日你大爺，你個屁臨時工也敢叫我吳老尿？去找找文化站的喬美麗，讓她把鑼鼓家什拿出來，待會兒遊街用。」

「遊街？遊誰？」小高一歪頭看到了縮在牆角的狗，說，「哎喲，是狗呀，我還以為早把你斃了呢！」

狗憤怒地看著留著大分頭、一臉粉刺疙瘩的小伙子，舉起雙手砸過去，小伙子一歪頭，狗的銬子砸在他的脖子上，痛得他齜著牙叫喚。

吳所長說：「活該，再讓你貧嘴薄舌！」

那挨了打的小高罵道：「吳老尿，吳老尿，啤酒瓶裡撒泡尿，迷糊糊喝一口，咦，變質啤酒不起泡！」

縣裡來的警察們哈哈大笑起來。小個警察戳戳老吳的腰，問：「哎夥計，是真的嗎？」

吳所長滿臉通紅，說：「沒有這回事，這幫小兔崽子吃飽了閒著沒事就瞎編排我，咱老吳再迷糊也不能把尿當啤酒喝，您說是不是？」

英俊警察又擼起袖子看了看錶，說：「九點了，不等了，早遊完早回去。」

吳所長說：「哎呀，急什麼嗎？等會兒等會兒，等日頭再上上。」

英俊警察說：「老吳，你別囉唆，快去找鑼鼓家什。」

吳所長扔掉爐鉤子，拉門時看看狗的臉，歎一口氣，說：「狗呀狗，我教育了你多少次，要你孝敬你娘，你倒好，一把火把老東西給燒死了！害得我寒冬臘月裡也不得安寧。」

狗此刻正被屋子裡的溫暖折磨著，就像一棵凍透了的白菜突然移到爐邊烤著，外表糜爛成泥，裡邊還是一坨冰，那滋味難以描述。他只看到吳所長開合著嘴巴，迸出一些奇形怪狀的聲音，宛若燃燒後的紙燼，在房間裡輕飄飄地飛舞著。

門在吳所長身後在狗的面前被響亮地關上了。狗被這堅硬的聲音撞擊一下。但隨即門又半開了，伸進來了吳所長戴著骯髒的警帽的腦袋和半截身體。他用醉醺醺的眼神盯著狗，沒頭沒腦地說：

「也許你還有冤枉？」

狗忽然感到一陣難以忍受的煩惱，對著吳所長那張邊緣模糊的臉啐了一口，以前所未有的野蠻態度罵了一句：

「操你娘！」

吳所長懵懂了，眨巴著眼皮想了半天，忽然蘇醒過來似的，長出了一口氣，說：

「你這狗崽子。」

二

狗最早的記憶與一個陰雨纏綿的下午聯繫在一起。那時候他只知道自己很小，但卻不知道自己多大歲數。狗在他後來的歲月裡經常想到那低矮的房頂的景象：高粱稭紮成的房笆被不知多少年的炊煙燻黑了，彎彎曲曲的幾根檁條也被燻黑了，黃土的牆壁也被燻黑了。狗躺在炕上似睡非睡時經常看到有一些用黃紙剪成的小人兒在牆壁上走動，它們的身體與牆壁垂直，但從來沒掉下來過。它們經常吶喊著追逐壁虎，有時也追趕蒼蠅、蜘蛛、蜈蚣。那個陰雨纏綿的下午狗躺在炕上看到白色的水珠從房檐上一滴滴追逐著落下去。院子裡一片水聲。狗還聽到雨滴打在房檐下一塊破鐵皮上時發出的叮叮咚咚的聲響。透過破損的木格子窗戶，他看到有一棵大樹把一根彎彎曲曲的、綴滿綠葉的樹枝伸到窗戶前面，那些葉子在雨滴打擊下輕輕顫抖。他聽到那些葉子發出比蚊腳還細的呼喊聲。樹葉的呼喚與在牆壁上狩獵的那些小紙人的呼喚聲不一樣。顏色不同。他傾聽著綠葉在細雨中的呼喚，聽到身邊一個高大的如巨樹一樣的男人打著震耳欲聾的呼嚕。他看到那男人有兩隻像銅錢那麼大的乳頭。後來他又看到一個模模糊糊的白影子趴在了那男人身上。似乎有一種聲音表示著一種曖昧的意思：狗兒睡著了嗎？大白天會冒瀆神靈的。狗看到那些小紙人從窗眼裡鑽出去，跳到樹枝上，雨珠兒很快便把它們攔腰打折，使它們有的隨著雨滴落下去，有的懸掛在樹枝上。他聽到了小紙人的呼喚。後來又來了一個穿著紅色小衣服的生著黃毛的小耗子，用兩隻前爪舉著一柄小雨傘，在樹枝上跑來跑去，一邊跑還一邊驚險地嚷叫著；在狗看不到的地方，似乎還有更多的小耗子在吶喊助威，為在枝條上表演走索的小耗子。十幾年後，狗在村子裡的打穀場上看了一場名叫《雜技英豪》的電影，那些穿著小紅褂子、打著小花傘、在鋼絲繩上擰著屁股走來走去的漂亮女人，引起了狗對那個纏綿細雨的下午的回憶。

這時狗已經是個高大的青年了，他面孔醜陋，出身低賤並不妨礙他是個高大的青年，電影上那些女人活潑好看的屁股讓狗饞涎欲滴，他張著嘴巴，呵呵地傻笑著。思想回到那個下午，他明白了那副模糊的情景的真相，於是他感到極端恥辱和憤怒。

看電影時狗把身體擠到了女人堆裡，招來了一頓臭罵。罵他最凶的那個女人是村裡治保主任的妹妹，一個細瞇眼睛、胸脯鼓脹、頭髮焦黃的姑娘。狗忽然想起麻子周五說過，她哪裡像個姑娘？不知被多少小伙子幹過了。她的唾沫星子噴到狗的臉上，狗把那些唾沫星子用手指抹下，抹到嘴裡。他吮著指頭，嗚嗚嚕嚕地說：真好吃，大嫂妹。狗記得那時電影機正在換片子，一盞電燈把無數的人頭照得清清楚楚。不知為什麼人們都笑起來，還有一些人嚷著：好樣的，狗呀！她卻嗚嗚地哭起來。人們又喊：狗呀，好樣的。狗得意極了，他想說話，卻想不起來該說什麼。人們又一陣吼，像浪潮一樣，狗突然想起了周五的話，便大聲說：她哪裡像個姑娘？不知被多少小伙子幹過了。好呀狗！她的哭罵聲更高，像要把天撕破一樣。狗又重複了一遍周五的話，但話未說完，就感到後腦勺子上一陣又沉又鈍的疼痛，隨即他聽到一聲又肉又潮的聲響。狗剛要回頭，頭髮就被一隻凶狠的手撕住了。狗看到治保主任方三郎那張瘦削的黃臉。狗怕極了這個人，身體哆嗦起來，大聲說：叔叔，三叔，不是我說的，是周五說的……方三郎用力一揪，把狗的頭按低了。狗彎著腰，趔趄著，被拖出了人堆。

電影重新開始後，狗被治保主任拖到大隊部的一間空房裡。村子裡沒有電，治保主任點燃了一盞玻璃罩子煤油燈，從牆角揀起一根濕漉漉的繩子，反剪了狗的雙臂。然後又把那繩子往狗的腋下一串，繞過脖子，把狗「五花大綁」起來。捆綁時治保主任使用了腳的力量：他用腳蹬著狗的背，雙手使勁往後拽繩子，把狗勒得鬼哭狼嚎。治保主任把捆綁好的狗一腳踹倒，狗像球一樣滾動。說：看完電影再來收拾你個雜種！治保主任鎖上門走了，狗聽到電影的發電機在打穀場上嗡嗡地響，還聽到了悠悠的音樂聲。他的眼前又晃動起了那些雜技演員豐滿的屁股。

狗側著身體坐起來。繩子勒得他喘不出氣抬不起頭。他看到牆角上有沾著血跡的棍子、繩子、藤條，一陣巨大的恐怖襲上他的心頭。狗知道這地方是打人的地方。狗還記得有一個地主在這個地方被打死了。

治保主任開門進來，狗磕著頭求饒：叔，三叔，不是我說的，是周五說的。治保主任拿起一根藤條，握著兩頭折了折，藤條彎成弓樣，顯示出良好的彈性。他一鬆手藤條恢復原狀。他一揮藤條，劈出一溜風響。狗聽到藤條在抖顫中說著一些古怪的話語。治保主任掄起藤條，熟練地抽打著狗的身體。頭幾下，撕皮裂肉般疼痛，狗大聲嚎叫著。幾十下後，疼痛竟神奇般地消失了，但狗依然大聲嚎叫，好像疼痛無法忍受一樣。在嚎叫聲中，狗聽到藤條抽到背上發出的膩膩響聲，他的心中竊竊自喜，他感到治保主任被自己欺騙了。尤其是當治保主任扔掉藤條、揉著手腕、氣喘吁吁地站在他面前時，那種欺騙得逞的幸福之感更像洶湧的潮水，流遍他的全身。治保主任罵道：看你還敢胡說八道！狗連連磕著頭說：不敢了，不敢了，再也不敢了……

治保主任摘掉帽子，露出了禿得發亮的頭。狗記得治保主任去年還是滿頭黑髮，今年竟變成了葫蘆頭。他恍惚記得是聽杜四說過，治保主任夜裡去偷杜七的老婆，受了驚嚇，一夜之間脫光了頭髮。治保主任用那頂灰色的單帽擦著臉上的汗水，說：狗，我讓你記住！

狗說：我記住了。

治保主任解開褲扣，掏出來，說：抬起臉來。

狗順從地抬起臉，看著治保主任那格外發達的傢伙，有些害怕。邪惡的笑容突然油滑地出現在治保主任臉上，那東西不安地點動著，一股焦黃的液體滋滋地射出來，射到狗的臉上，射到狗的嘴裡，又熱呼呼地、臊烘烘地流到狗的脖子上，流到狗的肚皮上，流到狗的脊背上。治保主任的尿浸淫了狗背上的傷痕，真正的痛楚發作，狗閉著眼，咬著牙，從牙縫裡噝噝地吸著氣，額頭上冒出了汗水。

治保主任戴上帽子。給狗鬆了繩子，狗想站起來，身體卻不由自主地前栽了。他到底還是站起來時，治保主任的妹妹推門進來，伸手就在狗臉上抓了一把。狗感到她的指甲剮破了臉上的皮肉。

治保主任說：別動他了，一個傻瓜，我已替你出了氣。

治保主任的妹妹名字叫小花。小花橫眉豎目地對著她哥吼：你怎麼知道他傻？

小花伸出手又去抓狗的臉，狗盡著她抓。

她也抓累了。

狗血糊著一張破臉說：小花姑姑，那話不是我說的，是周五說的，我跟周五一起放牛時周五說的。他還說你跟你三哥——就是他——狗指指治保主任——在一個被窩睏覺，周五說他親眼看到的，他說一男一女在一個被窩裡光著腚睏覺，用繩子捆著、用膏藥糊著也擋不住幹那事，周五說簡直是一對畜牲，那時候正好有一頭公牛往母牛腚上跨，那頭母牛其實是那公牛的媽……

治保主任直直地捅出一拳，把狗打得仰面倒地。他躺在地上，聽到小花哭著躥出去了。

治保主任捏著狗的氣嗓管子，咬牙切齒地說：這話你要敢跟第二個人再說，我就剝你的皮，抽你的筋，敲斷你的腿，剜掉你的眼，割掉你的舌頭，剁掉你的手，旋掉你的耳朵！

狗被嚇得尿了褲子。

三

小個警察踮著腳，把一塊寫著紅字的木牌子掛到狗的脖子上。然後推他一把，說：

「走！」

狗溫順地走出鄉政府大院，斜穿過一片鋪滿枯葉的楊樹林子，走到集市上。在他的前頭，鄉村警察敲著一面破鑼，背著一只紅漆剝落的鼓，那個姓高的小青年敲著鼓，那位文化站的喬美麗敲著小鑼，那位狗也認識的鄉黨委祕書打著兩扇鈸，亂糟糟一片響，在已經灑下暖意的陽光裡行進。狗不回頭也知道縣裡來的警察簇擁在自己身後。他們腰間都佩著手槍。一隻烏鴉在狗頭上叫著飛過去，狗的眼前一閃而過那烏鴉藍色的影子。狗聽到吳所長一邊敲鑼一邊喊：

「鄉親們，村民們，都來看哪，放火燒死親娘的殺人犯！」

他手中的鑼青光閃爍，每挨一下纏著紅布的鑼錘子打擊便顫抖不止，鑼聲四濺，與石頭扔進河水中的情景相似。那只鼓在他背上不老實，一會兒歪到這邊，一會兒歪到那側，氣得敲鼓的小高用鼓槌子戳鄉村警察的脖子，敲鄉村警察的警帽：

「老屌，你把鼓背正當了行不？」

鄉村警察掄起鑼錘，猛回頭擊打小高的肩膀，生氣地說：

「你他媽的幹什麼？我的頭也是你敲著玩的東西?!」

小高賠著笑臉說：

「老屌所長別生氣，我是讓你把鼓背正。」

鄉村警察橫橫地說：

「我願意它歪？你就將就著敲吧！」

狗看到喬美麗手上戴著一副用紅絨線編織的、露出十指的手套，那些手指紅紅的像小胡蘿蔔一樣。狗根本不敢對這種吃公家飯的姑娘動念頭。狗認為她是為城裡人預備的。狗想起了一件讓他驚心動魄卻又百思難解的事。

吃公家飯的女人的臉都是白的，頭髮都是黑的，衣服上都有一股香皂的味道。狗眼前清晰地出現了縣裡下來的「清理階級隊伍」工作隊隊員宋梨花的模樣，一個看不出年齡的女人，腰細細的，腚撅撅的，胸尖尖的，眉彎彎的，眼汪汪的，嘴抿抿的，手嫩嫩的，是從月亮裡下來的人呢，村裡的老娘兒們都當著她的面說。狗記得老貧農汪青白的疤眼老婆摩挲著宋梨花的手這樣說過。汪青白的老婆就是孫六的妹妹，孫六的老婆就是治保主任的姊姊，一臉黑麻子的浪貨，一連串下了七個男崽。汪青白的老婆還說：姑娘呀，我恨不得打掉牙把你含在嘴裡。汪青白的老婆咧著爛了牙花子的臭嘴說。狗看到宋梨花臉上一陣青一陣紅。狗大聲說：兔子，野兔子！正在田邊休息的人都抬頭尋找兔子。在哪兒兔子？在哪兒？狗伸手指著南邊的田野。那裡麥苗兒青青，有一些白色的氣體在升騰，眾人看得眼花也沒發現兔影。再問狗，狗說：才剛兒還在那兒蹲著，這會兒跑了！眾人笑起來。眼裡生著一朵蘿蔔花的下中農歪頭張全說：一大群明白人，讓個大膘子給騙了！就在這時，狗看到宋梨花十分用勁地看了自己一眼。狗幸福得想躺在地上打滾兒。狗叫兩聲！歪頭張全說。狗看了一眼宋梨花，便四肢著地，伸縮著脖子，「汪汪汪」地叫起來。他摹仿得像極了，不單聲音像，連動作、表情都像。眾人齊笑。狗看到宋梨花那高貴的嘴邊也綻開了一朵花。她掏出一條疊得四四方方的小手絹捂住了嘴。狗的心裡像融化了半斤蜜。他叫得更加賣勁了。小隊長胡壽對那個工作隊長薛耳榮說：薛同志，你們劇團要不要裝狗的演員？要的話，就把俺們的狗招去吧。薛耳榮說：不要不要。這幫子工作隊整個兒都是縣柳腔劇團裡的人，裡邊還有好幾對夫妻呢，那個鄧玉秀，是黃大禮的老婆，宋梨花是小猴子張的老婆。小猴子張會翻空心筋斗，走起路蹦蹦的，腳輕腿快，狗怎麼看怎麼覺著他不順眼，狗真想像條大狼狗一樣撲上去咬死他。狗正叫得來勁兒，他的娘紫著臉走過來，用那隻扁腳踢著狗的腚，哭咧咧地罵著：

「起來，起來，別膘了！」

狗好不高興，正在興頭上，被娘踢了屁股，怎麼能高興。他轉過頭去，還是狗樣，摹仿著惡狗撲人，齜著牙，「汪汪」地吠著，對著他娘，猛地撲上去，一頭就把她撞到溝裡去了。那時是小陽春天氣，全小隊的人都集中在一起種玉米，溝裡放來了水，天旱，水種，工作隊去縣水庫要的水，水很渾，不淺。狗的娘小腳女人，不會鳧水，在溝裡炸起了油條。狗對著水中的娘嗚嗚地發著威，像一匹勝利的狗。隊長抄起一張釘耙子，掛著狗娘的衣服，把她拖到溝邊，幾個半老女人七手八腳，把狗娘拉上來。狗的娘一身水淋淋，臉上盡是黑泥。一隻鞋陷在泥裡了，赤著那殘廢的尖腳，臉上的五官抽搐，嘴一癟，又一癟，兩癟三癟，就哇哇地大哭起來，哭著，一腚坐在地上，手拍著膝蓋，仰著臉，閉著眼，哭加數落：

「哎喲俺的個天呀，哎喲俺的個地，前輩子傷了天理啦，養了這麼個膘兒子，他爹死得早啊，成分又不濟，誰也來欺負啊，活不下去哩……」

狗真正憤怒地叫著。他感到娘從來沒有過的醜陋，比方六的麻子老婆，比汪青白的疤眼老婆還要醜陋一萬倍。她的下巴上懸著清鼻涕，一臉臭泥巴，一條瘦脖子，真醜，跟宋梨花比比，她哪是個人？她是仙女，她是鬼婆。歪頭張全踢著狗說：

「狗，起來吧，膘過了勁了！」

隊長大聲咋呼狗的娘：「張楊氏，你胡咧咧什麼？誰欺負你啦？當著工作隊的面，你也不嫌羞！」

隊長的話很有權威，狗的娘把嗓門降低，吐出的話語也漸漸含糊不清，最後閉嘴停止，撩起了濕漉漉的衣襟擦眼淚擦鼻涕。

隊長說：「張楊氏你一個人先回家吧，今日算你全工，不扣工分。」

狗看到娘就那樣赤著一隻腳，歪歪扭扭地走了。狗望著娘的背影心裡很蒼涼。他看著宋梨花的臉上一點喜歡的樣兒也沒有了，工作隊的其他同志也面色冷漠。

狗回到那兩間低矮的草屋時天已經黑透了。娘點著像隻癩蝦蟆一樣的油燈，用頭上的釵子把燈草往下按了按，使燈火如豆。娘端上一瓷盆紅薯麵與紅薯葉混熬的粥，狗呼嚕嚕一氣喝光，又捲著舌頭轉著圈舔乾淨，扔掉瓷盆。娘的眼裡淌出混濁的液體，說：狗兒呀，往後別聽人耍弄了，咱不是狗，咱是人。

娘走上來摸他的頭。狗厭惡極了，一巴掌便把娘推到牆旮旯裡，大聲說：

「死不了的老東西，盡給我丟臉！」

四

喬美麗挑著小銅鑼，無精打采地敲著。那個頂著一頭亂毛的祕書嫌手冷，把銅鈸的兩根鼻繩兒結在一起，一前一後兩面鈸搭上肩頭，不敲了。高姓青年一見祕書偷懶，立即就把兩根鼓錘子插進袖筒，雙手插進褲兜。鄉警吳老尿轉回頭，訓道：

「怎麼啦，你們，端共產黨的飯碗還怕手冷？」

高不吱聲，看背銅鈸的祕書。祕書抽搐著精瘦的臉，鼻子尖上掛著一滴鼻涕水兒，撇著腔罵：

「吳老尿，這抓人遊街的事，是你們警察的，老子憑什麼來挨凍受罪？不幹了不幹了。」

他摘下肩上的銅鈸，往吳所長肩上一搭，縮著脖子，抽著手，轉身就走。

吳所長揮舞著鑼錘子，罵道：

「瘦猴，你今天要是敢走了，我就讓書記砸了你的飯碗！」

祕書一咧嘴，說：

「日你娘個吳老尿，嚇出我一舌頭汗，老子的飯碗是橡皮的，槍子兒都打不破。」

高姓青年跟著祕書往回走。

縣裡來的英俊警察攔住祕書，很嚴肅地說：

「你是共產黨員嗎？」

祕書一撇嘴，說：

「鄉黨委祕書，不是黨員能行嗎？」

縣警嘲諷道：

「你老兄的黨性不怎麼樣嘛！」

祕書擤擤鼻子，往棉襖上擦擦手，道：

「操，給老子上起黨課來了！你們這些警察，大案破不了，小案懶得破，糟蹋老百姓的本事不弱似皇軍。有本事把李培公的那個兒子捉來遊街，那小子槍斃十次的罪都夠了。硬茬骨你們不敢碰，抓個膘子來折騰，操，還給我講黨性哩。」

祕書一席話，說得縣警小臉兒青一陣紅一陣，下不了台。狗看著祕書，心裡感到很溫暖，他暗想：到底是本鄉人向著本鄉人呢。縣警和祕書正僵著，狗看見一個披著黑色呢子大衣的人從鄉供銷社出來。那人四方大臉，濃眉大眼，下巴上有一塊紅痣。狗聽到吳所長叫書記，並看到吳所長叫書記時腿彎曲了一些。狗恍惚記起這個人是鄉裡的書記，也立即低頭彎腰，滿心裡都是尊敬，書記手裡提著一隻凍得硬邦邦的野兔子，指縫裡夾著一支菸。吳所長左轉右轉，緊著為縣警和書記互相介紹。書記很客氣，把野兔子換到左手裡提著，騰出沾著一些兔子毛的右手，跟縣警隊長握手，書記說：

「大冷的天，讓老吳他們牽著遊遊就行了。」

縣警隊長說：

「任務，要完成。」

書記說：

「中午吃兔子肉，白蘿蔔削了皮，切成四方塊兒，燉野兔子，連燉十八滾，起鍋時撒上點芫荽梗兒，一丁點兒味精都不加，味道鮮極了！這是東北鄉一絕，不能不吃。」

縣警隊長說：

「就這麼一隻兔子，夠誰吃的？」

書記說：

「好說呢，待會兒集上還會有。東北鄉什麼都缺，就是不缺野兔。實在沒有賣的，讓供銷社的李小明去打幾隻，那夥計，活活一個神槍手，槍夾在胳肢窩裡摟火，從不瞄準。」

吳所長說：

「鄭祕書才剛和隊長鬧呢。」

祕書罵道：

「吳老尿，我日你娘，誰鬧啦？我和隊長開玩笑逗樂呢！」

祕書說著就把大銅鈸從肩上摘下來，一手搗住一搧，一拍，發出嚓啦啦一聲瘮耳朵的怪響。震得狗心頭一顫。

吳所長低聲道：

「果然是鹵水點豆腐，一物降一物。難纏的、氣死閻王爺的個貨，見了書記也像耗子見了狸貓一樣。」

書記說：

「老吳，別嘟囔了，快領著同志們轉一圈，回來喝白酒吃兔子，賊冷的天氣，別凍毀了人。」

書記提著兔子走了。高姓青年歪著身子去敲鄉警斜背的鼓，亂糟糟，沒個點兒。喬美麗把小鑼敲得嗆嗆嗆一串響，像那些串街走巷賣麥芽糖的小販弄出來招徠婆婆媽媽鼻涕孩的動靜。狗看著她凍青了的腮，心裡挺不是滋味。她的小鑼聲讓狗回憶起了過去的一件恥辱事。有一個賣麥芽糖的，五十來歲的大個子男人，一臉麻子，都叫他張麻子。張麻子有時賣麥芽糖，有時賣肉渣子。據說有一種豬肉裡有蟲卵，只能煉油，煉出來的渣子八角一斤，又香又酥，城裡人不吃，到鄉下就是美味。張麻子那天挑著兩桶肉渣子敲著小鑼在街上。幾個老娘兒們圍著，不買，但都露出一臉饞相。孫六的麻子老婆蓬著頭，麻著臉，眼角上夾著兩點綠眵，半掩著棉襖，襖裡揣著一個光腚猴孩子，站在肉渣桶旁伸舌頭舔嘴唇。狗在生產隊牛圈裡出糞，累了，一身汗一身臭，跑回家，掰了半個餅子挖了一塊黑醬跑到街上。肉渣子的香味勾走了他的魂。他的腿溜溜地就靠到人堆裡。他的手賊著膽就伸到肉渣桶裡抓了一把，塞到嘴裡。狗說：

「嘗嘗，香還是不香！」

狗沒看到賣肉的張麻子和那些饞肉的娘兒們正在用什麼樣的惡毒眼神盯著他。肉渣子真香。狗又抓了一把。手還沒出桶哩，手脖子上就挨了一秤砣。張麻子罵道：

「操你個娘！動手搶了！土匪還沒回來呢！」

狗的臉通紅。他很後悔。他羞愧地提著傷手走了。他聽到孫六老婆說：

「這是個膘子，家裡成分還不好！他娘還打破天地給他說媳婦哩！誰跟他？瘸腿瞎眼的也不會跟他！」

那些嘴巴歹毒的長舌婦都在背後罵他。狗感到自尊心受到了極大的傷害，狗聽到歪頭張全的老婆也在應和著孫六老婆罵自己：

「你別看他那副膘相，他還一肚子花花腸子哩，那天他還想跟我弄個景……呸！癩蝦蟆想吃天鵝肉呢！」

狗記得在女人們的侮辱裡他的心中既憤怒又自卑。手脖子斷裂般的痛苦與心中的痛苦相比顯得很輕。拐過一道矮牆後他跺跺腳，啐唾沫，低聲罵。罵歪頭張全的老婆。那娘兒們四十好幾了，留著三刀毛，當浪著兩根口袋一樣的長奶子。生了幾個女兒，都是白眼珠子黃毛髮，像外國人一樣。狗想起她家打牆時去幫忙，從河底推土，狗把車子裝得像山一樣，一車頂別人兩車。多沉哪，壓得車胎癟癟，車架子哆嗦。車子都是隊裡的財產，隊長胡壽看見了，批評狗：「狗！你給私家幹活，毀了公家的車。我扣你的工分！」狗嘿嘿笑。那娘兒們遞菸捲兒給狗抽，還乜斜著眼挑逗狗：

「大兄弟，想不想媳婦？」

狗說：

「嫂子，蒼蠅蚊子都配對兒，狗怎能不想媳婦？」

女人道：

「好好幫嫂子幹活，待幾天嫂子給你說個傻媳婦。」

狗道：

「也不要傻，像嫂子這樣的就行啦。」

女人道：

「嫂子老東西，不值你稀罕。」

狗記得女人把衣服掀起，說好熱天真好熱天。好像是搧風，實際是暴露那兩根布袋奶子給狗看呢。狗於是賣了死力氣給她家幹活。幹完了活那女人就不認帳了，像條泥鰍一樣不讓狗捉住。有一次狗在玉米田裡捉住她，讓她兌現，她一把差點把狗攮死。狗哭了，第一次感到被人耍弄了。但等到她家自留地裡有活時，狗又去幫她幹。她那個歪頭男人歪著頭坐在地頭抽菸，好像個監督長工勞動的老地主。狗怎麼都不明白她為什麼要附和著孫六老婆罵她。難道最起初時不是她故意揪出那兩根奶子誘惑我狗嗎？

狗的胡思亂想像一條瞎眼狗胡碰亂撞，想到哪就是哪。他跟著鄉警和鑼鼓聲穿過那幾十株碗口粗的白楊樹構成的小樹林，踩著枯樹葉子，往集上走。外邊有一條路，路外有一條土河堤，有一些人正從河堤那邊翻過來，都嚷嚷著：

「來看呀來看，來看狗這個雜種小畜牲遊街呀！」

狗感到了羞。因為那些人幾乎都是他認識的人。他使勁兒低著頭，低頭累，又抬起頭。一想，又覺得沒有什麼值得羞的。有一天回了村，狗想，可以把很多新鮮事兒講給他們聽。準把他們唬得大眼瞪小眼。

樹林子縫裡，靠著牆根那兒，避風向陽處，猴蹲著一個老頭兒，面前守著紅紅黑黑一片紙兒，紙上壓著磚頭瓦片土坷垃，怕被風颳破颳跑。那是些對聯兒，過年時往門板上貼的。狗想道：哎喲，就要過大年啦！杜文章又賣字兒來了。八月裡進了班房，糊糊塗塗，眨眼的工夫，四個月就過去了。杜文章一擺攤就證明年到了。狗斜著眼看杜文章，好像杜文章的眼光也往這邊斜。狗上過兩年半學，斗大的字認識一筐。他雖然識字少，但尊敬識字人的道理卻很懂。他想起上學時杜文章就是教師。那時杜文章就是這副模樣，幾十年都沒有變化，你說奇怪不奇怪？「奇怪奇怪真奇怪，肚皮下面四個蓋。」狗想起了杜文章出的謎語。「溝從毛裡走，毛從溝裡走，我說這話你不信，回家看看你娘也有。」那時候學校在杜財主家的兩間廂房裡。杜財主解放前跑到台灣去了，家裡留了個大婆，小婆跟著他跑了。土改時，分了他家的地，分了他家的房子。大婆子一輩子沒生育，孤孤單單一個人，搬到原先的長工屋裡去住。狗聽說村裡幾個老幹部都到她炕上去睡過，但沒人跟她成親，惡霸地主的大老婆，睡她是革命行為，跟她成親就是反革命的行為了。這些話都是狗聽飼養員孫六說的。孫六說土改時他當民兵，扛著一桿破大槍，腰裡掖著一顆手榴彈。四七年好大的雪，平地雪深三尺，清晨起來，門板都被雪頂住了。河平了，井也沒了。野兔子凍草雞了，跑到村裡來找食吃，肚皮貼著雪爬，一棍子就能打死。孫六說他就打死過兩隻兔子，肥得像小豬崽子一樣。剝了皮，下鍋煮，香極了。饞得狗哈喇子流到下巴上，說，再來個四七年就好了！孫六說，真是個膘子狗，什麼都能再來，四七年能隨便來嘛！四七年殺人成了堆，滿街的狗都瘋了，吃死人吃紅了眼，見了活人惡撲。狗可沒見過那麼大的雪。狗想，只要有大雪，只要有野兔子好打，管他死人活人幹什麼。想著，狗朝杜文章那兒斜過去。一位縣警從後邊搡了他一下，說：

「往哪裡走？」

狗一激靈，肩膀在一棵楊樹上撞了一下，也覺不出痛不痛。他挺想跟杜文章打個招呼，往常趕年集時，狗買對聯，都是買杜文章的。他說杜老師俺買幾副對子，杜文章就抬起頭看看，從棉袖筒子裡拿出手，問狗家裡有幾扇門。狗說只有兩扇門。杜文章就揭一幅「江山千古秀，祖國萬年春」給他。還送一幅「豬大自肥」給他。狗說家裡沒養豬。杜文章就說沒養豬就貼在你娘炕頭上吧。如果有旁觀者，旁觀者一定大笑。狗知道杜文章跟自己開玩笑，「豬大自肥」怎能貼到炕頭上呢。狗說杜老師你以為我真是膘子嗎？杜笑著說，不是，你是個傻瓜蛋。杜文章戴著一頂三扇瓦的氈帽子頭，嘴上還搗著個烏黑的口罩。狗聽人說只有城裡那些好俊的大嫚才戴口罩，鄉下人戴口罩就是不正道。狗有一次看到縣劇團那些來村裡當工作隊的人戴一只雪白的口罩，那麼大那麼白，搗得臉上只露出兩隻眼，大眼，水汪汪的大眼，會說話的大眼，勾魂要命宋梨花的眼。人家那才叫戴口罩呢！狗想。狗問：杜老師，你嘴上捂著個什麼？杜文章說：口罩。狗說：不對不對不對。杜文章道：那你說是什麼？狗道：我聽人說是例假帶子。旁觀者笑。杜大怒，撿塊磚頭打狗。狗夾著對聯跑了。狗聽到身後人們議論：誰說他是膘子？連杜老師都轉著圈兒罵了！狗心中十分得意。愈想愈得意。回到家吃飯，想起來又笑。娘問：狗兒，什麼事這麼歡氣？狗道：娘啊，今兒個在集上，賣對聯的杜老師都讓我轉著圈罵了，看他還敢不敢叫我膘子。娘說：膘子兒呀，老師能隨便罵嗎？老師都在天上頂著星星呢，罵了要遭天報應的。狗說：頂個屁！娘，你忘了，小時候我跟著他上學，他出了兩個謎語叫我猜，我猜不出，他讓我回家問你，你也猜不出，後來他說：一個是你娘的腳，一個是你娘的梳。娘說：杜先生好滑稽，人心眼兒不奸不壞，他是長輩，你是晚輩，他罵你是應該的，你罵他就不應該了。狗說：好，我去向他賠個不是去。娘說：這才像個懂事的好孩子。狗一溜風跑到集上，說：杜老師，俺娘讓我給你賠不是來了。俺娘說先生戴的是口罩，不是例假帶子。眾人又笑。狗更得意。狗嗤嗤地笑出聲來。縣警又訓他。吳所長回頭道：

「真是個大膘子，遊街示眾，他竟自笑。狗！想起什麼好事了？」

狗嗤嗤笑著彎腰。縣警用膝蓋頂他，詢問他為什麼笑。狗道：

「杜老師還戴著那個口罩。」

「真是莫名其妙！」縣警道，「戴口罩有什麼好笑？」

狗道：

「他戴在嘴上是例假帶。」

鄉警縣警愣了幾分鐘，都忍不住怪模怪樣地笑起來。吳所長道：

「狗呀狗……真他娘的你個狗……」

祕書道：

「他媽的吳老尿，瞧瞧你們捉的這人！一個大膘子，值當的嗎？小高小喬，走走走，咱們回去，讓他們自己遊去吧！——再遊咱也成了大膘子了！」

縣警隊長道：

「同志，『牢騷太盛防腸斷』。你以為我們是吃多了來消閒食？這年頭，誰也不比誰聰明，誰也不比誰傻！」

一個縣警亮亮警棍，說：

「再敢調皮，我就封了你的嘴！」

狗知道警棍的厲害，臉上立即嚴肅起來。

隊伍繼續鏗鏗鏘鏘往集上走，走出樹林子，跨過窄馬路，就上了集。趕集的人約有五六百，都好奇地看。太陽小了，不那麼乾巴冷了。人嘴裡的氣噴出來，像霧。

五

狗的官名叫張國粱，挺響亮、挺有意義的一個名字，但沒人叫。大人小孩都叫他的乳名：狗。狗的官名還是杜文章起的。狗第一天去上學，杜文章說：狗，別叫狗了，我給你起個好名。狗在學校那兩年半，淨給教師生爐子、餵兔子。後來他娘說：索性別上了，回家幹活，掙幾個工分也好幫幫窮。

狗去生產隊的鐵鐘下等著隊長派活。隊長胡壽，瘦高身材，臉上有麻斑。狗感到隊長是個很善良的人。那天隊長又喝醉了，兩條腿像揮舞的連枷，悠悠晃晃，遠遠地走來。鐵鐘下蹲著站著幾十號人，有男有女，有老有少，都是生產隊的社員。好太陽，麥子打苞孕穗的季節，有的人還披著破棉襖，有的人已穿起了褲頭。孫六家那些兒子們已打起了赤腳，這是一窩特別抗寒的耗子。郭老沫脫了棉襖，光著脊梁，靠在牆根上捉蝨子。隊長歪歪斜斜地過來，手比畫，嘴裡吵嚷，舌頭根子硬，嗚嗚嚕嚕，聽不清他說的什麼。社員們悠閒著看景，沒人著急，反正是公家的活兒，少幹一點是一點。隊長過來，虛張作勢地敲鐘，腿軟得羅圈套羅圈，眾人都笑。隊長派活：一撥去種苞米，一撥去鋤麥子。張三李四王二麻子淘氣，七嘴八舌議論著隊長的醉態，各自回家去拿農具。所有的人都派了活，就剩下狗。狗心裡空落落的。隊長掏出傢伙就著牆角撒尿，很衝，嘩嘩響，喉嚨裡還打著酒嗝，像母雞學公雞打鳴一樣。狗戰戰兢兢地上前，伸出手，戳戳隊長的腰，隊長吃一驚，猛轉身，拖泥帶水一褲子，好惱，紅著眼，喊：

「狗兒呀……你幹什麼……」

狗說：

「胡壽爺，俺不上學了，俺娘說求爺給派個活兒，掙幾個工分。」

「哈咦咦，狗兒，你能幹什麼？你會幹什麼？」

「幹什麼都行。」

隊長想了想，說：「儘管你家成分高，但孤兒寡母不容易，這樣吧，派你個輕鬆活，趕明早上，跟著周五去放牛吧。」

隊長說完，就搖晃著身體，走到生產隊的大草垛旁邊，身子一側歪，跌在草堆裡，呼呼地睡了。狗感激隊長，跟過去，抱了些草，把隊長的身體蓋起來。副飼養員沈賓看見了，大吼：

「狗，你幹什麼？」

狗說：

「拉草，埋人。」

沈賓走上來，扒扒草，露出一張青紫的痳臉，吐吐舌頭，悄沒聲地走了。

狗跟著沈賓屁股走。沈賓一回頭看到，喝斥道：

「膘子，你跟著我幹什麼？」

狗故意地說：

「胡壽爺派我趕明早上跟周五一道去放牛。」

沈賓用陰森森的目光盯著狗看，看得狗心裡敲小鼓兒。狗聽到沈賓說：

「我日他個娘，這是什麼世道！」

狗不知道沈賓罵誰，愣愣地看著沈賓的嘴，沈賓的嘴裡鑲著兩顆銀色的牙。村裡除了沈賓，沒有第二個鑲牙的人。狗聽王光武說沈賓在八路軍膠高支隊裡當過班長，與日本兵面對面地拚過刺刀，後來又在解放軍裡當過連長。王光武說沈賓的老婆李水蓮當年嫩得一掐冒白水兒，白臉紅嘴唇，好大的兩片腚，浪得天搖地動，手上還戴著一顆金鎦子哩！不是軍官的太太，誰人能戴得起金鎦子。沈賓後來當了郵電局長，一個守電話的大嫚迷他，光著腚就鑽到沈賓被窩裡去了。沈賓也就坡上驢爬到大嫚身上，爬了幾次後，大嫚的肚子就鼓起來了，說是肚子裡有了小孩。大嫚的男人碰巧也是個解放軍連長，一狀告上去，就把沈賓給捕了，判了四年徒刑。狗對沈賓佩服，羨慕沈賓的好運氣。狗多次想：什麼時候才能有個大嫚光著腚鑽到我的被窩裡來呢？

沈賓進了飼養室，狗跟了進去。牛們都被周五趕到草甸子去放牧了，屋裡空蕩蕩的，只有一排拴牛柱子，一溜十幾個牛石槽。欄裡墊了新鮮黃土，香噴噴的。孫六不在。沈賓捲了一支菸，從灶裡引出一莖火，點燃，看著狗，若有所思。狗看著沈賓瘦乾巴的小臉，忽然想到他老婆李水蓮的那張白花花的大胖臉。狗聽張有田說沈賓勞改那陣子，李水蓮可逮著機會啦，白天連著黑夜和那些公社派下來「抓革命促生產」的幹部睏覺。沈賓勞改四年，李水蓮生了五個小孩，一年一胎，前三胎三個女，最後一胎，兩男孩。李水蓮一感到肚子裡有了故事就趕緊往勞改農場跑。跑到農場，雞毛火促地跟沈賓睡上一覺，就算給肚裡的孩子找到了爹。李水蓮生那些孩子一人一模樣：有長臉的，有圓臉的，有橢圓臉的，有白顏色的，有紅顏色的，有黑顏色的。沈賓回來一看立即就明白了：自己勞改這四年，李水蓮一霎時也沒讓腚溝閒著，眼瞅著一群五顏六色的孩子在李水蓮教唆下追著自己叫爹，沈賓滿肚裡百苦千辣也說不出來，自己的把柄還牢牢地在李水蓮手裡攥著呢。李水蓮發了瘋撒了潑那可不是鬧著玩兒的。狗親眼看到李水蓮跟王大福老婆打架，打不過人家，就當著半個村的人，把衣裳剝光，像一隻大綿羊一樣，咩咩叫著，竄到王大福家去，踩著板凳，跳到王大福家供養祖先牌位的桌子上，雙腿開叉坐著，呱唧呱唧拍著肚皮哭罵。這一招真邪，真損，王大福家從此就倒了楣：養雞死雞，養鴨死鴨，養兔子死兔子。先是老婆得了瘋病，見人就脫褲子，繼而王大福上了吊。李水蓮那一身打著褶子的白色肥肉經常在狗腦海裡晃動，也經常讓狗全身都硬邦邦起來。狗還想起了李水蓮許許多多和男人的事。他突然產生了討好沈賓的念頭，便說：

「我看到過，你老婆和隊長，咬著尾巴兒鑽到胡麻地裡，好半天才鑽出來，你老婆頭上頂著野麻花……」

沈賓出手一拳，把狗打得一腚跌地。他哭咧咧地說：

「是真的……誰撒謊誰是小狗……我親眼看到了，你老婆跟隊長摞在一堆兒……」

沒容他說完，臉上又挨了一拳。

好久之後，狗用舌頭舔乾淨唇上的血，看到沈賓眼珠子通紅，怪嚇人的。他爬起來，想悄悄溜走，肩膀卻被沈賓機靈的手抓住了。

「爺，爺，親爺，狗不敢了……」狗哀求著。

「我不打你，」沈賓摸出一個打火機，遞給狗，說：「你去把草垛點著。」

狗接過打火機，想了一會，說：

「我不去點。」

「為什麼不點？」

「胡壽爺在垛裡睏覺哩，我去點上火，不是把胡壽爺燒熟了嗎？」

「你敢不去？」沈賓凶著說，「你敢不去我就捏死你！」

狗很怕被捏死，就說：

「好好，我去點。」

狗拿著打火機蹺腿躡腳地走到草垛邊，聽到草堆裡鼾聲打雷一樣，有一撮亂草，在胡壽爺頭那塊兒抖索著，胡壽爺正睡得香。狗想，既是沈賓爺這樣了不起的人物讓自己放火燒熟胡壽爺，不燒才是瞟子咧！反正自己是瞟子而沈賓爺不是瞟子；反正瞟子受不是瞟子指派出了事要找不是瞟子而不會找瞟子；反正胡壽爺已派我跟周五去放牛，反正燒熟了胡壽爺我也不吃。想著，狗腦子裡就洶洶地燃起一片火光來，把邊邊角角都照亮了。狗蹲下，才要去撥打火機齒輪，就聽到草堆裡一聲響，嚇得狗把打火機掉在草上，腦子裡那片火光也熄了，一團漆黑，狗聞到一股子酒酸肉臭味兒，才明白適才那聲大響是怎麼一回事。胡壽爺在草堆裡翻了一個身，一片草嚓啦啦響，還有胡壽爺的嘴吧唧吧唧響。好像吃什麼好東西一樣。狗看到胡壽爺的一隻手從草裡伸出來。好大的一隻手，像小蒲扇一樣，奓煞著五根粗大的手指頭。手是黑的，鐵似的，生著鏽，狗想，這樣的手如何能燒透？又一想，反正是沈賓爺讓我燒，燒透燒不透都不干我事。想著火，腦子裡又明亮起來，從草縫裡撿起打火機，噼啦，噼啦，一下下扳齒輪，扳了三五下，竟然竄出一股小火苗，黃顏色，跳跳抖抖，會說話一樣。會說話的小火苗，與狗對話，逗引得狗心活潑亂跳，禁不住想噭噭叫——狗每逢喜事就會噭噭叫，都厭煩地說：真不枉了叫狗——，明亮的、像金子一樣的火焰使狗沉浸在一種難言的幸福和亢奮中。他把那小火苗子觸到被春天的太陽曬得幾乎沒一點水分的麥稭草上。火使麥稭立刻焦黃了，烏黑了，彎曲著燃燒燃燒著彎曲了。火焰很快便蔓延起來，狗咧著嘴，呆著眼看火。這時，躲在一邊看景的沈賓撲過來，跳動著雙腳，把火焰踏滅。狗不明白沈賓的意思。面對著繚繞的青煙，嗅著燃燒未盡的麥草的焦糊味兒，狗心裡很失望。他想問沈賓個究竟。但他的眼睛卻盯在胡壽爺那隻黑色大手上。那隻手上彷彿生著眼睛和嘴巴，會看東西會說話。胡壽爺睡得沉，火難驚醒他的夢。他的呼嚕不斷，狗看到沈賓消滅著燃燒的痕跡。沈賓把狗拖到飼養室裡，從狗手裡奪過打火機，送給狗一塊花生餅，狗立即咬了一口，感到牙磣。沈賓咬著牙說：

「狗，今天的事你要敢告訴別人，我就讓公安局來捉你！」

「抓我幹嘛？」狗疑惑地問。

「幹嘛？你說幹嘛？」沈賓把手指蜷伸成一支槍，瞄著狗的頭，說，「巴勾——槍斃你！」

「憑啥槍斃我？」

「你妄圖放火燒死隊長，還不該槍斃你？」沈賓道，「巴勾——一槍打去，你的腦漿子就迸出來了，眼珠子也迸出來了，掛在腮幫上當浪著你怕不怕？」

狗想了想，說

「怕。」

沈賓道：

「怕就好，記住，閉住你的嘴，對誰也別說。」

狗道：

「也不能告訴胡壽爺嗎？」

沈賓道：

「操你娘個瞟子狗！你放火燒他，他知道了不活剝你的皮才怪！」

狗道：

「告訴俺娘行嗎？」

「不行！」沈賓道，「誰也不能告，否則你就要死了。」

狗說：

「我明天一早去放牛。」

沈賓又給他一塊花生餅，狗吃著，說：

「胡壽爺趴在你老婆身上哼哼呢，我不騙你。」

這時孫六進來，虎著臉道：

「瞟子狗，你在這兒偷什麼吃？」

六

第二天早晨，狗吃了個半飽，叼著一塊餅子，掐著一塊鹹菜，跑到鐵鐘下等周五。他蹲在鐵鐘下，看著坑坑窪窪的街道和大槐樹下那口水井。井邊不斷有人打水。太陽剛升，紅光很深。有一位梳辮子的姑娘擔著水從狗面前的街道上過。她叫方珍，是瘋瘋病人方寶的妹妹。她哥鉤鉤爪疤疤眼，她卻很好看。狗看到她穿著一件灰褂子，一條藍褲子，一雙繫絆的白底黑幫鞋。她的腰扭著，肩向擱扁擔的一邊斜著。她的兩瓣屁股讓狗的心跳不穩。她很少跟人說話。村裡的姑娘不跟她合群。有一些小孩編了順口溜罵她：方珍的哥方寶，疤疤眼鉤鉤爪，這個病治不好……其實也沒罵方珍，是罵方寶哩。其實也沒罵方寶，方寶原本就是那模樣哩。誰要當著方珍這樣罵，方珍就和誰拚命。有的人建議村幹部出面禁止方珍到村子裡的公用水井去挑水。方珍大怒，把她家的一鍋麵湯倒到水井裡。狗看到方珍的塗滿紅色陽光的水桶上下跳躍著把一些亮晶晶的水珠兒濺出來落在街上的浮土裡。狗不願方珍這麼快地從自己眼前滑過去，糊糊塗塗地狗就念了一遍那首順口溜。方珍放下水桶，摘下扁擔，高舉著，橫眉豎目，衝向狗。狗聽到扁擔鉤子嘩啦啦響著，看到方珍像隻大烏鴉一樣飛過來。他入迷地看著她，突然感到頭頂上啪唧一聲響，舌頭一陣鈍痛，狗不由自主地委靡在地。方珍又掄著扁擔拍了他幾下子，但力道遠不如第一下凶狠，部位也不是要害，扁擔拍到狗的肩上、背上、屁股上，一點兒都不痛，好像別人在挨打狗在看景一樣。方珍哭著罵著擔著水走了。狗看到她的身影模模糊糊，像一團蓬鬆的、不斷變幻形狀的烏雲。

方珍拐進一條胡同，消逝了。狗心裡感到非常難過。其實他心中充滿對方珍的友好感情，念那段順口溜，是表達感情的一種方式。他不明白方珍為何發這麼大的火。他感到嘴鹹鹹的，吐一口，看到了鮮紅。他想爬起來。躺在地上，像死狗一樣，讓人看著多難看！他扶著掛鐵鐘的柱子站起來，感到天旋旋地轉轉，看到眼裡的景物都走了模樣。房屋呀、樹木呀，都像雲和煙一樣，沒個定形。

社員們三三兩兩地往鐵鐘這邊聚合了，有剔著牙花子的，有咀嚼著嘴的。都看到了狗，驚奇地問：

「咦，狗，吃了迷藥啦？怎麼一大清早就在這兒轉圈圈？」

狗想說話，但咋使勁兒也張不開嘴。

有一個人走上去，看看他的頭，說：

「怎麼弄了這麼個大血包？撞到牆上了嗎？」

那人心很慈，從街上抓一把浮土，按在狗頭的傷口上，用手揉揉，揉得狗齜牙咧嘴，嗷嗷叫。街心土，治百病。真靈。狗叫了一陣，頭不暈了，天地不旋轉了。眼睛管事了，看東西清楚了。

那人問狗：

「你怎麼弄的？」

狗光齜牙不說話。

社員們都來了，隊長也來了，狗看到隊長頭上沾了一些麥稭草，憋不住笑了。他的笑怪模怪樣，惹得眾人齊樂，有人說：

「瞧那個膘子樣！」

幫狗療傷那人道：

「真好皮實孩子，頭弄成那樣，還笑。」

隊長醒酒了，舌頭活了，但腿下還有點不利索，吐一口，說：

「狗，笑什麼？」

狗嚴肅起來：

「昨兒個，沈賓爺讓我點火燒死你。」

隊長臉色變了，厲聲問：

「你說什麼？」

狗突然想起沈賓的話，伸伸舌頭，不吱聲了。

隊長又點著張三李四的名字派完活，轉身就走。狗看到周五弓著個殘腰，正在幫飼養員往外拉牛，便跑過去，說：

「周五爺，隊長爺讓我跟你一塊放牛。」

周五一抽搐臉，說：

「去，麻纏什麼！」

狗說是真的。

周五便撇了牛，追著隊長喊：

「隊長，等等。」

隊長站住，回頭，看著周五。

周五弓著腰跑，像電影裡那些打衝鋒的鬼子一樣。追到隊長眼前，鞠一躬，說：

「隊長，狗說您說讓狗跟我去放牛？」

隊長愣愣，拍拍腦袋瓜子，說：

「好像是有這碼事。」

隊長喊：

「狗，過來。」

狗跑過去，仰臉看著隊長。隊長道：

「跟周五放牛去吧，好好看著，別讓牛吃了人家的莊稼，更要緊的是別讓公牛跨到母牛腚上去——飼草吃緊呢，再添小牛不行，大牲畜殺了犯法，餵又餵不起，賣也不值錢。」

又囑咐周五：

「添了幫手，你推輛車子去，把牛拉的屎全給我拾回來。」

周五一鞠躬，道：

「是。」

隊長一拐彎就沒了蹤影。周五用黃色的大眼珠子盯著狗，咬著牙根低聲罵：

「狗雜種！」

狗問：

「周五爺，罵誰呢？」

周五道：

「你說罵誰？就罵你個狗雜種呢？」

狗不解，問：

「罵我幹啥？」

周五說：

「你沒聽說？讓我把牛拉的屎拾回來呢！這麼多牛，漫草甸子拉，讓我怎麼拾？都是你個雜種來了給我添的罪。」

狗惶恐得不得了，滿腦子裡找不出一句合適的話說。周五前頭走，他怯怯地在後頭跟著。到了飼養室門口，周五把一支鞭子遞給他，說：

「攬著牛別讓牠們跑。」

周五去找保管員找車子找糞簍。保管員王二倉正在庫裡拌耗子藥，忙著咧。周五挨了王二倉的齜，推著一輛破車回來，那腰似乎更弓，額頭幾乎觸著車梁子。把怒火嫁到狗頭上，狗怎麼著幹都不順眼。

牛韁繩都挽在角上。都急了，急著去東北大窪的草甸子裡吃帶露的嫩草，方六一開木柵欄，齊擎起頭，你擠我搡，一窩蜂，幾十條腿亂紛紛，竄到了大街上。沈賓用一根挺直的手指戳戳狗的腰，小聲但陰沉地說：

「你要再敢亂說，我就剝了你的狗皮！」

七

放牛放到十幾天上，狗與周五的關係大有好轉。原因很多，一是狗腿腳矯健，能與那幾頭瘋跑的半大牛犢賽跑，從而使周五最頭痛的牛吃莊稼的惡事避免發生。二是狗很捨得賣力氣，周五的每一個命令他都不遺餘力去執行。三是拾牛糞的事並沒有周五想的那麼嚴重，牛從草甸子回村的路上拉的屎足裝滿兩糞簍，草地的牛屎無須撿。隊長看到周五每天推一車糞回來，很高興，誇了周五也誇了狗。原因很多，只說了主要的。

狗感到很樂，放牛有意思，放牛比上學太有意思了。

那片草甸子在狗的印象裡無邊無緣。六月的草甸子裡汪汪一片水。四月的草甸子綠茸茸一張大氈子。茅草、生草、蘆樁、水穇、石草蔓子、野薄荷、酸麻韭、苦菜子、婆婆丁……草和菜的種類多得數不清，有許多種周五也不識名色。牛有十三頭，都各有毛色各有體狀各有角，狗給牠們命了名，那頭走路後腿不利索的蹄子在地上劃道道的老閹牛叫「英文」，那頭肚皮上有白花的母牛就叫「白花」，那頭還沒閹的小公牛脊梁特寬就叫「雙脊」，那條尾巴彎曲的蒙古牛叫「蛇尾」，還有兩頭沒閹的魯西小公牛，長相一模一樣，黃黃的，憨憨的，就叫「大魯西」和「小魯西」。狗揮舞著用精麻擰成蛇形、接了皮梢的鞭子，甩出一聲聲脆響，啪啪啪。牛們在草甸子大口啃草，狗尾隨著牠們，很悠閒，有時看看天上那些似走非走的潔白的雲；有時癡癡地聽聽半空中那些鳥兒的鳴叫；有時捉捉螞蚱、掘掘田鼠；有時用那扁扁的狗嗓子吼幾句在學校時學來的歌；半上午的光景狗可真恣。

牛吃飽了，狗的活就來了，隊長嚴禁牛踩牛。如果母牛不起性，連看也不用看。母牛不起性公牛不動，似乎母牛不起性公牛都知道。有一天，周五鬼鬼祟祟地說：

「狗呀，提防著吧，『白花』起性了。」

狗問：

「周五爺呀，你又不是公牛，怎麼知道『白花』起性了？」

周五道：

「你看『白花』的臍子，不是有一些透明的絲線沿著那道縫往下流了嗎？臍子掉白線，就是要起性了。你再看『白花』那兩隻眼，不是斜著瞅那些公牛嗎？平常日牠的眼神不是這樣吧？平常日牠只顧吃草，根本不理公牛。」

狗惶恐地問：

「怎麼辦？咱弄塊泥給牠糊上行不行？」

周五憋不住地笑起來，笑著說：

「狗呀狗，你出的狗主意，糊上你讓牠怎麼尿尿？」

狗道：

「那咋辦？」

周五說：

「你別離『白花』，跟在牠腚後，公牛往上跨，你就用鞭桿戳牠的蛋子。」

「戳毀了怎麼辦？那地方可痛呢！」狗擔憂地問。

「你真是條傻狗！」周五說，「從前，給公牛去勢，都是用木棒子捶，先輕後重，一直把那兩蛋捶化。牛被捶得哞哞叫，翻白眼，也死不了。現在興起用刀割，快是快，但不發牛，捶牛發大個頭。」

「你捶過牛？」

「老子沒捶過牛，」狗看到周五眼睛裡放出碧綠的光芒來，「老子捶過人呢！」

周五說話時的神情讓狗心裡涼森森的，捶人的人多狠啊，被捶的人多痛啊。牛群漸入草甸子深處，太陽曬得綠草散發清香，野薄荷的味道清涼，醋漿草的味道酸溜溜。狗感到眼皮發黏。周五打了一個長長的呵欠，選了個乾燥的地方，鋪下破棉襖，吩咐狗：

「狗兒，我先睡一會兒，你跟在『白花』腚後，千萬別大意，牛、羊、馬交配，一跨就丟，不似豬、狗，跨著老半天不下腚。秋天下了犢，隊長生了氣，咱爺倆就有好罪受了。」

周五歪到棉襖上，伸展著蹄爪受著陽光，舒坦得直哼哼。狗羨慕地看他一眼，自知不能跟老人攀比，努力打起精神，倒提著鞭子，跟著漫散的牛群跑。牛們都貪婪地香甜地吃嫩草，尾巴甩打著轟趕灰綠的飛蠓和花翅的吸血蒼蠅。不時從草棵裡飛起粉紅翅膀的螞蚱，勾引走狗的目光。狗牢記著周五的教導，尾隨著白花母牛。這是一頭美麗的牛，頭上有兩隻鈴鐺角，兩隻靈巧的耳朵，皮毛光滑，四肢矯健。狗看到牠果然像周五說的那樣，兩隻水汪汪的眼左顧右盼，有一口無一口地採著草尖，想公牛想沒了胃口。狗看到牠的原先正被尾巴壓住的臍子露了出來，那話確實是在往外流一些透明的絲線。狗還發現那話腫了。牠的尾巴歪到一邊去。牠不停地叫，不停地、誇張地叉開半蹲著兩條後腿撒尿。狗心裡亂麻一樣，小肚子脹鼓鼓的，有尿逼的感覺，掏出來又沒水灑。狗吃驚地發現，自己那物竟然也掉出絲線來了。一種又惶恐又幸福的感覺攫住了狗心。狗咧著嘴想哭。「白花」一鳴叫，那些小公牛們都抬起頭，不吃草了，賊溜溜地往這邊靠。狗一鳴響鞭，把牠們逼退。「白花」一撒尿，臊味隨風飄，公牛們瘋了般，喘著粗氣衝過去，張大鼻孔，嗅嗅那尿，然後，閉著眼，翻著唇，齜著牙，屏住鼻，挺起脖子，揚著頭，下巴朝著天，樣子又古怪又肉麻。狗討厭公牛們那模樣。狗尤其討厭那條閹了不知多少年的黑色老公牛「英文」，這傢伙後腿僵直，其實是個殘廢。牠那沒了內容的蛋囊子撮著，像女人腦後的小鬏鬏，肚皮下也萎縮了。可就是這樣一個牛太監竟然也來聞臊，臉上的表情比小公牛們還肉麻。這傢伙，竟然費盡辛苦把那根細而彎曲生滿鏽跡的玩意兒從肚皮下邊伸出來，牠那麼大的軀體，那麼小的玩意兒顯得很不般配，讓狗驚訝又不快。牠還拖著一條僵腿試圖往「白花」腚上湊乎呢，被狗一鞭子迎頭抽回去，狗的鞭梢不巧掃了「英文」的眼睛，牠緊閉著眼，低了頭，轉著圈，眼淚嘩嘩地往下流。再讓你個老東西想好事。罵歸罵，狗心軟，見牛那淚婆娑的樣子，很不忍。正難過著呢，好傢伙，「白花」浪勁上來，臍子裡著了火，瘋了，竟跨到蒙古牛的背上。狗又喜又惶惶，都是公牛騎母牛，哪見過母牛騎母牛，怕是要出什麼災禍事兒吧！仰臉看天：日頭煌煌地照著，和風洋洋地吹著，天地間湯湯好風光，不像個要天變地變的樣子。急忙想把這奇事告訴周五，那老賊在幾里外睡恣了，只怕鋼槍都難戳醒，除了周五，這大草甸子裡，就狗一個人了。那些沒起性的母牛，斜著眼，歪著嘴巴，衝著狗，嘻嘻地笑呢！狗緊接著看見了更驚人的事兒：「白花」在跨上蒙古母牛背那一瞬間，一股紅血，從臍子裡流出來。狗恍恍惚惚地聽說過女人一個月流一次紅的事。「白花」流紅，那感覺千頭萬頭，撞著狗的心，狗像在滾水裡燙著，下邊就丟了。一種說不清道不白的滋味。如同犯了大罪一般，蒙古牛很煩，一扭身體就把「白花」給閃了下來，似乎還說：真不要臉個浪貨。狗呆了，看到「大魯西」和「小魯西」瞅著空子衝上來，肚子下都挺著一根胡蘿蔔，自然都比「英文」水靈，讓人看著水汪汪的像個活物，不似

「英文」那話是根脫了水的死物。「魯西牛」都還不滿一周歲，還嫩著點，你上我下，都是關鍵時差一寸，滑下來，再上，「白花」情等著，幾上幾下，兄弟輪著上，愈來愈不行，「白花」惱了，轉回頭，用根基不牢的鈴鐺角去頂牠們。狗想牠一定懊惱透了。這時，那長得四四方方的「雙脊」在距「白花」幾步開外佯裝吃草，把老鴰草、蛤蟆皮等毒草往嘴裡擄，一看心就不在草上，那胯間的當浪貨如蛤的斧足一樣慢慢上擩，緊湊，肚皮下忽喇喇伸出一根，濕漉漉的生龍活虎，果然是一番新氣象。狗還愣著呢，那小傢伙一個猛撲就上了「白花」的背，滋啦一聲，像燒紅的爐鉤子捅到雪裡。很透徹，很深刻，觸及了狗的靈魂，狗什麼都看不到了。哞嗤一叫，「雙脊」下來，狗一腚坐在草地上，呆呆地，看著「白花」腰弓著，四條腿打抖顫……

狗一景不漏地把他看到的景說給周五聽。

周五大呼：

「狗，壞了醋了。」

周五說我別的不擔心我就擔心「雙脊」，只有牠能做成這事。毀了，冬天「白花」一下犢，隊長非把咱一年的工分扣了。狗瞪著眼問：

「五爺，咋辦?」

周五想想，說：

「沒別的法子，轟著『白花』跑，顛出來。」

狗和周五打著「白花」跑，「白花」東一頭西一頭亂撞，狗敏捷，急轉彎跟住牛腚，鞭打，鞭桿捅。「白花」怒得不行。周五腰疾，腿硬，幾個回轉，早喘成團，胸脯裡「咚咚」響，小公雞打鳴一般生硬毛糙的聲嗓，咳嗽著，喘息著喊：

「狗呀，好狗，死勁攆！」

狗也累了，但一股莫名其妙的怒火和莫名其妙的誘惑使他不停腳。「白花」離了牛群，平伸著尾巴，翻騰四蹄，甩起一片片泥土，泥土裡拌著踩斷的草葉和花莖，有的濺到狗臉上，迷了一隻狗眼，狗眼沙澀，疼痛，「白花」像個閃光的大影子，狗搓眼，狗眼裡流淚沖出浸眼的泥土，狗鼻翼鼓脹，有一股青草的味道混合著泥土的味道、花的味道、發情母牛的味道直灌進胸腔，感到展翅飛行一般。「白花」斜刺裡擺脫狗，回歸牛群，尋找公牛的保護，但公牛們不理牠，公牛們不負責任地、懶洋洋地啃青草。狗的肺像吹鼓的氣球一樣。周五踉蹌著尾上來。他似乎比狗還累，狗說：

「五爺，我可跑不動了。」

周五說：

「歇會，歇會吧。」

這時「白花」停住，周身汗，像抹了油，嘴裡嚼著白泡沫。停住，劈著腿尿。尿完，哀傷地長鳴一聲，往前走了。周五說：

「狗兒，把鞭桿給我。」

周五用鞭桿戳一下「白花」的尿，舉起來，端詳，耀眼陽光裡，看到黏，掛，白絲線一樣。周五大聲說：

「狗呀狗，你快看，尿出來，懷不上犢了。」

狗隨聲認真看，有些迷糊。他不懂生理，感到有些神祕。

周五說：

「咱不能大意，『白花』起了性，別的母牛也會起性，這麼肥的草，催得牠們浪，飽暖生淫欲，饑寒起盜心。」

狗說：

「五爺，『雙脊』動作快，我看不住牠。」

周五道：

「不要緊，咱給牠加上絆腳索。」

周五吩咐狗到糞車上解一根繩子，又吩咐狗去逮「雙脊」。「雙脊」生性，紅著眼看狗，那還沒長完全的兩隻角青尖紅根，油潤潤的，玉雕成一般。狗生怕「雙脊」一角把自己的肚皮挑上一個洞。周五用麻繩子把「雙脊」的兩條前腿連繫起來，使牠僅僅能慢慢行走，不能跑，更不能聳起身跨到母牛背上。「雙脊」「哞哧哞哧」憋粗氣，這傢伙還通人性呢……

放牛生涯啟蒙了狗的性意識，後來他經常感到神昏意迷，朦朦朧朧地在腦子裡轉動著一些念頭，狗臉上也生出了粉刺。周五陰邪邪地看著狗笑。周五開始講一些男女的事給狗聽，什麼當兵逛窯子，什麼用蛇交配時流的血塗在手絹上對著大嫚一揮。大嫚就會癡癡迷迷跟你走，什麼狗的是鎖貓的有火女人的舒坦小孩撈不著啦，等等，講了很多，關於治保主任方三郎和他妹妹方小花在一個被窩裡睡覺的事也是在那些日子裡說的。周五用一個又一個的色情故事把狗引向深淵。終於，在一個紅日西沉的傍晚，狗騎在「白花」的脊梁上，得到了一種奇異的感覺。周五還暗示狗自己淘漉自己，等到狗出了徒後，他又用「十滴血一滴精」的話把狗嚇得半死。

狗和周五的午飯在草甸裡吃，因為草甸子距村太遠，怕走乏了牛。每天中午，牛們吃飽了趴下回嚼了，狗就攏乾草，周五點火，兩人烤乾糧。狗的娘每次都給狗捎一個二和麵的大餅子，一疙瘩黑醬。周五的飯也是如此。有一天，周五沒捎飯。周五說：

「狗呀，今兒個我過生日，待會兒我老婆給我送餃子來，你自己先烤乾糧吃吧。」

日頭正南時，狗啃完餅子吃完醬，果然看到有一個穿著毛藍布褂子的女人挎著個籃子從草地邊緣走過來了。狗眼尖，說：

「五爺，俺五奶來了。」

周五說：

「狗兒，你五奶俊不俊？」

狗張口結舌。

周五的女人瓜子臉，尖下巴，細眉毛，白皮膚，有一個村裡女人少見的細腰。她把竹籃子放在周五面前，說：

「吃飯吧。」

周五一揭罩布，狗看到半竹籃餃子。其實狗早就聞到餃子的味道了。周五眼睛發亮，撲上去，伸出沾著泥的手，抓起來，一口一個，似乎一點也不嚼，滑滑溜溜往下嚥。饞得狗乾嚥唾沫。

周五老婆看不過去，招呼狗道：

「你也來嘗嘗。」

狗說：

「不饑，剛吃了。」

說著，腿卻往竹籃子邊湊。

周五看狗一眼，捏起一個餃子，給狗。狗心裡暗罵著周五小氣，但實在太饞，手早搶過來，沒嘗到什麼味道就下了肚。

周五老婆說：

「再給他幾個吃吧，你吃不完的。」

周五不滿地說：

「你怎麼知道我吃不完？」

周五把腰帶鬆鬆，把肚子往兩邊推推，又吃。狗暗罵：

「撐死你個羅鍋腰。」

周五硬把半籃餃子吃光。周五老婆收拾好籃子，冷冷淡淡地說句話，走了。

狗心裡很不是滋味。

八

周五的老婆名叫呂素蘭，人物標致，年齡小周五二十歲。這樣一個女人怎麼會嫁給又老又醜還是壞分子的周五呢？

七月裡，新麥草下來了，有牛草吃了，草甸子漫水了，地裡有耕耘的活兒要牛幹了，從各個方面來說都不用放牛不能放牛也不必放牛了。狗跟著一群女人幹些雞零狗碎的雜活。周五扶著耘鋤使牛耘豆子。七月裡，晌午頭長，上頭有指示不許午睡，要搞大批判。大批判會場選在方三郎家屋後那棵大柳樹下。那棵大柳樹都快老成了精，樹頭蓬蓬，遮住好大一片蔭涼。樹上掛著幾個草人，說是最大的和二大的走資派。吊在樹上，像吊死鬼一樣，晚上月光明哩，抬頭一看，嚇得人頭皮炸。批大頭批夠了，就批眼前，隊裡五個壞分子，一拉溜站在毒日頭上曬著，彎著腰，汗珠子往地上滴。批判者在樹蔭裡。你一頓我一頓批一會兒，靜了場。隊長胡壽說：

「誰還批？別冷了場，批好批不好是水平問題，批不批是態度問題。」

呂素蘭站起來說：

「我發言，批周五。」

老婆批丈夫，大家都吃一驚。

呂素蘭走到陽光下，按著周五的頭往下按，按完，就站在那兒，用手指點劃著周五的光頭，說：

「社員們，俺娘家是貧雇農，俺姊夫還是共產黨員哩。俺十八歲時，村裡人都說俺長得俊，都說這個嫚要是嫁給個莊戶孫就屈材料了，嫁給個工人才般配。俺爹娘就讓李大腳給俺找個工人。有一天，李大腳拿著一張上了彩色的照片來了，說，找到了，給嫚找了個工人，還挺俊呢。說著就把照片給俺看，俺哪好意思細看？粗粗一打量，看到他眼大，紅嘴唇，是不醜。就算行了，跟著李大腳去灘北，愈走愈荒涼，一片鹽鹼地。俺說李大姑咱走差了吧？李大腳說不差，就是這。俺問李大姑他是個幹什麼的？李大腳說是個工人呀。到了那兒一看，都穿著一樣的灰衣裳。衣裳上還釘著一塊有號碼的布。閒話少說，周五來了，李大腳說，嫚這就是你女婿，我一看，一個醜半老頭，當場差點沒暈過去。結婚那夜，俺哭成個淚人兒。後來一想，嫁吧，認命吧，孬好是個工人呢。三天後，他說要上班了。俺問他在哪上班，他說在海灘上。俺問他在海灘上什麼班？他說上畜牧工作的班。俺老聞著他身上有股羊膻味，問他，他知道俺懷了孕，就說，我天天放羊，身上還能沒味？這時我才知道，這兒是個勞改農場，他刑滿就業，在海灘上當羊倌。俺當時那個哭，那個惱，恨不能一繩子擼死，為了肚裡的孩子，才活下來。貧下中農們，俺本是貧農女兒，成了壞分子老婆，整個是上了敵人的當……」周五的老婆嗚嗚地哭起來。一些老娘兒們跟著哭，跟著歎息。一個精瘦的活猴蹦出來，一腳把周五踢倒，又拎著耳朵提進來，厲聲問：周五，呂素蘭說的是不是真的？周五連聲說：真的真的。眾人一看，那活猴正是治保主任。村裡的黑煞星，打爹罵娘摟妹妹的方三郎。三郎又是一頓拳，擂翻了周五，然後舉起一隻胳膊，呼口號：

打倒反革命分子周五！

眾人都有氣無力地跟著喊。

周五不老實

——周五周五不老實不老實

就叫他滅亡

——就叫他滅……

三郎說：今日我要替呂素蘭報仇！說著，對著周五下了狠手，周五立仆。呂素蘭拉住三郎，哭著說：

好兄弟，別打了，打死他俺孩們就沒了爹了……

三郎色迷迷地看呂素蘭，說：

你還同情他？

發狠的三郎又要下手，有人叫：

方三郎，注意政策！

喊話的人是革委會主任，三郎的表哥，很有煞威的一個高大男人。三郎搓搓手，悻悻地說：

狗雜種，改日再跟你算帳。

算帳的日子終於到了。那天狗出賣了周五，自己挨了一頓臭揍不算，拐帶著周五遭了老罪。狗親眼看到，三郎讓周五趴在地上，像隻造橋蟲，三郎和妹妹抬一塊板子，壓在周五的羅鍋腰上，一邊坐一個，顛著腚往下壓，說是要給周五治鍋腰子。三郎兄妹顛一次腚，周五就哭嚎一聲親娘。眼見著周五就要沒了命時，呂素蘭撲進來，跪下，摟著三郎的腿，哭著說：

三兄弟，你要俺怎麼著就怎麼著……饒他一條命吧……

九

一轉眼小狗長成了大狗，討不到媳婦，光棍著。

治保主任方三郎早下了台，還因為不知什麼事蹲了二年班房。出來後，光棍著。方小花出了嫁，只剩下三郎和他娘過日子。

沒有階級了，村裡人都忙著種自己的地，狗和三郎變成了最窮的人，一路人，天天混在一起。

三郎動不動就打他娘，打得他娘上了吊。

狗也跟著三郎學。

派出所把三郎又一次捉走。三郎不服，說狗打他娘打得比我還凶，為什麼單捕我？

派出所說：狗他娘沒上吊。

三郎說：我不服，你們吃地瓜專挑軟的。

吳所長說：狗也不是好做，拘他幾天，教育教育吧。

狗被捉到鄉派出所裡，挨了幾腳幾拳頭。狗的娘去鄉裡哭，說不該欺負孤兒寡母。狗的娘哭，引來人看。鄉裡書記讓吳所長快放人。

吳所長教訓了狗幾句，就放了狗。

狗聽說賣血能換錢，就去賣血，換來錢買魚買肉，自己吃飽了，就給他娘吃，他娘不吃，就打，就硬往嘴裡塞。

狗的孝母方式遠近聞名。

十

一行人推推搡搡走到集市中央，鑼鼓家什停了響。警察把狗推到半米高的、用磚頭和水泥砌成的賣菜的攤位上，使狗一下子拔高了，突出了，鶴立了雞群，駱駝進了羊群。狗看到很多熟悉的面孔仰起來，看著自己，便低了頭。一位警察用警棍敲敲狗的小腿，說：

「抬起頭來，讓鄉親們看看你。」

狗只好抬起頭。

縣裡來的警察中的一個也蹦到賣菜的攤位上，左手舉著一個通紅的鐵皮喇叭，右手抖著一張白紙念。

狗根本聽不到警察在嚷什麼，他看到警察青紫的嘴唇在喇叭後邊笨拙地吧眨著，沒有一點聲音。狗看到了孫六，孫六穿著沒有鈕扣的破棉襖，腰裡捆著一根草繩——腰裡捆道繩，勝過穿三層——孫六的老婆死了。孫六的兒子們都在，聾漢、雀盲眼、疤四……孫六的一群兒子都大了，半老了，都齜著牙，瞪著孫氏後代特有的耗子眼，都把雙手交疊插在棉襖袖子裡，擠在人堆裡，仰著臉，看狗。狗發現他們一臉都是茫然神情，好像不認識自己一樣，這令狗感到失望。歪頭張全老白毛了，胳膊夾著一捆綠芹菜。隊長胡壽早不當隊長了，在菜攤對面的牛馬市上當經紀人。那裡有一條填得半平的溝渠，溝底和溝邊都被畜蹄與人腳踩實磨明，顯得很潔淨。有十幾頭遍體死毛的黃牛瑟縮在溝底，牠們的主人蹲在或者立在溝邊，用腳踩住或是用手拉著牠們的韁繩。有一個白鬍子老頭牽著一匹棗紅馬，從對面的麥地裡緩緩走來。一個半大不小的男孩，騎在一匹高大的、瘦骨嶙峋的老公馬上，沿著溝外那條狹窄的破舊瀝青道路，顛顛地跑過來，狗認出了馬上的男孩是痲瘋病人方寶的兒子，而那匹老公馬，更是方圓幾十里內曾經大名赫赫的動物。狗從一有記憶力開始，就聽說過牠。那時牠是距狗家六里的國營農場畜牧組的優良種馬，從東洋進口的，天天吃的是豆餅麩皮，胖得油光鋥亮，宛若用蠟塑成。狗聽小老萬萬分羨慕地說：下一輩子要能托生匹種馬就足了，甭拉犁，甭駕車，吃著粗細草料，一天到晚結婚娶媳婦。後來農場解散了，公馬折價處理，拴在了痲瘋病的槽頭上。狗記得大公馬第一次被套上農具時，咆哮跳躍，不時用小盆一樣的大蹄子彈打虛空。好多人都圍著看，有人還歎息這匹大洋馬的命運。狗心裡戚戚的，一轉念間，昔日八面威風的大洋馬，像具大骨頭架子般，笨拙地提落著四隻破舊的大蹄子，馱著灰腚瓦臉的痲瘋兒，一步一探頭地，無精打采地跨過小橋，進入牛馬市。經紀人胡壽喊一聲：好！千里駒到了！

一個炸油條的小販在理髮鋪門口生著了火，白煙滾滾。狗看著那團團簇簇急遽上升的濃煙，心裡感到癢酥酥的。煙讓狗的思緒跳躍，從與周五放牛時點燃的野火到受沈賓唆使點燃燒胡壽的罪火又到看到方三郎家房子失火時那熊熊的孽火。儘管村裡人都懷疑是方三郎這個不孝的畜牲縱火燒死了親娘，但誰也不敢這麼說，誰又願意去說呢？反正他自已燒死自己的娘，該劈該殺，自有上天安排。那時候狗頻繁抽血，晚上又跟著方三郎去串老婆門子，面黃肌瘦，腰哈著像個大蝦米，有一次三郎醉醺醺地說：

「狗，你真膘，還供養那塊老貨幹什麼？」

狗說：

「我要行孝道。陳三爺說只要我孝敬老娘，就能招來個媳婦呢！」

三郎道：

「陳三胡弄你哩，聽我的話，放把火把老東西火葬了，咱兄弟倆就到黑龍江挖金子去，只要手裡有了金子，什麼樣的姑娘還不是由著咱挑揀？」

狗想到八月十五那一夜，明月冰涼，腳底有冷汗。從三郎家出來，狗看到在一個草垛根上，福子和大鼻子女人尚香摟在一塊。狗去看熱鬧，被尚香砸了一磚頭。狗低頭回家，看到自己的身影長長地鋪在面前的道路上。一股神奇的火焰在他腦海裡燃燒起來，燒得他手舞足蹈，難以自已。他在家門口坐了一會兒，然後，悄沒聲息地摸回家，從灶上摸到一盒火柴。他掀了一下破麻袋縫成的門簾，看到一個赤裸裸的老太婆正四肢平伸躺在炕上，儼然一具殭屍，洋溢出冰涼森人的氣息。狗身體忍不住哆嗦，從心底裡覺到寒冷，對熊熊烈火的渴望從沒有這般強烈。他快速地勞動著，把一捆捆去年的玉米稭子堆在房檐下。搬動柴草時響聲很大，半個村都能聽到，但沒有一個出來制止他。只有一匹黑狗，躲在一堵斷牆的後邊，伸頭探腦，對著狗嗚叫。後來，連黑狗也懶得叫了。

狗坐在門檻上，喘了一會兒氣，心裡努力要想清楚一件什麼事情，但愈想愈糊塗，連眼皮都沉重了。狗生怕自己睡過去，便站起來，劃著火柴，觸到一枝乾枯的玉米葉子上。火焰像一條明亮的小蛇，飛快地爬升上去。火焰愈來愈大，愈來愈明亮。狗入迷地注視著那千變萬化、一刻也不安分的火苗子。感到自己的身體漸漸透了明，從裡到外都亮透了。宛若吃足桑葉、拉盡糞便、等待上簇吐絲的春蠶。

一九九二年二月於高密

我們的七叔

我們磕罷頭從七叔的墳墓前站起來。一股美麗的小旋風從地下冒出，在墳墓前俏皮地旋轉著。大家都定眼看著小旋風，心裡邊神神鬼鬼。前來幫忙主祭的王大爺將一杯水酒倒在小旋風中間，說：七哥，你還有什麼事放心不下？如果你還有什麼事要交代，就給七嫂子託個夢吧。七嬸急忙跪倒，哀號著：老頭子，老頭子，你死得冤枉呀……在七嬸的帶動下，她的兒子媳婦也跟著跪倒，咧著大嘴嚎哭，但都是乾嚎，光打雷不下雨。七叔的那個尖嘴猴腮、很有些黃鼠狼模樣的兒媳，趁著人們不注意，悄悄地往臉上抹唾沫，製造淚流滿面的假象。他們的行為把我心裡那點悲壯的感情消解得乾乾淨淨。父親對我說過，這幫小傢伙，在七叔生前就密謀分裂；儘管七叔請小學校的駝背朱老師用拳頭大小的字恭錄了毛澤東視查南方的著名講話貼在牆上警示他們，但就像毛澤東制止不了林彪搞分裂搞陰謀詭計一樣，七叔也制止不了兒子們的分裂活動。他一死，就像倒了大樹，小猢猻們就等著分家散夥了。他們要我幫他們替父伸冤是假，想藉機撈點錢是真。面對著這樣一些傢伙，我還瞎起什麼勁呢？

每一次提起筆想寫點紀念七叔的文章，都起因於我在夢中見到了他。這些夢像有情有節的電視連續劇一樣，已經延緩了好幾年。我並不是每夜都能夢到他。就像一個清茶朋友似的，每隔一段時間，他便不約而至。這些夢有聲有色，十分逼真。夢醒之後，反倒腦袋發木，迷迷糊糊。醒時反似在夢中。現在我好似坐在桌前寫字，又怎知不是在夢中呢？當然，這基本上是對莊周的拙劣摹仿，明眼人一看便知但也不必較真就是。

我抱著女兒去七叔家串門。女兒咿呀學語，滿頭都是奶腥味（她現在已是高中一年級的學生，這說明下面所寫，如果不是我的夢境，就是我對過去生活的回憶）。老遠就聽到院子裡噼噼啪啪的響，進院看到，七叔正在修理驢車。車已經散了架，像一堆劈柴，兩個車轂轆也扭曲成天津大麻花的形狀。七叔，你忙啥呢？我問。七叔抬起頭，瞇著眼，好像不認識似的看了我們好久，然後苦笑著說：修車。我想：這車怎麼會破成這個樣子呢？我問：這是咋弄得呢？七叔歎息道：運氣不好，撞上了馬書記的汽車。我俯下身去，看到車的碎片上，沾著一些黏稠的黑血，還有一些花白的毛髮。我問：七叔，這些毛髮是你的嗎？七叔道：當然是我的，難道不是我的，還能是驢的不成？我用食指和拇指捏起一根又硬又長的剛毛，問七叔：這是啥？七叔怒道：這是驢尾巴毛！他停頓了一下，猛地提高了嗓門，像跟人吵架似的大喊：難道這不是驢毛，還能是我的頭髮嗎？如果我能生長出這樣又黑又粗又長的頭髮，馬書記的汽車還敢撞我嗎？他怒氣沖沖，掄起斧頭，將木片砍得像彈片橫飛。我說：親愛的七叔，您哪裡是修車？分明是劈柴嘛！七叔用手搔著後腦勺子，嘿嘿嘿嘿地笑了。這時，一群翠綠的蒼蠅在七叔周圍嗡嗡嚶嚶地飛舞著，好像一片綠雲。我猜想牠們很可能想落到那些黑血上聚餐，但由於七叔不停頓地揮舞著那柄亮晶晶的板斧，牠們怕傷了翅膀，不敢下落。七叔光著脊梁，裸露出棕色的肌膚。他有些瘦，但瘦得很結實，雙臂上的肌肉一點也沒有萎縮，說發達也是可以的。他穿著一條肥大的笨腰褲子。這種褲子幾十年前就被淘汰了。這種褲子就是當年與小推車一樣為解放全中國立過戰功的褲子。「山東民工兩件寶，肥腿褲子破棉襖」。七叔十四歲時就出常備夫，披著一件長過膝蓋的破棉襖，穿著一條肥腿褲子，腰帶上還裝模作樣地別著一根旱煙袋。陳毅元帥說淮海戰役的勝利是山東人民用小推車推出來的。七叔說：光靠小車不行，急了眼還得靠褲子。嚓，把褲子褪下；嘎嘎，將褲腿雙紮；嘩嘩嘩，倒進去一百五十斤糧食，小米或是大米；再用腰帶將褲腰紮了口往脖子上一架；雙手摟著被糧食撐得飽硬的褲腿，腿肚子一挺，站直了腰；喊著口號光著腚，跟著連長衝下河。糧食是啥？糧食是威力無窮的彈藥，彈藥是無窮無盡的糧食。知道這話是誰說的嗎？許司令！我們民夫連指導員教導我們：「丟了褲襠裡的雞巴蛋，也不許丟了脖子上的軍糧袋。」不靠褲子光靠小車怎麼能行。靠近主戰場時，路上除了稀泥就是彈坑，小車寸步難行。怎麼辦？脫褲子卸車，把袋子裡的糧食倒到褲子裡。褲子得勁。許司令說肥腿褲子是中國人民的第五大發明，是專為戰爭設計的。褲子運糧得勁呀，要歇口氣抽袋煙時，人往地上一跪，頭一低，從褲襠裡退出來。裝滿糧食的褲子像半截漢子一樣立在地上。歇完了，說聲要走，低頭鑽進褲襠，雙手按地，憋一口氣，呼的一聲就站起來了。用袋子，哪裡去找這樣的便利？七叔對陳毅元帥的說法很有意見，他認為應該把褲子和小車相提並論。他是個不識字的農民，認死理兒，犟勁得很，希望同志們不要怪罪於他，更不要給他上綱上線。不過你要給他上綱上線我估計他也不會害怕。這人十四歲就在槍林彈雨裡穿行，那麼多子彈，像飛蝗一樣，竟然沒有射中他的一根毫毛。其實我這七叔膽子並不大，按我父親的說法他就是缺心眼兒，活一百八十歲，也是個愣頭青。人家說：管老七，這裡有口井，井裡有毒蛇，你敢跳下去嗎？他擰著脖子跟人家吵：你咋知道我不敢跳下去？那人說：我就知道你不敢跳下去。那人還在囉唆呢，我們的七叔已經在井裡高叫著罵人了：操你媽，快拽俺上去，井裡面有蛤蟆！七叔天不怕地不怕，但害怕蛤蟆，更害怕青蛙。有一次仇人把一隻肥大的青蛙塞進他的破棉襖裡，穿襖時青蛙蹦出來，他怪叫一聲，往後便倒，人們掐他的人中，扎他的虎口，往他的鼻孔裡塞煙末，折騰了半點鐘，才把他弄醒。在我們鄉裡，管老七天不怕地不怕有名；管老七怕青蛙也有名。我們回過頭來接著講小車和褲子的問題。另外這一段好像很長了，為了讓你們閱讀方便，我們就分個段吧。

我曾經多次批評過七叔：我說七叔，您怎麼這麼犟勁呢？說淮海戰役是山東人民用小車推出來的，就已經是很高的榮耀了，你難道還要陳元帥說淮海戰役的勝利是山東人民用褲子扛出來的？像話嗎？七叔梗著脖子跟我犟：你們共產黨不是最講實事求是嗎？明明是褲子也立有戰功，而且戰功比小車還大，為什麼只提小車，不提褲子？這事兒我至死也不賓服！我說：好七叔您聽我說，陳元帥那句話，是一種誇張的文學語言，他老人家在參加革命之前，是一個青年小說家，曾經在報刊上發表過好幾篇小說，參加革命後，還是隔三差五地寫一些詩詞，解放後還跟偉大領袖毛主席通信討論詩歌作法呢！七叔打斷我的話，瞪著眼說：還有這等事兒？我怎麼不知道呢？那時候我給許司令當勤務員，三天兩頭地去野司送信，跟陳司令熟得很，我怎麼沒看到陳司令寫詩呢？我說：行了，七叔，您就別吹了。您不是去出常備夫嗎？怎麼又成了許司令的勤務員了呢？七叔悲傷地垂下頭，說：賢侄，連你都不相信我，我真難過：……我不願讓他傷心，便說：七叔，我基本上還是相信你的，我看過你的功勞牌子，那總是真的嘛。七叔的眼圈頓時紅了，他伸出堅硬的大手，緊緊地抓著我的手搖晃著，說：到底是讀過書的，到底是讀過書的……你等著我，賢侄，千萬別走。他鬆開我的手，弓著佝僂的腰，匆匆往屋裡跑去，跑到門口時又特意回頭叮囑：千萬別走哇！他的目光是那樣地感人至深，又是那樣地可憐，儘管我知道接下來的節目是什麼，但我實在是不願傷了七叔的心，他畢竟也是六十多歲的人了。好，請看下一段。

我知道七叔進屋去幹什麼，你們也猜到了他進屋去幹什麼。我透過他家的窗戶看到他跳到炕上，蹺起腳來，伸手從梁頭上摸下了那個我非常熟悉的牛皮挎包，挎包裡裝著一枚淮海戰役紀念章。這是七叔的命根子，任何人不許動。我那些堂弟為了探索挎包中的祕密，都挨過七叔的老拳。文化大革命前，每逢國家的重大節日，七叔就自動休假。他的行為在我們農村，那是十分地不合時宜。自從盤古開天地，三皇五帝到如今，農民沒有休假的。我爺爺說，老七呀，你老人家就不要給咱老管家去人敗壞了。爺爺的話，七叔聽也不聽。他穿上那套土黃色的棉軍裝，斜背上牛皮挎包，將淮海戰役紀念章別在左胸前，昂首挺胸，專揀人多的地方去。人們見他來了，便故意地說：這是從哪裡來了個大幹部呀？看那派頭，最不濟也是個縣長。七叔走上前去，鄙視地說：狗眼看人低，縣長算什麼？我的戰友，最沒出息的也是地區的專員了。從此，人們送七叔一個外號：「管專員」。這個外號讓七叔十分得意，逢人便說，管專員管專員，我管著專員，起碼該是個副省長了。他對我說過許多次：賢侄，咱這個姓真是妙極了，無論上級封咱個啥官，都要大一級，封咱縣長咱管著縣長，封咱省長咱管著省長。我說：七叔，可惜上級啥也不封咱。七叔道：不封咱咱也不怕，最不濟咱也是個社員吧？管社員，管社員的起碼也是個生產隊長嘛！他還悄悄地對我說：賢侄，人是衣服馬是鞍，此話丁點兒也不假。我穿上這套衣裳，立馬就不一樣，連你爺爺這個老頑固都對我另眼相看了，你知不知道他叫我什麼？他叫我「老人家」，呵呵，連我的親大爺都要叫我「老人家」，你說有趣不有趣？我說有趣有趣真有趣。七叔只有一套棉軍衣，但國家的重大節日卻是四季都有，為了光榮和信仰，七叔不得不忍受著肉體的痛苦。「六一」、「七一」和「八一」，這三個光榮的節日，在我這種覺悟不高、沒有遠大理想和崇高信仰的傢伙眼裡，簡直就是七叔的受難日。他頭戴著那種我們在電影裡經常看到的、有兩扇耳朵的棉軍帽，上身棉襖，下身棉褲，都是又肥又大、鼓鼓囊囊，腳上是一雙笨重的高勒翻毛牛皮靴子。我們光背赤腳、只穿一條褲頭都渾身冒汗，他老人家又黑又瘦的長條臉上竟然沒有一滴汗珠。問他熱不熱，他驚訝地反問我們：怎麼？你們熱？我怎麼不覺得熱？我覺得涼快得很哪！就衝著這一點，我們就不得不佩服他。

七叔是個奇人、怪人，所謂奇人、怪人，就是非同尋常、有過人之處的人。他第一次盛裝遊村，身後緊跟著一大群看熱鬧的孩子，大人們也感到新奇。面對著這樣一個人，眾人的心情其實很複雜，不是能用一句兩句話說清楚的。人們奚落他、取笑他、諷刺他、挖苦他、甚至辱罵他，但看到他那包裹在棉衣裡竟然滴水不出的瘦而不弱的身體，一種嚴肅的思想，就暗暗地生長起來了。另外，除了每逢國家例假日他不幹農活之外，其餘的時間裡，他勤勤懇懇、任勞任怨、愛社如家、大公無私、一不怕苦、二不怕死，是一個非常優秀、非常傑出的人民公社社員，這一點贏得了老少爺們的尊敬，也贏得了村幹部、包括村黨支部書記的理解。據說，七叔第一次公然曠工、遊村誇功時，引起了全村震動。群眾議論紛紛。幹部們連夜開會，研究解決問題的辦法。幸好假日一過，七叔立即恢復正常，好像什麼事也沒發生過一樣。漸漸的，人們就把七叔的行為當成了一種周期性發作的神聖疾病，無人再去笑他罵他，也沒人再去跟他攀比。每逢國家例假日，管老七就可以不幹活，愛誰誰，都沒脾氣。在那些神聖的日子裡，我們的七叔就像印度國的牛一樣，享受著特殊的優待。

我的堂弟、七叔的大兒子、名叫解放的那個賴皮傢伙，錯以為他爹享受的特殊待遇是因為那套軍裝和那枚淮海戰役紀念章。在一個國家例假日的黎明前的黑暗裡，偷偷地他將七叔的全套行頭抱到高粱地裡，人模狗樣地穿戴起來，等到太陽升起，便學著七叔的樣子，上大街遊行漫步。眼睛雪亮的人民群眾立即發現光榮的軍棉衣裡藏著虛假的內容，這傢伙頓時成了過街老鼠，被人人喊打。他見事不好，撒腿就往家跑。憤怒的群眾，手持農具，像追趕盜賊一樣，奮力追打。如果不是這傢伙跑得快，那一天很可能就是他逝世的日子。堂弟的行為讓七叔惱了大火，他提著一把斧頭，死追不捨。一邊追趕一邊聲嘶力竭地高喊：立住，你個邱清泉！立住，你個杜聿明！堂弟急中生智，鑽進我家，跪在我爺爺面前，哭叫著：大爺爺，救命吧，俺爹要殺我。這時，七叔追了進來。他的瘦臉，彷彿剛從爐子裡提出來的鐵，雙眼沁血，活似瘋狗——請原諒七叔——他舉起斧頭，對準解放的後腦勺子毫不做作地下了傢伙。我爺爺當時正好在院子裡鏟雞屎，手裡持一張鐵鍬——也是堂弟命不該絕——爺爺情急智生，舉起鐵鍬擋住了堂弟的腦袋。只聽得噹啷一聲巨響，斧頭正砍在鍬頭上。爺爺虎口麻木，鐵鍬落地。細看時鋼板的鍬頭竟被七叔的利斧砍開了一個大豁口。堂弟怪叫一聲，三魂丟了兩魂半，打了一個滾，癱在地上，宛如一攤稀屎。爺爺目瞪口呆，面色灰白，怔了好久，才說：老七，你還動真格的了？七叔瞪著眼說：你以為我是跟你們鬧著玩嗎？革命不是請客吃飯，不是大閨女繡花！爺爺說：好好好，七爺，您厲害，我怕您，行了吧？爺爺轉身要走，堂弟見事不好，上前摟住爺爺的腿，求道：大爺爺，您要放手不管，孫子我可就沒了命了……爺爺惱怒地說：滾開！你是他的兒子，他是你的爹，爹要殺兒子，與我有什麼關係？七叔對爺爺說：大伯，歡迎您終於站到了人民的立場上。爺爺被他氣得哭笑不得，他卻笑嘻嘻地把兒子押走了，好像抓了一個俘虜。

我永遠忘不了七叔手舉著利斧追趕盜穿了他的光榮軍服的無賴兒子的情景。毫不誇張地說那情景有點驚心動魄。請諸位朋友跟著我想一想吧：在一個六月的清晨，一輪紅日初升，照耀著村中鋪滿黃土的大道和站立在土牆上啼鳴的紅毛公雞，村民們手捧著粗瓷大碗站在街邊吃飯——這是我們那兒的習慣——就看到一個土黃色的鼓鼓囊囊的大物，腿腳麻亂地往前滾動著，嘴裡發出狗轉節子般的怪叫聲：救命哇……救命哇……七癲要殺人啦……在他身後十幾米處，七叔穿著一條辨不清顏色的大褲衩子，身上裸露的肌膚像黑色的膠皮，看上去很有彈性。他高舉著那柄亮晶晶的小板斧，氣喘吁吁地吼叫著：抓抓抓……抓反革命呀……抓反革命……七叔到底是上了年紀，雖有雷電火花的意識，恨不能變成一束激光，恨不能變成一粒子彈，但衰老的肉體不給他爭氣。他的腿抬得很高，步子邁得很大，但前進的速度不快。他那樣子有點像電影裡經常出現的「慢鏡頭」，既古怪又滑稽，讓路邊的鄉親們無所措手足，不知是該幫他截住兒子，還是該幫他兒子截住他；讓路邊的鄉親無所措嘴臉，不知是該哭還是該笑。那些從高粱地裡手持農具把他兒子轟趕出來的早起的鄉親們，自從七叔接著追趕以後，便自動退出了熱烈的行列，變成了清冷的旁觀。事關集體的事情變成了七叔的家務事。七叔和他的兒子在家鄉清晨的漫長大街上追逐著，他們的腳踢起一團團黃色的塵土，他們驚得雞飛狗跳牆，這是一件正在進行中的圖謀殺人的事件，人們盼望著它的結局。我知道大多數人盼望著七叔把他兒子的腦袋砍下來，那樣將會給死水一潭的農村生活增添很多樂趣，將會給捧著大碗在路邊吃飯的無聊鄉親製造一個生氣蓬勃的話題，這個話題將在村裡被議論三十年，經過三十年的添油加醋、誇張渲染，進入歷史的事件將與真實的事件產生很大的距離，你們信不信？你們不信，反正我信。

我也永遠忘不了七叔押著他的兒子走在大街上的情景。正與我的父親經常說的一樣，「虎毒不食親兒」，七叔押著兒子返回時，他的鼻尖距離兒子的後腦勺只有半米光景，正是揮斧砍殺的最佳距離，七叔只要一揮手，便可以讓兒子的腦袋開瓢或是滾落塵埃。但七叔不動手。他的兒子每走兩步便回一次頭，可憐巴巴地說：爹，俺錯了，俺錯了還不行嗎？七叔嚴肅地說：好好走，不要調皮！但我估計堂弟膽寒得很，他那後腦勺子上一定涼氣森森，所以他還是不間斷地回頭認錯。他那酷似七叔的瘦長的小臉上，布滿了汗水和灰塵。我這堂弟其實是個壞得不得了的傢伙。他狡猾多疑，自私自利，又饞又懶，給他一塊糖，他就可以毫不猶豫地出賣自己的親爹。如果高興，我可能在後邊多給你們講一點他的事。

事過多年後，回頭想想，必須承認，那天早晨，街上看熱鬧的大多數人，包括我在內，都殷切地盼望著七叔在押送解放還家的歸途中，掄起斧頭，讓解放的腦漿濺落塵埃。七叔冷笑道：我的心，像大玻璃鏡子一樣，明光光一塵不染，你們心裡想的啥我全都知道，但你們不懂我軍的俘虜政策。解放不投降，我可以消滅他；解放投降了，就是我們的俘虜。殺俘虜，那是要犯嚴重錯誤的！你懂不懂？人可不能好了瘡疤忘了痛，你七叔我，當年就是被解放軍俘虜的。解放軍優待俘虜，大饅頭、大白菜燉大豆腐，熱氣騰騰，管夠。指導員說：弟兄們，放開肚皮吃，吃飽了，想回家的發給路費，不想回家的，就留下跟我們幹。奶奶的，只有傻瓜才回家。回家幹什麼？回家連地瓜乾子都沒得吃，這裡大饅頭管夠。我問：七叔，您不是許司令的勤務員嗎？怎麼又成了俘虜兵了呢？七叔紅了臉，惱羞成怒，道：你愛信不信。我告訴你那是戰爭年代！戰爭年代，風雲變幻，像狗臉一樣，說翻就翻！戰爭，懂不懂？美國造黃銅殼大炮彈，明光耀眼，小牛犢似的，從天空裡打著滾落下來，轟隆一聲巨響，一傢伙就炸出個大灣，十幾米深，灣裡水瓦藍。戰爭，槍林彈雨，白刀子進去，紅刀子出來，說死就死，不是好玩的。

我把話頭扯得太遠了點，對不起你們。前邊說到七叔跳到炕上去拿他的牛皮挎包，那是他的寶貝。現在，他雙手捧著寶貝站在我的面前。我的懷裡，抱著不滿周歲的女兒。我猜想那個挎包年輕時，必是油光閃閃，溫良如玉，呈現著鮮明的棕紅色。但現在它像七叔一樣老了。它顏色發黑，失去了光澤，銅件上生著斑斑綠鏽。七叔蹲在我的面前，打開挎包，拿出一個紅布包兒。紅布因年代久遠，顏色發黑。七叔神色鄭重，解布包時手指微微顫抖。我雖然知道包裡有什麼，但還是被他製造的莊嚴氣氛感染，不由得肅然起了敬意。那枚鍍銅褪盡的淮海戰役紀念章終於又一次呈現在我的眼前當然也呈現我女兒的眼前。與現在的富麗堂皇的豪華紀念章相比，七叔的寶貝實在是太寒酸了，說句難聽的話那簡直就是一塊破銅爛鐵，扔在大街上也沒人去揀。但這東西在七叔的心目中，神聖無比。

我們學校曾經排演過一齣戲，戲裡有一個解放軍的功臣還鄉報殺父之仇，負責導演又兼主演的常老師在我的陪同下，到七叔家去借他那套著名的服裝當然也包括那枚光榮的紀念章。常老師說明了來意，並反覆強調了我們排演這齣戲對於教育農民的重要意義。常老師說：老管同志，我們偉大的領袖毛主席他老人家教導我們說，「重要的問題是教育農民」，這您是應該知道的。七叔滿面赤紅，好像要哭出來的樣子。他說：常老師，我把老婆借給你們行不行？常老師愣了一會兒，隨即滿臉通紅，表現出十分的尷尬。後來，在村黨支部書記的干預下，七叔不得不把他的寶貝借給了我們學生劇團，但他老人家也就成了我們的義務道具員，我們到哪裡去演出，他就跟到哪裡。那時我們有飽滿的革命激情，為了宣傳毛澤東思想，不怕寒冷和疲勞，像日本鬼子拉網一樣，不放過高密東北鄉每一個村莊。那時候我們是上午學習，下午就往晚上演出的村莊進發。七叔白天要參加生產隊的勞動，晚上還不能耽誤了我們的演出，耽誤了演出那就是個政治態度問題，隨便給他扣上一頂帽子就夠他受的。因為他的小氣，我們宣傳隊都對他有意見。宣傳隊的隊長就是那個跟我一起去向他借服裝的常老師，當時他用那麼難聽的話頂了人家，讓人家下不了台，你想想吧，還會有他的好果子吃嗎？我們宣傳隊長說：管老七，借用你的服裝，是革命的需要，支部書記也說了話的；既然你不放心，非要自己跟著，我們也拿你沒辦法，但是，你聽明白，如果你耽誤了我們演出，你就是破壞宣傳毛澤東思想，破壞宣傳毛澤東思想就是徹頭徹尾的反革命，你聽明白了嗎？七叔滿不在乎地說：聽明白了，隊長同志，您就把心放在肚皮裡吧。想當年俺冒著槍林彈雨往前沿陣地給解放軍送炮彈，那活兒跟這活兒比較起來，這活兒，就好比是張飛吃豆芽——小菜一盤。宣傳隊長點點頭，拖著長腔說：好哇！隊長的話裡，暗藏著殺機，連我這個缺心眼的都聽得出來，七叔卻興沖沖地說：您就瞧好吧，隊長。畢竟是一筆難寫兩個管字，我悄悄地對他說：七叔，小心點吧，隊長要收拾你哪！他卻笑嘻嘻地說：忠不忠看行動，我要用實際的行動告訴你們，重要的問題是教育老師，而不是教育農民。

說話多容易哇，嘴唇一碰，舌頭一彎，十萬八千里就出去了，可要走一里路，最少也要邁上五百步。高密東北鄉土地遼闊，村與村之間相距最近也有八里路，遠的有四十里。那時候條件差，別說汽車，連自行車也是罕有之物。我們村只有兩輛自行車，一輛是支部書記的，另外一輛，是痲瘋病人方人美的。方人美有自行車之前，人們害怕傳染，都躲著他；但自從置上了自行車之後，他就吃了香。據方人美說，七叔為了趕場，曾去向他借自行車，還用大道理嚇他，用大帽子壓他。方人美眨著可怕的疤眼睛說：去你媽的管老七，宣傳隊有什麼了不起？老子在瘋人院治病時，也是毛澤東思想宣傳隊的，還是副隊長呢！你嚇唬誰呀！我們去縣委禮堂演出，連縣革命委員會主任毛森都去觀看。看完了還上台講話，講完了話還挨個兒跟我們握手、照相，那真叫親密無縫，連根針也插不進去。知道我們痲瘋院毛澤東思想宣傳隊的拿手好戲是哪一齣嗎？革命樣板戲《沙家浜》。知道咱在戲裡扮演啥角色嗎？革命英雄郭建光。知道扮演阿慶嫂的是誰嗎？俺的老婆黃春芳。我們也有戀愛的權力呀。七叔堅決否認他曾經去借過方人美的自行車。看把他燒包的吧，七叔說，人無志氣，猶如樹無皮。我寧願爬著去，也不騎他的痲瘋車。老子要騎就騎高頭大馬，左挎牛皮包，右挎駁殼槍，牛皮的寬腰帶攔腰一紮，手提轡繩，腿夾馬腹，那是什麼樣的感覺！但戰爭年代早就過去了，馬已經快要絕跡了。這種動物不但要吃草，而且還要吃料，生產隊裡哪裡去弄草料餵牠們？戰爭激烈的年代才是馬的黃金歲月。現在生產隊裡只養著七頭老牛，兩匹瘦驢。瘦到啥程度？像皮影似的。七叔說，這驢，脊梁比刀還快，女人騎最好，坐上去，一顛，嚓，像切瓜一樣，順著縫兒就劈成了兩半。其實，就連這樣的驢，七叔也撈不到騎，他能自由支配的，只有自己的兩條腿。

為了不耽誤我們的演出，也為了他發下的高昂誓言，更為了保護他的寶物，在那個冬天裡，七叔大大的辛苦。他撕下一條被單，把他的軍棉衣、軍棉帽、大皮靴精心包紮起來，那枚紀念章自然是揣在懷裡。傍晚收工後，他扛著農具，往家飛跑，有時候跑得比騎著自行車的方人美還要快。一進家門，扔下農具，揭開鍋蓋，抓起一個燙手的地瓜，把大包袱往肩上一掄，不顧兒子們的吵鬧，不顧圈裡的豬餓得吱叫，不顧七嬸的嘟囔，風風火火地躥出家門，向我們演戲的村莊奔跑。七叔從來不說「奔跑」，他用的都是軍事術語，「急行軍」啦，「打攻擊」啦，「強衝鋒」啦，一張嘴就透著不凡。那一年他將近四十歲了，營養狀況也不好，白天在生產隊裡熬了一天，晚上再來一次「急行軍」，的確是夠他一受。但這僅僅是我的擔憂，七叔心裡怎麼想我不知道，反正他的嘴裡從沒說過草雞話。幸好那解放軍的英雄是在戲即將結尾時才出場，這樣就給七叔留下了比較充裕的趕路時間。否則，即便他跑得比野兔還快，也要誤了場。

前邊我交代過，高密東北鄉最邊遠的那個村莊離我們村有四十多里路，那個村莊很小，只有十幾戶人家，總人口不超過七十，村名卻牛皮烘烘的叫做大屯。素有大屯不大，小屯不小的說法。其實我們去小屯演出時，大屯的人幾乎全都去看了。大屯比小屯還要遠七里路。我們都不願再往這大屯跑一趟，可我們這該死的隊長非要去。我心裡明白，這老兄多半是為了修理我七叔才安排了去大屯的演出，並不是像他嘴裡說的那樣，什麼宣傳毛澤東思想不能留一點死角。他是隊長、導演、主演，他的話就是聖旨，誰敢不聽，他就給人扣大帽子。而且他還給我們許願，說路程超過了四十里，就可以每人報銷五毛錢。那時候五毛錢對我們這些小學生來說可不是一筆小錢，恰好能買一對大無畏牌乾電池呢。那時我們只要有一只燈塔牌手電筒，再配上一副大無畏牌乾電池，就是十足的神氣了。晚上走夜路既壯自己的膽，又能勾搭上女同學與我們同行。我們班最美麗的女生名叫郭紅花。後來她嫌此名太土，改成郭江青。粉碎「四人幫」後，她又嫌此名太臭，改成了郭安娜。關於這個美麗的女同學的事我們後邊再說吧。

下邊我偷空談談給手電筒對焦距的問題。一般人給手電筒對焦距是扭動前頭的螺絲，我的發明是不但要扭動前頭的螺絲，而且還要扭動燈泡，調整燈泡與燈鍋之間的距離。多了這一招，我的手電筒射出的光束像利劍一樣刺破黑暗，把同學們的手電筒全都給斬了。連我們老師那個三節電池的手電筒都給斃了。我這一輩子在人前很少出過什麼鋒頭，在玩手電筒方面，卻是技壓群芳，獨領風騷。每逢我們的節目演完，摸黑往家走時，我的手電筒一開，就有一道雪亮的光柱刺破黑暗，那些女生們便跟在我身後，嬌聲嬌氣地誇我的手電筒：哇！真亮！哇！射得真遠！而在我心中，誇我的手電筒也就是誇我了。那群女生中，自然有那位當時名叫郭江青的女生。她經常嬌滴滴地大喊：管謨業呀，你等等我嘛！我那時滿腦袋都是封建主義思想，對她這種嬌聲很不習慣，很反感，所以她愈叫，我走得愈快。那時我最怕女生對我表示特別的熱情，哪個女生對我好，我就對她惡聲惡氣，但當這個女生對別的同學表示親熱時，我心裡又很生氣。可見我從小就不是個好同志。書歸正傳，儘管我是十分地想接著茬兒往下說郭江青的事。

我們吃過午飯就出發，緊著走慢著走，趕到大屯時，紅日已經西沉了。下午颳著很大的西北風，沒有八級也有七級。風從後邊鼓動著我們，吹得我們腿輕腳快，一路小跑。日落之後，北風止了。這就是說七叔的來路上得不到西北風的助力，他今晚的趕場將是十分地困難哪！我們趕到大屯，首先去找村革委會主任。主任喝醉了，正在家中和老婆打架，鬧得雞飛狗叫。我們進入他家院子時，他的老婆正坐在院子裡嚎啕大哭。她的鼻子破了，抹得滿臉是血，好像剛從戰場上搶救下來的重傷員。主任醉眼乜斜，左手扠腰，右手揮舞著，好像列寧在十月裡講演的樣子：狗娘養的個王八蛋，你以為我還不敢揍你是不是？徹底的唯物主義者是無所畏懼的，老子今日就要對你實行無產階級專政！我們隊長上去跟他說晚上演出的事，他罵罵咧咧：演你媽個雞巴蛋！我們隊長說：熊主任，我們是大羊欄小學毛澤東思想宣傳隊！你竟敢罵我們演雞巴蛋?!主任一愣，那酒立馬就醒了：歡迎歡迎，我說我老婆哭個雞巴蛋呢，這臭娘們兒，是屬破車子的，三天不打，上房揭瓦；隊長同志，您要有勁兒，就把她弄到炕上去修理修理。隊長說：熊主任，我們給你談正經事呢！主任道：俺聽著呢！隊長說：三件事，一、讓四類分子去紮台子；二、準備一盞氣燈；三、安排一戶老貧農，給我們煮鍋地瓜吃。主任說，好說好說。一會兒工夫，台子搭好了。一會兒工夫，氣燈點亮了。一會兒工夫，地瓜煮熟了。

我們圍坐在老貧農家的鍋灶前吃地瓜。地瓜煮得很爛，像熟透的柿子似的，燙嘴的一包蜜。這是我們下鄉演出以來享受的最高禮遇。大屯人老實，聽話，煮放漿的熱地瓜給我們吃；小屯人不尿我們隊長那一壺。隊長讓小屯革委會主任安排個堡壘戶煮地瓜給我們吃，那混蛋卻說：毛主席教導我們「要鬥私批修」，你們吃生產隊裡的地瓜，正是私字當頭的表現，一群私字當頭的人，還雞巴宣傳隊呢！弄得我們隊長無言可對。我們吸吸溜溜的大吃地瓜，嘴巴子燙得發麻。老大娘說：孩子們，慢點吃，別燙著，吃了不夠大娘再煮一鍋。吃地瓜時，我就發現隊長臉上時時浮起一絲奸笑，像樣板戲中的參謀長刁德一似的。我馬上就猜到了隊長的奸笑是針對著七叔的，這個晚上夠他老人家受的。我們大吃地瓜時，七叔正在被狂風颳得灰白的大道上，進行著他的急行軍。他肚子裡沒食兒，又幹了一天活，一定是眼冒金花，雙腿痠軟了吧？但這只是我的想像，究竟什麼感覺，只有他自己知道。

吃罷地瓜，大家心滿意足地抹抹嘴，有的還打著難聽的飽嗝。我們像一群貓，圍在老大娘熱呼呼的鍋台邊不想離開。老大娘摸著郭江青的腦袋，一個勁兒誇獎：這閨女，像那畫中人似的，真叫那個俊！把郭江青美得合不攏嘴。隊長道：快快，別磨蹭了，抓緊時間化妝。於是大家就在老大娘家開始化妝。我這模樣，只能演反面角色，不是匪兵甲，就是漢奸乙。這種角色，化妝容易，伸手到鍋底，抹來兩手灰，往臉上一搓，只剩下牙和眼白是白的，這就行了。整個化妝過程用不了三分鐘。正面人物的化妝就要麻煩多了。譬如郭江青，她從來都是演正面人物的，她化妝要先上底色，用那種一管管的顏料，七調八調，把個小臉抹得花裡胡哨，然後用墨筆把眼眉描得像柳葉似的。雙眉之間，還用紅顏色點上一個大大的圓點。化完妝後的她，真真是千嬌百媚，如花似玉，小狐狸精似的。對於化好妝後的郭江青，我是既愛又怕，因為我們那裡狐狸很多，有關狐狸精的傳說比狐狸還要多，在深夜的舞台上，被雪亮的氣燈光一耀，她又扭又唱，妖氣橫生，我鬧不清她是人多一些，還是狐狸多一些。閒話少說，我們在隊長的催促下，很快化好了妝，拿著簡單的行頭，就到了戲台後。三通鑼鼓敲罷，戲就開場了。

我們幾個匪兵弓著腰、端著槍——槍是木槍，塗了黑墨——在舞台上轉了兩圈，開槍射殺了老百姓幾隻母雞——我們開槍時，有人在後台砸響了幾粒火藥紙，緊接著有人把幾隻道具雞扔到舞台上。我特別希望能得到在後台砸火藥紙的工作，但我們隊長不答應——那所謂舞台，也就是平地上扔上了一點黃土，高出地面半米光景，台上鋪上一領破席。台邊上放兩條板凳，坐著拉胡琴的和敲鑼鼓的。台前豎一根高桿子，桿子上掛一盞氣燈。氣燈真是好東西，用一個石棉網做燈泡，下邊有一個小氣筒子往裡打氣。氣愈足愈亮。那個亮，真叫亮，不是假亮。眼盯著氣燈看一分鐘，回頭往外看，那夜色就比墨汁還要黑。各位同志們，有一個問題我怎麼想也想不明白：為什麼從前的夜色是那樣的黑呢？所謂黑得伸手不見十指是常有的事，而現在再也沒有那麼黑的夜色了，那麼黑的夜色跑到哪裡去了呢？

在舞台上轉了兩圈，基本上就沒有我們什麼事了。幾個主要人物在台上咿咿呀呀地唱，一把胡琴吱呀呀地伴奏著。唱的是啥我也聽不清。也許有人能聽清，那是他們的事，與我沒有關係。我與幾個演匪兵的同學坐在所謂的後台的一條板凳上，凍得鼻流清涕，腳像貓咬似的。台上的把戲看了幾十遍了，沒什麼好看的，唯一好看點的是郭江青的臉，但她時刻不忘面對觀眾，我們只能看到她的背。她的背沒什麼好看的，於是我就看舞台下的觀眾。在氣燈照亮的那個圈子裡，零零落落地坐著幾十個老鄉。看了一會，那些上了年紀的扛著板凳先走了，台下只剩下十幾個拖著鼻涕水的半大小子。半大小子不怕冷，不怕熱，不怕苦，不怕死，是最具有革命精神的年齡。天太冷了，河裡的冰嘎巴嘎巴地響，地面上結了一層白霜，我們穿著棉衣還凍得夠嗆，舞台上那些主角們穿著單衣，我估計她們的血都快涼透了。台下那些小傢伙的嘴臉漸漸模糊起來，在雪亮的燈光下，我分明地發現他們的眉眼有些古怪，擠眉弄眼的他們很讓我想起狐狸變成的小妖精。愈看愈覺得他們像妖精。怪不得他們不怕冷，原來他們是狐狸。狐狸的皮毛愈到冬天愈豐厚，牠們怎麼會冷呢？我想起七叔講過的一個故事，七叔是很少講故事的，但他不講便罷，講必精彩。

他說：舊社會有一個戲班子，住在一個雞毛店裡，正為沒人請戲、尋不到飯轍發愁呢。突然，來了兩個穿袍戴帽、時時務務的人，說家裡有重大慶典，想請戲班子去演出，說著就拍出一摞大洋做定錢，把個戲班老闆喜得差點昏過去。黃昏時，來了十幾輛馬拉轎車子，一條龍似的排在街上。趕車的都穿著狐皮領子大衣，十分的氣派。那些拉車的馬，一律棗紅色，渾身沒有一根雜毛，眼如銅鈴，耳如削竹，胖得像蠟燭樣。演員們匆匆把箱搬上車，人也跟著鑽上去。他們還沒受過這樣的禮遇呢，坐在豪華的車上，都有點受寵若驚的意思。班主在車上還不忘給演員們做思想鼓動工作，他要大家把看家的本領都拿出來，爭取唱紅，把過年的錢掙足。演員們自然也是摩拳擦掌，恨不得立刻就登台表演。他們上車時已是紅日西沉，走了一會兒，暮色漸漸深重。大家的心忽然揪起來。他們幾乎同時發現，聽不到馬蹄聲，也聽不到車輪聲，只有呼呼的風聲。班主大著膽子掀開車簾，往外一瞅，叫了一聲親娘，臉色突變。他看到，轎車子正在空中飛翔。他還看到，在半輪黃月的輝映下，灰白的土地、銀色的河流、蕭條的樹梢，都匆匆地往後退去。女演員們都嚇得面無人色，渾身哆嗦；男演員也好不到哪裡去。班主漸漸冷靜下來，這就叫無事膽不能大，有事膽不能小。不知飛行了多遠，感覺到車子漸漸地降落雲頭，終於落了地。都腿打著顫、心打著鼓、牙打著戰，鑽出了飛車。一看，好一派繁華景象。但見那高樓華屋鱗次櫛比；大街坦蕩，小巷曲折；家家門前還掛著大紅燈籠，儼然是一片盛大慶典的模樣。戲子們一下車，立即就有管事的人上來迎接。點頭哈腰，彬彬有禮，好像君子國中人。把戲子們迎到屋裡去，見室內一色的紫檀木雕花家具，牆上掛著名人字畫，雅氣逼人。剛剛落座，立即就有小丫嬛獻上茶來，那茶水異香撲鼻，戲子們聞所未聞。一杯茶過，又有精美點心獻上來。自然也不是尋常貨色。點心用罷，又上大餐，那真是山珍海味，國色天香，戲子們別說吃，連見也沒見。用罷飯，管事人將戲班引到舞台邊，並告訴說這是為家中的老太爺慶祝百歲誕辰，希望大家好好演，演完後老太爺必有重賞。再看那戲台，用一色的粗大杉木搭起，高大巍峨，儼然空中樓閣。只見那戲台周圍，掛滿了大紅燈籠，虛無縹緲，宛若神仙境界。此時的演員們，其實已經忘記了恐懼，說他們沉浸在幸福當中也不是不可以。但那老奸巨猾的班主偏偏多事，他打頭就要演關老爺的戲，並且要演員用有避邪作用的朱砂塗了大紅的臉譜。三通鑼鼓敲過，關老爺用袍袖遮著臉上了場。走到前台，一聲叫板，聲徹雲霄，然後猛甩袍袖一亮相——老天爺，這一下子可不得了了！只聽到台下一陣鬼哭狼嚎，所有的燈籠一齊熄滅，所有的美景全部消失，戲台也轟然坍塌，什麼也沒有了，只有黑，一團漆黑，黑得伸手不見五指。緊接著狂風大作，飛沙走石，颳得那些戲子叫哭連天。好不容易等到天明，才發現整個戲班子在一片亂葬崗子上打滾。七叔說：關老爺是啥?伏魔大帝！幾個草狐狸精哪頂得住他老人家的鎮壓?

聽罷七叔的故事，我對那個戲班子老闆意見很大，這個人不夠意思，就算我們是狐狸，可我們一片熱忱把你們請來，好茶好飯伺候著，你們何必裝神弄鬼的嚇唬我們呢?我估計那幫演員也要抱怨他們的班主，瞎請什麼關老爺呀，生生把一場好戲給攪了，否則人狐共樂，其樂融融，該是一幅多麼美妙的圖畫！七叔說：瞧這傻孩子，竟然當真了！

想著狐狸們的故事，我們的戲漸漸逼近了尾聲。隊長就要上場了，可是七叔還不見蹤影。我們的隊長畫了一張大紅臉，紅臉上兩道劍眉，直插到鬢角裡去。這是那個年代裡最流行的英雄臉譜，二郎神也似，十分地威風可怕。天氣乾冷，寒氣從大地深處上升。我們隊長鼻子尖上掛著一滴清鼻涕，結成了冰凌。他老人家的鼻子毫無疑問是凍僵了，像一根通紅的胡蘿蔔。他在後台上走來走去，不知道是心焦意亂呢還是凍得難以坐住，如果是後者，那麼他就是要藉不斷的運動來活動筋骨，加快血液循環，增強肌體的禦寒能力。前台上，胡琴吱吱扭扭地響著。拉胡琴的朱老師是個很嚴重的羅鍋腰子，還是個很嚴重的近視眼。他那副白邊眼鏡的腿兒不知斷過多少次了，用膠布橫纏豎綁著。他是個老右派，劃成右派前家裡成分是富農。據說他還參加過國民黨，還在國民黨領導的三青團裡當過訓導員。這可是個像五香麵兒一樣滋味豐富的壞蛋，無論搞什麼運動，都逃脫不了他。鎮壓反革命跑不了他，整風反右跑不了他，土地改革跑不了他，四清運動跑不了他，他是真正的貨真價實的老運動員。之所以在這麼多次運動中沒要了他的小命，就在於這個老東西會的手藝實在是太多了。他會拉京胡、板胡、二胡，不但能拉，還能製造樂器。他造了一把四根琴弦、雙馬尾弓子的胡琴，拉起來雙聲雙調，一把琴發出了兩把琴的聲音，大大地提高了勞動生產率，等於一個人幹了兩個人的活。他能吹長笛短笛，還能嗚嗚咽咽地在月下吹簫。後來流行用西洋樂器伴奏京劇，他拆了自家一個梧桐木風箱，刀砍斧剁，硬是自製了一把小提琴。這件事在高密東北鄉引起不小的轟動，我七叔說那把小提琴的模樣很像日本鬼子使用的歪把子機關槍。朱老師拉提琴也是無師自通。這老傢伙毫無疑問是一個偉大的發明家，同時還是個能工巧匠。人們都說：老朱除了不會生小孩之外，什麼都會。他拉起提琴來的樣子，的確是奇形怪狀，我無法用文字來描述，只能靠你們自己來想像。請想像吧：一個永遠腰弓成九十度、戴著橫纏豎綁的千度近視眼鏡、留著大背頭、穿著對襟小棉襖的人，竟然在舞台上用自製的小提琴演奏革命樣板戲，你說美妙不美妙。他除了音樂方面的天才外，還是個相當不錯的書法家，行楷篆隸，無一不能。我們村家家門上貼的對聯都是出自他的手筆。春節前幾天，他在學校辦公室裡那副破乒乓球案桌上，潑墨揮毫，所有的詞兒都是毛主席詩詞。給人家新婚夫婦寫對聯他就寫：天生一個仙人洞，無限風光在險峰。這詞兒常常引起一些流氓分子的想入非非，但他們不敢把心裡的流氓想法說出。我也是眾流氓中的一個，去人家鬧喜房時，找不到個辦法發洩青春的熱情，便站在人家洞房窗外，一遍一遍又一遍的高聲朗讀：天生一個仙人洞，無限風光在險峰。天生一個仙人洞，無限風光在險峰……鬧得人家的老人莫名其妙，不勝厭煩：孩子們，別吵吵了，天都快要亮了，回家睡覺去吧。

我們的朱老師還是個體育運動的積極參加者，別看他弓腰駝背，條件艱苦。他最喜歡的運動是打籃球，運球過人，帶球上籃，矯健得像隻豹子，而且投籃還是一等第一的準確。有人要問了：這怎麼可能呢？一個羅鍋腰子還能打籃球？並且還能打得很好？我說的你如果不信，你可以到我們村調查去。他還喜歡打乒乓球，那時我們國家正是乒乓熱潮，每個學校都壘起土台子，乒乒乓乓打起來。我們學校那三個露天土台子就是朱老師領著我們壘起來的。沒有磚頭，我們就去扒無主的荒墳；沒有錢買水泥抹台面，我們就去撿雞屎賣錢。朱老師撿雞屎是一絕，原因嘛我不說大家也能想像出來。同樣的原因，朱老師發球具有十分的隱蔽性，誰也猜不到他發出的球是個什麼旋法。縣裡的冠軍與他比賽，被他打了個落花流水，氣得那個小白臉兒小臉通紅，連說：怪球怪球。我們都毫不懷疑地認為：如果朱老師不是右派，拿回個世界冠軍也不是不可能的。

我們凍得要死，可朱老師卻滿頭大汗。他拉琴的動作很大，像老木匠拉大鋸似的。我們看到他頭上冒著白色的水蒸氣，騰騰的，好像一座小鍋爐。我們羨慕他身上的熱度，但都知道他不是常人，羨慕也沒用。他老人家是音樂天才、體育天才，還是天生的抗寒種子。村裡人私下議論：這傢伙要不是右派、要不是弓腰、要不是近視，地球如何能盛得下他？只剩下最後的一個唱段了，朱老師開足馬力拉著過門：里格龍里格龍里格龍龍……那熟悉又親切的家鄉戲的旋律在我的耳邊迴旋著，使我的心中泛起酸菜缸的氣味，過去的歲月又歷歷在目……常隊長倒背著手，像一隻大狗熊似的在後台轉圈子。我暗中猜測，他雖然念念不忘找個機會整治七叔，但真要誤了場，破壞了這場戲，他也是吃不了兜著走。那個年頭跟現在大不一樣，沒有親身經過的說也不明白，親身經過的不說也能明白。我知道這是廢話，但還是要說，因為小說本質上就是廢話的藝術。我們隊長嘴裡嘟囔著：管老七呀管老七，我把你這個管老七……那最後的一個唱段眼見著就要被郭江青唱完了，可七叔還是不見蹤影。我心裡念叨著：郭江青啊郭江青，你千萬節約著點唱……但郭江青一點也不節約，不但不節約，她還偷工減料少唱了兩句詞兒。看來誤場是篤定的，七叔註定要倒楣了。

正當我為七叔的命運擔憂時，七叔趕來了。又是一個驚險的最後一分鐘營救，這是說書人慣用的伎倆。踉踉蹌蹌的七叔、氣喘吁吁的七叔、狼狽不堪的七叔一個興奮的「狗搶屎」，撲倒在後台。我禁不住一聲歡呼。據說我歡呼的聲音比郭江青的唱腔還要高八度，這是後來的郭安娜告訴我的。我們的隊長可顧不上歡呼，他急急忙忙地把那個衣包拽下來，從七叔的背上。他手忙腳亂地把那套光榮的棉軍衣穿到身上，活像一個剛從冰窟窿裡爬上來、見了衣服比見了娘還要親的叫化子。他剛把衣服披上，還沒來得及扣扣子呢，郭江青已經唱完了最後的唱段、扭動著水蛇腰下了台。我們的隊長胡亂扣著扣子，沒顧得上穿那雙沉重的大頭皮靴就上了革命的舞台去執行他的革命任務。這時候，我才有機會來照顧一下七叔。

我想把七叔拉起來。我拉他的手，他不動；我以為他已經犧牲了，急忙去摸他的頭；他的頭燙我的手，我才欣慰地知道他還活著。我大聲叫道：七叔！七叔！七叔抬起頭看看我，有氣無力地問：孩子，沒誤場吧？我大聲回答他：沒誤！七叔說：那就好……然後他就閉上了眼睛。我的心中頓時充滿了悲壯的感情，熱辣辣的淚水奪眶而出。你們不要以為我七叔說完這話就該犧牲了，沒有那事；等我們隊長從台上下來時，七叔已經站起來了；儘管他的身體有些晃蕩，但他的精神卻是十分的亢奮；就好像一個在最嚴酷的戰鬥中贏得了勝利的戰士。就像後來七叔自己說的那樣：這算什麼，想當年我扛著一百斤小米一夜跑了一百里，放下小米就去抬傷兵。這算什麼！我知道七叔是大驢鳥日磨眼硬充好漢，其實那晚上他就吐了血。

請允許我回頭照應一下本文的開頭部分吧，我的文章淨走斜路，惡習難改，實在是不好意思。七叔收拾好他的寶囊，回到院子當中，繼續修理他的車。一邊修車，一邊接著剛才的話頭往下說：……為什麼光提小車不提褲子呢？這事不公道，我死了也不賓服……過渦河時，河面上結著半指厚的冰，指導員一聲令下，一馬當先，扛著一褲子小米，光著身體衝下河。我們發一聲吼，扛著裝滿小米的褲子，緊跟著指導員下了河。河裡那層薄冰啪啪地破了，冰茬子像刀刃一樣割人。那河裡的水真叫涼，沒有比那渦河裡的水更涼的東西了，我敢打賭。我們上了對岸，低頭一看，腿上、肚皮上盡是血口子，讓冰茬子割的。但這血口子並不是最難受的，最難受的是雞巴蛋子，這兩兄弟都縮到小肚子裡去了。那種痛法跟別的痛法不一樣，大概可以叫做「牽腸掛肚」，痛過的不說也明白，沒痛過的說了也不明白。指導員帶著我們烤火，他很有經驗，大聲地命令我們：弟兄們，重點烤那兒，把它老人家烤出來再烤別處。我們最聽指導員的話，都認真地烤那地方。指導員又喊了：離火遠點，烤熟了可就孵不出小雞來了。我們最聽指導員的話，讓那地方離火遠了點。烤了老半天，才把它們烤下來。

七嬸端著一盆豬食去餵圈裡的豬，路過我們身邊時，歪了一下頭，順便批評七叔道：你能不能說幾句人話？一天到晚，胡謅八扯，真真煩死人也！七嬸對我說：他就是能吹牛，說什麼地區李專員與他睡過通腿，是生死之交，可讓他去找找李專員，給躍進安排個工作，他殺死也不去。七叔把眼一瞪，怒沖沖地說：你婦道人家懂得什麼？不到關鍵時刻呢，到了關鍵時刻我自然會去找他。其實我根本用不著親自去，我花上八分錢寄封信去，李專員保準開著直升飛機來接我！七叔拍著肚皮上那塊紫色的疤痕，道：你以為這是被狗咬的嗎？這不是狗咬的，這是我背著李專員從碾莊往徐州爬，在地上磨的。李專員受了重傷，如果不是我把他從槍林彈雨裡背下來，哪有他的今天？大侄子，你現在可明白了我和李專員的關係有多深了吧？我說：明白了，你們的關係比天還要高，比海還要深，從碾莊爬到徐州，少說也有二百里吧？硬是一點一點爬過來，容易嗎？不容易，的的確確是不容易。沒有比鐵還要硬比鋼還要強的意志是無論如何也做不到的。七叔感動地說：賢侄，在這個地球上，能夠理解我的，也就是你一人了！

下面說說七叔的褲子。七叔的褲子就是前面說過的那種笨褲子。七叔的笨褲子是青色的，褲腰卻是白色的。他紮了一條紅綢腰帶，腰帶頭兒在兩腿之間耷拉著。白褲腰從腰帶處摺疊下垂，好像養蜂人連綴在帽檐下的面紗。我們把這種現象叫做「褲子打傘」。七叔的腰帶還餘著尺把長，扯起來可以扭秧歌。這樣一條嶄新的紅綢腰帶怎麼會紮在七叔陳舊灰暗的褲腰上？對此我疑慮重重，想問又不敢問。因為我們那兒只有死人才紮這樣的紅綢腰帶。老人們經常歎息：該紮紅腰帶了！意思就是該死了。這跟那些老幹部動不動就說該見馬克思了是一樣的。其實有一些老幹部是見不到馬克思的，他們應該去見斯大林。七叔揮動著鋒利的小板斧，白布的褲腰和紅綢的腰帶隨著身體的動作飄飄如翅。他哪裡是在修車？分明是在劈柴。他的動作快捷得讓我驚訝。算算他也是六十多歲的人了，從哪裡得來這麼多蠻力氣，能把一柄板斧掄得如落花流水？這是貨真價實的運斤如風，只見一片光影閃爍，習習生出寒氣，只怕連水也潑不進去。古代的有名戰將、真實的歷史人物加上小說中的虛構人物，使斧出了名的，《隋唐演義》裡有一個程咬金，《水滸傳》裡有一個急先鋒索超，還有那個天殺星黑旋風李逵。好像《說岳全傳》裡那個侵略者金兀朮也是使斧頭的。他們都有些笨拙，都比較魯莽，只知道用憨力氣。能將一柄板斧施展的如流星追月、星馳電掣的，只有我這人稱「七癲」的七叔了。當然，木匠鼻祖魯班用斧的技術也不會錯；那位用斧頭幫人砍去鼻上白堊的楚人技術也相當高超；但比起我們的七叔，他們還差把火。我才剛還以為七叔是在那兒劈木頭呢，定睛一看，才發現他在劈那些綠頭蒼蠅。這是一件舉重就輕的絕技，不看不知道，一看嚇一跳。只見那些蒼蠅都被他從脊梁正中劈成了兩半，分成兩半的蒼蠅身體各帶著一半翅膀打著旋轉落在我的面前。有一隻蒼蠅逃脫，像一粒耀眼的金星，躥到比白楊樹梢還要高的陽光裡去。七叔笑咪咪地說：寶貝兒，你想逃嗎？我怎麼捨得讓你逃了呢？我們活捉了王耀武，活捉了黃維、杜聿明，也絕不會放過你，你要是知趣呢，就給俺乖乖地下來，也許俺還能留你一條小命；如果你執迷不悟，那可就怪不得俺手黑了。那傻蒼蠅不聽七叔的警告，沒了命地往上躥，眼見著就要與灼目的陽光融為一體了。七叔道：賢侄，你作證，不是俺管老七不仁慈，實在是這傢伙太頑固。想當年我們放走了李彌，已經丟了半輩子人，如果今日放走了牠，我們如何向子孫後代交代？我點點頭，表示十分地願意為他作證。七叔就把手中的板斧猛地拋了上去。只見一道藍色的光芒，像一條靈蛇，嗖的一聲，飛到天上去了。緊接著又是一道藍光，無聲無息地斂到七叔的手裡，依然化為一柄板斧。我仰面朝天，等待著那隻頑固不化的蒼蠅。過了好一會兒，那隻蒼蠅才落下來。牠一落地即分成了兩半。我興奮得發了狂，大聲嚷叫著：七叔，你啥時練出了這手絕技？我讀武俠小說，總以為那裡邊的描寫是胡編亂造，今日看了您老人家的表演，才知道他們寫的還遠遠不夠呢！七叔笑道：這麼點子小事竟然也讓你吃驚？如果這點小活兒就把你驚成這樣，那麼，我用這把小板斧把美國佬的無人駕駛高空偵察機砍下來，你又會怎樣呢？

這時，七嬸提著一根擀麵杖，努力抽打曬在當院鐵絲上的那件龐大的棉衣。棉衣有五成新，領子和袖口處油膩膩的，被陽光一曬，散發出一股難聞的氣味。七嬸啪啪地抽打著棉衣，好像在藉此發洩心中的仇恨，至於她恨的是誰，那我不知道。七嬸每打一棍，七叔的臉就抽搐一下，彷彿挨打的不是他的棉衣，而是他的肉體。我聽到七叔低聲嘟囔著：看看吧，就這麼一件可身的衣裳，她還不給我換上。我原以為七嬸耳聾眼花，聽不清七叔的話呢，沒想到她全部聽清了。她側過頭來，翻著白眼，露出兩個白眼仁，撇著嘴說：老東西，臨死你也不給活人們留點念想嗎？反正披金掛銀也是進爐子燒掉，這麼件大棉襖，燒了多可惜？他們弟兄們爭，我誰也不給，留著，萬一落到沿街要飯吃的地步，這件大襖，冬天就是我的被子，夏天就是我的蓑衣。七叔不滿地對我說，賢侄，你聽到了沒有？她為自己考慮得多麼周到，可她就忍心讓我只穿著一件破褂子走了人，那可是寒冬臘月、滴水成冰的季節。那件褂子上還沾著我的腦漿驢的血。七叔憤憤不平地咕噥著，臉上的表情既年輕又漂亮，好像一個十幾歲的男孩子。他說了一陣，把板斧插到腰帶裡，斧柄朝下，斧頭朝上，讓雪亮的斧刃緊貼著肚皮，很是威武。他的雙眼怔怔地望著我，弄得我心裡毛虛虛的。我問：七叔，您有什麼話儘管說吧，別這樣看著我，我害怕。七叔歪了一下頭，羞澀地笑了。他說：賢侄，我是多麼想抽一支菸啊……我忍不住笑起來，我說：這還不好說嘛！我用左手攬住胖墩墩的女兒，右手從褲兜裡掏出一盒不知真假的紅中華和一個一次性的塑膠殼氣體打火機，遞給他。

打火機的塑膠殼上印著三個白字：黑蝴蝶。這是我工作的那個城市裡最有名的夜總會的名字。每當華燈照亮城市時，那些嘴唇上塗著螢光口紅，身穿黑色短裙的女郎，便像蝴蝶一樣從四面八方飛來。在燈光昏暗的舞廳裡，她們的嘴巴像日全食時的貝利珠一樣光芒四射。

七叔用粗大的手指，小心翼翼地從華麗的菸盒裡抽出一支菸，放到鼻下嗅著。他臉上的表情可以說是心醉神迷。七叔是個麻臉，麻的程度相當嚴重，連鼻子尖上、眼皮上都是疤點和肉豆，由此可知，當年他生的牛痘是多麼樣的密集；他的生活，又是多麼樣的缺少照料。記得我生牛痘時，母親怕我搔癢留下疤痕，用布帶子把我的雙手捆住。有娘的孩子和沒娘的孩子就是不一樣。七叔是我爺爺的弟弟的孩子。七叔的父母在他很小時就死了。他與他的幾個弟妹是跟著我的爺爺奶奶長大成人的。「文革」初期，七叔還沒倒楣的時候，為了要跟土改時被劃為地主成分的我爺爺劃清界限，他曾經上台控訴我爺爺和我奶奶的罪行。七叔說他們兄妹在老地主家裡當牛做馬，吃不飽穿不暖，遭受著嚴重的剝削，過著水深火熱的日子。親情是虛偽的外衣，而階級的壓迫才是問題的實質。七叔如果光揭發也就罷了，他千不該萬不該在揭發批判結束時，分別在我爺爺和我奶奶的屁股上踹了一腳。當時，我爺爺和我奶奶正彎腰九十度，七叔從後邊一踹，把二老全部踹得前額著地。奶奶的額頭比較脆弱，當場就血流滿面。爺爺的額頭比較堅固，也鼓起了一個大包。奶奶當場就放聲大哭，爺爺則破口大罵：七啊七，你昧著良心說話，忘恩負義，不得好死……「文革」過後，七叔前來解釋，說那是演苦肉計給人看的，請求原諒，但爺爺奶奶至死也沒原諒他。奶奶只要見了他，就揮舞著手中的拐杖，高聲大罵：麻子七，麻子七，你的良心讓狗給吃了，老天爺遲早會懲罰你……

七叔笨拙地點著菸煙，一憋氣就吸了半支。然後就有兩股煙柱從他的鼻孔裡噴出來。吸完菸，他的臉上洋溢著心滿意足的神情。他的步伐有點踉蹌，分明是吸菸吸醉了。他伸出兩隻粗糙的大手，要接我懷中的女兒去抱，但我的女兒哇哇大哭，使勁將腦袋往我的懷裡扎。七嬸道：看你醜得這副鬼樣子，別嚇著孩子。七叔搔著頭，尷尬地笑了。我突然發現，七叔臉上的笑容竟然像一層油彩似的，慢慢地流淌下去，現出了一張血污猙獰的面孔。七叔仰面朝天跌倒在地。一縷黑血，從他的腦門上，像毛毛蟲一樣爬出來……

我大叫一聲：七叔！

冷汗從我身上汩汩汩而下。

一張電報紙飄飄然落在我的手裡，好像一隻不祥的黑蝴蝶。電報紙向我報告了七叔遭遇車禍的消息。

冒著鵝毛大雪，我匆匆趕回老家。季節是寒冬臘月，田野一片雪白。頭頂上有一群烏鴉像一團烏雲伴隨著我。在村頭上，我與七叔相遇。他用雙手掩著血肉模糊的臉，悲悲切切地說：賢侄，我知道你今天回來，特意來迎接你。我問：到底是怎麼搞的？七叔說：這是命中註定的，遲早脫不了這一劫。你還記得不？「文革」時我踢過你爺爺和你奶奶的屁股，傷了天理，這是老天爺懲罰我呢。我說：我們是比較徹底的唯物主義者，不講這套唯心主義的東西。

我氣昂昂地往前走去，地面上的積雪被我的腳踩得吱吱叫，好像突遭驚嚇的猿猴發出的聲音。七叔在我的面前，輕飄飄地往後倒退著。他那雙賽過熊掌的大腳，竟然落地無聲，並且不留一點痕跡。

他說：賢侄，我來迎你，是想告訴你一個祕密。我有一張面額二百元的存摺，藏在豬圈牆的第七道磚縫裡。你偷偷地告訴你七嬸吧，千萬別讓那些小雜種知道。

我說：七叔你就放心吧。

很快，我看到七叔躺在院子正中的一領葦席上，葦席的邊緣上補著兩個補靪，這領席顯然是從炕上揭下來的。他的身旁，躺著那匹與他同遭不幸的毛驢。一見到我，七嬸就哇哇地哭起來。七嬸哭著說：你七叔死得冤枉啊……再過七天就要過年了，你七叔沒吃上過年的餃子就走了呀……

我看著七叔青色的臉，心裡酸酸的，很是不好受。

與七叔同路驅車去縣城賣大白菜的王老五，親眼目睹了七叔遭禍的情景。他站在七叔的屍體邊，手舞足蹈地給我講述著。王老五也是個大麻子，七叔給解放軍往前線扛炮彈時，老五正在黃維兵團裡當兵。據他自己說他當的可不是一般的兵。他當的是機槍手。那年他被生產隊裡的黑牛頂傷了腰，從整勞力的行列裡暫時退下來，與我們這些半拉子勞力一起給棉花噴藥。他弓著腰對我們吹牛：龍困淺灘遭蝦戲，虎落平陽遭犬欺！想俺王老五，當年手提一支機關槍，往圍子牆上這麼一站，對著那些攻城的八路，嘟嘟嘟，一梭子打出去，那些八路像麥個子一樣，橫七豎八倒了一地。不是俺老五吹牛，死在俺手下的八路，沒有一千，也有八百！「文革」一起，老五為這次吹牛付出了沉重的代價。我們把他吊在村頭那棵大榆樹上，清算他殺死千兒八百八路軍的滔天罪行。藤條棍棒像雨點似的落在他的身上，打得他叫苦連天，告饒不迭：老少爺們，饒了我吧……我是吹牛呢……我在黃維兵團裡當了三個月伙夫就開了小差……連槍都沒摸過呀……我往家跑時，碰上了七麻子的擔架隊，我還給他們帶了二百里路呢……不信你們問七麻子去……

我們村的領導吩咐我去把七叔叫來。七叔一來就破口大罵：老五，你這個反革命，滿口噴糞，我什麼時候碰到過你？你是反革命，老子是革命反，咱們是兩股道上跑的車，走的不是一條路！七叔罵著，擠到樹前，對準老五的肚皮搗了一拳：王八蛋，我讓你胡說八道！這一拳搗得老五怪叫一聲，彷彿從嘴裡吐出一個蛤蟆。

七叔用拳頭表示了他的革命立場，他跟我們站在一起批鬥老五。說心裡話我們也不願七叔為老五作證幫老五洗清，好不容易挖出了一個大個的反革命，就像挖出了狗頭金一樣讓我們興奮，哪能輕易放了他呢？

老五被打急了，在大榆樹上狂叫：革命的同志們哪，你們放下我來，我就坦白交代。我們把他從大樹上放下來，他趴在地上呼哧呼哧地喘粗氣。他的身上又有血又有汗。我們等著他交代，他卻裝起死來了。我們的領導者大吼一聲：混蛋，你竟敢戲弄我們，說不說？不說就把他吊起來。老五急忙說：我交代，我交代……我要揭發管老七……他是個反革命，我在黃維兵團當機槍手時，老七是我們機槍班的班長。他的槍法全兵團第一，黃維司令親手給他戴過勳章……

老五這席話，好比平地起了一聲雷。我們怔怔地望著七叔，好像望著一個從天而降的怪物。我們眼睜睜地看到，數百顆比黃豆還要大的汗珠，只用了一秒鐘的時間，便從七叔的頭顱上鑽出來。七叔的臉色先是憋成青紫的顏色，隨即便變成了蠟黃色。突然間七叔像野狼一樣嚎叫著：老五……你這個狗娘養的……你血口噴人哪……我跟你遠世無仇，近世無冤……

革命的群眾可不管那一套，一擁而上，把七叔按倒在地，用小麻繩五花大綁了，與老五並排著吊在了大樹上。我的眼睛裡飽含著淚水，但還是堅定地舉起了棍子，與革命的群眾一起，抽打著七叔的屁股和雙腿。七叔高聲喊叫著：同志們，同志們，我冤枉啊……我曾經為黨國立過戰功……

七叔一句「我曾經為黨國立過戰功」引起了我們高度的警惕，如果說適才大家還對老五的話半信半疑，那現在，階級鬥爭的弦突然綳緊了。因為，不久前我們翻來覆去地看了十幾遍革命電影《南征北戰》，那裡邊，國民黨的張軍長槍斃那個丟了陣地的團長時，那個團長就是這樣高呼：「我曾經為黨國立過戰功，我曾經為黨國立過戰功！」這說明什麼呢？這說明，我們的領導嚴肅地說，管老七不是一般的歷史反革命，而是一個埋藏很深的大反革命，他絕不僅僅是一個機槍班的班長，起碼是個團長，很可能是個師長，搞不好還是個軍長。挖出這樣的大反革命，我們應該向公社革委報喜，向毛主席報喜，沒準毛主席他老人家還會表揚我們呢，要是毛主席他老人家表揚了我們，我們這輩子就吃穿不愁了。

我們滿懷著革命的激情，押解著七叔，連夜往公社進發。那夜天降小雨，夜色如墨。我們高舉火把，照明夜路，冒雨前進。路上，我們超越了七頭牛。這七頭牛都是要到公社獸醫站去治病的。牠們得了一樣的病：麻腳黃。我至今也不知麻腳黃是一種什麼病。這七頭牛並不是在一起的。牠們之間拉開了大約有五百米的距離。七頭牛都是黃色的，都長著直直的角。牠們模樣相似，簡直就是一個娘養的。而且都是牛前一個白鬍子老漢拉著韁繩，牛後一個十幾歲的小男孩手裡拿著一根前頭綁了膠皮鞋底的棍子，不緊不慢地、厭煩至極地、拍打著牛的屁股。牛走得十分艱難，兩條後腿，像抽了筋似的哆嗦著。我們超越第一條牛時，還不把這當回事，因為我們都馬馬虎虎地聽說過，時下正在流行一種牛的怪病。我們的火把照亮了牛前牛後，我們看到牛身上油光閃閃，牛的眼睛裡淚水汪汪。超越牛時，先是那個小孩子用鬼精靈的眼睛看了我們，緊接著那個老頭子用老妖一樣的眼睛看了我們。我們心中有感，但沒當回事。可過了不到半點鐘，我們又趕上了一條牛。牛好像還是那頭牛，牛後的小男孩好像還是那個小男孩，牛前的老頭子好像還是那個老頭子。這時候我們心中就略微有點糊塗起來。這路到底是怎麼走的？我們押解著七叔，心中懷著狐疑，匆匆地越過了男孩、黃牛和老漢，繼續往公社趕去。又走了抽袋菸的工夫，在我們的火把照耀的光明裡，又一次出現了男孩、黃牛和白鬍子老漢。我們的心裡越發糊塗起來，這到底是怎麼回事呢？如果不是碰上了鬼，就是我們在做夢。但大家誰也沒吱聲，都把驚訝和恐懼藏在心裡。我們又一次超越了他們，超越他們時我們感到冷風陣陣撲到臉上。我們往前走了一段路，大家的心中都忐忑不安，好像都在盼望著什麼但又生怕碰到什麼。正在這樣想著時，那一老一少一牛，第四次出現在我們的火把光耀下。他們的形象是那樣的鮮明生動，他們的姿態是那樣的超凡脫俗。冷汗從我們的皮肉裡不知不覺地流出來。我們的領導是個膽大出了名的人，七叔還怕蛤蟆，我們的領導連蛤蟆都不怕。但在我們第四次與牛相遇時，從我們領導問話時顫抖的嗓音裡，我們聽出了領導掩飾不住的恐懼。我們領導問：你們是哪村的？在顫抖不止的光明中，那個半大小子的腦袋倏地扭過來，他的腦袋運轉得滑暢之極，好像脖子上安裝了美國軸承。他的眼睛又小又黑，活像兩隻活潑潑的小蝌蚪。他的回答更讓我們膽戰心驚：操你們的媽，他說，我們是閻王村的！我們領導還壯著膽子說：哎，你這小孩，怎麼張口就罵人呢？這時，那老頭子的腦袋也倏地轉過來，他的腦袋運轉得也很滑暢，好像安裝了美國軸承。老頭子很不高興地說：你這領導怎能這樣說話？操你們的媽就算罵人嗎？不操你們的媽你們是怎麼出來的？我們的領導還想攪和，就聽到那頭顫顫巍巍的黃牛，發出了一聲沉悶的怒吼，聲音宛如從地心冒出來的，震動得地皮都打哆嗦。我們領導趕緊閉了嘴，帶領著我們，惶惶地往前逃去。又往前行走了一箭之地，在火把的亮光裡——不用我說您也猜到了，我們又看到了他們。這一次我們都深深地垂下頭，屏住呼吸，輕悄悄地從他們身邊滑過去。如果說他們是神靈，好像也不對，因為我從他們身邊滑過時，分明嗅到了一股強烈的牛油味兒，如果是神牛，怎麼還會有凡牛的氣味？我還聽到老頭子放了一個悠長的響屁，難道神仙也會放屁？我還看到那個醜小子上唇上掛著兩道白鼻涕，難道仙童也會流鼻涕？接下來自然是與他們第六次相遇了。第六次與前五次大同小異，無甚可記。第七次相遇時，我們手中的火把全都滅了。天比墨汁還黑，黑得我們呼吸都很困難。黑暗中，忽然響起了嘿嘿的冷笑聲。起先是一個人在笑，緊接著是兩個人笑，最後發展到黑暗的四周，全是嘿嘿的冷笑。我們不約而同地叫了一聲親娘，緊縮成石頭的心臟猛烈地膨脹開來。然後我們撒腿就跑，誰也顧不了誰了。至於老反革命七叔，誰還去管這等鳥事。我不知道別人，我自己的感覺是：那晚上是我遇到的最黑暗的夜晚，那晚上的事情是我終生最奇的遭遇，那晚上的事情讓我終生難忘，那晚上的黑暗是一種類似海綿的物質，可以裁來縫成長袍。

借助著神力，七叔度過了這一劫。回村後，我們的領導一頭扎到炕上，發起了無名的高燒，阿司匹靈片一把把地往嘴裡掩，那燒硬是退不下來。村裡的赤腳醫生對我們領導的老婆說：給他準備送老的衣裳吧，他的性命已經難保了。赤腳醫生剛說完這句話，我們的領導出了一陣比膠水還黏的臭汗，眼珠子往上翻翻，黑眼珠只剩一條線，白眼珠子一大片，立馬就逝世了。我們領導是復員軍人，他有一個絕活：倒立行走。他在部隊的籃球場上倒立行走時，恰好被一位首長看到，於是他被首長選去做了勤務員。首長外出總是帶著他，讓他給別的首長表演倒立行走。這傢伙很快便紅透了，得意忘形，在首長家裡胡鬧，在首長的床上亂打滾，還敢跟首長年輕的夫人動手動腳。他自己毀了錦繡前程。我們的領導一死，文化大革命在我們村就基本結束了。後來就是小學校裡幾個年輕的教師吃飽了沒事幹，帶著我們胡折騰。我們去各村演出走夜路時，還生怕碰到那小孩、那老頭、那黃牛，所以不管家裡多窮，借錢也要買個手電筒，在當時，手電筒是高科技產品，能避邪驅鬼。

王老五站在七叔家的院子裡，連說帶比畫的向我描述七叔遭難時的情景。

大侄子，你也許不知道，我跟你七叔，已經結成了親戚——其實我早已得知，老五的三女兒小囤，跟七叔的小兒子豐收，定下了百年之好——兒女親家，要緊的親戚，你說是不是？我說是是是。老五道，我們賣了大白菜，支上笸籮餵上驢，你七叔說：五哥，今日菜價不錯，下得也快，咱老哥倆下館子喝兩盅？我說：喝兩盅就喝兩盅，反正現在單幹了，交完皇糧國稅，誰也不能把咱的雞巴拔了去。俺老哥倆進了路邊一個小酒館，要了一瓶「醉八仙」，點了四個小菜，哪四個小菜？第一花生米，第二醃黃瓜，第三土豆絲，第四醋蒜頭。俺老哥倆就這樣你一盅我一盅喝起來。喝著酒，我們想起了許多往事。你七叔說：五哥，還記得咱老哥倆被村裡的「紅衛兵」吊到大榆樹上審問的情景嗎？我說：怎麼能忘了呢？管什麼事都忘了，這件事也忘不了。你七叔道：五哥，你這傢伙，怎麼能說我是黃維兵團的機槍班長呢？你這不是硬往死路上推我嘛！我說，你明明在路上碰到過我，你們那個指導員還硬逼著我給你們帶了兩天路，你為啥不肯為我做證明？你不給我作證，還怪我「咬」你？你七叔嘿嘿地笑起來。他說：五哥，過去的事兒就不再提了，真是做夢也想不到，咱老哥倆竟成了兒女親家。我說：誰說不是呢？這年頭，不比從前了。年輕人自己看對了眼，做老子的只好順著來。你要擰著，人家小兩口買上一張車票，一翅膀颳到內蒙古；一年後，抱著小孩子回來了。客氣吧，給你生上一個；不客氣給你生上兩個；見了面追著你叫姥爺，你有啥辦法？說實話，我看到你家那個豐收心裡就彆扭。要才沒才，要貌沒貌，要力氣沒力氣。腰細得像麻桿似的，挑上擔水就像扭秧歌。這樣的身板，能掙飯吃？可有啥辦法？小囤鬼迷心竅，硬是看中了他，說生是豐收的人，死是豐收的鬼，那決心堅定得像石頭一樣。我跟她娘想給她潑點冷水，她抱起一個農藥瓶子就要喝。你知道那是啥農藥？劇毒農藥「三九一一」，德國進口原裝貨，一滴毒死一條狗，兩滴毒死一頭牛。一瓶子灌下去，別說一個小囤，一萬個小囤也要報銷！嚇得她娘噗通一聲跪在地上，哭著說：小姑奶奶，小老祖宗，快放下那藥瓶子，俺不管你還不行嗎？你願意嫁給誰就嫁給誰還不行嗎？連哄帶勸的，才把個藥瓶子奪下來。你說你們家豐收的本事有多大吧！過後她娘問：小囤，你老實說，看上了那豐收的什麼？你猜她說啥？打死你你也猜不出。她說：豐收會爬樹，村東頭那棵大白楊，沒人能爬到頂，豐收噌噌地就爬到了頂。氣得我兩眼發綠，我說小囤，單為了爬樹，咱去找個猴子不行嗎？她一聽急了，說只要我再敢污辱豐收，她就要跳井。我說七哥，你們老管家八輩子修來的福氣，能娶上我家小囤這樣的好媳婦！可惜了我那小囤，一朵鮮花插在了牛糞上。你七叔只管嘻嘻地笑，他的心裡很滿足，娶上了我家小囤這樣的要才有才、要貌有貌、要力氣有力氣的兒媳婦，他沒有理由不滿足。

我忽然感到有些厭煩，便不客氣地打斷老五滔滔不絕的廢話，說：五叔，你還是給我說說七叔遇難的經過吧。

老五忙說：好好好，我說。我們老哥倆把那瓶「醉八仙」喝完，都沾了五分酒，醺醺帶著半個醉。趕上驢車我們就往家走，一輪明月當頭照，照得大地明晃晃。我和你七叔心裡其實挺高興。你七叔比我還要高興，他那個活猴似的兒子把我家小囤騙上了手，他能不高興？他坐在車轅上，搖晃著二郎腿唱小曲兒。要問唱的是啥曲兒，「推起小車去支前」，你七叔正唱得高興，就見前邊有兩道耀眼的金光射過來，照得我們兩眼發花，不知道前方來了什麼怪物。說不知道其實也知道，四十多年前我們就看到過國軍的十輪大卡車拖著榴彈炮。你七叔趕著驢車在前，我趕著驢車在後。我家的灰驢膽氣小，拖著車也拖著我，哧溜下了溝。你七叔的黑驢如果不是嚇傻了，就是什麼都不怕。牠昂著頭站在路中央，一動也不動。我喊：老七，靠邊呀！你七叔說：怕啥？難道他還敢壓死我？你七叔一句大話沒說完，就聽到咯咯唧唧一陣響……接下來的事，我也說不太清楚了，因為從根本上來說我是被嚇糊塗了。

我說，您老人家還是說說，因為如果要打官司後邊的問題其實比前邊的還要重要。

老五道：那就大概著說說吧。其實我這個人還是有良心的。大侄子，我跟你交底吧，昨晚上，馬書記派人來，扔在咱家院子裡一捆鹹帶魚，足有三十斤呢！那人說：老王大叔，馬書記要我來看看您，先送點魚來給你壓驚，馬書記說，等過了這陣子，他再來看你。大侄子，這不明擺著要用鹹帶魚堵住我的嘴嘛！

我急忙說：五叔，您人格高尚，正直善良，遠近都有名。

老五道：你也不必給我戴高帽，我一不高尚，二不善良，我主要是怕報應。你七叔生前就是個神神怪怪的傢伙，記得當年袁鰲押他去公社，在路上碰到了七個老頭、七個小孩、七頭黃牛，都是一模一樣。袁鰲回家就病，病了就死。你七叔不是個一般人物。再說了，孬好我們也是兒女親家。老的不親小的親，我要昧了良心，怎麼能對得起孩子們。

我說：五叔您真讓我感到欽佩，您就重點地把出事後的經過說說吧。

老五卻翻著白眼道：你還要我說什麼？該說的我不是都說了嗎？年輕輕的，怎麼就聾了呢？

聽罷王老五一席話，我感到一股熱血直沖腦門，怒火在我的胸中熊熊燃燒。雖然老五省略了後邊的細節，但憑著我對鄉裡那個馬書記的瞭解，便猜到了他的表現。他是個言行一致的貪官，上任時公然地說：鄉親們，咱打開天窗說亮話，我這個書記是花了十萬元買來的，在四年的任期裡，最起碼我也要把這十萬元撈回來。他的話合情合理，鄉親們給予他充分的理解。據我的一位在鄉裡當會計的同學說，姓馬的上任第一年，就額外地向全鄉人民多收了三十萬斤小麥，每斤小麥按八毛錢計算，三八就是二十四萬元，也就是說，一年他就夠了本。不僅夠了本，而且是大有賺頭。過去的說法是「三年清知府，十萬雪花銀」；現在的說法是，「一任鄉鎮長，百萬人民幣」。可見花錢買官是利潤最大的投資。

我攥緊拳頭，擂了一下院子裡那根拴驢木樁，咬牙切齒地說：此仇不報，枉為五尺男兒！弟兄們，抄傢伙，去砸了姓馬的鱉窩，替天行道！

七叔的兒子們原本就是些聽到打架小過年的傢伙，聽我這一喊，興奮得嗷嗷亂叫；從牆旮旯裡抄起钁頭、扁擔，跟著我就往外衝。這時，父親攔住了我們的去路。他駝著背，站在大門口，威嚴地說：你們胡鬧！馬書記是國家幹部，受法律保護，你們去砸他的家，不是等於去找死嗎？他可是帶槍的人。

我的頭腦冷靜下來，感到父親說得很對。

七嬸見我洩了氣，又嗚天嚎地地哭起來。

我們家族中一位素為我不喜的堂姑突然冒出來，雙手扠著腰，氣洶洶地說：解放、躍進、豐收，你們這些孬種，怎麼又縮回去了？你們不要指望別人替你們的爹報仇。隔一皮是一皮，侄子再親也不如兒。還是按我說的辦，抬著你爹去鄉政府大院，不給個說法就放在那兒。

另一位素為我厭惡的堂姑也冒出來，咬著牙根說：讓姓馬的給七哥抵命！

第一位堂姑說：抵命是不現實的，也是不划算的。人死不能復生，還是要為活人著想。我建議，讓姓馬的安排解放、躍進、豐收去當工人，再讓姓馬的賠償人民幣一萬元，留做七嫂子的養老金。

父親連連搖頭，但沒再說什麼。

七叔的兒子們在兩位姑姑的鼓動下，六隻眼睛都閃閃發亮。他們七手八腳地卸下一扇門板，把七叔抬上去。七叔的胳膊像打連枷一樣掄著，好像在藉此發洩心中的某種情緒。

一行人拖拖拉拉地出了村，越過冰封雪蓋的河流，向鄉政府大院進發。承載著七叔屍體的門板由解放和躍進抬著，後邊跟著啼哭不休的七嬸和家族中的一些人，還有一些不怕寒冷、趕來看熱鬧的村民。爬河堤時，躍進的腿一軟，一屁股坐在地上，身體隨著後仰，玩了一個屎克郎滾蛋下河堤。門板落地，七叔凍得僵硬的屍體呼嘯著躥出去，撞倒了兩個跟在後邊看熱鬧的人。其中一個名叫大寶的，爬起來後小臉乾黃，好像丟了靈魂似的。後來大寶果然生了一場病，花了一百塊錢才治好。大寶說，他欠著七叔一百塊錢，正好在心中暗暗盤算不必再還時，就被七叔的屍體一頭撞倒了。於是人們都說死後有靈驗的，在我們這個古老的村子裡，只有管老七一個人。這些都是後話。

七叔一衝下門板，我們那兩個堂姑便尖聲嚎叫起來。解放、躍進兩人先是互相抱怨，繼而掄起了皮拳，打得團團旋轉。騙去了小囤姑娘愛情的爬樹英豪豐收同志，站在一邊看熱鬧，好像打成一團的不是自己的兄弟。七嬸氣壞了，坐在雪地上，嚎啕大哭。這時，我真切地聽到，七叔發出一聲深沉的歎息：嗨……

費了千辛萬苦，終於把七叔的屍體抬到鄉政府的大院裡。年關將近，官員們早就回家忙著過年去了。偌大個院落裡，只有一間房子裡亮著燈。我們往裡探頭一望，看到兩個公務員模樣的小青年，一個坐在凳子上，一個坐在桌子上，正在打撲克賭菸捲。在他們身後，一台黑白電視機正在播放美國電視連續劇《加里森敢死隊》，這部電視劇情節緊張，台詞幽默，中國老百姓聞所未聞，見所未見。先是躍進抵不住誘惑，躲躲閃閃地溜進屋去，隨即豐收也溜進去了。這哥倆一頭扎進劇裡，早把為父伸冤的事忘得乾乾淨淨。解放嘟囔著：又不是我一人的爹，憑什麼要我守著？他也溜了進去。七嬸哭著說：老頭子呀老頭子，你睜開眼看看你養這些好兒子吧……

七叔的眼睛原本就沒閉上，經七嬸這一召喚，瞪得更大更圓，還放出了藍色的光芒，嚇得七嬸反倒不敢哭了。

那兩個堂姑衝進屋去，氣洶洶地質問那兩個小青年：你們的領導呢？叫你們的領導出來！

坐在凳子上的小青年抬起頭，懶洋洋地說：都這時候了，還找啥領導？回去吧，明天再來。

一個姑姑說：你們撞死了人，難道白撞死了？啥都不管了？

小青年道：大嫂子，您對著我發脾氣還不如對著這堵牆發脾氣。我不過是個端茶倒水、掃地跑腿的小力笨，啥用也不管。

又一個姑姑說：反正我們就住在這裡不走了，看看你們怎麼辦。

兩個姑姑跟小青年鬥著嘴，三個堂弟張著大嘴，癡呆呆地盯著電視螢幕，達到了聚精會神的程度。

一個虎背熊腰的大漢，一腳踢開門，晃了進來。他披著一件雪花呢大衣，頭戴一頂鴨舌帽，嘴巴裡噴出酒氣，雙目炯炯有神。坐在桌子上的小青年慌忙跳下來，恭恭敬敬地垂手而立。坐在凳子上的小青年也慌忙站起來。

馬書記掃了我們一眼，道：你們要造反嗎？

我說：我們不敢造反，我們想討個公道。

馬書記哈哈大笑道：公道？啥叫公道？我就是公道！你們給我乖乖地滾回家去，否則可別怪我不客氣！

我說：姓馬的……

姓馬的打斷我的話，說：鄉政府雖小，也是一級政府，你們聚眾鬧事，破壞安定團結的大好局面，該當何罪？

三個堂弟縮在牆角瑟瑟發抖；兩個姑姑面面相覷。

七嬸張牙舞爪地撲進來，嚎叫著：我不活了……我不活了……

馬書記一閃身，七嬸一頭撞到了牆上，當場就昏了過去。

我怒火填胸，一把揪住馬書記的衣領，道：姓馬的，你欺人太甚！

想不到請我赴宴的人，竟是小學同學郭安娜。

那輛白色的上海車出現在我們村子裡時，的確引起了不小的轟動。我糊糊塗塗地上了車，問司機：誰請我？

司機說：郭局長。

一路上我挖空心思也沒想出來郭局長是誰。

在縣府招待所門口，她握著我的手，問：老同學，還認識我嗎？

昔日的美麗少女郭江青，漸漸地從今日局長郭安娜肥嘟嘟的身體裡鑽出來，就好像美麗的蝴蝶從肥蛹裡鑽出來一樣。

在招待所一個清靜的小包間裡，郭安娜與我一起回憶了當年的革命歲月，勾起了我心中絲絲縷縷的感情。她說：你這個壞傢伙，還記得不？去高家莊演出那次，你用一塊尖利的石片，差一點打瞎了我的眼睛！

那天，我埋伏在石橋下，看到化好妝的郭江青婀婀娜娜地從橋南頭走過來。她的步伐輕盈，如其說她是走過來，還不如說她是飄過來。那時太陽將要下山，紅光照耀大地，郭江青眉如秋黛，目若朗星，宛若畫中人物。我心中對她的愛慕，像潮水一樣洶湧澎湃。我多麼想站在橋頭上與她迎頭相遇，然後我說：郭江青同志，你好！但是我不敢，我看到我們的同學汪衛東從後邊趕上了她。汪衛東從懷裡摸出一根足有半尺長的白蘿蔔，放到膝蓋上一磕，喀嚓斷成兩段。他把一段蘿蔔遞給郭江青。我心中盼望著郭江青拒絕這蘿蔔，可那郭江青接了這蘿蔔。我心中的滋味很不好受。我感到雙手在打哆嗦。我心中充滿了對郭江青的恨，說恨其實也不像恨。我的手從橋墩下摳出一塊石片。我的手揚起那塊石片拋了出去。一切都與我無關，都是我的右手幹的。我看到那塊石片飛出去。我看到那塊石片打在郭江青的眼睛上。我聽到郭江青一聲慘叫。我知道闖下了彌天的大禍。郭江青家是我們村唯一的一戶烈屬，她的確前程錦繡。殺了我一條小命，也賠不上郭江青一隻眼睛……後來的結果比我想像的好得多，沒有任何人找我，就像什麼事也沒發生一樣。幾天後，郭江青眼睛上蒙的紗布撤了，她的眼睛依然明亮如星。

我滿懷著歉疚，向郭安娜道歉：對不起……實在是對不起……

她用那兩隻會說話的眼睛，水水地看著我，輕聲道：你這個壞傢伙，為什麼要用石頭打我？

哪裡……哪裡……其實我想打汪衛東……

她含情脈脈地盯著我，用被菸酒刺激得略顯沙啞的嗓音低沉地說：你那點鬼心眼子，我還不清楚？所以，我爹要收拾你時，我保護了你……

我用右手抓住她的左手，她用右手抓住我的左手，說：我謹代表我的妹夫向你七叔一家表示深深的歉意。

誰是你的妹夫？

她說：你真的不知道？

馬書記託人送來了一捆鹹帶魚，還有三千元錢。我躲在屋子裡沒有露面。我聽到來人和父親在院子裡說話。父親說：這錢，這魚，我不能收，你最好直接送到老七家。那人道：馬書記讓送到這裡來，我怎敢違背？父親哏了一會，道：既是馬書記的意思，那我就代收，不過，您得等我一會兒。我從窗櫺裡看到父親駝著背，匆匆忙忙地走出院子。那個人在院子裡煩躁不安地轉圈子。過了一會，父親帶領著八叔（七叔的親弟弟）和解放回來了。八叔的手裡，提著一桿秤。那人說：都到了？這是三十斤帶魚，這是三千塊錢，你們點點數吧。那人把錢遞給父親，父親說：別給我。那人把錢給了解放。解放接過錢，用食指從嘴裡沾了唾沫，笨拙地數起來。他數了好久也數不清楚。煩得那來人雙眉緊縮，道：甭數了，剛從銀行裡取出來的，還會有錯？解放脹紅著臉道：對了，對了。父親道：老八，把魚秤一秤。八叔用秤鉤子把魚掛起來，歪著身體，用左手撥動著秤砣上的細繩，秤桿忽上忽下地抖動著。多少？父親問。八叔抓住秤桿，道：二十九斤半。那人道：剛從供銷社裡提出來的，三十斤還高高的，怎麼一轉眼就少了半斤？八叔斜著眼道：你自己來秤吧！那人道：一定是你們的秤不標準。八叔怒道：秤還有不標準的？真是笑話！那人道：好好好，就算我在路上偷吃了。父親道：你這個同志怎能這樣個說話法？咱斤是斤，兩是兩。那人掏出一張白紙，一支鋼筆，道：你們給我開個收條吧。父親接過紙筆，問：怎麼寫？那人道：就寫今收到孫助理送來人民幣三千元鹹帶魚三十斤。八叔道：二十九斤半。那人道：好好好，就寫二十九斤半，真是的。父親一條腿跪在地上，曲起一個膝蓋，用拿毛筆的隆重方式，攥著鋼筆，一筆一畫地寫好了收條。

就這樣完了？解放瞪著眼發問。父親冷冷地說：不這樣完了還能怎麼樣？真要打起官司來，只怕連這點錢也弄不到。八叔道：官官相護哪！父親說：解放，這點錢，是你爹的血錢，我建議你們兄弟誰也別伸手，存到銀行裡，算你娘的養老保險金吧。這點帶魚，也是你爹用命換來的。我勸你們也別吃，留著給你爹辦喪事吧。八叔道：還是各家分一點，為了七哥的事，親戚朋友都出了力嘛。父親說：你們商量著辦吧，怎麼合適怎麼辦。

分完了帶魚，就商量給七叔辦喪事。兩個姑姑一致提出，喪事要大辦，起碼要用兩棚吹鼓手。父親歎口氣，道：依我看，還是從簡為上，弄來些吹鼓手，嗚天嗷地的，幹什麼呀？又不是什麼光彩事。一個姑姑說：七哥死得窩囊，喪事上再不風光一點，我們心裡不過意，也讓人家笑話，說我們老管家沒有能人。說著她就低聲抽泣起來。另一個姑姑幫著腔說：辦，為什麼不辦？不但要辦，而且還要大辦！不蒸饅頭蒸（爭）口氣嘛！父親說：我啥都不管了，你們看著怎麼辦好就怎麼辦去吧。

吹鼓手是讓張船兒去請的。張船兒是村子裡的保管員，兩隻大眼珠子黃澄澄的，很是嚇人。這是個吃人不吐骨頭的狠毒角色，村子裡的人沒有不怕他的。他曾經有過一個八字腳、黃頭髮的女兒，名字叫小翠。小翠二十多歲了他也不給她找婆家。二十多歲的女人在城市裡不算什麼，但在村子裡就是老大姑娘了。他哄著好幾個青年幫他家無償幹活，說是誰幹得好就招誰去做上門女婿。小翠生在這樣的家庭裡真是不幸。小翠後來喝農藥死了，這對張船兒是一個沉重打擊。後來，張船兒給女兒結了陰親，將小翠「嫁」給了鄰村一個少亡的青年，「婚事」辦得比活人結婚還要隆重。張船兒從男方家要了三千元。人們私下裡說張船兒把女兒的屍體都賣了。通過給女兒辦「婚事」，張船兒竟然成了辦理喪事的專家，他與半個縣內的吹鼓手都建立了密切的聯繫。誰家要請吹鼓手，沒有他的介紹，還真不好辦。張船兒自然要向喪家提取服務費，他還要向吹鼓手們索要介紹費。

張船兒披著剪絨領子短大衣，手裡提著一面銅鑼，領著一個吹鼓手的頭兒，風風火火地走進七叔家。

張船兒對守在七叔靈前的堂弟們說：你們誰主事兒？

解放忽地站起來，說：我！

張船兒打量著解放，道：你？對對對，應該是你。然後他就指著吹鼓手的頭兒說：這是劉師傅，全國有名的民間音樂家，一嘴能吹三只嗩吶，鼻孔裡還能插上兩只。解放，你爹死了，你就是家長，我跟你說，能把劉師傅他老人家請出山，著實不容易，我的嘴皮子都磨薄了兩寸！要不是看在七哥的面子上，我才不出這個力呢！

解放結結巴巴地說：讓你吃累了，大叔。

我吃點累不要緊，張船兒道，誰讓我是你爹生前友好呢？重點是劉師傅，八十多歲了，帶病出山。你們弟兄們得大發點，不能虧了他老人家。

解放問：要多少？

張船兒道：你們報個數吧。

解放道：我們不知行情。

張船兒道：一般的吹鼓手班子，出場費是二百元，但像劉師傅這樣的著名人物出場，怎麼著也不能少於四百。

解放嚷道：四百？張大叔，你乾脆把我們兄弟殺了算了。

張船兒道：解放，你這是說的啥話？是你們讓我去請的，不是我主動去請的。我跑了幾十里路，好話說了一火車，把人給你們請來了，你又說不中聽的，世界上哪有這個道理？

那位劉師傅吐了一口痰，抬起襖袖子擦擦嘴，道：小張，算了，算了，好幾家還等著我去吹呢。

張船兒道：劉師傅您別生氣，小孩子說話沒深淺，您得多擔待。誰讓躺在棺材裡的人是我的好友呢？所以您不看僧面也要看佛面，好歹給個面子，委屈著也得把這事給辦了。

劉師傅道：我不缺錢花。上個月給朱副縣長他娘辦事，朱副縣長一把就甩給我一千塊，你們家這幾個小錢，我看不在眼裡。

張船兒道：劉師傅，知道您不缺錢花。行了，你們弟兄聽著，這事我替你們做主了！劉師傅，您給我個面子，收他們二百塊，就權當是我的爹死了，請您來幫個忙。

劉師傅牙痛似的哼哼了半天，道：小張，你把話都說到這個份上了，我還能說什麼？吹唄！

堂弟們都用感激的目光看著張船兒。

其實吹鼓手們早就在胡同裡等著了。談好了價錢，劉師傅出去就把他的班子帶到院子裡。吹鼓手班子很精幹，加上老劉才四個人。一支嗩吶，一支大號，兩支喇叭。老劉把假牙摘下來，將嗩吶一支插到嘴裡，然後就帶著頭吹起來了。他們吹了一曲《九九豔陽天》，又吹了一曲《路邊的野花不要採》，然後就坐下來抽菸。院子裡那些被音樂聲引來的小孩子眼巴巴地望著他們。

張船兒道：解放，該侍候師傅了。你們家的人怎麼一點規矩也不懂。

沒等解放回答，他媳婦——就是我在前邊提到過的往臉上抹口水的那位——怒沖沖地從裡屋裡躥出來，道：侍候個雞巴蛋！家裡連鳥毛也沒有一根，拿什麼侍候?!

她的話把那幾個年輕的吹鼓手逗得哈哈大笑，院子裡的孩子們也跟著傻笑。

張船兒搖著頭道：七哥，七哥，你真是娶了個好孝順兒媳！

她瞪著眼道：張船兒，別人怕你，我可不怕你！你讓這些王八們給我鼓起腮幫子賣力吹吧。要不，別說二百元，二分錢也休想拿走！

那位劉大師，無奈地搖搖頭，道：徒弟們，今日碰上硬巴骨了，吹吧！

大師帶著頭吹起來。他們吹的曲子是黃梅戲選段《樹上的鳥兒成雙對》。

後來在送葬的路上，那幾個年輕的吹鼓手，一看到披麻帶孝的解放媳婦就忍不住地笑，把好多支曲子吹得不成腔調。

火化後的七叔被盛在一個四四方方、紅紅綠綠的盒子裡。兩個幫忙的人用一塊木板抬著它。七叔的三個兒子緊隨其後。他們都披麻帶孝，手裡提著柳木哀杖。張船兒提著銅鑼，每走一百步，便敲一次。鑼聲一響，按說孝子們應跪地向骨灰盒磕頭，但我那幾個堂弟竟傻乎乎地站著，像沒事人一樣。氣得張船兒大叫：跪下呀，你們這些混蛋。

在堂弟們身後，就是解放媳婦。她的相貌本來就充滿喜劇色彩，再穿上孝服，頭上又戴上孝帽，更是一副稀奇古怪的樣子。那幾個本來應該奏樂不停的吹鼓手，看一眼解放媳婦就憋不住地笑。最後，連沒牙的老劉也繃不住了，噗哧一聲，把嘴裡含著的哨子噴出來。

吹鼓手的不嚴肅態度，引起了一個人的不滿。這人是解放媳婦娘家的一個堂哥，在村裡小學當民辦教師，人送外號「明白人」。他憤怒地衝進送葬的行列，一把揪住劉大師的脖領子，用怪腔怪調的普通話訓斥道：你們嘻皮笑臉，戲弄死者，欺負我們村沒有明白人嗎？

劉大師被勒得老臉發黃，一句話也說不出來。

張船兒氣得黃眼發綠，掄起鑼，鏜——砸在那人頭上。張船兒罵道：王八蛋，你算個什麼東西？把自己的老娘攆出去討飯吃，自己在家裡喝酒吃肉，連畜牲都不如的個東西，還跑出來充大頭蒜！

那人臉色蠟黃，訕訕地退到一邊。送葬的隊伍繼續前進。

七叔是個能忍的人。他的背上傷痕累累。他自己說那是在戰場上留下的光榮疤，奶奶說那是他小時生瘡落下的。七叔沒得罪奶奶之前，奶奶曾說過：你們都不如你們七叔能吃苦。他脊梁上生瘡，爛得生了蛆，照樣幹活不停。

七叔背上生了蛆，還堅持去公社糧站扛麻袋。扛一天麻袋，能掙到三斤紅薯乾子。麻袋裡裝滿糧食，如果裝麥子，有一百九十斤重；如果裝豆子有二百一十斤重。扛著這樣重的麻袋往小山樣高的糧食垛上爬，腳下踩著顫顫悠悠的跳板，這活兒一般的人是幹不了的。七叔背上流著膿，淌著血，好像剛從戰場上撤下來的傷病員。就這樣流著膿淌著血他還是一馬當先地扛著麻袋小跑步。感動得糧庫主任眼淚汪汪。糧庫主任說：七麻子是用特殊材料製成的，能吃大苦，能耐大勞，比共產黨員還共產黨員。糧庫主任問：七麻子，你們村為什麼不吸收你入黨呢？七叔笑道：主任，您拿俺取笑呢！我要是能加入共產黨，那我們村裡那匹瞎馬也能加入了。那可是貨真價實的軍馬，屁股上燙著烙印，牠才是吃大苦耐大勞的模範。

糧庫主任一席玩笑話，竟激起了七叔的幻想。那時我還在鎮上讀高中，星期天，七叔找到我，鄭重其事地說：大侄子，你幫我寫一份入黨申請書，我準備加入共產黨。我看著他臉上那過分的鄭重，以為他得了神經病。七叔說：我不是給你開玩笑，其實我早就是黨的人了，從我在淮海戰場上衝鋒陷陣時，我就把自己的一切交給共產黨了。

後來我聽說，當七叔把入黨申請書交給村黨支部書記沈五奎時，五奎笑道：七麻子，你是不是有毛病了？有病快去醫院看看，別耽誤了。七叔說：支書，我真的想入黨。五奎道：我知道你真的想入，誰不想入？但你得夠那個條件呀。七叔道：那你說我哪個地方還不夠條件？五奎道：共產黨不收麻子。七叔道：五奎，你放屁！共產黨裡的麻子比國民黨裡多得多，因為生麻子的多數都是窮人，而共產黨就是窮人黨。

生產隊裡趕馬車的汪亮兒一臉油皮，瞇縫著兩隻色眼，見了女人就湊上去戳七弄八，淨占小便宜。晚上開會，他專往女人堆裡鑽。他一鑽進去就熱鬧了。女人們吱哇亂叫，齊罵汪亮兒，但都不惱。

麥收季節裡，我被派給汪亮兒跟車裝卸。從田野裡回來時，馬車運載著麥個子，像一座緩緩移動的小山。我躺在麥個子上，聽汪亮兒說葷故事。在車道旁邊的一棵桑樹下，七叔正在撒尿。汪亮兒說：快看快看！我問：看啥呢？亮兒道：看驢生。我抬起頭，又迅速低下頭，感到有點不好意思。汪亮兒說：中學生，你知道嗎？七叔年輕時，可是個風流角色。我說：你放屁！汪亮兒道：你不信？聽我說。七叔年輕時看坡，在十字路口搭了一個棚子，棚子裡支起一口鍋，經常煮地瓜吃。林鳳蓮——那個浪貨，趕集回來，鑽進棚子吆喝著：餓死了餓死了，七麻子，給個地瓜吃吧。七叔說：正等著你來吃呢！說著就像老虎一樣撲上去，把林鳳蓮按到地上……後來林鳳蓮逢人便說：哎喲喲俺的個親娘，七麻子那塊貨，根本就是個驢的。

被派給汪亮兒跟車，是因為我割麥的技術太差。那時候，麥收季節是我們的盛大節日。麥子熟了，遍野金黃。天不亮時，就有許多鳥兒在空中歌唱。人們披著星星，戴著月亮，提著鐮刀下坡，藉著星月之光割麥子。一個個模糊的大影子，在晦暗中晃動著，嚓嚓的鐮聲裡，伴隨著老人的咳嗽聲和驚起的野兔的尖叫。太陽冒紅時，遍地都是麥個子，人們的衣服也被露水打濕了。在輝煌的朝陽下，人們的身影都拖得長長的。隊長用手捶著腰，喊：歇了，等飯！

麥收時，生產隊免費供應大米稀飯。疲乏的男人們嘴裡咬著草梗，躺在麥個子上等飯。也有坐著磨鐮的。七叔手大胳膊長，割麥的速度全隊第一。他用的鐮刀也大，刃子很鈍，但從來不磨。他全憑著力氣大，不必磨鐮刀。忽然有人高呼：飯來了！

大家都興奮起來，眼巴巴地往路上望。只見保管員王奎，帶著兩個大個子婦女，都挑著擔子，忽閃忽閃地，像老鷂子一樣飛來了。大家忽啦啦圍上去，搶勺子搶碗。只有七叔與隊長安然不動。七叔對隊長說：現在的人覺悟太低，我們當年支前那會兒，一碗水能喝一連的人，哪像這呀！

只有參加割麥的人才能享受免費的大米稀飯，這也是我死乞白賴擠進割麥人行列的原因。但我的力氣和技術都不行，等別人割到地頭歇著等飯時，我還在地中央磨蹭呢。我很焦急，但愈急愈割不快。一鐮刀又把手指割破，我有點想哭。這時，七叔迎我來了。他很快就與我匯了合。我看到七叔割過的地方，茬子低，麥穗齊；我割過的地方，茬子高高低低，麥個子凌亂，麥穗子掉了遍地。生產隊裡那個小個子會計，看了看我割過的地方，青著臉道：你這是割麥子？不，你這是破壞！吃飯時，我剛盛上一碗大米飯，會計一把將碗奪過去扔在地上，鼻子不是鼻子，臉不是臉地說：你有什麼資格吃大米飯？你糟蹋了生產隊的糧食，禍害了生產隊的草，回家吃你娘做的去吧！

我的眼淚刷地就流下來了。

因為小個子會計是村裡的貧農代表，說話比隊長還要硬，所以任憑著他說什麼，也沒有人敢為我說句公道話。這時，七叔走上前來，對會計說：老徐，我那份飯不吃了，省給我侄子吃，可行？會計有點尷尬，恨恨地瞅我一眼，道：你這道號的，純粹是塊廢物點心，背著乾糧也找不到雇主。七叔說：他還小呢！會計說：由小看大，一歲不成驢，到老也是個驢駒子。我心裡恨透了老徐，但他是貧農代表，誰敢不怕？我更怕。因為我們家成分高。其實，七叔後來對我說：解放前，老徐家每逢集日就大吃大喝，大對蝦成筐的往家買。他娘不過日子，他爹更是敗家子，抽大菸，扎嗎啡，把他爺爺留下的那點家底給糟光了，正好共產黨來了鬧土改，他家劃成個貧農。如果共產黨早來二十年，他家是咱村的頭號大地主。

按說七叔對這劃定階級成分的事並無好感，但奇怪的是，等到七十年代末八十年代初，給全國的地、富、反、壞、右摘帽子的時候，他卻對這件事表示出深深的不滿。當那一年的正月裡，村裡那些摘了帽子的「壞蛋」與其他人一起站在大街上曬太陽時，七叔心裡很不平衡，對著人家陰陽怪氣地說：嗨，夥計們，去年的今日，你們在幹什麼？其中一個「壞蛋」說：掃街唄！七叔道：今年不用掃了？「壞蛋」說：感謝英明領袖華主席！七叔道：你們也別高興得太早了，沒準明年又變回去了。一個「壞蛋」說：老七，要是你當了主席，我們這些人就永無出頭之日了吧？七叔道：夠嗆。

我去給他拜年時，他對我說：大侄子，你說，中央是不是出了修正主義？把壞人的帽子都摘了，那幾十年的革命不是白搞了嗎？七嬸罵他道：吃飽了撐得個老東西，閒著沒事去撿筐狗屎肥田也好，國家大事還用得著你操心！七叔瞪著眼罵七嬸：臭娘們，你婦道人家懂什麼？七嬸道：我什麼都不懂，我只知道不吃飯肚子裡餓。七叔對我說：這紅色的江山根本就是我們打下來的，想不到就要葬送在這些蛀蟲手上。七嬸冷笑道：聽聽吧，大侄子，你七叔是小老鼠日駱駝，專揀大個的弄。

我對七叔說話的口氣十分反感，你不就是去抬過兩天擔架嗎？動不動就以老革命自居，拉大旗做虎皮，啥玩藝嘛！於是我說：七叔呀，這個問題的確很嚴重，你應該去跟小平同志、劍英同志、還有先念同志等等的老革命商量一下，絕不能眼看著你們親手打下來的紅色江山改變了顏色。七叔道：可惜我跟他們不是一個部分的，如果陳毅同志還活著，我一定要去找他。我說：管他是不是一部分呢，像您這級幹部，小平同志肯定知道。七叔說：你說的也對，想當初，小平同志和陳毅同志就在一個炕頭上辦公，我去給他們送信時，小平同志還賞給我一支菸捲呢！

又過了幾年，國家把那些大大小小的國民黨軍官統統地釋放了。我們村裡的劉九也從青海放回來了。劉九在國軍裡當過上校軍需，屬於縣團級，政府每月補助他人民幣三十元，還安排他去給小學校看大門，每月工資五十元。這件事在村裡引起了很大的轟動，都說革命不如反革命，小反革命不如大反革命。為了這事，七叔幾乎發了瘋。

他逢人便說中央出了修正主義，逢人便說紅色江山已經改變了顏色。他跑到小學校，找到劉九——這事我沒親見，是聽在小學裡當教師的羊國說的。羊國說：你七叔真有意思，跑到學校傳達室裡，跟劉九叫板。你七叔說：劉九，別人怕你，老子不怕你，老子跟你來論論理！劉九坐在炕沿上，悶著頭抽菸，一聲也不吭。你七叔說：老子們革命幾十年，到頭來還不如你。舊社會裡你吃香的喝辣的，到了新社會吃香的喝辣的還是你，這事真他娘的不公道。你七叔在門口一吵吵，好多人都圍上來看熱鬧。你七叔人來瘋，跳到一張凳子上，揮舞著胳膊，像大幹部做報告一樣，拖著長腔演講：同志們哪——同志們——東風吹，戰鼓擂，當前世界上究竟誰怕誰？……黑白顛倒啊，同志們——在你七叔演講時，那劉九垂頭不語，宛若一塊死木頭。直到你七叔喊累了，劉九才緩緩地站起來，對著你七叔招手。你七叔走過去，嘴裡嘟囔著：怎麼樣？你想怎麼樣？劉九將嘴巴附到你七叔耳朵上，不知說了一句什麼話，只看到你七叔小臉焦黃，一句話沒說就鍋著腰走了。

七叔的墳墓，坐落在一塊麥田的中央。麥田裡成行成列地生長著一些桑樹。麥子黃梢時，桑椹也熟了。我最後一次去七叔的墳墓距今已三年。那天早晨，霧很大，麥梢子濕漉漉的。一群喜鵲在桑樹上啄桑椹。太陽出來了，霧如輕紗，在桑樹間飄。我立在七叔墓前，腦子裡亂糟糟的。有關七叔的許多往事在腦子裡衝撞著，好像一個不大的瓦罐裡裝了太多的魚蝦。我胡思亂想了一陣，從懷裡摸出一瓶酒，咬開塞子，奠在墓前。

七叔吧咂著嘴，讚道：好酒，好酒！一輩子沒喝過這樣的好酒！他一盅接一盅地往嘴裡倒酒。我說：七叔，少喝點，別喝醉了。他說：醉？我這輩子不知醉了是個啥滋味。

七叔喝醉後的樣子實在是可怕極了。他躺在炕上，裂破嗓子似的叫：親娘呀，難受死了……難受死了……一邊吼叫，一邊抓胸撓頭，還用那雙大腳，輪番蹬踹間壁牆。前面我曾說過，七叔生了一雙特大的腳，不但大，而且還有點奇形怪狀。他要穿加肥的四十六碼鞋，腳底那層厚繭，賽過駱駝腿上的胼胝。農家的間壁牆都是用一層土坯壘到房梁，虛立著，怎禁得住他的腳踹？忽通一腳，間壁牆搖晃；忽通又一腳，間壁牆掉土渣子；忽通忽通十幾腳，就聽到天崩地裂般一聲響，間壁牆倒了。牆外就是鍋灶，鍋裡熬著一鍋稀粥，七嬸正在灶前燒火。結果是牆倒了，鍋破了，灶癱了，還差不點就把七嬸砸死。解放和躍進一怒之下，把七叔拖到院子裡，你一腳我一腳，踹得他球似的滿院子打滾。這時七叔的小兒子豐收從外邊進來，急忙忙地問：哥，你們幹啥？解放和躍進道：你沒長眼嗎？豐收道：踢來踢去的，多費勁嘛，依我說，乾脆掘個坑把老東西活埋了利索！解放和躍進有點猶豫，可那豐收生性魯莽，管自找來一把鐵鍬，在當院裡挖起埋人坑來。七嬸一看要出大事，急忙忙跑到街上，攔住了鄰居張老人。張老人是三八年的老黨員，在村子裡算得上是德高望重，連黨支部書記都另眼看待。七嬸把張老人拉進院子，看到豐收已把埋人坑挖好，解放和躍進每人拖著七叔一條腿往坑裡拖。七叔手扒著地，像個小娃娃一樣嚎哭著。一見有人來，七叔大喊：救命啊……還鄉團要埋人啦……

張老人見狀大怒，罵道：狗雜種們，你們想幹什麼？

豐收斜著眼道：我們想活埋了這個老東西！

張老人道：這個老東西是誰？

豐收道：我也不知道他是誰。

張老人道：難道他不是你們的爹？

豐收道：他是不是我們的爹，我們不知道；我們只知道恨他。他活著，對我們一點好處也沒有，我們決心活埋了他，一來解解心頭之恨，二來為國家省下一部分糧食。

張老人道：孽畜！活埋親爹，無論擱在什麼朝代也是凌遲大罪。你們不怕死就埋吧，反正他也不是我的爹。

豐收瞪著眼問：張爺爺，你告訴我們，啥叫凌遲？

張老人道：就是千刀萬剮，一直剮成骨頭架子。

豐收看看解放和躍進，道：哥，我們是跟他鬧著玩的，對不對？

解放和躍進忙說：對，對，純粹是鬧著玩的。

張老人道：鬧著玩？有你們這個玩法嗎？

七叔從桑樹上摘下一些桑椹，雙手捧到我面前說：吃吧，吃吧，甜極了。

我說：您留著自己吃吧。

他說：我已經吃了許多啦，你不信就看看我的嘴。

我看到他的嘴被桑椹染成了紫紅色。

我摘下帽子，承接了七叔贈我的桑椹。

七叔邀我到他的屋裡去坐坐，我猶豫了一下，但還是答應了。

我彎著腰，尾隨著七叔，鑽進了他的墳墓。墓中有一股發霉的氣息。七叔點燃了一盞豆油燈。一團黃光，照亮了憋促的墓穴。我看到，當年我們扔進墓穴中的衣被等物，已經爛成了碎片。但那個骨灰盒還完好如初。

七叔用一個粗瓷大碗，盛來一碗水，讓我喝。我沒敢喝。七叔歎息道：你七嬸就要來找我了，她來了我的耳根就不得清靜了。

起風了。成熟的麥子晃動著沉甸甸的穗子，像一層層凝滯的金黃色波浪。七叔的墓前洋溢著嗆鼻的塵土氣息，當然也有清新的空氣在其中。無際的金黃中點綴著醒目的翠綠。桑葉肥大，油光閃閃，富含營養，正是春蠶上簇前的最後一遍桑葉。

縣文化館的文學創作輔導員王慧，五十年代末被錯劃成右派時曾在我們村勞動改造過。她對我說：我認識你七叔，七麻子，革命神經病。你七叔長相凶惡，但心眼不壞。六十年代初期，生活困難，你七叔一邊拉耬播種，一邊伸手從桑樹上往下撕桑葉吃。他咀嚼得滿嘴冒綠沫，像一隻受傷的蝗蟲。王慧說你七叔一邊吃著桑葉一邊喊叫：餓啊，餓啊，把人快要餓死了呀……王慧說：在我的印象裡，你七叔好像一匹馬，得著什麼就往嘴裡塞什麼。也許他就是一匹馬。王慧是研究上古神話的專家，她說那蠶寶寶就是一匹馬變的。你看看那眠時高昂著的蠶頭，像不像一匹馬？

一隻灰突突的鳥兒從麥壟間沖上藍天，留下一串花樣百出的呼哨。我的懵懵懂懂的腦海裡，閃開了一道縫隙，清涼的泉水湧出來。一隻黑色的蝴蝶在麥裡桑間忽上忽下、懶洋洋地飛行著，我希望牠就是七叔的靈魂。

於是我就追著那隻黑蝶說：七叔，其實我們愛你；七叔，我們真的愛你；儘管您滿懷著冤恨而死，但我們還是希望您的靈魂早日去您該去的地方，該上天堂您就上天堂，該下地獄您就下地獄，在這不陰不陽的地界裡混著，終究不是個辦法，您說呢？

一隻燕子閃電般掠過麥梢。燕子過後，黑蝶不見了。如果七叔的靈魂進了燕子的肚子，也未嘗不是一個美好的歸宿。您說呢？

一 牛

那時候我是個少年。

那時候我是村裡最調皮搗蛋的少年。

那時候我也是村裡最讓人討厭的少年。

這樣的少年最令人討厭的就是他意識不到別人對他的討厭。他總是哪裡熱鬧就往哪裡鑽。不管是什麼人說什麼話他都想伸過耳朵去聽聽；不管聽懂聽不懂他都要插嘴。聽到了一句什麼話、或是看到了一件什麼事他便飛跑著到處宣傳。碰到大人他跟大人說，碰到小孩他跟小孩說；大人小孩都碰不到他就自言自語。好像把一句話憋在肚子裡就要爆炸似的。他總是錯以為別人都很喜歡自己。為了討得別人的歡心他可以幹出許多荒唐事。

譬如說那天中午，村子裡的一群閒人坐在池塘邊柳樹下打撲克，我便湊了上去。為了引起他們的注意，我像貓一樣躥到柳樹上，坐在樹丫裡學布穀鳥的叫聲。學了半天也沒人理我。我感到無趣，便居高臨下地觀看牌局。看了一會兒我的嘴就癢了起來。我喊叫：「張三抓了一張大王！」張三仰起臉來罵道：「羅漢，你找死嗎？」李四抓了一張小王我也忍不住地喊叫：「李四手裡有一張小王！」李四說：「你嘴要癢癢就放在樹皮上蹭蹭！」我在樹上喋喋不休，樹下的人們很快就惱怒了。他們七嘴八舌地罵我。我在柳樹上與他們對罵。他們終於忍無可忍了，停止打牌，紛紛地去四下裡找來磚頭瓦塊，前前後後地站成一條散兵線，對著樹上發起攻擊。起初我還以為他們是跟我鬧著玩玩呢，但一塊斷磚砸在我頭上。我的腦袋嗡的一聲響，眼前冒出許多金星星，幸虧雙手摟住了樹杈才沒掉下去。我這才明白他們不是跟我開玩笑。為了躲避打擊，我往樹的頂梢躥去。我把樹梢躥冒了，伴著一根枯樹枝墜落在池塘裡，弄得水花四濺，響聲很大。閒人們大笑。能讓他們笑我感到很高興。他們笑了就說明他們已經不恨我了。儘管頭上鼓起了血包，身上沾滿了污泥。當我像個泥猴子似的從池塘裡爬上來時，模模糊糊地意識到：其實我是故意地將柳樹梢躥冒了。為了引起他們的注意，為了贏得他們的笑聲，為了讓他們高興。我的頭有一點痛，似乎有幾隻小蟲子從臉上熱呼呼地爬下來。閒人們看著我。我也看著他們。我看到他們臉上露出了一些驚訝的神色。當我將搖搖晃晃的身體靠在柳樹幹上時，其中一個閒人大叫：「不好，這小子要死！」閒人們愣了一下，發一聲喊，風一樣地散去了。我感到無趣極了，背靠著柳樹，迷迷糊糊地，很快就睡著了。

等我醒過來時，柳樹下又聚集了一群人。我本家的一個擔任生產隊長的麻臉的叔叔將我從樹下提拎起來。「羅漢，」他喊叫著我的乳名，說，「你在這裡幹什麼？頭怎麼破了？瞧瞧你這副模樣，真是美麗極了！你娘剛才還扯破嗓子地滿世界喊你，你卻在這裡鬼混，滾吧，滾吧，滾回家去吧！」站在耀眼的陽光下，我感到頭有點暈。聽到麻叔對我說：「把身上的泥、頭上的血洗洗！」

我聽了麻叔的話，蹲在池塘邊上，撩著水，將自己胡亂洗了幾下子。冷水浸濕了頭上的傷口，有點痛的意思，但並不嚴重。這時，我看到生產隊裡的飼養員杜大爺牽著三頭牛走過來了。我聽到杜大爺咋咋呼呼地對牛說：「走啊，走，怕也不行，醜媳婦脫不了見公婆！」

三頭牛都沒扎鼻環，在陽光下仰著頭，與杜大爺較勁。這三頭牛都是我的朋友，去冬今春飼草緊張時，我與杜大爺去冰天雪地裡放過牠們。牠們與其他本地牛一樣，跟著那頭蒙古牛學會了用蹄子刨開雪找草吃的本領。那時候牠們還很小。沒想到過了一個冬天牠們就長成了半大牛。三頭牛都是公牛。那兩頭米黃身體白色嘴巴的魯西牛長得一模一樣，好像一對傻乎乎的孿生兄弟。那頭火紅色的小公牛有兩道脊梁骨，是那頭尾巴彎曲的蒙古母牛下的犢子，我給牠起了個名字叫雙脊。雙脊比較流氓，去年冬天我們放牧時，牠動不動就往母牛背上跳。杜大爺瞧不起牠，認為牠跳也是白跳，但很快杜大爺就發現這傢伙已經能夠造孽，急忙用繩子將牠的兩條前腿拴起來，拴起來也沒擋住牠跳到母牛背上，包括跳到生牠的蒙古母牛背上。杜大爺曾說過：「騾馬比君子，牛羊日牠娘。」

「老杜，你能不能快點？」麻叔大聲吆喝著，「磨磨蹭蹭，讓老董同志在這裡乾等著。」

蹲在小季家山牆下的老董同志抽著菸捲說：「沒事沒事，不急不急！」

老董同志是公社獸醫站的獸醫，大個子，黑臉，青嘴唇，瞘眼窩，戴一副黑邊眼鏡，腰有點蝦米。他菸癮很重，一支接一支地抽，不停地咳嗽，不停地吐痰。他的右手食指和中指被菸燻得焦黃，一看就知道是老菸槍。他夾菸的姿勢十分好看，像唱戲的女人做出的那種蘭花指。我長大後夾菸的姿勢就是摹仿了老董同志。

麻叔衝到牛後，打了兩個魯西牛各一拳，踢了雙脊一腳。牠們往前躥了幾步，就到了柳樹下。

杜大爺被牛韁繩拖得趔趔趄趄，嘴裡嘟囔著：「這是怎麼個說法，這是幹什麼吃的……」

麻叔訓他：「你嘀咕個什麼勁！早就讓你把牛牽來等著！」

老董同志站起來說：「不急不急，也就是幾分鐘的活兒。」

「幾分鐘的活兒？您是說捶三頭牛只要幾分鐘？」老杜搖搖他的禿頭，瞪著眼問，「老董同志，俺見過捶牛的！」

老董同志嘴裡叼著菸，跑到柳樹後邊，對著池塘撒尿。水聲停止後他轉出來，劈開著兩條腿，繫好褲扣子，搓搓手，瞇縫著眼睛問：「您啥時見過捶牛的？」

杜大爺說：「解放前，那時候都是捶，先用一根油麻繩將蛋子根兒緊緊地紮了，讓血脈不流通，再用一根油汪汪的檀木棒槌，墊在捶布石上，輕輕地捶，一直將蛋子兒捶化了，捶一頭牛就要一上午，捶得那些牛直翻白眼，哞哞地叫。」

老董同志將菸屁股啐出去，輕蔑地說：「那種野蠻的方法，早就被我們淘汰了；舊社會，人受罪，牛也受罪！」

麻叔說：「對嗎，新社會，人享福，牛也享福！」

杜大爺低聲道：「舊社會沒聽說騙人的蛋子，新社會騙人的蛋子……」

麻叔說：「老杜，你要是活夠了，就回家找根麻繩子上吊，別在這裡胡說！」

杜大爺翻著疤瘌眼道：「我說啥了？我什麼也沒說……」

老董同志抬起腕子看看手錶，說：「開始，老管，你給我掐著錶，看看每頭牛平均用幾分鐘。」

老董同志將手錶擼下來遞給麻叔。然後挽起衣袖、緊緊腰帶。他從上衣兜裡摸出一柄亮晶晶的小刀子。小刀子是柳葉形狀，在陽光下閃爍。然後他從褲兜裡摸出一個醬紅色的小瓶子，擰開蓋子，夾出一塊碘酒棉球，擦擦小刀和手指。他將用過的棉球隨手扔在地上。棉球隨即被看熱鬧的吳七搶去擦他腿上的疥瘡。

老董同志說：「老管，開始吧！」

麻叔將老董同志的手錶放在耳朵邊上，歪著頭聽動靜。他的臉上神情莊嚴。我跑到他面前，跳了一個高，給他一個猝不及防，將那塊手錶奪過來，嘴裡喊著：「讓我也聽聽！」

我剛把手錶放到耳邊，還沒來得及聽到什麼，手腕子就被麻叔攥住了。麻叔將手錶奪回去，順手在我的頭上搧了一巴掌。「你這熊孩子怎麼能這樣呢？」麻叔惱怒地罵道：「你怎麼這麼招人煩呢？」罵著，他又賞給我一巴掌。雖然挨了兩巴掌，但我的心裡還是很滿足。我畢竟摸到了老董同志的手錶，我不但摸到了老董同志的手錶，而且還將老董同志的手錶放到了耳朵上聽了聽，幾乎就算聽到了手錶的聲音。

老董同志讓杜大爺將手裡的三頭牛交出兩頭讓看熱鬧的人牽著。杜大爺交出雙脊和大魯西，只牽著一條小魯西。老董同志撇著外縣口音說：「好，你不要管我，只管牽著牛往前走。」

杜大爺就牽著牛往前走，嘴裡嘟嘟囔囔，聽不清他說了些什麼。

老董同志對麻叔說：「老管吶，你看到我一彎腰就開始計時；我不彎腰你不要計時。」

麻叔有點不好意思地說：「老董同志，實不相瞞，這玩藝兒我還真有點不會看。」

老董同志只好跑過去教麻叔看錶計時，我只聽到他對麻叔說：「你就數這紅頭小細針轉的圈數吧，轉一圈是一分鐘。」

這時杜大爺牽著小魯西轉回來了。

老董同志說：「轉回去，你只管牽著牛往前走，我不讓你回頭你不要回頭。」

杜大爺說：「我回頭會怎麼樣？」

老董同志說：「回頭濺你一臉血！」

這時陽光很是明亮，牛的皮毛上彷彿塗著一層油。杜大爺在牛前把韁繩抻得直直的，想讓小魯西快點走，但不知為什麼小魯西卻不願走。牠仰著頭，身體往後打著坐。其實牠應該快走。牠的危險不在前面而是在後面。老董同志尾在牛後，跟著向前走了幾步。我們跟老董同志拉開了三五米的距離，都目不轉睛地盯著他的背。我們聽到他急促地說了一句：「老管，開始！」然後我們就看到，老董同志彎下了他的蝦米腰。他的後腦勺子與小魯西的脊梁成了一個平面。他的雙手伸進了小魯西的兩條後腿之間。我們看不清楚他的雙手在牛的兩條後腿之間幹什麼；但我們都知道他的雙手在牛的兩條後腿之間幹什麼。我們只看到與老董同志的後腦勺子成了一個平面的小魯西的脊梁扭動著，但我們弄不明白小魯西為什麼不往前躥幾步。我們還聽到小魯西發出沉重的喘息聲，但我們弄不明白小魯西為什麼不尥起蹄子將老董同志打翻。說時遲那時快老董同志已經直起了腰。一個灰白色的牛蛋子躺在滾燙的浮土上抽搐著，另一個牛蛋子托在他的手掌裡。他嘴裡叼著那柄柳葉刀，用很重的鼻音說：「老管，好了！」

「三圈不到，」麻叔說，「就算三圈吧！」

麻叔一直定睛看錶，沒看到老董同志和小魯西的精彩表演，他嚷起來：「怎麼，這就完了嗎？」他隨即看到了地上和老董同志手中的牛蛋子，驚歎道：「我的天，三分鐘不到您就閹了一頭牛！老董同志您簡直就是牛魔王！」

杜大爺轉到牛後，看到小魯西後腿之間那個空空蕩蕩的、滴著血珠的皮囊，終於挑出了毛病：「老董同志，您應該給我們縫起來！」

老董同志說：「如果您願意縫起來，我馬上就給您縫起來。不過，根據我多年的經驗，縫起來不如不縫起來。」

麻叔嚷道：「老杜，你胡嚷什麼你，人家老董同志是獸醫大學畢業的，這大半輩子研究的就是這點事，說句難聽的話，老董同志騸出的蛋子兒比你吃過的窩窩頭還要多……」

「老管呀，你太喜歡誇張了！您是一片『燕山雪花大如席』！」老董同志說著，用一根血手指將眼鏡往上戳了戳，然後很仔細地將地下的那個牛蛋子撿起來，然後他將兩個牛蛋子放到柳樹下邊凸出的根上，然後他說：「老杜，牽頭過來。」

杜大爺將小魯西交到一個看熱鬧的人手裡，從另一個看熱鬧的人手裡將大魯西牽過來。杜大爺眼巴巴地看著老董同志，老董同志揚了一下下巴，示意他牽著大魯西往前走。杜大爺就牽著大魯西往前走。大魯西與小魯西一樣不願意往前走。我心裡替牠著急，大魯西，你為什麼不往前跑呢？你難道看不到小魯西的下場嗎？老董同志一聲不吭就彎下了腰。麻叔也不看錶了，直著眼盯著老董同志看，腳步不由自主地我們都跟著老董同志往前走。我們看到一個灰白的牛蛋子落在了滾燙的浮土上抽搐。我們緊接著看到老董同志手裡托著一個牛蛋子，嘴裡叼著那柄柳葉刀站直了腰。我們聽到麻叔拍著大腿說：「老董，我服了你了！我他媽地口服心服全部地服了你了！您這一手勝過了孫猴子的葉底偷桃！」

老董同志將大魯西的兩個蛋子拿到柳樹下與小魯西的兩個蛋子放在一起，回轉身，用血手指將黑邊眼鏡往上戳了戳，然後揚揚下巴，示意杜大爺將雙脊牽過來。杜大爺可憐巴巴地看看麻叔，說：「隊長，不留個種了？」

麻叔說：「留啥種？我千叮嚀萬囑咐，讓你們看住牠，可你們幹了些什麼？只怕母牛的肚子裡都懷上這個雜種的犢子了！」

老董同志將柳葉刀吐出來，吃驚地問：「怎麼？這頭牛與母牛交配過？」

我急忙插嘴道：「我們隊裡的十三頭母牛都被牠配了，連牠的媽都被牠配了！」

杜大爺訓我道：「你一個屁大的孩子，插啥嘴？你知道母牛從哪個眼裡灑尿？」

我說：「我親眼看到牠把隊裡的母牛全都配了。這事只有我有發言權。杜大爺只看到雙脊配牠的媽。他以為給牠把前腿拴起來就沒事了。所以他讓我看著牛他自己蒙著羊皮襖躺在溝崖上曬著太陽睡大覺。熱鬧景兒全被我看到了。大魯西和小魯西也想弄景，但牠們的小雞雞像一根紅辣椒。牠們往母牛背上跳，母牛就回頭頂牠們。雙脊可就不一樣了，牠裝作低頭吃草，慢慢地往母牛身邊靠，看看差不多了，牠轟地就立起來，趴在了母牛背上，我用鞭桿子戳牠的屁股牠都不下來……」

我正說得得意，就聽到麻叔怒吼了一聲，好像平地起了一個雷。

我打了一個哆嗦，看到麻叔的麻臉泛青，小眼睛裡射出的光像錐子一樣扎著我。

「我們老管家幾輩子積德行善，怎麼還能出了你這樣一塊貨！」麻叔一巴掌將我搧到一邊去，轉過臉對老杜說：「牽著往前走哇！」

老董同志說：「慢點慢點，讓我看看。」

老董同志彎下腰，伸手到雙脊的後腿間摸索著。雙脊的腰一擰，飛起一條腿，正打在老董同志的膝蓋上。老董同志叫喚了一聲，一屁股坐在了地上。

麻叔慌忙上前，把老董同志扶起來，關切地問：「老董同志，要緊不？」

老董同志彎腰揉著膝蓋，咧著嘴說：「不要緊，不要緊……」

杜大爺拍了雙脊一巴掌，笑瞇瞇地罵道：「你這個壞蛋，怎麼敢踢老董同志？我看你是活得不耐煩了！」

老董同志瘸著一條腿，跳到小季家屋山頭的陰涼裡，坐在地上，說：「老管，這頭牛不能閹了！」

麻叔著急地問：「為什麼？」

老董同志說：「牠交配太多，裡邊的血管子粗了，弄不好會大出血。」

麻叔說：「你聽他們胡說什麼?!這是頭小牛，比那兩頭還晚生了兩個月呢！」

老董同志伸出手，對麻叔說：「給我。」

麻叔說：「什麼給你？」

老董同志說：「手錶給我。」

麻叔抬手看看腕上的錶，說：「難道我還能落下你的手錶?!真是的！」

老董同志說：「我沒說你要落下我的手錶。」

麻叔說：「老董同志，我們把你請來一次也不容易，您聽我慢慢說。咱們這裡不但糧食緊張，草也緊張，要不寒冬臘月還能去放牛？就這些牛也養不過來了。牛是大家畜，是生產資料，誰殺了誰犯法。殺又不能殺，養又養不起。去年我就對老杜說，如果你再讓母牛懷了犢子，我就扣你的工分。誰知道這些傢伙讓所有的母牛都懷了犢。老董同志您替我們想一想，如果不把這個傢伙閹了，我們生產隊就毀了。我們去年將三頭小牛扔到膠州集上，心裡得意，以為甩了三個包袱，可還沒得意完呢，牠們就跑回來了。不但牠們跑了回來，牠們還帶來了兩頭小牛，用棍子打都打不走。我們的保管員用棍子打牛還被人家告到公社革委會，硬把他拉到城南苗圃去辦了一個月的學習班——寧願下陰曹地府，不願進城南苗圃——說他破壞生產力，反革命，打瘸了一條腿，至今還在家裡趴著……」

老董同志打斷麻叔的話，說：「行了行了。老管，您這樣一說，我更不敢動手了，我要把這頭牛閹死，也要進城南苗圃學習班。」說完，抓起一把土搓搓手，站起來，瘸著腿，走到自行車前，蹬開支架就要走。

麻叔搶上前去，鎖了老董的車，將鑰匙裝進口袋裡，說：「老董，您今天不把這頭牛閹了您別想走！」

老董同志臉脹得青紫，嘴唇哆嗦著起了高聲：「你這人怎麼這樣?!」

麻叔笑著說：「我這人就這樣，你能怎麼著我？」

老董同志氣哄哄地說：「你這人簡直是個無賴！」

麻叔笑著說：「我就是個無賴，您怎麼著?!」

老董同志說：「這年頭，烏龜王八蛋都學會了欺負人，我能怎麼著您？貧下中農嘛，領導階級嘛。管理學校嘛！」

麻叔說：「老董同志，您也別說這些難聽的話，您要是夠朋友，就給我們把這個禍害閹了，您要是不夠朋友，我們也拿您沒辦法。但是您的手錶和自行車就留給我們，我們拿到集上去賣了，賣了錢去買點麥穰草餵牛，把人民公社的大家畜全都餓死，也是個很嚴重的問題。」

老董同志說：「老管你就胡扯蛋吧，餓死牛與我有屁的關係？」

麻叔說：「怎麼會沒有關係呢？全公社的牛都餓死了還要您們獸醫站幹什麼嗎？還要您這個獸醫幹什麼？人民公社先有了牛，才有您這個獸醫。」

老董同志無可奈何地說：「碰上了你這號的刁人有啥辦法？怪不得人家說十個麻子九個壞，一個不壞是無賴！」

「隨您怎麼說吧，反正這塊形勢就明明白白地擺在這裡，幹不幹都隨您。」麻叔笑嘻嘻地說著，把手腕子誇張地舉到耳邊聽著，說：「好聽好聽，果然是好聽，一股子鋼聲銅音兒！」

老董同志說：「你把錶給我！」

麻叔瞪著小眼，說：「您有什麼憑據說這錶是您的？您說它是您的，但您能叫應它嗎？您叫它一聲，如果它答應了，我就還給您！」

老董同志惱怒地說：「今日我真他媽的倒了楣，碰上了你這塊滾刀肉！好吧，我閹，閹完了牛，連您這個王八蛋也閹了！」

麻叔說：「閹我就不用您老人家動手了，去年春天我就讓公社醫院的快刀劉給閹了。」

老董同志摸出刀子，說：「麻子，咱把醜話說到前頭，這頭牛要是有個三長兩短，您可要負完全徹底的責任！」

麻叔說：「有個屁的三長兩短？那玩藝兒本來就是多餘之物！」

老董同志揚起臉，對我們說：「廣大的貧下中農同志們作證，我本來不想閹，是麻子硬逼著我閹的……」

麻叔說：「好好好，是我逼著您閹的，出了事我承擔責任。」

老董同志說：「那好，您說話可要給話做主。」

麻叔說：「老先生，您就別囉唆了！」

老董同志看看雙脊，雙脊也斜著眼睛看他。老董同志伸著手剛想往牠尾後靠，牠甩了一下尾巴就轉到了杜大爺背後。杜大爺急忙轉到牠的頭前，牠一甩尾巴又轉到了杜大爺背後。杜大爺說：「這東西，成了精了！」

老董同志看看麻叔，說：「怎麼樣？麻子，不是我不想幹。」

麻叔說：「看剛才那個吹勁兒，好像連老虎都能騸了，弄了半天連個小公牛都治不了！把刀子給我，您到一邊歇著，看我這個沒上過獸醫大學的老農民把牠閹了！您吶，白拿了國家的工資！」

老董同志臉脹得青紫，說：「麻子，您真是狗眼看人低！老董我今天不閹了牠我就頭朝下走回公社！」

麻叔說：「您可別吹這個牛！」

老董同志也不說話，彎下腰就往雙脊尾後靠。牠不等老董靠到位，就飛快地閃了。老董跟著牠轉，牠就繞著杜大爺轉。牛韁繩在杜大爺腰上纏了三圈，轉不動了。杜大爺鬼叫：「毀了我啦……毀了我啦……」

老董趁著機會，將雙手伸進了雙脊後腿間，剛要下手，小肚子上就挨了雙脊一蹄子。老董同志叫了一聲娘，一屁股就坐在了地上。然後雙脊又反著轉回來，尾巴梢子掄起來，掃掉了老董同志的眼鏡。老董同志畢竟是長年跟牛打交道的，知道保護自己，當下也顧不了眼鏡，一個滾兒就到了安全地帶。麻叔衝上去，將老董同志的眼鏡搶了出來。幾個人上去，將老董同志扶到小季家山牆根上坐定。老董同志小臉蠟黃，憋出了一腦門子綠豆汗。麻叔關切地問：「老董同志，不要緊吧？沒傷著要害吧？」

老董同志不說話，好像連氣兒也不敢喘，憋了半天，才哭咧咧地說：「麻子，我日你老娘！」

麻叔充滿歉意地說：「真是對不住您，老董同志。不閹了，不閹了，走，到我家去，知道您要來，我讓老婆用地瓜乾子換了兩斤白酒。」

老董同志看樣子痛得輕點了，他從衣兜裡摸出了半包揉得窩窩囊囊的菸，捏出一支，顫顫抖抖地劃火點上，深深地吸了一口，憋了足有一分鐘才把吸進去的菸從鼻孔裡噴出來。

「真是對不住您，老董同志，」麻叔將黑邊眼鏡放在自己褲頭邊上擦擦，給老董同志戴上，然後摘下手錶，摸出鑰匙，說：「這個還給您。」

老董同志一擺手，沒接手錶和鑰匙，人卻忽地站了起來。

「喲哈，生氣了？跟您鬧著玩呢。」麻叔道，「走吧走吧，到我家喝酒去。」麻叔說著，就去牽老董同志的手，同時回頭吩咐杜大爺，「老杜，你把牛拉回去吧！」然後又對我說，「羅漢，把那四個牛蛋子撿起來，送到我家，交給你嬸子，讓她炒了給我們下酒。記住，讓她把裡邊的臊筋兒先剔了，否則沒法吃……」

遵照著麻叔的吩咐，我向柳樹下的牛蛋子跑去。杜大爺眼睛盯著柳樹下的牛蛋子，拉著牛韁繩往前走。這時，我們聽到老董同志大喊：「慢著！」

我們都怔住了。麻叔小心地問：「怎麼了，老董同志？」

老董同志不看我們，也不看麻叔，眼鏡後的青眼直盯著雙脊後腿間那一大團物件，咬著牙根說：「奶奶個熊，今日我不閹了你，把董字倒過來寫！」

麻叔眨眨眼睛，走上前去扯扯老董同志的衣袖，說：「算啦算啦，老董同志，您這麼有名的大獸醫，犯不著跟這麼頭小牛犢子生氣。牠一蹄子蹬在您腿上，我們這心裡就七上八下的難受了；牠要是一蹄子蹬在您的蛋子上，我們可就擔當不起了……」

老董同志瞪著眼說：「麻子，你他媽的不用轉著圈兒罵我，你也甭想激將我出醜。別說是一頭牛，就是一頭大象、一隻老虎，我今日也要做了牠。」

麻叔說：「老董同志，我看還是算了。」

老董同志挽起衣袖，緊緊腰帶，打起精神，虎虎地往上湊。雙脊拖著杜大爺往前跑去。杜大爺往後仰著身體，大聲喊叫著：「隊長，我可是要鬆手了……」

麻叔大聲說：「你他媽的敢鬆手，就把你個狗日的騸了！」

麻叔追上去，幫著杜大爺將雙脊拉回來。

老董同志說：「看來只能用笨法子了。」

麻叔問：「什麼笨法子？」

老董同志說：「您先把這傢伙拴在柳樹上。」

杜大爺將雙脊拴在柳樹上。

老董抬頭望望柳樹，說：「去找兩根繩子，一根杠子。」

杜大爺問：「怎麼？要把牠捆起來？」

老董同志說：「對這樣的壞傢伙只能用這種辦法。」

痲叔吩咐侯八去找倉庫保管員拿繩子杠子。侯八一溜小跑去了。

老董同志從衣袋裡摸出了一支菸，點著。他的情緒看來大有好轉。他從衣袋裡摸出一支菸扔給痲叔。痲叔連聲道謝。杜大爺貪婪地抽著鼻子，想引起老董同志的注意。可老董同志根本就不看他。老董同志對痲叔說：「去年，國營膠河農場那匹野騾子夠厲害了，長了三個睪丸，踢人還加上咬人，沒人敢靠牠的身。最後怎麼著？我照樣把牠給騸了！」

痲叔道：「我早就說過嘛，給您隻老虎您也能把牠騸了！」

老董同志說：「你要能弄來隻老虎，我也有辦法。有治不好的病，沒有騸不了的畜牲。」

杜大爺撇撇嘴，低聲道：「真是吹牛皮不用貼印花！」

老董同志掃他一眼，沒說什麼。

侯八扛著杠子、提著繩子，飛奔過來。

老董同志將菸頭狠勁兒吸了幾口，扔在地上。

我撲上去，將菸頭搶到手裡，用指尖捏著，美美地吸了一口。

小樂在我身邊央求著：「羅漢，讓我吸一口行不？讓我吸一口……」

我將菸頭啐出去，讓殘餘的那一點點菸絲和菸紙分離。

我很壞地笑著說：「吸吧！」

小樂罵道：「羅漢，你就等著吧，這輩子你總有用得著我的時候！」
麻叔把我們轟到一邊去。幾個看熱鬧的大人在麻叔和老董同志的指揮下，將那根木杠子伸到雙脊肚皮下，移到牠的後腿與肚皮之間的夾縫裡。老董同志一聲喊，杠子兩頭的男人一齊用勁，就把雙脊的後腿抬離了地。但牠的身體還在扭動著。老董同志親自動手，用繩子拴住了雙脊的兩條後腿，將繩子頭交給旁邊的人，讓他們往兩邊拉著。老董同志又掀起牠的尾巴，拴在繩子上，將繩子扔到柳樹杈上，拉緊。老董同志將這根繩子頭交給我，說：「拽緊，別鬆手！」
我榮幸地執行著老董同志交給我的光榮任務，拽著繩子頭，將雙脊的尾巴高高地吊起來。
杜大爺嘟囔著：「你們這哪裡是上廟？分明是在糟蹋神嘛！」
雙脊哞哧哞哧地喘息著。那幾個抬杠子的漢子也喘起了粗氣。其中一個嚷：「隊長，挺不住了……」
麻叔在他頭上敲了一拳，罵道：「看你這個屌樣！把飯吃到哪裡去了？挺住！今天中午，每人給你們記半個工！」
老董同志很悠閒地蹲在地上，嘴裡念叨著：「你蹦呀，踢呀，你的本事呢？……」
老董同志將一個碩大的牛蛋子狠狠地扔在地上，說：「我讓你踢！」
老董同志又將一個碩大的牛蛋子狠狠地扔到地上，說：「我讓你踢！」
老董同志抬起腰，說：「好了，鬆手吧！」
於是眾人一齊鬆了手。
雙脊一陣狂蹦亂跳，幾乎把韁繩掙斷。杜大爺遠遠地躲著不敢近前，嘴裡叨咕著：「瘋了，瘋了……」

雙脊終於停止了蹦跳。

老董同志說：「蹦呀，怎麼不蹦了呢？」

黑色的血像尿一樣滋滋地往外噴。雙脊的兩條後腿變紅了，地下那一大片也洇紅了。雙脊腦袋抵在樹幹上，渾身打著哆嗦。

老董同志的臉頓時黃了，汗珠子啪嗒啪嗒地落下來。

杜大爺高聲說：「大出血，大出血！」

麻叔罵道：「放你娘的狗臭屁！你知道什麼叫大出血？」

老董同志跑到自行車旁，打開那個掛在車把上的黑皮藥箱子，拿出了一根鐵針管子，安上了一個針頭，又解開了一盒藥，捏出了三支注射液。

麻叔說：「老董同志，我們隊裡窮得叮噹響，付不起藥錢！」

老董同志不理麻叔的嚷嚷，管自將針劑敲破，將藥液吸到針管裡。

麻叔吵吵著：「一頭雞巴牛，那麼嬌氣？」

老董同志走到雙脊的身邊，很迅速地將針頭扎在了牠肩上。雙脊連動都沒動，可見這點痛苦與後腿之間的痛苦比起來，已經算不了什麼。

老董同志蹲在雙脊尾後，仔細地觀察著。一點也不怕雙脊再給他一蹄子。終於，雙脊的傷口處血流變細了，變成一滴一滴了。

老董同志站起來，長長地出了一口氣。

麻叔看看西斜的太陽，說：「行了，都去地裡幹活吧！羅漢，把牛蛋子送給你嬸子去，老董同志，走吧，喝四兩，壓壓驚。」

老董同志說：「從現在起，必須安排專人遛牛，白天黑夜都不能停，記住，千萬不能讓牠們趴下，趴下就把傷口擠開了！」

麻叔說：「老杜，遛牛的事你負責吧！」

「牛背上搭一條麻袋，防止受涼；記住，千萬不能讓牠們趴下！」老董同志指指雙脊，說，「尤其是這頭！」

「走吧，您就把心放到肚皮裡去吧！」麻叔拉著老董同志的胳膊，回頭罵我，「兔崽子，我讓你幹什麼了？你還在這裡磨蹭！」

我抱起那六個血淋淋的牛蛋子，飛快地向麻叔家跑去。

二

我竄到麻叔家，將牛蛋子往麻嬸面前一扔，喘吁吁地說：「麻嬸，麻叔給你的蛋子……」

麻嬸正在院子裡光著膀子洗頭，被那堆在她腳下亂蹦的牛蛋子嚇了一跳。她用手攥住流水的頭髮，眯著眼睛說：「你這個熊孩子，弄了些什麼東西來？」

「麻叔的牛蛋子，」我說，「麻叔讓您先把臊筋兒剔了。」

麻嬸道：「噁心死了，你麻叔呢？」

我說：「立馬就到，與公社獸醫站的老董同志一起，要來喝酒呢！」

麻嬸急忙扯過褂子披到身上，弄條毛巾擦著頭髮，說：「你這孩子，怎麼不早說呢！老董同志可是貴客，請都請不來的！」

正說著，麻叔推著老董同志的車子進了院子。老董同志蝦著腰，頭往前探著，脖子很長，像隻鵝；腿還有點瘸，像隻瘸鵝。

麻叔大聲說：「掌櫃的，看看是誰來了？」

麻嬸眉飛色舞地說：「喲，這不是老董同志嘛，什麼風把您這個大幹部給颳來了？」

老董同志說：「想不到您還認識我。」

麻嬸說：「怎麼敢不認識呢？去年您還給俺家劁過小豬嘛！」

老董同志說：「一年不見了，您還是那樣白。」

麻嬸道：「我說老董同志，咱罵人也不能這個罵法，把俺扔到煤堆裡，才能顯出白來。」

麻叔道：「青天大白日的，你洗的什麼雞巴頭？」

麻嬸道：「這不是老董同志要來嗎？咱得給領導留下個好印象。」

麻叔道：「洗不洗都是這副熊樣子，快點把牛蛋子收拾了，我和老董同志喝兩盅；還有沒有雞蛋了？最好再給我們炒上一盤雞蛋。」

麻嬸道：「雞蛋？我要是母雞，就給你們現下幾個。」

老董同志說：「大嫂，不必麻煩。」

麻嬸道：「您來了嘛，該麻煩還是要麻煩。老董同志，您先上炕坐著去，我這就收拾。」

「對對，」麻叔推著老董同志，說：「上炕上炕。」

麻叔將老董同志推到炕上，轉出來說：「羅漢，快幫你嬸子拾掇。」

「陪你的客人去，別在這裡添亂！」麻嬸說，「羅漢，幫我從井裡壓點水！」

我壓了兩桶水。

麻嬸說：「給我到牆角那兒割一把韭菜。」

我從牆角上割了一把韭菜。

麻嬸說：「幫我把韭菜洗洗。」

我胡亂地洗了韭菜。

我蹲在麻嬸身邊，看著麻嬸將那幾個牛蛋子放到菜板上，用菜刀切。刀不快，切不動。麻嬸把菜刀放到水缸沿上鐙了幾下，嗤嗤嗤，直冒火星子。拿過來一試，果然快了許多。將牛蛋子一剖兩半，發現裡邊筋絡縱橫，根本沒法剔除。偏這時候麻叔敲著窗櫺子叮囑我們：「把臊筋剔淨，否則沒法子吃！」麻嬸高聲答應著：「放心，不放心自己下來弄！」麻嬸低聲嘟囔著：「我給你剔淨？去醫院把快刀劉請來也剔不淨！」麻嬸根本就不剔了，掄起菜刀，噼噼啪啪，將那六個牛蛋子剁成一堆肉丁。麻嬸還說：「這玩藝兒，讓蔣介石的廚師來做也不能不臊，吃的就是這個臊味兒，你說對不對？」我連聲說對。這時，麻叔又敲著窗櫺催：「快點快點！」麻嬸說：「好了好了，這就下鍋。羅漢，你去幫我燒火。」

我到了灶前，從草旮旯裡拉了一把暄草，點著了火。

麻嬸用炊帚將鍋子胡亂涮了幾下，然後從鍋後的油罐子裡，提上了幾滴油。香氣立刻撲進了我的鼻。

這時，就聽到大門外有人喊叫：「隊長！隊長！」

我一下就聽出了杜大爺的聲音。

緊接著杜大爺就拉著牛韁繩進了大門，那三頭剛受了酷刑的牛並排著擠在門外，都仰著頭，軟著身體，隨時想坐下去的樣子。

麻叔從炕上跳下來，衝到院子裡，道：「幹什麼？你想幹什麼？」

老董同志也跟著跑到院子裡，關切地問：「有情況嗎？」

杜大爺不搭老董同志的話茬兒，對著麻叔發牢騷：「隊長大人，您只管自己吃香的喝辣的，我呢？」

麻叔道：「老杜，您這把子年紀了，怎麼像個小孩子似的不懂事？國家還有個禮賓司宴請賓客，喬冠華請基辛格吃飯，難道你也要去作陪？」

「我根本不是這個意思！」杜大爺焦急地說。

「你不是這個意思是什麼意思？」麻叔問。

杜大爺說：「老董同志反覆交代不能讓牠們趴下尤其不能讓雙脊趴下對不對？一趴下傷口就要掙開對不對？傷口掙開了就好不了對不對？可牠們就想趴下，我牽著牠們牠們都要往下趴，我一離開牠們馬上就趴下了。」

麻叔道：「那你就不要離開嘛！」

杜大爺說：「那我總要回家吃飯吧？我不去陪著董同志吃牛蛋子總得回家吃塊地瓜吧？再說了，生產隊裡那十三頭母牛總要餵吧？我也總得睡點覺吧？……」

「明白了明白了，你什麼也甭說了，黨不會虧待你的。」麻叔在院子裡大聲喊，「羅漢，給你個美差，跟杜大爺遛牛去，給你記整勞力的工分。」

麻嬸將牛蛋子下到油鍋裡。鍋子裡吱吱啦啦地響著，臊氣和香氣直沖房頂。

「羅漢，你聽到了沒有？」麻叔在院子裡大叫。

麻嬸悄悄地說：「去吧，我給你留出一碗，天黑了我就去叫你。」

我起身到了院子裡，看到紅日已經西沉。

三

杜大爺將牛們交給我，轉身就走。我追著他的背影喊：「大爺，您快點，我也沒吃飯！」杜大爺連頭也不回。

我看著三頭倒了血楣的牛。牠們也看著我。牠們水汪汪的眼睛裡流露出深刻的悲哀。牠們這一輩子再也不用往母牛背上跨了。雙脊還算好，留下了一群後代；兩個魯西就算斷子絕孫了。我看到牠們的眼睛裡除了悲哀之外，還有一種閃閃發光的感情。我猜想那是對人類的仇恨。我有點害怕。我牽著牠們往前走時，牠們完全可能在後邊給我一下子，儘管牠們身負重傷，但要把我頂一個半死不活還是很容易。於是我對牠們說：「夥計，今日這事，你們可不能怨我，我們是老朋友了，去年冬天，冰天雪地，滴水成冰，我們在東北窪裡同患過難。如果我有權，絕對不會閹你們……」在我的表白聲中，我看到牛們的眼裡流出了對我的理解。牠們淚水盈眶，大聲地抽泣著。我摸摸牠們的腦門，確實感到非常同情牠們。我說：「魯西，雙脊，為了你們的小命，咱們還是走走吧。」我聽到魯西說：「蛋子都給人騙了去了，活著還有什麼意思？」我說：「夥計們，千萬別這樣想，俗話說得好，『好死不如賴活著』，咱們還是走吧……」我拉著牛們，沿著麻叔家的胡同，往河沿那邊走去。

我們一行遛到河邊時，太陽已經落山，西天上殘留著一抹紅雲，讓我想起雙脊後腿上那些血。河堤上生長著很多黑鴉鴉的槐樹，正是槐花怒放的季節，香氣撲鼻，薰得我頭暈。槐花原有兩種，一種雪白，一種粉紅，但它們現在都被晚霞映成了血紅。

我牽著牛們在晚霞裡漫步，在槐花的悶香裡頭暈。但我的心情很不愉快。牛比我更不愉快。我時刻掛念著麻嬸鍋裡的牛蛋子。那玩藝兒儘管臊一點，但畢竟是肉。而我還是在五年前姊姊出嫁時偷吃了一碗肥豬肉。我不愉快是因為吃不到牛蛋子，牛不愉快是因為丟了牛蛋子。我們有那麼點同病相憐的意思。

暮色已經十分地蒼茫了，杜大爺還不見蹤影。我跟這個老傢伙共同放牛半年多，對他的惡劣品質十分瞭解。他經常把田鼠洞裡的糧食挖出來，裝進自己的口袋，他還說要把他的小女兒嫁給我做媳婦，騙得我像隻走狗一樣聽他招呼。他家緊靠著河堤那塊菜園子裡，灑滿了我的汗水。那園子裡長著九畦韭菜，每一茬都能賣幾十元錢。春天第一茬賣得還要多。想著杜大爺家的菜園子，我就到了杜大爺家的菜園子。園子邊上長著一圈生氣蓬勃的泡桐樹，據說是從焦裕祿當書記的那個蘭考縣引進的優良品種。那九畦韭菜已有半尺高，馬上就該開鐮上市了。我一眼就看到杜大爺正彎著腰往韭菜畦裡淋大糞湯子，人糞尿是公共財產，歸生產隊所有，但杜大爺明目張膽地將大糞湯子往自留園裡淋。他依仗什麼？依仗著他大女婿是公社食堂裡的炊事員。他大女婿瘦得像一隻螳螂。據說前幾任炊事員剛到公社食堂時都很瘦，但不到一年，身體就像用氣吹起來一樣，胖得走了形。公社書記很生氣，說食堂裡的好東西全被炊事員偷吃了。所以那些很快胖起來的炊事員都被書記給攆了，唯有杜大爺的女婿幹了好幾年還是那樣瘦，書記就說這個炊事員嘴不饞。杜大爺私下裡對我說，其實，他這個瘦女婿飯量極大，每頓飯能吃三個饅頭外加一碗大肥肉。啥叫肚福？杜大爺說，我那女婿就叫肚福，吃一輩子大魚大肉，沒枉來人世走一趟……我滿腹牢騷，剛想開口喊叫，就看到杜大爺的小女兒，名叫五花的，挑著兩桶水，從河堤上飄飄揚揚地飛下來了。

杜大爺就是將她暗中許配給了我，我也圍繞著她做了許許多多的美夢。有一次我從麻叔的衣袋裡撿了兩毛錢，到供銷社裡買了二十塊水果糖，我自己只捨得吃了兩塊，將剩下的十八塊全部送給了她。她吃著我送的糖，忞得格格笑，但當我摸了她一下胸脯時，她卻毫不猶豫地對著我的肚子捅了一拳，打得我一屁股坐在了地上。她說：「毛都沒扎全的個小東西，也想好事兒！」我愈想愈感到冤枉，白送了十八塊水果糖，還挨了一個窩心拳。全世界再也找不到比我更傻的人了。我哭著說：「你還我的糖……還我的糖……」她啐了我一臉糖水，說：「拉出的屎還想夾回去？送給人家的東西還能要回去？」我說：「你不還我的糖也可以，但你要讓我摸摸你！」她說：「回家摸你姊去！」我說：「我不想摸我姊，我就想摸你！」她說：「你說你這樣一丁點大個屁孩子，就開始耍流氓，長大了還得了？」我說：「你不讓我摸就還我的糖！」她說：「你這個熊孩子，真黏人！」她往四下裡看了看，低聲說：「非要摸？」我點點頭，因為這時我已經激動得說不出話來了。她隱到一棵大槐樹後，雙手按著棉襖的衣角，不耐煩地說：「要摸就快點。」我戰戰兢兢地伸過手去，……她說：「行了行了！」我說：「不行。」她一把推開我，說：「去你的吧，你已經夠了本了！」她說：「今晚上的事，你要敢告訴別人，我就撕爛你的嘴！」我說：「其實，你爹已經將你許給我做老婆了。」她愣了一下，突然捂著嘴巴笑起來。我說：「你笑什麼？這是真的，不信你回家問你爹去。」她說：「就你這個小東西？」我突然想起麻嬸講過的一個大媳婦小女婿的故事，就引用了故事中的幾句話，我說：「秤砣雖小墜千斤，胡椒雖小辣人心，別看今天我人小，轉眼就能成大人！」她說：「這是誰教你的？」我說：「你甭管。」她說：「那好，你就慢慢地長著吧，什麼時候長大了，就來娶我。」講完這話她就走了。

這件事過去不久就發生了一件讓我痛苦不堪的事。說好了等我長大娶她的杜五花竟然跟鄰村的小木匠定了婚。小木匠個頭比我高不了多少，他齜著一口黑牙，頭上生了七個毛旋，所以他的頭髮永遠亂糟糟的。這傢伙經常背著一張鋸子一把斧頭到我們村裡來買樹。他的耳朵上經常夾著一支鉛筆，很有風度。我猜想杜五花很可能因為他的耳朵上夾鉛筆才與他定婚。杜五花定婚那天，村裡很多人圍在她家門口，等著看熱鬧。我也混跡其中。我聽到那些老娘們在一起議論，說老杜家的閨女個個胖頭大臉，所以個個都是洪福齊天。老大嫁給公社的炊事員，天天跟著吃大魚大肉。老二嫁給了東北大興安嶺的林業工人，回來走娘家兩口子都戴著狐狸皮帽子，穿著條絨褲子，平絨褂子。老三嫁給縣公安局的狼狗飼養員，雖有個不好聽的外號叫「狗剩」，但狼狗吃剩的是肉。老四更牛，嫁給了公社屠宰組組長宋五輪，宋手裡天天攥著幾十張肉票，走到哪裡都像香香蛋似的。老五嫁給小木匠，那孩子一看就是個撈錢的耙子。正說著，小木匠家定婚的隊伍來了。我的天，一溜四輛「大金鹿」牌自行車，每輛自行車後馱著三個大笸斗，笸斗上都蒙著紅包袱。車子一停，老娘們呼啦啦圍上去，掀開包袱，看到了那些龐大的饅頭，饅頭白得像雪，上邊還點著紅點兒。杜大爺和杜大娘都穿得時時務務地迎出來，對著小木匠家的人嬉皮笑臉。我就想著看看杜五花是個什麼表現，但她隱藏得很深，像美蔣特務一樣。後來還聽人家說，小木匠家送給了杜五花三套衣服，其中有一套條絨，一套平絨，一套「凡尼丁」。還有三雙尼龍襪子，其中一雙是紅色，一雙是藍色，還有一雙是紫色。三條腰帶，其中一條是牛皮的，一條是豬皮的，還有一條是人造革的。還說杜五花對著小木匠的爹羞羞答答地叫了一聲爹，小木匠的爹就送給了她一百元錢。聽到這些驚人的財富，我原本憤憤不平的心平靜了許多。我想如果我是杜五花，我也會毫不猶豫地嫁給小木匠。

現在，我的前未婚妻杜五花挑著兩桶水像一個老鴰子似的從河堤上飛下來了。她什麼都大。大頭，大臉，大嘴，大眼，大手大腳。她的確能一巴掌將我搧得滿地摸草。她的確能一腳將我踢出兩丈遠。我要娶她做老婆，弄不好會被她打死。但我的心裡對她的處處都大的身體充滿了感情。因為她曾是我的未婚妻。那時候她有一個外號叫「六百工分」，其實她一年能掙三千多工分。她是我們生產隊裡掙工分最多的婦女。她還有一個外號叫「三大」，當然不是指大鳴大放大字報，據說是指她的大頭、大腚、大媽媽。我不喜歡她這個外號，我知道她也很反感這個外號。她與小木匠定婚後，我在河邊遇到她時，曾惡狠狠地喊了一聲「三大」。她舉著扁擔追了我足有三里路。幸虧我從小爬樹上房，練出了兩條兔子腿，才沒被她追上。我知道，那天我要被她追上，基本上是性命難保。後來她見了我就橫眉立目，我見了她就點頭哈腰。

她挑著水飛到我身邊，說：「小羅漢，你在這裡轉什麼？是不是想偷我們家的韭菜？」

我說：「稀罕你們家這幾畦爛韭菜！」

她說：「不稀罕你在這裡轉悠什麼？」

我說：「我來找你那個老渾蛋的爹！」

她顧不上回答我的話挑著水就飛進了菜園子。她家的韭菜馬上就要開鐮了我知道，每次開鐮前她家就沒死沒活地往韭菜畦裡灌水，為的是增加韭菜的分量。我看到她扁擔不用下肩就將兩桶水倒進了韭菜畦，這傢伙真是山大柴廣力大無窮。她挑著水桶昂首挺胸地從我面前過，我拉著牛橫斷了胡同，擋住了她的去路。她瞪著眼睛說：「閃開！」我瞪著她的眼睛說：「我給生產隊裡遛牛，你搞資本主義，憑什麼要我給你讓路？」她說：「小羅漢，我知道你肚子裡那個小九九，你也不撒泡尿照照自己，這怎麼可能呢？」我說：「自從你跟小木匠定了婚，我發現你愈來愈醜。」她說：「我原來就不俊，你才發現？」我說：「你嘴唇上還長出了一層黑鬍子！」她摸摸嘴唇，無聲地笑了。然後她低聲說：「我醜，我嘴唇上長了鬍子，我是『三大』，行了吧？放我過去吧？」我說：「你騙了我……你說好了等我長大了跟我結婚的……」說完了這話，我的眼淚竟然奪眶而出。我原本是想偽裝出一點難過的樣子，乘機再占她點便宜什麼的，沒想到眼淚真的出來了，而且還源源不斷。這時我聽到從她寬廣的胸脯裡發出一聲深沉的歎息，隨著這聲歎息，她的臉上顯出了一絲溫柔的神情，她的臉上顯出一絲溫柔的神情她立刻變得美麗無比，在我的眼裡。她迷迷瞪瞪地說：「小羅漢，小羅漢，你真是人小鬼大……讓我說你什麼好呢？

你怎麼不想想，等你長大了，我就老成白毛精了……」我說：「好姊姊，好『三大』……你跟小木匠定婚是完全正確的決定，就衝著那些大白饅頭你也該跟他訂婚，可是你為什麼不給我一個饅頭吃呢？」她笑道：「吃了饅頭你就不生氣了嗎？」我說：「是的，吃了饅頭我很可能就不生氣了。」她說：「那好辦，咱們一言為定。」我說：「我還想……」「你還想幹什麼？」她瞪著我說：「你別踩著鼻子上臉。」我說：「我還想摸你一下……」她說：「那你去找小木匠商量一下吧，現在我身上的東西都歸他管，只要他同意，我就讓你摸。」我說：「我怎麼敢去找他？」她說：「我諒你也不敢去，他那把小斧頭比風還要快，一下就能把你的狗爪子剁下來！」

「五花，你不快點挑水，在那兒嘀咕什麼？」杜大爺直起腰，氣沖沖地喊叫。

「杜大爺，是我，」我高聲說，「您光顧了搞資本主義，把三頭牛扔給我，像話嗎？您這是欺負小孩！」

杜大爺說：「羅漢，你再堅持一會兒，等我吃了飯就去換你。」

我說：「我從中午就沒吃飯，肚皮早就貼到脊梁骨上了！」

杜大爺說：「咱爺倆誰跟誰？放了一冬半春的牛，老交情了，你多遛一會，吃不了虧。」

我心裡話：老東西，還想用花言巧語來蒙我？我可不上你的當了。於是我扔下牛韁繩，說：「雙脊可是馬上就要趴下了，死了牛，看看隊長找誰算帳！」

我這一招把杜大爺激得像猴子一樣從菜園子裡蹦出來。他說：「羅漢羅漢，你可別這樣！」

杜大爺將牛韁繩撿起來，交到我手裡，說：「你先遛著，我這就回家吃飯。」

杜大爺回家去了。

五花冷冷地說：「你對我爹這樣的態度，還想摸我？」

我說：「你如果讓我摸你，我能對你爹這樣的態度？」

四

我們拉著疲乏至極的牛，在麻叔家那條胡同裡轉來轉去。轉到麻叔家大門口時，我們總是不約而同地停住腳步，豎起耳朵，聽著屋子裡的動靜。杜大爺的眼睛在昏暗中閃閃發光。他嗤哄著鼻子，說：「香，真他奶奶的香！」

我確實也聞到了一股香氣，是不是炒牛蛋子的香氣我拿不準。但除了炒牛蛋子的香氣還能有炒什麼的香氣呢？

我把魯西們的韁繩扔給他就往麻叔家裡跑，我什麼都忘了也不能把麻嬸許給我的那碗牛蛋子忘了。麻嬸說給我留出一碗，還說等天黑了就來叫我。但現在天黑了許久，她也沒來叫我。我何必等她來叫我？想吃牛蛋子我還等人家來叫我？我怎麼這麼大的架子？我要是現在不藉機衝進去，那碗牛蛋子很可能就要被不知道什麼人吃掉了。

杜大爺不但沒接我扔給他的牛韁繩，連他自己手裡的牛韁繩也扔掉了。他扯住我的胳膊，怒沖沖地問：「你想到哪裡去？」

我說：「我進去看看麻嬸在家炒什麼東西？」

「那也輪不到你去看，」杜大爺說，「要看也得我去看。」

「憑什麼要你進去看？」我努力往外掙著胳膊，大聲說。

「我比你年紀大，」杜大爺說，「我還有事要向隊長請示。」

杜大爺把我推到牛頭前，說：「好生看著，別讓牠們趴下！」然後他就虎虎地闖進麻叔家院子裡去了。

我感到一股怒火直沖頭頂，彷彿看到老杜把那碗本來屬於我的牛蛋子吞到了他肚裡。大小魯西，雙脊，你們這三頭丟了蛋子的牛，你們願意趴下就趴下吧！你們不怕把傷口掙開你們就趴下吧！你們活夠了就趴下吧！我是村子裡惡名昭著的不良少年，我可不能把屬於我的美味佳餚讓老杜搶去，扔了牛，悄悄地進了院子。但我畢竟怕麻叔，不敢硬往裡闖。我需要觀察。我避開灶間門口射出的光線，彎著腰摸到那扇透出光明的木格子窗前。窗櫺上蒙著白紙。我仿照故事裡說的，伸出舌尖，舔破了窗紙，從這個小洞眼裡看進去。我首先看到的當然是那張紅木炕桌上擺著的盤子。炕桌上擺著三個盤子：一個盤子裡殘留著一點韭菜炒牛蛋子；第二個盤子裡殘留著一點韭菜炒牛蛋子；第三個盤子裡還剩下小半盤韭菜炒牛蛋子；除了這三個盤子，炕桌上還有兩個綠色的酒盅子。除了這兩個綠色的酒盅子，還有兩雙紅色的筷子。桌子上還放著一個盛過農藥的綠瓶子。當然現在這瓶子裡盛的不是農藥而是燒酒。那時候我們喜歡用盛過農藥的瓶子裝酒。我們用完了農藥就把藥瓶子扔到河裡泡著，泡個三五天我們就把瓶子提上來裝酒。麻叔說用這種藥瓶子裝酒特別香。炕上，麻叔與老董同志對面而坐，中間隔著一張紅木炕桌。那張紅木桌子像茄子皮一樣發亮。這是麻嬸與麻叔結婚時，麻嬸帶過來的嫁妝。這炕桌是麻叔家的鎮家之寶，除非來了貴客，否則絕不會往外搬。我心裡想老董同志您的面子可是不小哇！在麻叔這邊，麻嬸側著身子坐在炕沿上。她的嘴上油嘟嘟的，看樣子她也用麻叔的筷子吃了一點。她的臉上紅撲撲的，看樣子她也就著麻叔的酒盅子喝了一點。最後，我不得不看到了坐在炕前長條凳上那個壞蛋老杜。那個明明說把他的女兒杜五花許配給我做老婆但卻食言讓杜五花跟鄰村小木匠定了婚的老渾蛋杜玉民。杜玉民是他的官名，但我們根本不叫他杜玉民，我們叫他杜魯門。杜魯門坐在條凳上，雙手扶住膝蓋，腰板挺得筆直，活像個一年級小學生。他下巴上留著一撮花白的山羊鬍子。他的臉很長，上嘴唇很短，下嘴唇很長。他的下嘴唇不但很長而且很厚。他的雙眼一隻大一隻小。那隻大眼之所以大是因為他年輕時眼皮上生過癤子。他那隻小眼睛滴溜溜轉，那隻大眼睛卻直直地不會轉。他穿著一件對襟黑棉襖，當胸一排銅鈕扣。他說這排銅鈕扣是他的爺爺傳下來的。銅鈕扣閃閃發光，他的頭也閃閃發光。他的厚嘴唇哆嗦著說：「老董同志，隊長，我向你們報告，大小魯西的蛋子不流血了，吃晚飯的時候，雙脊的蛋子也不流血了。」

老董同志說：「好好好，只要不流血，就不會出問題了。」

老董同志的灰白色臉已經變成了紫紅色臉，看樣子已經喝了不少。他是公家人，不會像麻叔那樣盤腿大坐。他的兩條長腿彆彆扭扭地，一會兒伸開，一會兒蜷起。

麻嬸說：「老董同志，您要是不舒服就坐著我們的枕頭吧！」

老董同志說：「不好意思，不好意思，那怎麼好意思。」

「您客氣什麼呀，」麻嬸說著，從炕頭上拉過一個枕頭，塞在老董同志屁股下。

老董同志說：「這下舒服了。」

麻叔拿起酒瓶子，給老董同志的盅子裡倒滿酒，說：「多喝點，今日讓您吃累了。」

老董同志端起酒盅，吱的一聲，就把酒吸乾了。

杜魯門舔舔嘴唇，說：「隊長，我有個建議。」

麻叔不耐煩地說：「什麼建議？」

杜魯門說：「牛割了蛋子，是大手術，我建議弄點麩皮豆餅泡點水飲飲牠們，給牠們加點營養，讓牠們好得快點……」

麻叔說：「你站著說話不腰痛，麩皮，豆餅，能從天上掉下來嗎？隊裡窮得連點燈油都打不起了。」

杜魯門說：「老董同志您說，割了蛋子的牛要不要補補營養？」

老董同志看看麻叔，說：「有條件嘛，當然補補好；沒有條件，也就算了。牛嘛，說到底還是畜牲。」

麻叔說：「你還有事嗎？沒事就去遛牛吧，羅漢那皮猴子精，靠不住。」

「我這就走。」杜魯門站起來，突然想起來了似的說，「你看你看，光顧了說話，差點把要緊的事給忘了。」

麻叔盯著他，好像看穿了他的心思。

「俺大閨女女婿聽說咱隊裡閹牛，特意趕了回來，」他盯著桌上那盤牛蛋子說：「俺女婿說，公社黨委陳書記最喜歡吃的就是牛蛋子，讓他回來弄呢！我說，你回來得晚了，這會兒，別說六個牛蛋子，就是六十個牛蛋子也進了隊長的肚子了！俺女婿怕回去挨訓，我說，你就說隊裡把那牛蛋子送給烈屬張大爺吃了，陳書記心裡不高興，也不好說什麼了不是？俺女婿說，爹，您真有辦法。俺女婿讓我來告訴你們，做牛蛋子，應該加點醋，再加點酒，還要加點蔥，加點薑，如果有花椒茴香最好也加一點，這樣，即便是不剔臊筋也不會臊。如果不加這些調料，即便把臊筋剔了，也還是個臊。」他從老董同志面前拿起一根筷子，點點戳戳著盤子裡的牛蛋子塊兒，說，「你們只加了一點韭菜？」他又拿了一根筷子，兩根筷子成了雙，夾起一塊牛蛋子，放到鼻子下聞了聞，說：「好東西，讓你們給糟蹋了，可惜啊可惜！這東西，如果能讓俺女婿來做做，那滋味肯定比現在強一百倍！」他把那塊牛蛋子放在鼻子下又狠狠地嗅嗅，說，「臊，臊，可惜，真是可惜！」

麻嬸說：「杜大哥，您吃塊嘗嘗吧，也許吃到嘴裡就不臊了。」

麻叔罵麻嬸道：「這樣的髒東西，你也好意思讓杜大哥嘗？杜大哥家大魚大肉都放臭了，還喜吃這！」

杜大爺把那塊牛蛋子放到盤子裡，將筷子摔到老董同志面前，說：「說我家把大魚大肉放臭了是胡說，但你要說咱老杜沒斷了吃肉，這是真的，孬好咱還有一個幹屠宰組的女婿嘛！」

老董同志說：「老杜，您是我見到的最有福氣的老頭，公社書記的爹也享不到您這樣的福！」

「託您的福，」杜大爺說著，往外走，走了兩步，又回頭道，「隊長，我年紀大了，熬不了夜，前半夜我頂著，後半夜我可就不管了。」

麻叔說：「你不管誰管？你是飼養員！」

杜大爺說：「飼養員是餵牛的，不是遛牛的。」

麻叔說：「我不管你這些，反正牛出了毛病我就找你。」

杜大爺說：「你這是欺負老實人！」

杜大爺罵罵咧咧地走出來了。我生怕被他發現，一矮身蹲在了窗前。但他從燈下剛出來，眼前一摸黑，根本看不到我。我看到他頭重腳輕地走了出去。我乘機溜到灶間，掀開鍋，伸手往裡一摸，果然摸到一個碗。再一摸，碗裡果然有東西。我一下子就聞到了炒牛蛋子的味道。麻嬸真是個重合同守信用的好人。我端著碗就躥到院子裡。這時，我聽到杜大爺在大門外喊叫起來：「隊長，毀了！隊長，毀了！牛都趴下了！」

我可顧不了那麼多了。我蹲在草垛後邊的黑影裡，抓起牛蛋子就往嘴裡塞。我看到麻叔和老董同志急急忙忙地跑出去了。我聽到麻叔大聲喊叫：「羅漢！羅漢！你這個小兔崽子，跑到哪裡去了？」我抓緊時間，將那些牛蛋子吞下去，當然根本就顧不上咀嚼，當然我也顧不上品嘗牛蛋子是臊還是不臊。吃完了牛蛋子，我放下碗，打了一個嗝，從草垛後慢悠悠地轉出來。他們在門外喊成一片，我心中暗暗得意。老杜，老杜，你這個老狐狸，今天敗在我的手下了。

我一走出大門，就被麻叔捏著脖子提起來：「兔崽子，你到哪裡去下蛋啦？」

我坦率地說：「我沒去下蛋，我去吃牛蛋子了！」

「什麼？你吃了牛蛋子？」杜大爺驚訝地說。

我說：「我當然吃了牛蛋子，我吃了滿滿一碗牛蛋子！」

杜大爺說：「看看吧，隊長，你們是一家人，都姓管，我讓他看著牛，他卻去吃了一碗牛蛋子，讓這些牛全都趴在了地上，不死牛便罷，死了牛我一點責任都沒有！老董同志您可要給我作證。」

老董同志焦急地說：「別說了，趕快把牛抬起來。」

我看著他們哼哼哈哈地抬牛。抬起魯西，趴下雙脊；拉起雙脊，趴下魯西。折騰了好久，才把牠們全都弄起來。

老董同志劃火照看著牛的傷口，我看到黑血凝成的塊子像葡萄一樣從雙脊的腫脹的蛋子皮裡擠出來。老董同志站直腰，打了一個難聽又難聞的嗝，身體搖晃著說：「老天保佑，還好，是淤血，說不定還有好處，擠出來有好處，留在皮囊裡也是麻煩，不過，我要告訴你們，鄭重其事地告訴你們，千萬千萬，不能再讓牠們趴下了，如果再讓牠們趴下，非出大事不可。老管，您這個當隊長的必須親自靠上！幹工作就是這樣，抓而不緊，等於不抓……」

麻叔說：「您放心，我靠上，我緊緊地抓住不放！」

五

麻叔根本沒有靠上，當然也就沒有抓住不放。送走了騎著車子像瞎鹿一樣亂闖的老董同志，他就扶著牆撒尿。杜大爺說：「隊長，我白天要餵牛，還要打掃牛欄，您不能讓我整夜遛牛！」

麻叔轉回頭，乜乜斜斜地說：「你不遛誰遛？難道還要我親自去遛？別以為你有幾個女婿在公社裡混事就忘了自己姓甚名誰。殺豬的，做飯的，擱在解放前都是下三濫，現在卻都人五人六起來了！」

杜大爺冷冷地說：「你的意思是說現在不如解放前?!」

麻叔道：「誰說現在不如解放前？老子三代貧農，苦大仇深，解放前泡在苦水裡，解放後泡在糖水裡，我會說現在不如解放前？這種話，只有你這種老中農才會說，別忘了你們是團結對象，老子們才是革命的基本力量！毛主席說『沒有貧農便沒有革命』，你明白嗎？」

杜大爺銳氣頓減，低聲道：「我也是為了集體著想，這三頭公牛重要，那十三頭母牛也重要……」

麻叔說：「什麼重要不重要的，你把我繞糊塗了，有問題明天解決！」

麻叔進了院子，咣噹一聲就把大門關上了。

杜大爺對著大門吐了一口唾沫，低聲罵道：「麻子，你斷子絕孫！」

我說：「好啊，你竟敢罵我麻叔！」

杜大爺說：「我罵他了，我就罵他了，麻子你斷子絕孫，不得好死！怎麼著，你告訴他去吧！」

杜大爺牽著雙脊，艱難地往前走去。雙脊一瘸一拐，搖搖晃晃，像一個快要死的老頭子。想起牠在東北窪裡騎母牛時那股生龍活虎的勁頭，我的心裡感到很不是滋味。

我拉著大小魯西跟在雙脊尾後，我的頭臉距雙脊的尾巴很近。我的鼻子與雙脊的脊梁在一條水平線上，我的雙眼能越過牠的弓起了的背看到杜大爺的背。

我們默默無聲地挪到了河堤邊上，槐花的香氣在暗夜裡像霧一樣地瀰漫，薰得我連連打噴嚏。雙脊也連打了幾個噴嚏。我打噴嚏沒有什麼痛苦，甚至還有那麼一點精神振奮的意思，但雙脊打噴嚏卻痛苦萬分。因為牠一打噴嚏免不了全身肌肉收縮，勢必牽連著傷口疼痛。我看到牠每打一個噴嚏就把背弓一弓，弓得像單峰駱駝似的。

杜大爺不理我，都是那碗牛蛋子鬧的，我完全能夠理解他的心情。他把雙脊拉到一棵槐樹前，把韁繩高高地拴在了樹幹上。為了防止雙脊趴下，他把韁繩留得很短。雙脊仰著脖子，彷彿被吊在了樹上。我不由得佩服他的聰明，這樣一個簡單的辦法，我怎麼想不出呢？我學著他的樣子，將大小魯西高高地拴在另一棵槐樹上。我也獲得了自由。我說：「杜大爺，您的腦子可真好用！」

杜大爺蹲在河堤的漫坡上，冷冷地說：「我的腦子再好用，也比不上您老人家的腦子好用！」

我說：「杜大爺，我今年才十四歲，您可不能叫我老人家！」

杜大爺說：「您不是老人家誰是老人家？難道我是老人家？我是老人家我連一塊牛蛋子都沒撈到吃，您不是老人家您他媽的吃了一碗牛蛋子！這算什麼世道？太不公平了！」

為了安定他的情緒，我說：「杜大爺，您真的以為我吃了一碗牛蛋子？我是編瞎話騙您吶！」

「你沒吃一碗牛蛋子？」杜大爺驚喜地問。

我說：「您老人家也不想想，麻叔像隻餓狼，老董同志像隻猛虎，別說六只牛蛋子，就是六十只牛蛋子，也不夠他們吃的。」

杜大爺說：「那盤子裡分明還剩下半盤嘛！」

我說：「您看不出來？那是他們給麻嬸留的。」

杜大爺說：「你這個小兔崽子的話，我從來都是半信半疑。」

但我知道他已經相信我也沒吃到牛蛋子，我從他的喘息聲中得知他的心裡得到了平衡。他從懷裡摸出菸鍋，裝上菸，用那個散發著濃厚汽油味的打火機打著火。辛辣的菸味如同尖刀，刺破了槐花的香氣。夜已經有點深了，村子裡的燈火都熄滅了。天上沒有月亮，但星星很多。銀河有點燦爛，有流星滑過銀河。河裡的流水聲越過河堤進入我們的耳朵，像玻璃一樣明亮。槐花團團簇簇，好像一樹樹的活物。南風輕柔，撫摸著我的臉。四月的夜真是舒服，但我想起了地肥水美的杜五花，又感到四月的夜真真令人煩惱。大小魯西呼吸平靜，雙脊呼吸重濁。牠們的肚子裡咕嚕咕嚕響著。我的肚子也咕嚕咕嚕響著。因為我跟牛打交道太多，所以我也學會了反芻的本領。剛才吞下去的牛蛋子泛上來了，我本來應該慢慢地咀嚼，細細品嘗它們的滋味，但我生怕被比猴子還要精的杜大爺聞到，所以我就把它們強壓回去。我的心裡很得意，這感覺就像在大家都斷了食時，我還藏著一碗肉一樣。現在我不能反芻。我往杜大爺身邊靠了靠，說：「大爺，能給我一袋菸抽嗎？」

他說：「你一個小孩子，抽什麼菸？」

我說：「才剛您還叫我老人家，怎麼轉眼就說我是小孩子了呢？」

「剛才是剛才，現在是現在，人吶，只能什麼時候說什麼時候的話！」他把菸鍋子往鞋底上磕磕，憤憤不平地說，「退回二十年去，別說牠娘的幾個臊乎乎的牛蛋子，成盤的肥豬肉擺在我的面前，我也不會饞！」

我說：「杜大爺，您又吹大牛啦！」

「我用得著在你這個兔崽子面前吹牛？」杜大爺說，「我對你說吧，那時候，每逢馬桑集，我爹最少要割五斤肉，老秤五斤，頂現在七斤還要多，不割肉，必買魚，青魚，巴魚，黃花魚，披毛魚，墨斗魚……那時候，馬桑鎮的魚市有三里長，槐花開放時，正是鱗刀魚上市的季節，街兩邊白晃晃的，耀得人不敢睜眼。大對蝦兩個一對，用竹籤子插著，一對半斤，兩對一斤，一對大蝦只賣兩個銅板。那時候，想吃啥就有啥，只要你有錢。現在，你有錢也沒處去買那樣大的蝦，那樣厚的鱗刀魚，嗨，好東西都弄到哪裡去了？好東西都被什麼人吃了？俺大女婿說好東西都出了口了，你說中國人怎麼這樣傻？好東西不留著自己吃，出什麼口？出口換錢，可換回來的錢弄到哪裡去了？其實都是在糊弄咱這些老百姓。可咱老百姓也不是那麼好糊弄的。大家嘴裡不說，可這心裡就像明鏡似的。現在，這麼大個公社，四十多個大隊，幾百個小隊，七八萬口子人，一個集才殺一頭豬，那點豬肉還不夠公社幹部吃的。可過去，咱馬桑鎮的肉市，光殺豬的肉案子就有三十多台，還有那些殺牛的，殺驢的，殺狗的，你說你想吃什麼吧。那時候的牛，大肉牛，用地瓜、豆餅催得油光水滑，走起來晃晃蕩蕩，好似一座肉山，一頭牛能出一千多斤肉。那牛肉肥的，肉膘子有三指厚，那肉，一方一方的，簡直就像豆腐，放到鍋裡煮，一滾就爛，花五個銅子，買上一斤熱牛肉，打上四兩高粱酒，往凳子上一坐，喝著吃著，聽著聲，看著景，你想想吧，那是個什麼滋味……」

我嚥了一口唾液，說：「杜大爺，您是編瞎話騙我吧？舊社會真有那麼好？」

杜大爺說：「你這孩子，誰跟你說舊社會好了？我只是跟你說吃肥牛肉喝熱燒酒的滋味好。」

我問：「您吃肥牛肉喝熱燒酒是不是在舊社會？」

他說：「那……那……好像是舊社會……」

我說：「那麼，您說吃肥牛肉喝熱燒酒好就等於說舊社會好！」

他惱怒地蹦起來：「你這個熊孩子，這不是畫了個圈讓我往裡跳嘛！」

我說：「不是我畫了圈讓您往裡跳，是您的階級立場有問題！」

他小心翼翼地問：「小爺們，你給我批講批講，什麼叫階級立場？」

我說：「您連階級立場都不懂？」

他說：「我是不懂。」

我說：「這階級立場嗎……反正是，舊社會沒有好東西，新社會都是好東西；貧下中農沒有壞東西，不是貧下中農沒有好東西。明白了嗎？」

他說：「明白了明白了，不過……那時候的肉魚什麼的確實比現在多……」

我說：「比現在多貧下中農也撈不到吃，都被地主富農吃了。」

「小爺們，你這可是瞎說，有些地主富農還真捨不得吃，有些老貧農還真捨得吃。比如說方老七家，老婆孩子連條囫圇褲子都沒有，可就是好吃，打下糧食來，趕緊著糶，換來錢買魚買肉，把糧食造光了，就下南山去討飯。」

我說：「你這是造謠污蔑老貧農！」

他說：「是是是，我造謠，我造謠。」

我們並排坐著，不言語了。夜氣濃重，而且還有了霧。河裡傳來蛤蟆的叫聲。

他自言自語道：「蛤蟆打哇哇，再有三十天就吃上新麥子麵了……新麥子麵多筋道哇，包餃子好吃，擀麵條好吃，烙餅好吃，蒸饅頭也好吃……那新饅頭白白的，暄暄的，掰開有股清香味兒，能把人吃醉了……」

我說：「杜大爺，求您別說吃的了！您愈說，我愈餓！」

「不說了，不說了。」他點上一鍋菸，悶悶地抽著，菸鍋一明一暗，照著他的老臉。

我打了個長長的呵欠。

他也打了個長長的呵欠。

「羅漢，咱不能這樣傻，」他說，「反正咱不讓牛趴下就行了，你說對不對？」

我說：「對呀！」

他說：「那咱們倆為什麼不輪班睡覺呢？」

「萬一牠們趴下呢？」我擔心地說。

他站起來檢查了一下牛韁繩，說：「沒事，我敢保證沒事。韁繩斷不了，牠們就趴不下。」

我說：「那我先回家睡去了。」

他說：「你這個小青年覺悟太低了，我今年六十八了，比你爺爺還大一歲，你好意思先回去睡？」

我說：「你這個老頭覺悟也不高，你都六十八了，還睡什麼覺？」

他說：「那好吧，我出個題給你算，你要是能算出來，你就回家睡覺，你要是算不出來，我就回家睡覺。」

不等我答應，他就說開了：「東南勞山松樹多，一共三萬六千棵，一棵樹上九個杈，一個杈裡九個窩，一個窩裡九個蛋，一個蛋裡九個雀，你給我算算一共有多少個雀？」

上學時我一聽算術就頭痛。十以內的數我掰著手指頭還能算個八九不離十，超過了十我就犯糊塗。杜老頭子開口就是上萬，我如何能算清？再說了，我要能把這樣大的數算清楚，我還用得著半夜三更來遛牛嗎？

我說：「杜老頭，你別來這一套，我算不清，算清了我也不算，我憑什麼要費那麼多腦子？」

杜大爺歎息道：「現如今的孩子怎麼都這樣了？一點虧都不吃。」

我說：「現如今的老頭也不吃虧！」

杜大爺說：「碰上你這個小雜種算是碰上對手了。好吧，咱都不睡，就在這裡熬著。」

杜大爺一屁股坐在地上，吧嗒吧嗒地抽菸。

我背靠著一棵槐樹坐下，仰著臉數天上的星星。

六

在朦朧中，我聽到三頭小公牛罵聲不絕。牠們的大嘴一開一合，把涼森森的唾沫噴到我的臉上。大小魯西罵了我幾句就不罵了，雙脊卻不依不饒，怒氣沖天。牠說：你這個小雜種，我與你無怨無仇，你為什麼說我把十三頭母牛都跨了一遍？你讓老董同志下那樣的狠手，把我的蛋子騸了。你不但讓老董同志把我的蛋子騸了，你還把我的蛋子吃了。大小魯西幫腔道：他把我們的蛋子也吃了。雙脊說：想不到啊想不到想不到你這個小雜種是如此殘忍。我大喊冤枉，但我的喉嚨被一團牛毛堵住了，死活喊不出聲來。雙脊對大小魯西說：夥計，咱們這輩子就這麼著了，雖然活著，但丟了蛋子，活著也跟死了差不了。咱們以前怕這小雜種，現在還有什麼可怕的？大小魯西說：的確沒有什麼好怕的了。雙脊說：既然沒有什麼好怕的了，那咱就把這小雜種頂死算了，咱們不能白白地讓這小雜種把咱們的蛋子吃了。大魯西道：兄弟們，你們有沒有感覺？當他吃我們的蛋子時，我的蛋子像被刀子割著似的痛。我真納悶，明明看到他們把我們的蛋子給摘走了，怎麼還能感到蛋子痛呢？雙脊和小魯西說：我們也感覺到痛。雙脊說：他們不仁，我們也不必講義。我看咱們先把這個小雜種的腸子挑出來，然後咱們再去跟麻子他們算帳。我把身體死勁地往樹幹上靠著，眼睛裡充滿了淚水。我大喊，但只能發出像蚊子嗡嗡一樣的小聲音。我說：牛大哥，我冤枉啊……我也是沒有辦法子呀……隊長讓我幹，我不能不幹……雙脊，雙脊你難道忘了？去年冬天我用我奶奶那把破木梳子，把你全身的毛梳了一遍，我從你身上刮下來的蝨子，沒有一斤也有半斤；大魯西，小魯西，我也幫你們梳過毛，拿過蝨子，如果沒有我，你們早就被蝨子咬死了……你們當時都對我千恩萬謝，雙脊你還一個勁地用舌頭舔我的手……你們不能忘恩負義啊……我的聲音雖然細微但牠們聽到了。我看到牠們通紅的眼睛裡流露出了一絲溫情。我抓緊時機，搖動三寸不爛之舌，盡揀那些懷念舊情的話說。我看到牠們交換了一下眼神，好像有放過我的意思。我說：牛兄弟們，只要你們饒了我，我這輩子不會忘了你們，等我將來有了權，一定把最好的草料給你們三個吃。我保證不讓你們下地幹活，夏天我給你們搧扇子，冬天我給你們縫棉衣。我要讓你們成為世界上最幸福的牛，最最幸福的牛……在我的甜言蜜語中，我看到大小魯西的眼睛裡流出了淚水。雙脊說：我們不用你搧扇子，你也不可能給我們搧扇子；我們不用你縫棉襖，你也不可能給我們縫棉襖。你自己都找不到個人給你縫棉襖。你的好話說得過了頭，所以讓我聽出了你的虛偽。你的目的就是花言巧語地蒙混過關，然後你撒開兔子腿，跑一個蹤影不見。我說：牛大哥呀，村裡人說話說了算，一片真心可對天。雙脊道：你甭給俺唱戲文，您這幾句俺們從小就聽。接下來是「擒龍跟你下大海，打虎跟你上高山」，對不對？我連聲說對。雙脊對大小魯西說：夥計們趁著天還沒亮，咱把這個小雜種收拾了吧！牠們豎起鐵角，對準我的肚皮頂了過來。我怪叫一聲，睜開眼，看到一輪紅日已從河堤後邊升起來。

一輪紅日從河堤後邊升起來，耀得我眼前一片金花花。我搓搓眼，看著眼前的情景，不由得叫了一聲娘。我的娘喲，三頭牛都趴在了地上，儘管韁繩沒斷，但牠們把脖子抻得長長的與樹幹並直，齜著牙咧著嘴翻著白眼，好像三個吊死鬼。我更加仔細地看了一眼，牠們的身體的的確確是趴在了地上。我不顧被夜露打濕了的身體又僵又麻，蹦起來，跳過去，拉牛韁繩。牛韁繩挺得邦硬，如何拉得動？拉不動我就踢牠們的屁股，我踢牠們的屁股牠們毫無反應。我的心裡一片灰白。我想壞了事了，這三頭牛死了。這三頭牛一定是趁著我睡著了時，商量了商量，集體自殺了。牠們這輩子不能結婚娶媳婦，所以牠們集體上了吊。這時我就想起了杜大爺，這老東西趁我睡著了竟然偷偷地跑了。他想把死牛的責任推到我身上。我心中頓時充滿了對杜大爺的恨，忘了我對杜五花的愛。杜魯門！杜魯門！我明知杜魯門不可能聽到我的喊叫，但我還是大聲喊叫。杜魯門我饒不了你！如果杜魯門此時在我眼前，我會像狼一樣撲上去把他咬死。三頭牛其實是死在他的手裡。我撲上去把他咬死實際上是替牛報仇雪恨。我撒腿往杜魯門家跑去。

我跑到杜魯門家的菜園子，看到杜魯門正猴蹲在那裡割韭菜。剛割了韭菜的韭菜畦就像剛剃了的頭一樣新鮮。他女兒杜五花也在園子裡忙活。杜魯門把韭菜捆得整整齊齊。杜五花把杜魯門捆好的韭菜一捆捆地往水桶裡放，一捆也不落地放到水桶裡用水浸泡。用水浸泡過的韭菜既好看又壓秤，這家人的腦子個個好用。杜五花從水桶裡把韭菜提上來時韭菜真是好看極了，一串串的水珠像珍珠似的順著韭菜梢流下來，流到水桶裡，發出撒尿般的響聲。往水裡浸韭菜的杜五花也很好看，儘管此時我對她的爹恨得咬牙切齒，但我還是沒辦法不承認她的漂亮。根據我的經驗，女人只要跟水一接近馬上就會變漂亮。漂亮的女人跟水一接近會變得更漂亮，即便是不漂亮的女人跟水一接近也會變漂亮。譬如說女人在河裡洗澡，譬如說女人在井邊洗頭，譬如說女人在水桶邊浸泡韭菜。紅太陽照耀著杜五花肉嘟嘟的四方大臉，好像一塊紅玻璃。她留著兩條短又粗的辮子，好像兩根驢尾巴。如果沒有杜五花在場，我肯定會大喊：杜魯門，王八蛋，牛死了！因為杜五花在場，我只好說：「杜大爺，壞了醋了！」

杜大爺抬起頭，問我：「羅漢，你不在那裡看著牛，跑到這裡來幹什麼？」

我說：「您快去看看吧，杜大爺，我們的牛死了……」

杜大爺像豹子一樣躥起來，問我：「你說什麼？」

我說：「牛死了，我們的牛死了，我們那三頭牛都死了……」

「你胡說！」杜大爺弓著腰跑過來，一邊跑一邊說，「你胡說什麼呀，我離開時牠們還活蹦亂跳，怎麼一轉眼就死了？」

「我也不知道牠們為什麼死了，看那樣子，好像都是自殺。」

「你就胡編吧，我活了六十八歲，還沒聽說過牛還會自殺……」

杜大爺往我們拴牛的地方跑去。

杜五花問我：「羅漢，你弄什麼鬼？」

我說：「誰跟你弄鬼？你爹把牛扔下不管，跑回家來搞資本主義，結果讓三頭牛上了吊！」

「真的？」杜五花扔掉韭菜跑過來，拉著我的手就往河堤那邊跑，她的手像鐵鉤子樣，她的胳膊力大無窮，我幾乎是腳不點地地跟著她跑，邊跑她邊說，「你是怎麼搞的？我爹不在，不是還有你嗎？」

我氣喘吁吁地說：「我睡著了……」

「讓你看牛你怎麼能睡著呢？」她質問我。

我說：「我要不睡著你爹怎能跑回家割韭菜？」

我還想說點難聽的話嚇唬她，但已經到了槐樹下。

杜大爺拽著韁繩想把牛拽起來，但拽不起來。我心裡想，牛都死了，你怎麼能把牠們拽起來呢？杜大爺掀著牠們的尾巴想把牠們掀起來，但掀不起來。我心裡想，你怎麼可能把一頭死牛掀起來呢？雖然他沒把牛弄起來，但經他這麼一折騰，我看到雙脊的尾巴動彈了一下。老天爺，原來雙脊還活著。既然雙脊還活著，那麼，大小魯西更應該活著。果然我看到大魯西晃了晃耳朵，小魯西伸出舌頭舔了一下鼻孔。發現三頭牛都沒死讓我感到很高興；發現三頭牛都活著又讓我感到很不高興。那時候我正處在愛熱鬧的青春前期，連村子裡的狗都討厭我。我希望村子裡天天放電影，但這是絕對不可能的。我希望村子裡天天有人打架，這也是絕對不可能的。我希望天天能看到紅衛兵鬥壞蛋，但這也是絕對不可能的。沒有了上邊所說的這些大熱鬧，那麼生產隊裡的母牛生小牛，張光家的母狗與劉漢家的公狗交配最好能天天發生，但這也是絕對不可能的。老董同志來給牛割蛋子這樣的熱鬧能夠每天發生嗎？當然也是不可能的。所以我想，如果這三頭牛一起上吊自殺，這個大熱鬧足可以讓全村轟動，而這令全村轟動的大事與我直接有關係，你想想這會讓我的生活多麼充實，這會讓我多麼令人關注，人們必定眼巴巴地望著我、盼著我講出事情的前因後果，那會讓我多麼神氣。可是，三頭牛一頭都沒死。杜大爺瞪著一大一小兩隻眼，對著我和他女兒吼：「你們倆死了嗎？」

老東西這句話是什麼意思呢？他讓我跟他的女兒死在一起是什麼意思？這話雖然不是好話，但我聽出了親近，好像我跟杜五花有著特殊關係似的。我又想其實我跟杜五花的關係就是不一般，我曾經……

「別傻站著了，幫我把牛抬起來呀！」杜大爺說。

於是我上前揪住了雙脊的尾巴。

杜五花一把將我搡到一邊，什麼也沒說，她什麼也沒說就彎下腰，自己揪住了牛尾巴。

我上前抱住了牛脖子。

杜大爺把我推到一邊，親自抱住了牛脖子。

最後，我只好站在杜五花身邊，握住了她的手腕子。

我們一齊努力，將雙脊抬了起來。

我很擔心把牛尾巴從牛屁股上拔下來。其實我是有點盼望著將牛尾巴從牛屁股上拔下來。能將牛尾巴從牛屁股上拔下來肯定也是一件大事，甚至會比死三頭牛還熱鬧，但牛尾巴還在牛屁股上我們就把牛抬起來了。

抬起了雙脊我們緊接著把大魯西抬起來。

然後我們又把小魯西抬起來。

我們把三頭牛抬起來後，杜大爺馬上就轉到牛後，彎下腰去仔細觀察。

我和杜五花也彎腰觀察。

大小魯西的蛋皮略有腫脹。

雙脊的蛋皮大大腫脹，腫成了一根飽滿的大口袋，比沒閹之前還要飽滿。顏色發紅，很不美妙。而且這夥計還在發高燒。我站在牠的身邊就感到牠的身體像一個大火爐子似的烤人。

杜大爺解開了牛韁繩。他把大小魯西的韁繩交給我，他親自牽著雙脊的韁繩。他對五花說：「你回去吧，讓你娘擀一軸子雜麵條，待會兒我和羅漢回去吃。」

杜五花好像不認識似的看看我，我也好像不認識似的看看她的爹。我心裡想，這簡直是太陽從西邊升起來了。我又看看杜大爺，我看到他老人家的臉慈祥極了。我活在人世上十四年，還從來沒見到過像杜大爺這樣慈祥的老頭。

我們拉著牛，在胡同裡慢吞吞地走著。杜大爺咳嗽了幾聲，說：「羅漢小爺們，其實，你是咱村裡最有天分的孩子，他們都是狗眼看人低，我把這句話放在這裡，二十年後回頭看，你保證是個大人物！」

杜大爺的話我真是愛聽。

他說：「咱爺倆一夜都沒合眼，雙脊的蛋子還是腫成了這樣，可見這頭牛不能閹，人家老董同志也說不能閹，這頭牛配過牛不能閹了，你麻叔非要閹，所以說萬一有個三長兩短，責任也落不到咱爺倆頭上，你說對不對？」

我說：「對極了！」

七

那天早晨，杜大爺沒有食言，他果真讓我到他家去吃了一碗雜麵條。他的老婆也就是杜五花的娘對我還挺親熱，我吃麵條時她一個勁地往我的碗裡加湯，好像怕我噎著似的。杜五花態度蠻橫地對她娘說：「你一個勁地往他的碗裡加湯幹什麼？」她娘說：「吃飯多喝湯，勝過開藥方。」杜五花不理她娘，把一個鹹鴨蛋幾乎全摳到我的碗裡。那黃澄澄、油汪汪的鴨蛋黃滾到我碗裡時，杜大娘對著杜五花擠鼻子弄眼地使眼色，杜五花裝作看不見，連杜五花都裝作看不見，我更沒必要冒充好眼色。我毫不客氣地一口就將那個鴨蛋黃吞了，免除了杜大娘再把那個鴨蛋黃搶走的危險。倉皇之間沒顧上品咂鴨蛋黃的味道，這有點遺憾，但也沒有什麼好遺憾的，因為在我吞蛋黃的同時，杜大娘搶蛋黃的手已經伸過來了。杜大娘氣哄哄地說：「你這孩子，真是有爹娘生長無爹娘教勸！人家都是一丁點一丁點地品品滋味，你竟然一口吞了！」杜五花替我幫腔道：「不就那麼個鴨蛋黃嘛，您嘀咕什麼?!讓人吃就別心疼！」杜大娘憤怒地說：「不是我心疼，我是怕他吃壞了嗓子。」我說：「大娘您就放心吧，我跟方小寶打賭，空口喝了一斤醬油，嗓子還像小喇叭似的。」杜大娘撇撇嘴，轉身走了。杜五花對我眨眨眼，鬼鬼地笑了。這一笑讓我感到她和我心連著心，這一笑讓我感動了許多年。

那個白天，我和杜大爺牽著牛在村子裡轉。時而杜大爺牽著雙脊在前，時而我牽著大小魯西在前。我在前時我的心情比較好，因為看不到雙脊的蛋子。我在後時我的心情很惡劣，因為我沒法不看到雙脊那愈腫愈大的蛋子。轉了大街轉小巷，起初我們身後還跟著幾個抹鼻涕的孩子，但一會兒他們便失去了興趣。小孩子們走了，蒼蠅來了。起初只有幾隻蒼蠅，很快就來了幾百隻蒼蠅。蒼蠅的興趣集中在雙脊的蛋子上。牠們叮住不放，改變了那地方的顏色。蒼蠅讓雙脊更加痛苦，我從牠的眼神裡看出了牠欲死不能的神情。我折了一束柳條，替牠轟趕蒼蠅，但那地方偏僻狹窄，有很多死角，另外還要拂蠅忌蛋，所以也就乾脆不趕了。

杜大爺讓我看著雙脊，他去向麻叔匯報雙脊的病情。

杜大爺回來，氣哄哄地說：「麻子根本不關心，說沒事沒事沒事，他媽的巴子，他沒看怎麼知道沒事？」

這天夜裡，大小魯西開始認草了，但雙脊的病情卻愈來愈重。

第三天上午，我們不管大小魯西了，放牠們回了生產隊的飼養室。我和杜大爺把全副精力放到雙脊身上。

我們一前一後，推拉著牠在街上走。我們必須高度警惕著，才能防止牠像堵牆壁一樣倒在地上。

我們把牠拉到生產隊飼養室門外。杜大爺提來一桶水，想讓牠喝點。但牠的嘴唇放在水面上沾了沾就抬起來了。牠的嘴唇上那些像鬍鬚似的長毛上滴著水。清亮的水珠從牠嘴唇上那些長毛上啪噠啪噠地滴下來，好像一滴滴眼淚。牠的眼睛其實一直在流淚。淚水浸濕了牠眼睛下邊兩大片皮毛，顯出了明顯的淚痕。杜大爺跑進飼養室，用一個破鐵瓢，盛來了半瓢棉籽餅，這是牛的料，儘管這東西牛吃了拉血絲，但還是牛最好的料。只有幹重活的牛才能吃到這樣的好料。杜大爺把那半瓢棉籽餅倒進水桶裡，伸進瓢去攪了攪。杜大爺溫柔地說：「小牛，你喝點吧，你聞聞這棉籽餅有多麼香！」雙脊把嘴插進水桶裡，蘸蘸嘴唇就抬起來了。杜大爺驚異地說：「怎麼？你連這樣的好東西都不想喝了嗎？」拴在柱子上那些牛們，其中包括大小魯西，聞到棉籽餅的香味，都把眼睛斜過來。杜大爺說：「羅漢，你去跟麻子說吧，你是他的侄子，你的面子也許比我大。你去說吧，你就說雙脊很可能要死。你說他如果不來，那麼，牛死了他要負全部的責任，你去吧。」

我跑了好幾個地方，最後在生產隊的記工房裡找到了麻叔。

我說：「雙脊要死了，很可能馬上就要死了……」

麻叔正和隊裡的保管、會計在開會，聽到我的話，他們都跳了起來。

麻叔嘴角上似乎掛著一絲笑容，問我：「你說雙脊要死？」

我說：「牠連香噴噴的棉籽餅都不吃了，牠的蛋皮腫得比水罐子都要大了。」

麻叔說：「我要去公社開會，王保管你去看看吧。」

王保管就是那位因為打牛進過苗圃學習班的人。他紅著臉，擺著手，對麻叔說：「這事別找我，跟牛沾邊的事你們別找我！」

麻叔狡猾地笑著說：「吃牛肉時找不找你？」

王保管說：「吃牛肉？哪裡有牛肉？」

麻叔道：「看看，一聽說吃牛肉就急了嘛！」

王保管說：「吃牛肉你們當然應該找我，要不我這條腿就算白瘸了！」

麻叔說：「徐會計，那你就去看看吧。」

徐會計說：「要不要給公社獸醫站的老董同志打電話？」

麻叔說：「最好別驚動他，他一來，肯定又要打針，打完了針還要換藥，換完了藥咱還得請他吃飯喝酒，隊裡還有多少錢你們也不是不知道！」

徐會計說：「那怎麼辦？」

麻叔道：「一個畜牲，沒那麼嬌氣，實在不行，弄個偏方治治就行了。」

我們在會計的指揮下，往雙脊的嘴裡灌了一瓶醋，據村裡的赤腳醫生說醋能消炎止痛。我們還弄來一個像帽子那樣大的馬蜂窩，搗爛了，硬塞到牠的嘴裡去，據徐會計的爹說，馬蜂窩能以毒攻毒。我們還弄來一塊石灰膏子抹到牠的蛋皮上，據說石灰是殺毒滅菌的靈藥。

我真心盼望著雙脊趕快好起來，牠不好，我和杜大爺就得不到解放。但雙脊的病情不但沒有好轉，反而加重了。牠的蛋皮流出了黃水，不但流黃水，還散發出一股惡臭。這股惡臭的氣味，把全村的蒼蠅都招來了。我們牽拉著牠走到哪裡，蒼蠅就跟隨到哪裡。牠的背弓得更厲害了。由於弓背，牠的身體也變短了。牠身上的毛也戧起來了，由於戧毛，牠身上的骨節都變大了。牠的淚水流得更多了。牠不但流眼淚，還流眼屎，蒼蠅伏在牠的眼睛周圍，吃牠的眼屎，母蒼蠅還在牠的眼角上下了許多蛆。牠的蛋皮上也生了蛆。

第四天早晨我們把雙脊拉到麻叔家門口。麻叔家還沒開門，我撿起一塊磚頭，用力砸著他家的門板。麻叔披著褂子跑出來，罵我：「渾蛋羅漢，你想死嗎？」

我說：「我不想死，但是雙脊很快就要死了。」

杜大爺蹲在牆根，說：「麻子，你還是個人嗎？」

麻叔惱怒地說：「老杜，你這麼大年紀了，怎麼連句人話都不會說了？」

「你逼得我啞巴開口，」杜大爺說：「你看看吧，怎麼著也是條性命，你們把牠的蛋子挖出來吃了，你們舒坦了，可是牠呢？」

麻叔轉到牛後，彎下腰看看，說：「那你說該怎麼辦？」

杜大爺說：「解鈴還得繫鈴人，趕快把老董叫來。」

麻叔道：「你以為我不急？牛是生產資料，是人民公社的命根子，死個人，公社裡不管，死頭牛，連黨委書記都要過問。」

杜大爺問：「那你為什麼不去請老董？」

「你以為我沒去請？」麻叔道，「我昨天就去了獸醫站，人家老董同志忙著呢！全公社有多少生產隊？有多少頭牛？還有馬，還有驢，還有騾子，都要老董同志管。」

杜大爺說：「那就看著牠死？」

麻叔搔搔頭，說：「老杜，想不到你一個老中農，還有點愛社如家的意思。」

杜大爺說：「我家四個女婿，三個吃公家飯！」

麻叔說：「這樣吧，你和羅漢，拉著雙脊到公社獸醫站去，讓老董給治治。」

杜大爺說：「簡直是睜著眼說夢話，到公社有二十里地，你讓我們走幾天？」

麻叔說：「走幾天算幾天。」

杜大爺說：「只怕走到半路上牠就死了！」

麻叔說：「牠實在要死，咱們也沒有辦法，連縣委書記都要死，何況一頭牛？」

杜大爺說：「我去了，家裡那些牛怎麼辦？」

麻叔說：「同志，不要以為離了你地球就不轉了，讓你去你就去，家裡的事就甭管了！」
杜大爺說：「好好好，我去，醜話說在前頭，這牛要是死在路上，你們可別找我麻煩。」
麻叔道：「還有小羅漢當見證人嘛！」

八

我們拖著雙脊，走上了去公社之路。

我背著一個包袱，包袱裡包著一個玉米麵餅子，一根大蔥，一塊黑醬。這是因為我要出門，家裡對我的獎賞。如果不出門，我的主食是發霉的地瓜乾子。杜大爺背著一個黃帆布書包，書包上繡著紅字，這是很洋氣的東西，在當時的情況下，只有知識青年才能背這種書包。我做夢都想有這樣一個書包，但我弄不到。杜大爺很牛氣地背著一個只有知識青年才有的書包拉著牛韁繩走在牛前頭，書包讓他生氣勃勃。我背著古舊的包袱，拿著一把破扇子跟在牛後頭。我用破扇子不停地轟著雙脊蛋皮上的蒼蠅。我搧一下子蒼蠅們就嗡地飛起來，蒼蠅飛起來時我看到雙脊那可憐的蛋皮像一團涼粉的形態，像一團涼粉的顏色。我剛一停手蒼蠅們就落回去，蒼蠅落回去我就只能看到蒼蠅。我們出了村，過了橋，上了通往公社的那條沙石路。誇張點說我們走得還不如蛆爬得快。不是我們走不快，是雙脊走不快。雙脊連站立都很困難，但我們要牠走，牠就走。牠已經連續三天沒撈到趴下歇歇了，我猜想牠的腦子已經昏昏沉沉。如果是人，早就活活累死了，累不死也就睏死了。想想做頭牛真他媽的不容易。如果我是雙脊，就索性趴下死了算了。但雙脊不是我。我和杜大爺一個在前拉著，一個在後催著，讓牠走，逼牠走，牠就走，一步，一步，一步更比一步難。

太陽正晌時我們走到了甜水井。甜水井離我們村六里地。杜大爺說：「羅漢，咱爺們走得還不算慢，按這個走法，半夜十二點時，也許就到了獸醫站。」

我說：「還要怎麼慢？我去公社看電影，二十分鐘就能跑到。」

杜大爺說：「已經夠快了，不要不知足。歇歇，吃點東西。」

我們把雙脊拴在井邊的大柳樹上。我解開了包袱，杜大爺解開了書包。杜大爺從書包裡摸出了一塊玉米麵餅子，我從包袱裡也摸出了一塊玉米麵餅子。我摸出了一根大蔥，他也摸出了一根大蔥。我摸出黑醬他也摸出黑醬。我們兩個的飯一模一樣。吃了飯，杜大爺從書包裡摸出了一個玻璃瓶子。玻璃瓶頸上拴著一根繩。他把繩抖開，將瓶子放到井裡，悠一悠，蕩一蕩，猛一鬆手，瓶子一頭扎到水裡，咕咕嘟嘟一陣響，灌滿了水就不響了。杜大爺把灌滿水的瓶子提上來。我說：「杜大爺，您真是有計畫性。」

杜大爺說：「讓我當生產隊長，肯定比麻子強得多。」

我說：「當生產隊長屈了您的料，您應該當公社書記！」

杜大爺說：「可不敢胡說！公社書記個個頂著天上的星宿，那不是凡人。」

我說：「大爺，您說，我要有個爹當公社書記，我會怎麼樣？」

「就你這模樣還想有個當公社書記的爹？」杜大爺把瓶子遞給我，說，「行了，爺們，別做夢了，喝點涼水吧，喝了涼水好趕路。」

我喝了一瓶涼水，肚子咕咕地響。

杜大爺又提上一瓶水，將瓶口插到牛嘴裡。水順著牛的嘴角流了出來。

「無論如何我們要讓牠喝點水，」杜大爺說，「否則牠病不死也要渴死。」

杜大爺又從井裡提上一瓶水，他讓我把雙脊的頭抬起來，讓牠的嘴巴向著天，然後他把瓶子插到牛嘴裡。這一次我聽到了水從雙脊的咽喉流到胃裡去的聲音。杜大爺興奮地說：「好極了，我們終於讓牠喝了水，喝了水牠就死不了了。」

我們離開柳蔭，重返沙石路。初夏的正午陽光其實已經十分暴烈，沙石路面放射著紅褐色的刺眼光芒。我建議歇一歇，等太陽落落再走。杜大爺說多歇無多力。而且他還說陽光消毒殺菌，而且他還說其實雙脊冷得要命，你難道沒看到牠渾身上下都在打哆嗦嗎？我相信杜大爺的生活經驗比我要豐富得多，所以我就不跟他爭辯。我更希望能早些到了公社獸醫站，讓雙脊的病及時得到治療，我其實是個善良的孩子。

我從路邊拔了一把野草，編成一個草圈戴在頭上。我看到杜大爺的禿頭上汪著一層汗水，便把頭上的草圈摘下來扔給他。杜大爺接了草圈戴在頭上，說：「你這孩子，愈來愈懂事，年輕人，就應該這樣。」杜大爺一句好話說得我心裡暖洋洋的。我說：「大爺，您活像個老八路！」杜大爺歎息道：「人吶，可惜沒有前後眼，要有前後眼，說什麼我也要去當八路。」我問：「您為什麼不去當八路呢？」他說：「說句不中聽的話，那時候，誰也看不出八路能成氣候。八路穿得不好，吃得也不好，武器更不好，就那麼幾條破大槍，槍栓都鏽了，子彈也少，每人只有兩粒火，打仗全靠手榴彈，手榴彈也是土造的，十顆裡鐵定有五顆是臭的。國軍可就不一樣了，一色的綠嗶嘰軍裝，美式湯姆槍，紅頭綠屁股子彈開著打，那槍，打到連發上，哇哇地叫，脆生生地，聽著都養耳朵。手榴彈一色是小甜瓜形狀，花瓣的，炸起來驚天動地，還有那些十輪大卡車才能拖動的榴彈大炮，一炮能打出五十里，落地就炸成一個灣，灣裡的水瓦藍，一眼望不到底。爺們，那時候不比現在，現在都打破頭地搶著當兵，那時誰也不願當兵。好男不當兵，好鐵不打釘嘛。就是當兵，爺們，我也不去當八路，要當我也去當國軍了。當國軍神氣，國軍吃得好，穿得好，還能看到前途。八路，不是正頭香主，爺們，說起來好像在撒謊，一直到了一九四七年咱們這塊地方還不知道八路的頭是誰，後來才聽說八路的頭是朱毛，後來又說朱毛是兩個人，還是兩口子，朱是男的，毛是女的。但那時誰都知道蔣介石，蔣委員長……」

我說：「那你說說國軍為什麼被八路打敗了？」

杜大爺說：「依我看，八路的人能吃苦，國軍的人不能吃苦。八路的人沒有架子，大官小官都沒架子，國軍的人架子大，國軍的大官架子倒不大，小官反倒架子大，官愈小架子愈大。俺家東廂房裡住過國軍一個少尉，連洗腳水都要勤務兵給端到炕前，但八路的團長還給俺家掃過院子。還有，八路的人不跟女人黏糊，我看他們不是不想，是不敢；國軍的人就不一樣了，見了漂亮娘們，當官的帶頭上。就這幾條，國軍非敗不可。」

我說：「你既然看出來國軍必敗，為什麼還不去當八路？」

「那會兒誰能看出來？那會兒我要看出來肯定當了八路，」他說，「我要是當了八路，熬到現在，最次不濟也是個公社書記，吃香的，喝辣的，屁股下坐著冒煙的。不過也很可能早就給炮子打死了。人的命，天註定，這輩子該吃哪碗飯，老天爺早就給你安排好了，胡思亂想是沒有用處的。人不能跟天對抗，我是很知足的，比上不足，比下有餘嘛！」

我們天上一句地下一句地胡扯著，一步一步、搖搖晃晃地往前挪動。我們說累了，就沉默。在沉默中我們昏昏欲睡。現在回想起來，那是一幅很有情調的畫面：一輪豔陽當頭照，沙石路在陽光下變成了金黃色，一個頭戴草圈、斜背書包的老頭子，迎著陽光瞇著一大一小兩隻眼，肩膀上背著牛韁繩，抻著黑色的脖子，一步一探頭地往前走著，像我後來看到過的在江上拉縴的船夫。在他的身後，是被韁繩拉得仰起來的牛臉。牛臉上有淚水還有蒼蠅。再往後是弓起來的牛背，夾起的牛尾。牛蛋皮太難看，就不要畫了。重點應該畫畫我。我很醜，我很醜卻缺乏自知之明，喜歡扮鬼臉，做怪相，連我的姊姊都曾經質問我的母親：娘，你說他怎麼這樣醜？簡直是氣死畫匠，難描難畫。母親對姊姊的質問當然不高興。母親說狗養的狗親，貓養的貓親，你們不親他，所以就覺得他醜。當然母親生了氣時也罵我醜。我趴到井台邊上看自己的模樣，確實有些問題。譬如說我嘴裡生著一顆虎牙。姊姊說我鋸齒獠牙。我一怒之下，找了一把鐵銼，硬是一點點地將那顆牙銼平了。銼牙時整個牙床都是酸的，好像連腦子都給震盪了，但是為了美，我把那樣長的一顆虎牙給銼平了。我把這事說給村裡人聽時，他們都不相信，以為我又在胡說。我留著那種頭頂只有一撮毛的娃娃頭，臉上是一片片銅錢大的白癬，那時候男孩子臉上愛長這種白癬，據說用酸杏揉能揉好，我們就去偷酸杏來揉，也沒見誰揉好過。我斜背著一個藍布包袱，穿一條大褲頭子，腳上趿拉著一雙大鞋，手裡搖著一柄破芭蕉扇，有一下沒一下地搧著牛的蛋皮。我們都不好看，人不是好人，牛也不是好牛，但我們很有特色。如果願意，其實還可以畫畫路兩邊的樹。路兩邊的樹多半是楊樹，楊樹裡夾雜著一些槐樹。楊樹上生了那種名叫「吊死鬼」的蟲，牠們扯著一根遊絲在風裡盪來盪去。路兩邊的麥子正在開花，似乎有那麼點甜甜的香氣。這幅圖畫固然很好，但我的肉體卻很痛苦。我頭痛，眼前有點發黑，口裡是又乾又苦，腳也很痛。但我的這點痛苦跟牛比起來肯定是不值一提。牛受的罪比天還高，比地還厚。牠的頭不痛是不可能的。我們多少還睡了一點覺，可牠卻一點覺都不能睡。現在我想起來，其實不讓閹過的牛趴下是沒有道理的。即便是一條沒閹過蛋子的牛，讓牠四天四夜撈不到趴下，也是一樁酷刑，何況牠身受酷刑，大量失血後，又傷口發炎。牠的腿已經腫了，牠血管子裡的血也壞了，牠那個像水罐一樣的蛋皮裡肯定積了一包膿血。與牛相比，我受的這點小罪的確是輕如鴻毛了。杜大爺難道就好受了嗎？他也不好受。他是六十八歲的人了，那時候六十八歲的人就是高齡了，也就是說，杜大爺的大部分身體已經被黃土埋起來了。他嘴裡的牙幾乎全掉光了，只剩下兩個特大的門牙，這兩個長門牙給他的臉上增添了一些青春氣象，因為這兩個門牙使他像一匹野兔，野兔無論多麼老，總是活潑好動的，一活潑好動，就顯得年輕。接下來發生了一件重要的事情，我在路上撿到了一把刀子。

那是一把三角形、帶長柄的刀子。因為我曾經在生產隊的苗圃裡幹過活，所以我一眼便看出那是一把嫁接果樹使用的刀子。這種刀子很鋒利，跟老董同志使用的閹牛刀在外形上有些相似之處。我撿起這把刀子後，就忘了頭痛和腳痛，鬼使神差般地我就想把雙脊那腫脹的蛋皮給豁了。我清清楚楚地看到，那裡邊全是膿血。我聽到雙脊也在哀求我：兄弟，好兄弟，給我個痛快的吧！我知道這事不能讓杜大爺知道，讓他知道了我的計畫肯定不能實現。藉著一個小上坡，我捏緊刀子，心不軟，手不顫，瞄了個準，一閉眼，對著那東西，狠命地一戳。我抽刀子的動作很快，但還是濺了一手。

杜大爺驚喜無比，說：「羅漢，你他媽的真是個天才！你這一刀，牛輕鬆了，我也輕鬆了。你要早來這麼一刀，雙脊沒準早就好了，根本不用到公社去……太好了……太好了……我見了老董同志一定讓他把你留下當學徒，我的眼色是沒有錯的，我看準了的人沒有錯的……」

杜大爺折了一根樹枝，轉到牛後，將樹枝戳到牛的蛋皮裡攪著。牛似乎很痛苦，想抬起後腿蹬人。但牠僅有蹬人的意念，沒有蹬人的力氣了。牠的後腿抬了抬就放下了。牠只能用渾身的哆嗦表示牠的痛苦。杜大爺真誠地說：「牛啊牛，你忍著點吧，這是為了你好……」蛋囊裡的髒物嘩嘩地往外流，先是白的、黃的，最後流出了紅的。杜大爺扔掉樹枝，說：「好了，這一下保證好了！」

我們拉著牠繼續趕路。牠走得果然快了一些。杜大爺從槐樹上扯下了一根樹枝，樹枝上帶著一些嫩葉，遞到牠的嘴邊，牠竟然用嘴唇觸了觸，有點想吃的意思。儘管牠沒吃，但還是讓我們感到很興奮。杜大爺說：「好了，認草就好了，到了公社，打上一針，不出三天，又是一條活蹦亂跳的牛了。」

太陽發紅時，我們已經望到了公社大院裡那棵高大的白楊樹。我興奮地說：「快了，快要到了。」

杜大爺說：「望山跑死馬，望樹跑死牛，起碼還有五里路。不過，這比我原來想的快多了，該說什麼說什麼，多虧了你小子那一刀，不過，如果沒有我那一根樹枝也不行。」

我們愈往前走，太陽愈發紅。路邊那個棉花加工廠裡的工人已經下班，一對對的青年男女穿著色彩鮮明的衣服在路上散步。他們身上散發著好聞極了的肥皂氣味。那些漂亮女人身上，除了肥皂氣味之外，還有一種甜絲絲香噴噴的氣味。

杜大爺對著我眨眨眼，低聲說：「羅漢，聞到大閨女味了沒有？」

我說：「聞到了。」

他說：「年輕人，好好闖吧，將來弄這樣一個娘們做老婆。」

我說：「我這輩子不要老婆。」

杜大爺說：「你這是叫化子咬牙發窮恨！不要老婆？除非把你閹了！」

我們正議論著，一對男女在路邊停下來。那個一臉粉刺、頭髮捲曲的男青年問：「老頭，你們這是幹啥去？」

杜大爺說：「到獸醫站去。」

男青年問：「這牛怎麼啦？」

杜大爺說：「割了蛋子了。」

男青年說：「割蛋子，為什麼要割牠的蛋子？」

杜大爺說：「牠想好事。」

男青年問：「想好事？想啥好事？」

杜大爺說：「你想啥好事牠就想啥好事！」

男青年急了，說：「老頭，你怎麼把我比成牛呢？」

杜大爺說：「為什麼不能把你比成牛？天地生萬物，人畜是一理嘛！」

女青年紅著臉說：「毛，快走吧！」

女青年細眉單眼，頭很大，臉也很大，臉很白，牙也很白。我不由自主地想看她。

男青年跑到牛後，彎著腰，看雙脊那個地方。

「我的個天，」男青年一驚一乍地說，「你們真夠殘忍的，小郭小郭你看看他們有多麼殘忍！」

男青年招呼那女青年。女青年惱怒地一甩辮子，往前走了。男青年急忙去追女青年。我的脖子跟著女青年轉過去。我看到男青年將一隻胳膊搭在女青年肩上，奇怪的是女青年竟然讓他把胳膊搭在肩上。

杜大爺說：「轉回頭吧，看也是白看。」

我回過頭，感到有點不好意思。

杜大爺說：「才剛還說這輩子不要老婆呢，見了大閨女眼睛像鉤子似的！」

我說：「我看那個男的呢！」

「別辯了，大爺我也是從年輕時熬過來的。」杜大爺說，「這個大閨女，像剛出鍋的白饅頭，暄騰騰的，好東西，真是好東西呀！」

公社的高音喇叭播放國際歌時，我們終於趕到了獸醫站。那時候公社的高音喇叭晚上七點開始廣播，開始廣播時先播《東方紅》，播完了《東方紅》就預告節目，預告完了節目是新聞聯播，播完了國家新聞就播當地新聞，播完了當地新聞就播樣板戲，播完了樣板戲就播天氣預報，播完了天氣預報就播《國際歌》，播完了《國際歌》就說「貧下中農同志們，今天的節目全部播送完了，再會」，這時候就是晚上九點半，連一分鐘都不差。我們在獸醫站前剛剛站定，播音員就與我們「再會」了。杜大爺說：「九點半了。」

我打了一個呵欠說：「在家時播完國際歌我就睡了覺了。」

杜大爺說：「今天可不能睡了，咱得趕快找老董同志給雙脊打上針，打上針心裡就踏實了。」

獸醫站鐵門緊閉，從門縫裡望進去，能看到院子裡豎著一個高大的木架子，似乎還有一口井，井邊的空地上，生長著一些蓬鬆的植物。一隻狗對著我們叫著，屋子裡黑乎乎的，什麼也看不見。

我問：「大爺，咱到哪裡去找老董同志呢？」

杜大爺說：「老董同志肯定在屋裡。」

我說：「屋裡沒點燈。」

杜大爺說：「沒點燈就是睡覺了。」

我說：「人家睡覺了咱怎麼辦？」

杜大爺說：「咱這牛算急病號，敲門就是。」

我說：「萬一把人家敲火了怎麼辦？」

杜大爺說：「顧不了那麼多了，再說了，老董同志吃了雙脊的蛋子，理應該給雙脊打針。」

我們敲響了鐵門。起初我們不敢用力敲，那鐵門的動靜實在是太大了，鏗鏗鏘鏘的像放炮一樣。我們敲了一下，那條狗就衝到門口，隔著鐵門，往我們身上撲，一邊撲一邊狂叫。但屋子裡毫無動靜。我們的膽壯了，使勁敲，發出的聲音當然更大，那條狗像瘋了似的，一下下地撲到鐵門上，狗爪子把門抓得嚓嚓響，但屋子裡還是沒有動靜。杜大爺說：「算了吧，就是個聾子，也該醒了。」

我說：「那就是老董同志不在。」

杜大爺說：「這些吃工資的人跟我們莊戶人不一樣，人家是八小時工作制，下了班就是下了班。」

我說：「這太不公平了，咱們辛辛苦苦種糧食給他們吃，他們就這樣對待我們？不是說為人民服務嗎？」

「你是人民嗎？我是人民嗎？你我都是草木之人，草木之人按說連人都不算，怎麼能算人民呢？」杜大爺長歎一聲，「我們好說，可就苦了雙脊了！雙脊啊雙脊，去年你舒坦了，今年就要受罪，像大小魯西，去年沒舒坦，今年遭的罪就小得多。老天爺最公道，誰也別想光占便宜不吃虧。」

我看看黑暗中的雙脊，看不到牠的表情，只能聽到牠的粗濁的喘息。

杜大爺打著打火機，圍著雙脊轉了一圈，特別認真地彎腰看了看牠的雙腿之間。打火機燙了他的手，他嘶了一聲，把打火機晃滅。我的面前立即變得漆黑。天上的星斗格外燦爛起來。杜大爺說：「我看牠那兒的腫有點消了，如果牠實在想趴下，就讓牠趴下吧。」

我說：「太對了，大爺，好不好也不在趴下不趴下上，大小魯西不也趴過一夜嗎？不是照樣好了嗎？」

杜大爺說：「你說得有點道理，牠趴下，咱爺倆也好好睡一覺。」

杜大爺一聲未了，雙脊便像一堵朽牆，癱倒在地上。

九

黎明時，我被杜大爺一巴掌拍醒。我迷迷糊糊地問：「大爺，天亮了嗎？」杜大爺說：「羅漢，毀了爐了……我們的牛死了……」聽說牛死了，睡意全消，我的心中既感到害怕又感到興奮。從鐵門邊上一躍而起，我就到了牛身邊。這天早晨大霧瀰漫，雖是黎明時分，但比深更半夜還要黑。我伸手摸摸牛，感到牠的皮冰涼。我推了牠一下，牠還是冰涼。我不相信牛死了，我說：「大爺，您怎麼能看到牛死了呢？」大爺說：「死了，肯定死了。」我說：「您把打火機借給我用用，我看看是不是真死了。」杜大爺將打火機遞給我，說：「真死了，真死了……」我不聽他那套，點燃打火機，舉起來一照，看到牛已經平躺在地上，四條腿伸得筆直，好像四根炮管子。牠的一隻眼黑白分明地盯著我，把我嚇了一跳。我趕緊搗滅打火機，陷入黑暗與迷霧之中。

「怎麼辦？大爺，您說咱們怎麼辦？」我問。杜大爺說：「我也不知道怎麼辦，等著吧！」「等什麼？」「等天亮吧！」「天亮了怎麼辦？」「該怎麼辦就怎麼辦，反正是死了，頂多讓我們給牠抵命！」杜大爺激昂地說。我說：「大爺啊，我還小，我不想死……」杜大爺說：「放心吧，抵命也是我去，輪不到你！」我說：「杜大爺您真是好樣的！」杜大爺說：「閉住你的嘴，別煩我了！」

我們坐在獸醫站門口，背倚著冰涼的鐵門，灰白的霧像棉絮似的從我們面前飄過去。天氣又潮又冷，我將身體縮成一團，牙齒嘚嘚地打顫。我努力克制自己不去看死牛，但我的眼睛卻忍不住地往那裡斜。其實那裡也是濃霧瀰漫，牛的屍體隱藏在霧裡，就像我們的身體隱藏在霧裡一樣。但我的鼻子還是聞到了從死牛身上發出來的氣息，這氣息是一種並不難聞的冷冰冰的腐臭氣息。像去年冬天我從公社飯店門前路過時聞到的氣息一模一樣。

霧沒散，天還很黑，但公社廣播站的高音喇叭猛然響了，放《東方紅》。我們知道已經是早晨六點鐘。喇叭很快放完了《東方紅》。喇叭放完了《東方紅》東方並沒有紅，太陽也沒有升起。但很快東方就白了。霧也變淡了些。我站起來活動了一下腿腳。杜大爺背靠著鐵門，渾身哆嗦，哆嗦得很厲害，哆嗦得鐵門都哆嗦。我問：「大爺，您是不是病了？」他說：「沒病，我只是感到身上冷，連骨頭縫裡都冷。」我立刻想起奶奶說過的話，她說，人只要感到骨頭縫裡發冷就隔著陰曹地府不遠了。我剛想把奶奶說過的話向杜大爺轉述，杜大爺已經哆哆嗦嗦地站了起來。

我尾隨著杜大爺，繞著死牛轉了一圈。我們現在已經能夠清清楚楚地看見牠了。牠死時無聲無息，我和杜大爺都沒聽到牠發出過什麼動靜。牠可以說是默默地離開了人世。牠側著躺在地上，牛的一生中，除了站著，就是臥著，採取這樣大大咧咧的姿勢，大概只有死時。牠就這樣很舒展也很舒服地躺在地上，身體顯得比牠活著時大了許多。從牠躺在地上的樣子看，牠完全是一頭大牛了，而且牠還不算瘦。

杜大爺說：「羅漢，我在這裡看著，你回家向你麻叔報信去吧。」

我說：「我不願去。」

杜大爺說：「你年輕，腿快，你不去，難道還要我這個老頭子去嗎？」

我說：「您說得對，我去。」

我把那個包餅子的藍包袱捆在腰裡，跑上了回村之路。

我剛跑到棉花加工廠大門口就碰到了麻叔。麻叔騎著一輛自行車，身體板得像紙殼人一樣。他騎車的技術很不熟練，我隔著老遠就認出了他，一認出他我就大聲喊叫，一聽到我喊叫他就開始計畫下車，但一直等車子越過了我十幾米他才下來，而且是很不光彩地連人帶車倒在地上後從車下鑽出來的。我跑過去，沉痛地說：「麻叔，咱們的牛死了……」麻叔正用雙腿夾著車前輪，校正車把。我認出了這輛車子是村裡那位著名的大齡男青年郭好勝的車子，因為他的車子上纏滿了花花綠綠的塑料紙。郭好勝愛護車子像愛護眼睛一樣，能把他的車子借來真是比天還要大的面子。郭好勝要是看到麻叔把他的自行車壓在地上，非心疼得蹦高不可。我說：「麻叔……」麻叔說：「羅漢，你要是敢對郭好勝說我把他的車子壓倒過，我就打爛你的嘴。」我說：「麻叔，咱們的牛死了……」麻叔興奮地說：「你說什麼？」我說：「牛死了，雙脊死了……」麻叔激動得搓著手說：「真死了？我估計著也該死了，我來就是為了這……走，看看去，我用車子馱著你。」麻叔左腳踩著腳踏子，右腳蹬地，一下一下地，費了很大的勁將車子加了速，然後，很火爆地蹦上去，他的全身都用著力氣，才將自行車穩住，他在車上喊著我：「羅漢，快跑，蹦上來！」我追上自行車，手抓住後貨架子，猛地往上一蹦，麻叔的身體頓時在車上歪起來，他嘴裡大叫著：「不好不好……」然後就把自行車騎到溝裡去了。

麻叔的腦袋撞在一塊爛磚上碰出了一個滲血的大包。我的肚子擠到貨架子上，痛得差點截了氣。麻叔爬起來，不顧他自己當然更不顧我，急忙將郭好勝的車子拖起來，扛到路上，認真地查看。車把上、車座上都沾了泥，他脫下小褂子將泥擦了。然後他就支起車子，蹲下，用手搖腳蹬子，腳蹬子碰歪了，搖不動了。麻叔滿面憂愁地說：「壞了這一下壞了醋了……」我說：「麻叔咱們隊的牛死了……」麻叔惱怒地說：「死了正好吃牛肉，你咕噥什麼？生產隊裡的牛要全死了，我們的日子倒他媽的好過了！」我知道我的話不合時宜，但麻叔對牛的冷漠態度讓我大吃了一驚。早知生產隊的當家人對隊裡的牛是這個態度，我們何必沒日沒夜地遛牠們？我們何必吃這麼大的苦把牠牽到公社？我們更不必因為牠的死而心中忐忑不安。但雙脊的死還是讓我心中難過，這一方面說明我這人善良，另一方面說明我對牛有感情。

麻叔坐在地上，讓我在他對面將車子扶住，然後他雙手抓住腳蹬子，雙腳蹬住大梁，下死勁往外拽。拽了一會，他鬆開一隻手，用另一隻手，搖動腳蹬子，後輪轉起來了，收效很大。他高興地說：「基本上拽出來了！再拽拽！」於是他讓我扶住車子，他繼續往外拽。又拽了一會，他累了，喘著氣說：「他媽的，倒楣，早晨出門就碰到一隻野兔子，知道今日沒什麼好運氣！」我說：「您是幹部，還講迷信？」他說：「我算哪家子幹部？」他瞪我一眼，推著車往前走，啐了幾口唾沫，回頭對我說，「你要敢對郭好勝說，我就豁了你的嘴！」「保證不說，」我問，「麻叔，牛怎麼辦？」他微微一笑，道：「怎麼辦？好辦，拉回去，剝皮，分肉！」

臨近獸醫站時，他又叮囑我：「你給我緊閉住嘴，無論誰問你什麼，你都不要說話！」

「要我裝啞巴嗎？」

麻叔：「對了，就要你裝啞巴！」

十

麻叔一到獸醫站門口，支起車子，滿臉紅鏽，好似生鐵，圍著牛轉了一圈，然後聲色俱厲地說：「好啊！老杜，讓你們給牛來治病，你們倒好，把牠給治死了！」

杜大爺哭喪著臉說：「隊長，自從這牛閹了，我和羅漢受的就不是人罪，牠要死，我們也沒有辦法！」

我說：「我們四天四夜沒睡覺了。」

麻叔說：「你給我閉嘴！你再敢插嘴看我敢不敢用大耳瓜子搧你！」

麻叔問杜大爺：「獸醫站的人怎麼個說法？」

杜大爺道：「直到現在還沒看到獸醫站個人影子呢！」

「你們是死人嗎？」麻叔道，「為什麼不喊他們？」

杜大爺說：「我們把大鐵門都快敲爛了！你要不信問羅漢。」

我緊緊地閉著嘴，生怕話從嘴裡冒出來。

麻叔捲好一支菸，伸出舌頭舔了一下菸紙，啐出舌頭上的菸末，順便罵了一句：「狗日的！」

杜大爺說：「隊長，要殺要砍隨你，但是你不能罵我，我轉眼就是七十歲的人了。」

麻叔道：「我罵你了嗎？真是的，我罵牛！」

杜大爺說：「你罵牛可以，但你不能罵我。」

麻叔看看杜大爺，將手裡那根捲好的菸扔過去。

杜大爺慌忙接住，自己掏出打火機點燃。他蹲下抽菸，身體縮得好像一隻受了驚嚇的刺蝟。

這時廣播停了，霧基本散盡，太陽也升起來了。太陽一出頭，我們眼前頓時明亮了。公社駐地的繁華景象展現在我們面前。獸醫站對面，隔著一條石條鋪成的街道就是公社革委會的大院子。大門口的兩個磚垛子上，掛著兩個長條的大牌子，都是白底紅字，一個是革命委員會的，一個是公社黨委的。迎著大門是一堵長方形的牆，牆上畫著一輪紅日，一片綠浪，還有一艘白色的大船，船頭翹得很高。紅日的旁邊，寫著一行歪三扭四的大字：大海航行靠舵手。公社大門左邊，是供銷社，右邊是飯店。飯店右邊是糧管所；供銷社左邊是郵局。我們背後是獸醫站；獸醫站左邊是屠宰組；獸醫站右邊是武裝部。全公社的黨政機關、商業部門都在這一團團，我們的牛幾乎就躺在公社的正中心。我感到那些機關的大門口一個個都陰森森的，好像要把我們吞了，這種感覺很強烈，但麻叔已經不許我說話，我只能把我的感覺藏在自己心裡。

石條街上的人很快就多起來。機關食堂的煙囪裡冒出白煙，很快就有香氣放出來。這些氣味中最強烈的、最迷人的就是炸油條的香氣。我彷彿看到了金黃的油條在油鍋裡翻滾的情景。我隨即想起，杜大爺的大閨女女婿不是在公社食堂裡當大師傅嗎？如果杜大爺進去找他，肯定可以吃他個肚兒圓。杜大爺可能因為死牛的事把這門親戚給忘了。他還有個四閨女女婿在屠宰組裡殺豬，杜大爺要進去找他，肯定也能吃個肚兒圓。杜大爺把這門親戚也給忘了。更重要的是，杜大爺的女婿們很可能把我和麻叔也請進去，讓我們跟著他們的老丈人沾光吃個肚兒圓。我看著杜大爺，用焦急的眼神提醒他。但杜大爺的眼睛瞇著，好像什麼也看不見。話就在我嘴邊，隨時都可能破唇而出。這時麻叔說話了：「老杜，你沒去看看你那兩個貴婿？」

杜大爺說：「看什麼？他們都是公家人，去了影響他們的工作。」

麻叔道：「皇帝老子還有兩門窮親戚呢！去看看吧，正是開飯的時候。」

杜大爺說：「餓死不吃討來的飯。」

麻叔道：「老杜，我知道你那點小心眼，你不就是怕我跟羅漢沾了你的光嗎？我們不去，我們不會去的！」

杜大爺咧著嘴，好像要哭，憋了半天才說：「隊長，您這是欺負老實人！」

「跟你開個玩笑，你還當了真了！」麻叔彆彆扭扭地笑著說，突然他又嚴肅地說，「老董同志來了！」

老董同志騎著自行車從石頭街上上躥下跳地來了。他騎得很快，好像看到了我們似的。他在牛前跳下車，大聲說：「老管，是你？」他看我和杜大爺，又說：「是你們？」然後他就站在牛前，說：「這是怎麼搞的？」

老董同志蹲下，扒著牛眼看看，蹲著向後挪了幾步，端詳著牛的蛋皮，好像看不清楚似的，他摘下眼鏡，放到褲子上擦擦，戴上，更仔細地看，他的鼻尖幾乎要觸到牛的那皮上了。他伸出一根手指戳戳那兒，歎了一口氣。他站起來，又把眼鏡摘下來擦擦，眼睛使勁擠著，一臉痛苦表情。他說：「你們，為什麼不早來？」

麻叔說：「我們昨天晚上就來了！敲門把手都敲破了！」

老董同志壓低了聲音說：「老管，如果有人問，希望你們說我搶救了一夜，終因病情嚴重不治而死！」

麻叔說：「您這是讓我們撒謊！」

老董同志說：「幫幫忙吧！」

麻叔低聲對我們說：「聽清楚了沒有？照老董同志吩咐的說！」

老董同志說：「多謝了，我這就給你們去開死亡證明。」

十一

麻叔叮囑杜大爺看好牛，當然更忘記不了叮囑杜大爺看好郭好勝的自行車，千千萬萬，牛丟不了，活牛沒人要，死牛拉不走，自行車可是很容易被偷、甚至被搶，這種事多得很。然後他拉著我，拿著老董同志給我們開好的牛死亡證明，走進了公社大院。

這是我第一次走進公社大院，大道兩邊的冬青樹、一排排的紅瓦高房、高房前的白楊樹、紅磚牆上的大字標語，等等，這些東西一齊刺激我，折磨我，讓我感到激動，同時還感到膽怯。我感到自己像個小偷，像個特務，心裡蹦蹦亂跳，眼睛禁不住地東張西望。麻叔低聲說：「低下頭走路，不要東張西望！」

麻叔問了一個驕傲地掃著地的人，打聽主管牛的孫主任的辦公室。剛才老董同志對我們說過，全公社的所有的牛的生老病死都歸這位孫主任管。我心中暗暗感歎孫主任的權大無邊。全公社的牛總有一千頭吧？排起來將是一支漫長的大隊，散開來能走滿一條大街。這麼多牛都歸一個人管，真是牛得要死。當時我就想，這輩子如果能讓我管半個公社的牛我就心滿意足了。

我小心翼翼地跟在麻叔身後，進了孫主任的辦公室。一個胖大的禿頭男子——不用問就是孫主任——正在用一根火柴棒剔牙，用左手。他的右手的中指和食指縫裡夾著一根香菸。我知道那是豐收菸，因為桌子上還放著一盒打開了的豐收菸。豐收菸是幹部菸，一般老百姓是買不到的。豐收菸的氣味當然很好，那支豐收菸快要燒到他的手指了，我盼望他把菸頭扔掉，但我知道他把菸頭扔掉今天我也不能撿了，如果我撿了，麻叔非把我的屁股踢爛不可。我還是有毅力的，關鍵時刻還是能夠克制自己的。麻叔彎了一下腰，恭敬地問：「您就是孫主任吧？」

那人哼了一聲，算是回答。

麻叔馬上就把老董同志開給我們的死亡證明遞上去，說：「我們隊裡一頭牛死了……」

孫主任接過證明，掃了一眼，問：「哪個村的？」

麻叔說：「太平村的。」

孫主任問：「什麼病？」

麻叔說：「老董同志說是急性傳染病。」

孫主任哼了一聲，把那張證明重新舉到眼前看看，說：「你們怎麼搞的？不知道牛是生產資料嗎？」

麻叔說：「知道知道，牛是社會主義的生產資料，牛是貧下中農的命根子！」

孫主任說：「知道還讓牠得傳染病？」

麻叔說：「我們錯了，我們回去一定把飼養室全面消毒，改正錯誤，保證今後不發生這種讓階級敵人高興讓貧下中農難過的事……」

「飼養員是什麼成分？」

「貧農，上溯八輩子都是討飯的！」

孫主任又哼了一聲，從衣袋裡拔出水筆，往那張證明上寫字。他的筆裡沒有水了，寫不出字。他甩了一下筆，還是寫不出字。他又甩了一下筆，還是寫不出字。他站起來，從窗台上拿過墨水瓶，吹吹瓶上的灰，擰開瓶蓋子，把水筆插進去吸水。水筆吸水時，他漫不經心地問：「你們的牛在哪裡？」

麻叔沒有回答。

我以為麻叔沒聽到孫主任的問話，就搶著替他回答了：「我們的牛在公社獸醫站大門外。」

孫主任皺了一下粗短的眉，把墨水瓶連同水筆往外一推，說：「傳染病，這可馬虎不得，走，看看去！」

麻叔說：「孫主任，不麻煩您了，我們馬上拉回去！」

孫主任嚴厲地說：「你這是什麼話？革命工作，必須認真！走！」

孫主任鎖門時，麻叔狠狠地看了我一眼。

我們的牛前圍著一大堆看熱鬧的人。孫主任撥開人靠了前。他扒開牛眼看看，又翻開牛唇看看，最後他看了看牛蛋子。他直起腰，拍拍手，好像要把手上的髒東西拍掉似的。圍觀的人們都聚精會神地看著他，好像病人家屬期待著醫生給自己的親人下結論。孫主任突然發了火：「看著我幹什麼？你們，圍在這裡看什麼？一頭死牛有什麼好看的？走開，該幹什麼幹什麼去，這頭牛得的是急性瘟疫，你們難道不怕傳染？」

眾人一聽說是瘟疫，立即便散去了。

孫主任大聲喊：「老董！」

老董同志哈著腰跑過來，站在孫主任面前，垂手肅立，鞠了一個躬，說：「孫主任，您有啥吩咐？」

孫主任揮了一下手，很不高興地說：「既然是急性傳染病，為什麼還放在這裡？來來往往的人，不怕傳染嗎？同志，你們太馬虎了，這病一旦擴散，那會給人民公社帶來多大的損失？經濟損失還可以彌補，而政治影響是無法彌補的，你懂不懂?!」

老董同志用雙手摸著褲子說：「我們麻痺大意，我檢討，我檢討……」

孫副主任說：「別光嘴上檢討了，重要的是要有行動，趕快把死牛抬到屠宰組去，你們去解剖，取樣化驗，然後讓屠宰組高溫消毒，熬成肥料！」

麻叔急了，搶到牛前，說：「孫主任，我們這牛不是傳染病，我們這牛是閹死的！」

我看到老董同志的長條臉唰地就變成了白色。

麻叔指著我和杜大爺說：「您要不相信，可以問他們。」

孫主任看看老董同志，問：「這是怎麼回事？」

老董同志結結巴巴地說：「是這麼回事，這牛確實是剛閹了，但牠感染了一種急性病毒……」

孫主任揮揮手，說：「趕快隔離，趕快解剖，趕快化驗，趕快消毒！」

麻叔道：「孫主任，求求您了，讓我們把牠拉回去吧……」

孫主任大怒：「拉回去幹什麼？你想讓你們大隊的牛都感染病毒嗎？你想讓全公社的牛都死掉嗎？你叫什麼名字？什麼階級出身？」

麻叔麻臉乾黃，嘴唇哆嗦，但發不出聲音。

十二

我們的牛死後第三天，也就是一九七〇年五月一日，公社駐地發生了一個驚人的大事件：三百多人食物中毒，這些人的共同症狀是：發燒、嘔吐、拉肚子。中毒的人基本上是公社幹部、吃國庫糧的職工和這些人的家屬。這件事先是驚動了縣革委，隨即又驚動了省革委，據說還驚動了中央。縣醫院的醫生坐著救護車來了，省裡的醫生坐著火車來了，中央沒來醫生，但派來了一架直升機，送來了急需的藥品。小小的公社醫院盛不下這麼多病人，於是就讓中學放假，把課桌拼成病床，把教室當成了病房。正好解放軍六〇三七部隊在我們這塊地拉練，部隊的醫生也全力以赴地投入了搶救。據病人說，解放軍的醫生水平真高，那些打針的小女兵，扎靜脈一扎一個準，從來不用第二下。而我們公社醫院那些醫生扎靜脈，扎一針，不出血，再扎一針，還不出血，一針一針扎下去，非把病人扎得一手血，自己急出一頭汗，才能瞎貓碰上個死耗子。

當時可沒想到是食物中毒，自打盤古開天地，三皇五帝到如今，我們那兒沒聽說食物還能中毒。公社革委往縣革委報告時就說是階級敵人在井水裡投了毒，或是在麵粉裡投了毒。縣革委往省革委大概也是這樣報告的。所以這事一開始時弄得非常緊張、十分神祕。領導們的主要精力一是放在破案上，二是放在救人上。據分析，下毒的人，一可能是台灣國民黨派遣來的特務，二可能是暗藏的階級敵人。馬上就有人向臨時組成的指揮部報告，說夜裡看到了三顆紅色信號彈，還有的人發現了敵人扔掉的電台。指揮部的人都是從縣裡和其他公社臨時調來的，我們公社的領導全都中了毒，而且病情都很嚴重。於是大喇叭裡不停地廣播，讓各村的貧下中農提高警惕，防止階級敵人的破壞活動。各個村就把所有的「四類分子」關到一起看守起來，連大小便都有武裝民兵跟隨。同時各村都開始清查排隊，讓「四類分子」交代罪行，打得這些冤鬼血肉橫飛，叫苦連天。解放軍也積極配合，封鎖了公社駐地，每個路口，都有英俊威武的戰士持槍站崗，夜裡還有摩托兵巡邏。有一次他們巡邏到我們村後，可讓我們這些土包子開了眼界。大家誰也沒看到過能跑這樣快的東西。先是看到一溜燈光從西邊來了，還沒看清楚呢，震耳的摩托聲就到了耳邊，剛想仔細看看，還沒來得及呢，人家已經竄沒了影。真是一道電光，絕塵而去。

折騰了幾天，既沒抓到特務，也沒挖出暗藏的階級敵人。大多數的病人也病癒出院。縣衛生防疫部門在省衛生防疫部門的指導下，終於找到了使三百多人中毒的食物，這食物就是我們的雙脊。他們說我們雙脊的肉和內臟裡含著一種沙門菌，這種菌在三千度的高溫下還活蹦亂跳，放到鍋裡煮，煮三年也煮不死它。

找到沙門菌後，階級鬥爭就變成了責任事故。公社革委沙門菌中毒事件調查組的兩個幹部到我們村裡來調查，把我、杜大爺、麻叔全都叫到大隊部裡，一個問，一個拿著筆記錄。我是殺死也不開口，問急了我就咧開大嘴裝哭。杜大爺也顛三倒四地裝糊塗。於是一切就由著麻叔說。麻叔先是說老董同志給雙脊做手術時故意地切斷了一根大血管，又說他拖延著不給雙脊打針，他和公社孫主任早有預謀，想把我們的雙脊搞死，搞死我們的雙脊，他們好吃牛肉，過「五一」。誰知道老天爺開了眼，麻叔說。

調查的人回去怎麼樣匯報的我們不知道，但這件大事最後的處理結果我們知道。

最後，所有的責任都由杜大爺的四女婿——公社屠宰組組長宋五輪承擔，是他不聽孫主任的話，把有毒的牛肉賣給了公社的各級領導和機關的各位職工，導致了這次沉痛的事件。儘管宋五輪本人也因為食牛肉中毒，而且是重症患者，但還是受到了撤銷組長職務、留黨察看一年的處分。

在戰無不勝的毛澤東思想的光輝照耀下，在人民解放軍的無私幫助下，在省、地、縣、公社各級革委的正確領導下，在全體醫務人員的共同努力下，三百零八個中毒者，只死了一個人（死於心臟病），這是「無產階級文化大革命」的偉大勝利。這事要是發生在萬惡的舊社會，三百零八個人，只怕一個也活不了。我們雖然死了一個人，其實等於一個也沒死，他是因為心臟病發作而死。

發心臟病而死的那個人就是杜大爺在公社食堂做飯的大閨女女婿張五奎。

我們村裡的人都說他是吃牛肉撐死的。

三十年前的一次長跑比賽

一　小引

此文為紀念一個被埋沒的天才而作。

這個天才的名字叫朱總人。

朱總人是我們大羊欄小學的代課教師。他家庭出身富農，本人成分右派。

搜檢留在腦海裡的三十多年前的印象，覺得當時的他就是一個標準的中年人了。他梳著光溜溜的大背頭，突出著一個葫蘆般的大腦門；戴著一副深度近視眼鏡，眼鏡腿上纏著膠布；腦門上沒有橫的皺紋，兩腮上卻有許多豎的皺紋；好像沒有鬍鬚，如果有，也是很稀少的幾根；雙耳位置比常人往上，不是貼著腦袋而是橫著展開。人們說他是「兩耳搧風，賣地祖宗」。他的出生年月不詳。他也許還活著，也許早就死了。他活著的可能性不大，因為他曾經對我們說過，當我們突然發現他不見了時，他就到一個能將肉身餵老虎的地方去了。那時他就對剛剛興起、被視為進步的、代替了土葬的火葬不以為然，他說所有的殯葬方式都是人類對大自然的粗暴干涉，土葬落後，難道火葬就先進了嗎？又要生爐子，又要裝骨灰盒，還要建骨灰堂，甚至比土葬還煩瑣。他說相比較而言，還是西藏的天葬才比較符合上帝的本意，但也太麻煩了點。難道老虎還需要將牛肉剁成肉餡？禿鷲其實也未必感謝天葬師的勞動。他說：如果我能夠選擇，一定要到原始森林裡去死，讓肉身盡快地加入大自然的循環。當與我同死的人還在地下腐爛發臭時，我已經化做了奔跑或是飛翔。後來，有一天人們突然想起來問：朱老師呢？好久沒見朱老師了。是啊，好久沒見朱老師了。他到哪裡去了呢？這樣他就從我們生活中消失了。

我曾在一篇文章裡簡單地介紹過他的一些情況，但那次沒有盡興。為了緬懷他，為了感謝他，也為了歌頌他，專著此文。

二　大引

從很早到現在，「右派」（以下恕不再加引號）在我們那兒，就是大能人的同義詞。我們認為，天下的難事，只要找到右派，就能得到圓滿的解決。牛不吃草可以找右派；雞不下蛋可以找右派；女人不生孩子也可以找右派。讓我們產生這種看法的主要原因，是因為離我們大羊欄村三里的膠河農場裡，曾經集合過四百多名幾乎個個身懷絕技的右派。這些右派裡，有省報的總編輯李鎮，有省立人民醫院的外科主任劉快刀，有省京劇團的名旦蔣桂英，有省話劇團的演員宋朝，有省民樂團的二胡演奏家徐清，有省建築公司的總工程師，有省立大學的數學系教授、中文系教授，有省立農學院的畜牧系教授、育種系教授，有省體工大隊的跳高運動員、跳遠運動員、游泳運動員、短跑運動員、長跑運動員、乒乓球運動員、籃球運動員、足球運動員、標槍運動員，有那個寫了一部流氓小說的三角眼作家，有銀行的高級會計師，還有各個大學的那些被劃成右派的大學生。總而言之吧，那時候小小的膠河農場真可謂人才薈萃，全省的本事人基本上都到這裡來了。這些人，沒有一盞省油的燈，如果不是被劃成右派，我們這些鄉下的孩子，要想見到他們，基本上是比登天還難。我們村的麻子大爺侯七說，解放前，蔣桂英隔著玻璃窗跟一個大資本家親了一個嘴，就掙了十根金條，如果不隔著一層玻璃，如果跟她通腿睡一個被窩……我的天，你們自己想想吧，那需要多少根金條！就是這個蔣桂英，竟然跟我姊姊一起在雞場養雞。我姊姊是雞場二組的小組長，蔣桂英接受我姊姊的領導，我姊姊讓她去鏟雞糞她就去鏟雞糞，我姊姊讓她去撿雞蛋她就去撿雞蛋。她服從命令聽指揮，絕對不敢有半點調皮。有人同情她，就說「落時的鳳凰不如雞」。後來發現，這娘們兒其實也不是什麼鳳凰，她躲在雞舍裡偷喝生雞蛋，被我姊姊當場抓住。她不但嘴饞，而且「腰饞」，「腰饞」就是好那種事，在農場勞改期間，她生了兩個小孩，誰是小孩的爹她自己也說不清楚。我們村在縣城念過中學的大知識分子雷皮寶說，別看那個三角眼作家不起眼，其實也是個大風流鬼子。大家千萬別拿著豆包不當乾糧，那傢伙，寫了一本書，就掙了一萬元！雷皮寶說，那傢伙腐化墮落，自打出名後就過上了腐朽的資產階級生活。他一天三頓吃餃子，如果不吃餃子，就一定吃包子，反正他絕不吃沒餡的東西。包子餃子，都用大肥肉做餡，咬一口，滋，噴出一股葷油。這傢伙不但寫流氓小說，本人也是個大流氓，雷皮寶說有一次他坐在火車上，突然看到一個漂亮女人蹲在鐵道旁邊，這傢伙不顧一切地就跳了下去，結果把腿摔斷了。你們看到了沒有？雷皮寶說，這傢伙一條腿長一條腿短，走起路來一拐一拐的。我們仔細一看，那傢伙走起路來，果然一拐一拐的，可見雷皮寶沒有撒謊。這些右派，看樣子是歡天喜地的，不像別地方的右派，平反之後，就訴苦，一把鼻涕兩把眼淚，把右派生活，描寫得暗無天日。也許別地方的右派六十年代時就哭天抹淚，反正那時候我們那地方的右派歡天喜地，充滿了樂觀主義精神。每到晚上他們就吹拉彈唱，儘管有人諷刺他們是叫化子唱歌窮歡樂。儘管蔣桂英嘴饞加「腰饞」，但人家那根嗓子的確是好，的確是亮，的確是甜，人家的確會

「拿情」，人家的眼睛會說話，蔣桂英一曲唱罷，我們村那些老光棍小光棍，全部酥軟癱倒。儘管有的革命幹部當眾罵蔣桂英是大破鞋，但見了人家還是饞得流口水。也許是右派把痛苦藏在肚子裡，不讓我們這些莊戶人看出來，對，就是這個理兒。右派集合到農場後，場裡人起初還有意見，說是生活本來就困難，又送來一批酒囊飯袋，這還了得！但人家右派們很快就在各個領域表現出了才華，讓我們鄉下人開了眼界。省報總編輯李鎮，負責辦黑板報。場部的齊祕書辦期黑板報，那譜擺得，大了去了！他要先寫出草稿來，反覆修改，然後拿著些大尺子小尺子，搬著凳子，端著粉筆，戴著套袖，來到黑板下，放下家什，擺好陣勢，然後，前走走，後倒倒，有時手搭著眼罩，如同悟空望遠，有時念念有詞，好似唐僧誦經。折騰夠了，他就開始往黑板上打格子，打好了格子才開始寫字，寫一個字恨不得擦三次，我們圍著看看都不行，好像他在幹一件驚天動地的大事，既怕羞，又保密。可人家李鎮撅著個糞筐子到田野裡轉一圈，回到黑板前，拿起粉筆就寫，根本不用打草稿。那粉筆字寫的，橫是橫豎是豎，撇是撇捺是捺。不但字寫得板整，還會畫呢。人家在那些字旁邊，用彩色粉筆，畫上些花花草草，那個俊，那個美，看得我們直咂嘴，怪不得劃成右派呢。我爹說，你以為怎麼的，沒有點真本事能劃右派？再說說趙猴子蓋大倉的事。趙猴子就是那個總工程師，他長得很瘦，尖嘴縮腮，而且還有一個眨巴眼的毛病，姓趙，真名叫趙侯之，我們就叫他趙猴子。叫他趙猴子他也不惱，他自己說，在省城裡時人家也叫他趙猴子，可見大羊欄的老百姓不比省城裡的人傻多少。農場年年都為儲存糧食發愁，於是就讓趙猴子設計個大糧倉。趙猴子只用了一個下午就畫出了圖紙，然後又讓他領著人蓋。不到一年大糧倉蓋好了。這糧倉，「遠看像座廟，近看像草帽，出來進不去，進去找不到。」找不到什麼？出來找不到進口，進去找不到出口，整個一座迷宮，全世界找不到第二座。還得說說會計師的事，大家都叫他老富，老富那時候就有五十多歲了，如果現在還活著，大概有一百多歲了。據說這人解放前是膠濟鐵路的總會計師，解放後被吸收到銀行工作，他本事太大，連共產黨也不得不用。他能雙手打算盤，雙手點鈔票，還能雙手寫梅花篆字，就像《三國》裡徐庶的老娘一樣，我爹說。那時我們十幾個村子都歸膠河農場領導，每到年終，各村的會計都要到場部來報帳。場裡讓老富來把總。一個人像流水一樣念數，十幾把算盤打得就像爆豆一樣，人人都想在老富面前顯身手。我叔是村裡的會計，他從小在藥店當學徒，磨練出一手好算盤，在十幾個村裡小有名氣。我看過我叔打算盤，那真叫好看，你根本看不到他的手指是怎麼撥弄的，你只能聽到啪啦啪啦地脆響。提起打算盤，讓我叔服氣的人還真不多，但我叔看了人家老富打算盤之後，一下子就變得謙虛謹慎了。我叔說，人家老富打算盤時，半閉著眼，一會兒挖鼻孔，一會兒摳耳朵，半天撥動一個珠，等我們劈哩啪啦打完時，人家早就把數報出了。有時候，我們十幾個人的得數都跟他的得數不一樣，他就說，你們錯了。當然是我們錯了。再說說標槍運動員馬虎的事咱就說那次難忘的長跑。馬虎一點都不馬虎，他的標槍投得，只差一釐米就破了全國紀錄。但我們認為，標槍比賽，光投得遠還不行，還應該講個準頭。我想原始人投標槍時，首先就是講準頭，要不如何能得到獵物。如果講準頭，馬虎是毫無疑問的全國冠軍，弄不好連世界冠軍也是他。那時候人民群眾生活比較困難，肉類比較缺乏，國家幹部大概還能吃點肉，老百姓只能吃點老鼠麻雀什麼的解解饞。我們那地方地面寬闊，荒野連片，野兔子不少，甚至有一年，有一匹老狼從長白山不遠千里跑到我們這裡來玩耍，兔子太多，竟把老狼給活活地撐死了。有人要問了，為什麼老百姓不打野兔改善生活呢？沒有槍，沒有弓箭。場裡領導也想吃肉，就讓馬虎帶著幾個搞體育的右派去抓兔子。馬虎下放不忘本行，勞改還帶著標槍。他把從省城帶來的那桿標槍的尖兒用砂輪打磨了，尖銳無比，閃著白光。他舉起標槍，朝著那些狂奔的兔子，連準也不瞄就投過去。標槍在高空中飛行，發出簌簌的聲音，好像響尾蛇似的，飛到兔子頭上，猛一低頭就扎下去，幾乎是百發百中，不是穿透兔子的頭，就是砸斷兔子的腰。一上午就穿了四十多隻。

當然，他有這樣大的收穫，也離不開那幾個右派的幫助。那個短跑運動員張電和長跑運動員李鐵，負責把兔子往馬虎面前趕，他們兩個起的作用，就像兩條出色的獵狗，一條善於窮追不捨，一條長於短促出擊。有一條因為拉稀體力不佳的兔子，跟張電賽跑，被張電一腳踢死了，你說他跑得有多快。那天，馬虎張電他們，渾身掛滿了兔子，就像得勝歸來的將軍似的，受到了全體右派、全場職工與幹部的熱烈歡迎。

我已經粗略地向大家介紹了這群身懷絕技的右派的情況，接下來就該說我們朱總人的故事了。與那些省裡來的右派相比，他沒有那些顯赫的頭銜，既不是專家，更不是教授，他就是一個土生土長的富農的兒子，解放前好像是跟著打學生成癮的范二先生上過幾天私塾，上私塾時也沒表現出特別的天分。我六叔跟他在私塾時同過學，說起朱總人，我六叔說：他小時候比我笨多了，背書背不出，被范二先生用戒尺將兩隻手打得像小蛤蟆一樣，吃飯連筷子都拿不住。但他特別調皮搗蛋，有許多鬼點子，他曾經將野兔子屎搓碎了攙到范二先生的菸荷包裡，讓范二先生抽菸之後打嗝不止。他還在范二先生的夜壺裡放過青蛙，把倒夜壺的師娘嚇了個半死。當然，他的這些惡作劇都受到了先生嚴厲的懲罰。他現在這樣聰明，我六叔說，一定是在東北吃了那種聰明草做成的聰明藥丸子。與那些省城的右派相比，朱總人的身材相貌更是鐵絲捆豆腐不能提了。省城的右派，女的像唱戲的蔣桂英、學外文的陳百靈，那簡直就是九天仙女下凡塵，村子裡的那些老光棍編成詩歌傳唱：「蔣桂英拉泡屎，光棍子離地挖三尺；陳白靈撒泡尿，小青年十里能聞到。」男的裡邊，跳高運動員焦挺，話劇演員宋朝，都是腰板筆直、小臉雪白，讓村子裡那些娘們兒見了挪不動腿的好寶貝。三四十歲的老娘們兒想把他們抱在懷裡，二十來歲的大閨女想讓他們把自己抱在懷裡。省城右派裡最醜的是那個三角眼作家，最醜的作家也比朱總人好看。作家臉不好看，但身體很壯，要不也不敢見了女人愣從火車上往下跳。朱總人是一個駝背，好像偷了人家一口鍋整年背著。他的背是怎麼駝的，有好幾種說法，比較權威的說法是他在大興安嶺當盲流時，在山裡抬大木頭，碰上個河南壞種，給他吃了一個啞巴虧，傷了他的脊梁骨，從此就駝了。還有一種說法是他去偷人家的老婆，被人家發現，人慌無智，狗急跳牆，摔壞了脊梁骨，從此就駝了。我相信前一種說法而堅決否定後一種說法，因為朱老師是我心中的英雄，我希望他抬大木頭傷了腰，這樣比較悲壯，多少還有那麼一點英雄氣概，比搞破鞋傷了腰光彩。大興安嶺，原始森林，紅松大木，比人還要粗，長達數十米，重達兩千斤，八個人，四根杠子，喊著號子抬起來，聽著號子，顫顫抖抖地往前走：嗨喲——嗨喲——嗨喲——林間小道上盡是腐枝敗葉，一腳下去，水就滲了出來。嗨喲——嗨喲——嗨喲——松鼠在樹上吱吱叫著追逐蹦跳，飛龍咯咯叫著，展開像扇子樣的花尾巴，從大樹冠中滑翔到灌木叢裡。這時，與他同抬一根杠子的河南壞種小花虎突然將杠子扔了，他猝不及防，身體晃了幾晃，腰桿子發出了一聲脆響，然後就趴在了地上，像一條被打斷了脊梁骨的癩皮狗。他的像青楊樹一樣挺拔的腰從此就彎了，他的像鐵板一樣平展的背從此就駝了，一個好小伙子就這樣廢了。當然，如果他不遭這一劫，也就不會成為一個值得紀念的人。

那時候每年的五一勞動節，我們大羊欄小學都要搞一次運動會。起初這個運動會就是學生們跑跑跳跳，打打籃球扔扔手榴彈什麼的，一上午就結束了。後來，不知道怎麼弄的，學生的運動會變成了老師的運動會，老師的運動會把農場的右派也吸收進來了。這一下我們大羊欄小學的五一節運動會名氣就大了，很快就名揚全縣、全區、半個省。我上小學三年級時，寫了一篇《記一次跳高比賽》，這篇作文受到了老師的表揚。老師在我的作文本上用紅筆畫了許多圈，點了許多點，這就叫做可圈可點。他還用紅筆寫了二百多字的批語，什麼「語言通順」啦，「描寫生動」啦，「層次分明」啦，「重點突出」啦，「繼續努力」啦，「不要驕傲」啦，等等。後來我的語文老師把《記一次跳高比賽》送給右派一組的中文系教授老單看，老單看了說，一個十歲的少年能寫出這樣的文章很不簡單。老單是全中國有名的文學史專家，連李白的姥姥家姓什麼他都知道，能得到他的誇獎，就跟得到了郭沫若的誇獎沒有什麼區別。我們老師得寸進尺，又無恥地把《記一次跳高比賽》送給省報總編輯李鎮看。李鎮用一分鐘就把文章看完了，然後摸出一支像火棍的黑桿鋼筆，連鉤帶畫，把原長一千字的《記一次跳高比賽》砍削成五十個字，說：就這樣寄出去吧，沒準能發表。我們老師非要他給寫一封推薦信，他實在頂不住黏糊，就寫了一百多個字，給省報的編輯。我和老師歡天喜地地把稿子寄出去，然後就天天盼省報，幾天後文章果然發了。這一下子我有了名，我們老師有了名，我們學校有了名，我們學校的五一運動會更是大大有了名。第二年，全縣教師運動會就挪到我們學校召開了。第三年，周圍幾個縣的學校也組織體育教師來觀摩。當時的縣革委主任高風同志原先是八一體工大隊的跳高運動員，因為腿傷，退役下到我們這裡來的。該同志愛體育，懂體育，一進體育場就熱血沸騰，一看見跳高架子就眼淚汪汪。他親臨我校參加了一屆運動會，參觀了比賽，興奮得不亦樂乎。他還在百忙當中接見了我，用他的大巴掌拍著我的頭說：「小傢伙，你的文章我看了，寫得不錯，不錯，繼續努力，長大後爭取當個記者。」他從胸前的口袋裡摸出一支博士牌鋼筆，送給我以資鼓勵。激動得我尿了一褲子。開完運動會，他沒有回縣，直接去了農場，與場領導密謀了許久。回去後，他就撥來了十萬元錢，讓我們學校增添體育器材，修建比賽場地。所有的技術問題，由農場的右派解決；所有的力氣活，由我們周圍十幾個村子的老百姓來幹。出這樣的力，我爹他們都感到高興，感到光榮。那時候的十萬元人民幣，在老百姓心目中，簡直就是天文數字，我們私下裡說，這麼多錢，怎麼能點得清楚？馬上就有人回答，有老富呢，怕什麼？十萬元，人家老富用腳丫子就撥拉清了，哪還用得著手！

我寫《記一次跳高比賽》時，學校的操場地面坑坑窪窪，沒有墊爐渣，更沒有鋪沙子。那時是風天一身土，雨天兩腳泥。那時根本沒有跳高墊子，別說沒見過，連聽都沒聽說過。我們在操場邊上挖了一個長方形的大坑，坑裡墊上一層沙土，運動員翻過橫竿就落在沙坑裡，跌得呱呱地叫喚。跳高架子是我爹做的，我爹是個劈柴木匠，活兒粗，但是快。弄兩根方木棍子，用鉋子刨刨，下邊釘上幾條腿，棍上按高度釘上鐵釘子，往沙坑旁邊一擺，中間橫放上一根細竹竿，這就齊了。我們學校有一個小王老師，中師畢業，也是個小右派，手提帽，我們全校的體育課都歸他上。他個子不高，身體特結實，整天蹦蹦跳跳，像個兔子似的。我們寫詩歌讚美他：「王小濤，黏豆包，一拍一打一蹦高！」我爹說，你們這些熊孩子淨瞎編，皮球一拍一打一蹦高，黏豆包怎麼能蹦高？一拍一打一團糕還差不多。王小濤跑得很快，儘管他的速度不能與省裡的右派張電相比，但與我們村裡的青年相比，他就算飛毛腿了。縣裡撥款給我們學校修建體育場地，校長與農場場長商量後決定建一座觀禮台，好讓高主任等領導站在上邊講話、看景。為此，學校派人去縣城買了一汽車木頭。汽車拉來木頭那天，我們就像過年一樣高興。我們村裡的人除了高中生雷皮寶之外，誰見過汽車呀，可汽車拖著幾百根木頭轟轟烈烈地開進了我們村。大家夥把汽車圍了個水泄不通，有的摸車鼻子，有的摸車眼，把司機弄得很緊張。校長和場長帶著一群右派過來，好說歹說才把我們勸退。右派們爬上車去卸木頭，村裡的大人們也主動上前去幫忙。木頭卸在操場邊上，汽車就跑走了。我們跟著汽車跑，心裡感到很難過。汽車的影子沒有了，汽車捲起的黃煙也消散了，我們還站在那裡。我們眼淚汪汪，心中悵然若失。那些木頭堆放在操場邊上，一根壓著一根，碼得很整齊。我爹撫摸著木頭，兩眼放著光說：「好木頭，真是好木頭，都是正宗的長白山紅松。」他從木頭上摳下一砣松油，放到鼻子下邊嗅嗅，說：「這木頭，做成棺材埋在地下，一百年也不會爛；做成門窗，任憑風吹雨打，一百年也不會變形。」眾人都圍在木頭邊上，嗅著濃濃的松油香，聽我爹發表關於木頭的演說。我爹是說者無意，但有人卻聽者有心。這個有心的人名叫郭元，是個臉色蒼白、身體消瘦的青年。當天夜裡，他就偷偷地溜到操場邊上，扛起一根松木。

郭元扛起木頭，歪歪扭扭地走了十幾步，就聽到一個人大喊一聲：有賊！郭元扔下木頭，撒腿就跑。後邊的人緊緊追趕。郭元個子很高，雙腿很長，從小就有善奔的美名，加上作賊心虛，奔跑的速度很快，簡直就像一匹野馬，如果是村裡人，休想追得上他。但該他倒楣，後邊追他的，是我們的小王老師和右派張電、李鐵。他們三個追逐著郭元在操場上轉圈，如果是白天看，那根本就是賽跑，誰也不會認為是抓小偷。追了幾圈後，李鐵在郭元的腳後跟上踢了一腳，郭元慘叫了一聲，一個狗搶屎就趴在了地上。李鐵穿著一雙釘鞋，這一腳幾乎把郭元給廢了。他們費了挺大的勁才把郭元拖起來。小王老師劃了根火柴，火光照亮了郭元的臉。「郭元，怎麼會是你！」小王老師驚叫著。郭元滿嘴是血，羞愧地喃喃著。他的兩顆門牙沒了，嘴巴成了一個血洞。小王老師慌忙劃著火低頭給郭元找牙，發現那兩顆牙已經鑲在了堅硬的地面上。郭元是小王老師的好朋友，兩個人經常在一起切磋傳說中的飛檐走壁技藝，好得就差結拜兄弟了。郭元低著頭，嗚嗚嚕嚕地說：「沒臉見人啦……沒臉見人啦……」小王老師問：「你這傢伙，扛根木頭幹什麼？」郭元道：「想給俺娘做口棺材……」李鐵與張電見此情況，就說：「你走吧，我們什麼也沒看到。」郭元一瘸一拐地走了。三個人把那根紅松木抬回到木頭垛上，累得氣喘吁吁。黑暗中，張電說：「這夥計，太可惜了，如果讓我訓練他三個月，我敢保證他打破省萬米紀錄。」李鐵對小王老師說：「早知道是你的朋友，我何必踢他那一腳？」小王老師說：「你們太客氣了，這事誰也不怨，就怨他自己，我們放了他一馬，已經對得起他了，否則，他很可能要去蹲監獄的。」

第二天，郭元就從我們村子裡消失了，誰也不知道他到什麼地方去了。生產隊長到他家去找他，問他母親，問他弟弟，都說不知道他的下落。一轉眼過了十年，當我們把他忘記了時，當我從一個小孩子長成一個青年時，郭元背著一條疊成方塊的灰線毯子回來了。問他這十年到什麼地方去了，他說到大興安嶺去了。問他在大興安嶺幹什麼，他說抬木頭，抬那些流著松油的紅松木。他因為扛一根不該扛的紅松木亡命大興安嶺，付出了抬十年紅松木的沉重代價。我成了他的好朋友，每逢老天下雨不能出工時，就到他家去聽他說那些稀奇古怪的關於大興安嶺的故事。我發現，他這十年，學到了許多待在我們村子裡不可能學到的東西，可以說他是因禍得福。他的脖子後也鼓起了一個大包，自己說是讓大木頭壓的。由此我更相信，朱總人老師的羅鍋子的確不是搞破鞋跳牆跌的。

那次跳高比賽，參賽的運動員共有四人，一個是省裡來的右派、專業跳高運動員汪高潮，一個是我們學校的體育老師小王，一個是公社教育組的孫強，還有一個就是我們的朱總人朱老師。開始時橫竿定在一米五十的高度上，汪高潮舉手請求免跳，小王老師也請求免跳。孫強不請求免跳，他說他就是想參與進來湊個熱鬧，根本就沒想拿什麼名次。他是偵察兵出身，舉手投足之間，顯出在部隊受過摸爬滾打訓練的底子。他脫掉長衣服，只穿著短褲背心。背心已經很破，像魚網似的，但那紅色的「偵察兵」三個大字還鮮明可見。他在那兒抻胳膊壓腿時，觀眾們就在旁邊議論。說他能頭撞石碑，肉掌開磚，還能聽聲打鳥，赤手奪槍。我們那兒對人的最高誇獎就是「不善」，譬如說莊則棟這人不善，就是說莊則棟好生了得的意思，並不是說他人惡。孫強抻胳膊壓腿時，我們就議論他的光榮歷史，說孫強這人不善。孫強活動開了筋骨，就像馬跑熱了蹄子一樣。他從橫竿的側面跑到橫竿前，一個燕子剪水的動作，越過了橫竿。我們手拍巴掌，嘴裡發出歡呼聲。然後是朱總人老師上場。他一上場大家就笑了。朱老師那樣子實在好笑，並不是我們不尊重他。他也脫了長衣服，只穿著背心短褲。他那兩條腿又黑又瘦，從小腿到大腿，統統地生長著黑毛。我們給他起了個外號「豬尾巴棍子」，固然與他姓朱有關，更與他一身的黑毛有關。他穿著長大的衣服，還能遮點醜，脫掉長衣，原形就暴露無遺。他的背前傾約有四十五度角，後脖頸下那兒，生硬地突出了一大團，好像一個西瓜。為了看人，他不得不把臉使勁地揚起來，那副模樣，讓你既受他的感動，又替他感到難過。我們當時都暗暗地想，一個人變成這樣的羅鍋腰子還不如死了好。我們都笑他，他很不理解地瞪著我們，說：「你們笑什麼？有什麼可笑的？」有人說老朱你就算了吧，別給咱們大羊欄丟人啦！他的那兩隻小三角眼在褪了色的白邊近視眼鏡後邊不停地眨著，他說：「人與野獸的一個重要區別就是，人是唯一的有意識地通過運動延長生命的動物。」他的話我們聽不明白，但省裡來的右派汪高潮肯定聽明白了。汪高潮用贊許的目光看著老朱，還不停地點頭。朱老師也對著他點頭，這兩個人就這樣成了知音。要不怎麼都劃成右派呢！右派見了右派，就像猩猩見了猩猩一樣，肯定感到特別的親切吧？咱不是右派，沒法子體會人家見面時那種感情。朱老師笑完了，就學著偵察兵的樣子抻胳膊壓腿，做著跳躍前的準備。大家看到他這樣子，總覺得有點滑稽，就像看到一個猴子跟著人學樣似的。老朱邊活動著身體，邊往後退。人家偵察兵方才是從橫竿的側面飛躍了橫竿，但朱總人卻退到了正對著橫竿十幾米的地方。有人說，老朱，到邊上去呀！他瞪著眼問：「為什麼？為什麼讓我到邊上去？」人家偵察兵就是從邊上助跑翻過了橫竿，你站在正中是怎麼個說法？他笑著說了一句：「正面突破！」便不再答理我們。然後他就對著擔任裁判的余大九舉手示意。余大九說你就別磨蹭了，有多少尿水趕快撒了吧，別耽擱了別人跳。朱老師說：「你們這些狗東西，個個都是狗眼看人低！」說罷，他就大聲叫喚著：「呀呀呀……」，他大聲叫喚著向橫竿衝過去。到了竿子前，一團黑影子晃了一下我們的眼，他就翻到橫竿對面去了。他一頭扎在沙坑裡，跌出了一聲蛙鳴。爬起來，眼鏡也掉了，一臉沙土，嘴裡呸呸地往外啐著沙子，然後就蹲下摸眼鏡。我們有點懷疑這件事情的真實性，難道一個羅鍋腰子真的翻越了一米五十的高度？我們回憶起方才的情景：朱老師大聲地喊叫著「呀呀呀……」朝著橫竿衝過去，衝到橫竿前面時，他好像停頓了一下，非常短暫的幾乎難以覺察的停頓，然後他就像一個皮球似的彈跳起來，翻越了一米五十的橫竿。我們又仔細回憶了一下朱老師方才的動作，他「呀呀呀」地大聲喊叫著向橫竿衝過去，衝到橫竿前面時他的的確確地停頓了一下，在這停頓的瞬間，他的身體轉了半圈，他原本是背對著我們的——有他的背上的大羅鍋為證——但他在躍起的瞬間卻將他的臉對著了我們——有他臉上的褪了顏色的白眼鏡為證——然後他就像個皮球似的彈起來，他的彎曲的身體升高升高進一步升高，升到最高處，然後他就背重腿輕地翻到沙坑裡去了。他的羅鍋在沙上砸出了一個大坑，然後他就不由自主地翻了一個身，這時他的臉才扎進沙裡。當時，我們根本沒有想到，朱老師這一跳，在世界跳高運動史上所具有的革命性意義。當時，最常見的姿勢還是剪式，就像偵察兵那樣跳。當時最先進的跳法是俯臥式，幾年後倪志欽打破世界紀錄用的就是俯臥式。省裡來的右派汪高潮掌握了俯臥式跳法，但並不熟練。像朱老師這種跳法，絕對是世界第一。汪高潮也沒有認識到這種跳法的科學性。當時，他也像我們一樣有點發呆。這樣一個殘疾人用一種古怪的姿勢跳過了一米五十的橫竿，誰見了也得發呆。但汪高潮後來說他當時就隱隱約約地感到了一種震撼，過了十幾年後，當背躍式跳法流行世界，將俯臥式跳法淘汰之後，當了教練的汪高潮才恍然大悟，並痛恨自己反應遲鈍，一個揚名世界的機會出現在他眼前，可惜他讓這機會一閃而過。汪高潮率先鼓起掌來，我們也跟著鼓。有人說，老朱，你行啊！他說：「才知道我行?告訴你們這些兔崽子們，人不可貌相，海水不可斗量！俗話說得好，『沒有彎彎肚子，不敢吞鐮頭刀子』！」接下來橫竿升到一米六十，偵察兵連跳三次都沒過，他說，不行了咱就這點水平了，不跳了。小王老師第一次沒跳過去，第二次跳過去了，他用的也是剪式跳法。朱老師走到橫竿下，舉手摸摸頭上的橫竿，說：「高不可及，望竿興歎！咱也不行了，咱是野路子，看人家汪同志的吧！」汪高潮往後退了幾步，幾乎沒有助跑，就把一米六十過了。他用的是俯臥式跳法。朱老師使勁鼓掌，大聲誇獎：「真漂亮，真是漂亮，專業的跟業餘的就是不一樣！」橫竿升到一米七十，小王老師也被淘汰了，汪高潮助跑了幾步，一下子又把一米七十的高度過了。冠軍已經是汪高潮了，但他還不罷休，他讓人把橫竿升到了一米九十，跟操場邊上的小楊樹一般高了。天，他要在我們的沙坑裡創造全省紀錄了。我們都不錯眼珠地盯著他。他這次也認了真，退回去十幾米，一個勁地活動腿和腰，然後他就像小旋風似的朝橫竿颳過去。他還是用俯臥式，像一隻大壁虎似的，他把橫竿超越了。他的身體將橫竿碰了，但我們的橫竿是放在釘子上的，輕易碰不下來，跳高架子晃了幾下，沒倒，橫竿也沒掉下來，就算過了。一米九十，跟操場邊上的小楊樹一般高！大家歡呼，跳躍，真心裡感到高興。喊得最響、跳得最高的是朱老師，他這人一點都不嫉妒。他上去就抓住了汪高潮的手，激動地說：「祝賀你，祝賀你！你創造了奇蹟！」汪高潮有點不好意思，說，其實我碰了竿，不算數的。朱老師說：「算算算，當然算，我們這兒條件這樣差，地面不平，器材也不合格，碰不下竿來就應該算數。」汪高潮說，您跳得也相當不錯，您的姿勢很有意思。朱老師說：「您太客氣了，汪同志，我們是土壓五，您是勃朗寧，根本就不能相提並論。這麼說吧，我們是老鴰打滾，您是鳳凰展翅，能跟您同場比賽，是我們這些人的福氣。」運動會結束後，老師讓我們寫作文，我就寫了那篇《記一次跳高比賽》，我在作文中，主要寫了汪高潮，寫汪高潮在農村的土沙坑裡打破了省紀錄，連朱老師一個字也沒提。現在回想起來，覺得很對不起他。

在上級領導的親切關懷下，在農場右派、教職員工、貧下中農的共同努力下，我們的運動場擴建了，運動場旁邊的觀禮台也修好了，各種運動器材也買了回來。跳高不用往沙坑裡跳了，可以跌在蒙著綠篷布的彈簧墊子上了。乒乓球台也不再是露天的水泥台子而是安放在室內的木頭台子了。台子是用大興安嶺的紅松木製作的，上邊塗著墨綠色的漆，中間還畫了一條白漆線，周圍還用白漆畫上了白邊，界限分明，綠漆和白漆都閃閃發光。網子是用尼龍線編織，墨綠的絲網，上邊是一道白邊，兩邊用螺絲固定在台子上。我們小王老師說，莊則棟和徐寅生等人打球也是用的這種牌子的球台，這就說明我們一下子就達到了國際先進水平。因為中國的乒乓球運動是世界上水平最高的，所以中國的乒乓球運動器材也就是世界上最好的。我們的比賽用球是「紅雙喜」，當時賣兩毛四分錢一個，在我們心目中貴得要命。小王老師說國際比賽用的也是「紅雙喜」，這又說明我們的運動會在某些方面達到了國際先進水平。

朱老師打乒乓球的事不能不提。他是一個不折不扣的怪球手，我們學校的老師沒有一個人能打過他。縣裡的冠軍到我們學校打表演賽，當然沒有人是他的對手（校長不讓朱老師上場）。冠軍牛皮哄哄，一會兒嫌我們學校的水鹹，一會兒嫌我們學校的飯粗，最後還嫌我們學校的廁所有臭氣。氣得我們校長這樣的大好人都嘟囔：「啥呀，難道縣裡的廁所就沒有臭氣了嗎？」其實我們學校的廁所是個古典廁所，壘牆的磚頭都是明朝的，廁所裡那棵大杏樹是民國時期種的，雖然算不上古樹，但那顆杏核卻是范二先生從曲阜孔林裡那棵孔夫子親手種植的老杏樹下撿了一顆熟透了的大杏子裡剝出來的。孔夫子親手種植的嫡傳後代，意義重大，又何況，所謂「杏壇」，也就是教育界的文雅別稱，范二先生什麼樹都不栽，單栽一棵杏樹；他什麼地方都不栽，偏把杏樹栽到當時的私塾茅坑、如今的學校廁所邊上，其複雜的用心是多麼良苦哇！你一個小小的縣乒乓球冠軍，比一根雞巴毛還輕的玩意兒，有什麼資格嫌我們的廁所臭？老師們都憤憤不平，攛掇朱老師跟冠軍幹一場，煞煞他的狂氣，讓他明白點做人的道理。朱老師說，校長說了，不讓我參加比賽嘛！老師們說，事情已經發生了變化，我們去找校長說。於是就有人去跟校長說，讓朱老師跟冠軍打一場，校長說，不太合適吧？大家說有什麼不合適的，打著玩嘛，也不是正式比賽，再說，我們讓朱老師教育教育他，也是為了他好，也是為了他的進步，並不是純粹為了出口氣。校長說，我不管，我馬上就回家，這事就當我不知道。校長走了。縣裡的冠軍和他的幾個隨從蹬開自行車也要走。小王老師上前攔住他們，說：冠軍同志，別急著走，我們這裡還有個怪球手，想向您學習學習。冠軍輕蔑地說：怪球手？不會是用腳握球拍吧？小王老師說：冠軍同志，您可真愛開玩笑。用腳握球拍，那不成了「怪球腳」了？眾人哈哈大笑。冠軍也笑了。小王老師說：我們這個怪球手，保證用手跟您打。他原先是用右手打，劃成右派就改用左手打了。冠軍說：還有這種事呀！小王老師把朱老師拉過來，對冠軍說：就是他，我們學校裡挖廁所的校工，當然，敲鐘分報紙也歸他管。冠軍看看朱老師，忍不住就笑了。朱老師說：冠軍，敢不敢打？冠軍說：好吧，我也用左手，陪著您玩玩吧。一行人就進了辦公室。冠軍把自己的拍子從精緻的布套裡掏出來，用小手絹擦了擦球拍的把子，說：開始吧，我們還急著回去，晚上還要跟河南省的選手比賽呢。朱老師從台子上拿起一個膠皮像豬耳朵一樣亂扇乎的破拍子，說：開始吧。冠軍說：也不是正式比賽，你先發球吧。朱老師說：那可不行，該怎麼著就怎麼著，我可不敢欠您這個人情。冠軍不耐煩地說：那就快點。說時遲，那時快，猜球的結果還是朱老師發球。冠軍說：這不還是一樣嘛！朱老師說：那可不一樣！當然是朱老師說得對。朱老師緊靠著台子站著，他的上半截身體幾乎與球台平行著，他的雙手卻隱藏在球台下。冠軍果然就用他不習慣的左手拿著球拍，一副不耐煩的樣子。朱老師也沒多說什麼，就把第一個球發了過去。他的球好像是從地獄裡升起來的，帶著一股子邪氣。冠軍的球拍剛一觸球，那球就飛到房梁上去了。冠軍吃了一驚。朱老師說：要不這個不算？冠軍說：你太狂了吧？他抖擻精神，等待著朱老師的球。又一個陰風習習的球從地獄裡升起來了，冠軍閃身抽球，觸網。冠軍嘴裡發出一聲怪叫：喲嗨，邪了門啦！朱老師憨厚地笑著，說：接好！第三個球就像一道閃電，唰的一聲就過去了。冠軍的球拍根本就沒碰到球。他的小臉頓時就紅了，全縣冠軍，竟然連吃了一個羅鍋腰子三個球，這還了得，傳出去還不把人丟死？於是他的球拍彷彿無意中就換到了右手裡。朱老師扮了一個鬼臉，小王老師一點面子也不給冠軍留，大聲說：冠軍，怎麼又換成右手了？冠軍咬咬下唇，沒有吭氣。朱老師雙手藏在球台下，眼睛死盯著冠軍的臉，冠軍緊張不安，臉上滲出汗水。這個球又是快球，冠軍把球推擋過來，朱老師把球挑過去，擦邊而落。冠軍搖搖頭，表示沒辦法。第五個球發過來，像大毒蛇的舌頭神出鬼沒，冠軍又沒接住。五比零，朱老師領先。接下來我就不想囉唆了，朱老師靠神鬼莫測的發球和大量的擦邊球，把冠軍打得大敗，三盤皆輸。朱老師說：冠軍同志，您不該這樣讓球。冠軍氣得嘴唇發白，風度盡失，將球拍扔在球台上，說：你這是什麼鬼球！朱老師笑著說：對不起，實在是對不起。

幾年之後，我們大羊欄小學的五一運動會，實際上變成了縣裡的春季運動會。高風同志熱愛體育，喜歡熱鬧，每次運動會必來參加，不但他自己參加，他還給鄰縣的領導發邀請，讓他們組團前來。地區革委會主任秦穹是高風同志的老上級，高風同志把他也拽來過一次。這一下我們的運動會規格更高了。當時，省體育界的人士認為，大羊欄小學五一運動會的金牌，含金量比全省運動會的金牌還要高。這樣的奇蹟大概只有在那個特殊的年代裡才可能發生，那時人們的思想其實滿開放的，沒有那麼多清規戒律，也沒人把成績看得太重，大家把運動會看成了盛大的節日，人人參加，個個高興，絕對沒有現在的運動會這樣多的貓兒尿，什麼高價雇用國家隊的退役運動員冒充農民運動員，把全國農民運動會搞成了假冒偽劣運動會，什麼喝鱉血的，吃瘋藥的，那時人民比現在要純潔一千多倍，不像現在這樣有那麼多不健康的思想。那時大家參加運動會都是自帶乾糧，我們學校用大鍋燒上兩鍋開水，倒在操場旁邊的一口大缸裡，缸上蓋一個圓木蓋子，防止颳進去太多的塵土。大缸旁邊一張桌子上擺著一摞粗瓷大碗，跟趙一曼同志用過的那種一模一樣。同志們大家誰都可以過去掀開缸蓋子，舀一碗水，咕嘟咕嘟灌下去。一碗熱水灌下去，渾身大汗冒出來，嘿，真過癮！連秦穹同志也到大缸裡舀水喝，現在的地委書記，給他一根金條他也不會跟我們這些草民在一口大缸裡舀水喝。好啦，咱們馬上從現在回到過去。過去其實也不太遙遠，也就是三十來年前的事。

一九六八年五月一日，地區革委會主任秦穹同志在縣革委主任高風同志陪同下，坐著一輛草綠色的吉普車，一大早就來到我們學校。我們學校操場邊的觀禮台上，正中放著一個大喇叭，兩邊擺滿了花環，插著十幾面旗，有紅旗，有黃旗，有綠旗，有粉紅色旗、杏黃色旗、草綠色旗。沒有藍旗，沒有白旗，更沒有黑旗。那時也多少要搞一點形式主義的東西，地革委主任，多大的官呀，能到我們這個小小的大羊欄小學，你想想我們這些窮苦的老百姓心裡是多麼樣的激動和感動吧！所以我們一大早就麇集在操場邊上，各人都舉著一面自己糊的小紙旗，等著歡迎秦主任的專車。在等待的過程中，趙紅花的妹妹趙綠葉因為低血糖暈倒在地，把腦門子磕起了一個大包，老師把她抬下去，但過了一會兒她又跑回來。老師讓她回家休息，她難過得哭起來，老師說，別哭了，別哭了，待在這裡吧。由此可見我們對秦主任的感情是很真的。現在當然不行了，現在別說是一個地區級幹部，就是美國總統來了，讓我們去歡迎，我們也不一定願意去。好了，秦主任的吉普車來了。

上午九點鐘還不到，秦主任的吉普車就開進了我們學校的操場。我們的操場是很平整的，為了讓它平整，右派和貧下中農付出了大量的勞動，連我們這些頑童也出了不少力。我們都認識到這個操場的意義，所以大家義務勞動，熱情高漲。我們把全縣的爐渣子都拉來墊了操場，我們拉著石滾子在操場上轉圈，真有點人歡馬叫鬧春耕的意思。我們還到膠河底下挖來那種透亮的白沙子，在操場上撒了一層，撒一層就用石滾子鎮壓一遍，一遍一遍又一遍，愈撒愈壓愈好看。我們的操場是長方形的，用白石灰水澆出了橢圓形的跑道，跑道中間，開闢成投鉛球、甩鐵餅、擲標槍、扔手榴彈的場地，跳高與跳遠還在操場邊上，原先跳高與跳遠用同一個沙坑，現在跳高不用沙坑用蒙著綠篷布的彈簧墊子。籃球比賽在學校原先的球場上，地面當然也是費了大勁平整過的，上面也墊了爐渣撒了沙。籃球架子是新買的，是那種用鐵管子焊起來的，籃圈上還掛著網。我們原來的籃球架子是我爹做的，很簡單，就是在一根槐木上插上一個鐵圈，上邊原來有幾塊擋板，後來擋板被壞分子偷走了，就閃下兩個鐵圈，兩根槐木，槐木上還生出一些細枝嫩葉，又酷又爽。我們就是在這樣的架子上打球，我們都不會投擦板球，要麼投不中，投中了就是漂亮的空心入圈。乒乓球比賽是最重要的比賽，因為當時全國人民都愛好乒乓球運動，那也是潮流。乒乓球比賽將在我們學校的辦公室裡進行。老師和校長的辦公桌都抬到露天裡放著。墨水瓶東歪西倒，流了許多血；白紙颳得滿天飛，像散發革命傳單。

秦主任和高主任從吉普車裡鑽出來了，我們一齊歡呼：歡迎歡迎，熱烈歡迎！一邊喊我們還一邊揮舞小紙旗。十幾個長得五官端正的女生腰裡紮著紅綢子，臉上抹著紅顏色，在我們前面邊扭邊唱。四個男生憋足了勁、鼓著腮幫子吹軍號。他們剛練了不久，還吹不出個調，哞哞哞，哞哞哞，跟牛叫差不多。歡迎的場面儘管不能與現在相比，但在當時那個條件下，我們感到已經隆重得死去活來了。在校長的引導下，秦主任在前，高主任在後，對我們揮手致著意，向觀禮台走去。秦主任是個小胖子，通紅的圓臉蛋，好像一個被太陽曬紅的大蘋果。我特別注意到他的手，手是小手，小紅手，小胖手，手指頭活像一根根小胡蘿蔔。怪不得我爹說大手撈草，小手抓寶，瞧人家秦主任那手，一看就知道那是抓印把子的，人生有命，富貴在天，生氣也沒用，不服也不行。跟在他老人家後邊的高主任，是一個大個子，因為他要將就秦主任的步伐，所以他不能邁開大步往前闖，這就顯得他步伐凌亂，跌跌絆絆，好像個大黑瞎子。上了觀禮台，磨蹭了一會，我們校長站在麥克風前，宣布運動會開幕，然後讓秦主任講話。秦主任把麥克風往自個眼前拖了拖，講了起來：革命的——吱——大喇叭發出一聲長長的尖嘯，好像針尖和麥芒。這是怎麼搞的！秦主任用手拍拍麥克風頭，啪！啪！啪！麥克風頭上包著一塊紅綢子，顯得神祕而嬌貴。麥克風挨了打，便老老實實地工作起來。秦主任講話根本不用講稿，滔滔不絕，好像大河決了口。秦主任講完了，校長又讓高主任講，高主任簡單地講了幾句就不講了，然後是運動員代表講話，那時還不興運動員、裁判員宣誓什麼的，所以運動員代表發了言比賽就開始了。我們學校那個普通話說得最好的鋼板刻印員王東風負責廣播，她拉著長腔，像我們在電影裡聽到過的國民黨中央廣播電台的女播音員那樣嬌滴滴、酸溜溜地說：男子成年組一萬米比賽馬上就要開始了請運動員做好準備（以上重複三遍）裁判組鯉魚湯（疑是教導主任李玉堂）同志請到觀禮台前來有人找（重複三遍）。

三　正文

摹仿著國民黨中央電台女播音員的嬌嗲腔調，鋼板刻印員王東風又把男子成年組萬米比賽即將開始的消息廣播了三遍。廣播剛完，擔任發令員的總務主任錢滿囤就大叫了一聲，嗨！一聲嗨嚇了眾人一跳。接著他吹了一聲哨子，大聲問：運動員齊了沒有？站在起跑線上抻胳膊拉腿的運動員們都停止了活動，眼巴巴地望著錢滿囤，等待著他的點數。一、二、三、四、五、六、七、八，八個，一個不多，一個不少，正好，你們大家都站好了，聽我把比賽中要注意的事項再對你們宣布一下，他說，比賽過程中不得隨意離開跑道，如果確有特殊情況，譬如大小便什麼的，那也要得到裁判員的批准，方能離開跑道……

錢滿囤這個人，被我們大羊欄小學的學生恨之入骨。我們學校掀起的撿雞屎運動就是他的倡議。他不知從什麼報紙上看到，說雞屎裡富含著氮、磷、鉀，維生素，還有多種礦物質，因此雞屎不但是天下最好的肥料，而且還是天下最好的飼料。他說如果有足夠多的雞屎，完全可以從雞屎裡提煉出黃金，或是提煉出那種讓法國的居里夫人聞名天下的鐳，當然也可以提煉出製造原子彈的鈾。他還說，國外流行一種價格昂貴的全營養麵包，裡邊就添加了雞屎裡提煉出來的精華。經他這樣一鼓吹，沒有主心骨的傀傴校長就下了命令，在我們學校開展了撿雞屎的運動。錢滿囤說他已經跟縣養豬場聯繫好了，我們有多少雞屎，他們要多少雞屎。老錢在全校師生大會上說，豬場做了實驗，說那些豬吃起雞屎來就像小學生吃水餃似的。吃一斤雞屎，長半斤豬肉，所以撿一斤雞屎，就等於給國家生產了半斤豬肉。而且豬屎還可以餵雞，雞屎又回去餵豬，如此循環往復，以至無窮，這就叫雞屎豬屎大循環。校長給各年級下了指標，年級給各班分了任務。班主任又把任務分解到各個學習小組，小組又把任務分配給每個學生。當時我在三年級二班四組學習，分配到我名下的任務是在一個月內，必須交給學校雞屎三十斤。一天平均一斤雞屎，按說這任務也不能算艱巨，但真要撿起來，才感到困難重重。如果是我們全校只有我一個人撿雞屎，別說每天撿一斤，就是每天撿五斤，也算不了什麼難事，問題是我們全校的幾百個學生一齊去撿，老師也跟著撿，全村就養了那麼有數的幾隻雞，哪裡有那麼多雞屎？有人說了，為什麼不到鄰村去撿？我們大羊欄小學是中心學校，鄰村的孩子也在我們學校上學。何況學生搶雞屎，謠言馬上就製造出來，說是國家收購雞屎出口，一斤雞屎能換回來十斤大米，於是老百姓就跟我們搶雞屎。朱老師設計了撿雞屎的專用叉子和盛雞屎的專用小桶，讓我們自己回去仿造，自己仿造不了就讓家長仿造。那些日子裡，我們周圍十幾個村子裡的大街小巷裡，時時都能見到一手拿叉一手提桶的小學生。家裡的雞屎、雞窩裡的雞屎當然早就撿盡了。我們把那些不拉屎的雞攆得跳牆上樹，如果有隻雞開恩拉一泡屎，保準有一窩小學生往上衝。為了一泡雞屎，經常發生激烈的衝突，打破腦袋的事情也發生過好幾起。剛開始我們還用朱老師設計、我們家長仿造的雞屎叉子文質彬彬地撿，後來，乾脆就用手去抓，也只有用上了手，你才有可能把一泡熱雞屎搶到。可恨的是在那些日子裡，幾乎所有的雞都拉一種又臭又黏的醬稀屎，好像是成心跟我們做對頭。我為此恨恨地罵雞，我娘說，你還好意思罵雞，雞為什麼拉肚子？都是被你們這些小壞蛋給攆的！我們家那兩隻老母雞原本是每天下一個蛋，自從我們學校開展撿雞屎運動後，牠們就只拉稀屎不下蛋了。村子裡那些養著老母雞的女人，恨不得剝了我們錢主任的皮。我們根本完成不了學校下達的雞屎指標，完成不了就挨訓。為了不挨訓，我們就想辦法弄虛作假，譬如往雞屎裡攙狗屎、攙豬屎啦，但每次都被錢滿囤揭穿。錢滿囤提著一桿公平秤，站在校長辦公室門前，臉如鐵餅子，目如秤鉤子，等待著我們，就像我們在階級教育展覽館裡看到的那些畫出來的收租子的老地主。我們提著雞屎桶，排著隊過秤。排隊時我們大多數雙腿發抖。他接過我的雞屎桶，先是狠狠地盯我一眼，問：攙假沒有?!我說：沒……沒攙……他輕蔑地看俺一眼，說：沒攙?!然後他就把雞屎桶放到鼻子下邊一嗅。還敢撒謊！張老師！他大聲喊叫著我的班主任，我的班主任張老師就站在旁邊，慌忙點頭。他這桶裡，三分之二的都是狗屎！然後他就把我的雞屎桶扔到我的班主任老師眼前。我的班主任老師毫不客氣地擰著我的耳朵把我從隊列裡拖出來，讓我到校長辦公室窗前罰站，一罰就是一上午。錢主任指著我大發脾氣：你們看看他這樣子！從小就弄虛作假，欺騙老師，品質惡劣，長大還不知道會壞成個什麼樣子！我羞愧地低垂著發育不良的腦袋，下巴緊抵住胸脯，眼淚滴到腳背子上。哭也沒用！接下來，他又抓出了幾十個在雞屎裡攙假的，讓他們與我一起罰站，這樣我的心裡就好受多了。我孬好還攙了狗屎，方學軍乾脆在雞屎裡攙上了黑石頭子兒。方學軍家是老貧農兼烈軍屬，錢滿囤不敢對他進行人身攻擊，只讓他到窗前罰站。方學軍根紅苗正，大伯抗美援朝時壯烈犧牲，爹是村裡的貧農主任，哥是海軍陸戰隊，罰他的站?罰我的站?!他把那個雞屎桶猛地砸在校長辦公室的窗子上，破口大罵，錢滿囤我操你老祖宗！我要到中央告你個狗日的！錢滿囤當時就愣了，半天沒回過神來。等他回過神來，我們早就扔掉雞屎桶，跟著方學軍跑了。我們說，天天撿雞屎，這學，孫子才上呢！由於方學軍的革命行動，錢滿囤的雞屎運動可恥地結束了。就是這樣，校長辦公室外，也積攢了一大堆雞屎。天很快就熱了，雞屎堆在那裡發了酵，發出了一種比牛屎臭得多的氣味，招引來成群結隊的蒼蠅。校長催老錢跟縣養豬場聯繫，趕快把雞屎賣了，原說是兩毛錢一斤，可以賣不少錢呢。但人家養豬場說，根本就沒聽說過用雞屎餵豬這回事。於是老錢就成了眾矢之的。後來，我們村把雞屎拉到地裡當了肥料。事後老錢不服氣，說，就算雞屎不能餵豬，完全可以用來養蚯蚓，然後再把蚯蚓製造成中藥或是高蛋白食品，拉到田裡當肥料，實在是可惜了。

老錢穿著一件磨得發白的藍布褂子，胸兜裡插著三支鋼筆，脖子上掛著一個鐵哨子，手裡舉著一把亮晶晶的雙響發令槍，眼睛緊盯著手腕上的瑞士產梅花牌日曆手錶。那時候這樣一塊手錶可是不得了，把我們村的牛全賣了也不值這塊錶錢。這塊錶是右派乒乓球運動員湯國華的，他是歸國華僑，他叔叔是印度尼西亞的橡膠大王，梅花手錶就是他叔叔送給他的。他能把自己的梅花錶無償地借給運動會使用，說明這個人有相當高的思想覺悟，一般人做不到這一點。老錢誇張地舉起胳膊，因為手錶的分量和價值，他的胳膊顯得僵硬。他的眼睛緊盯著飛快轉動的紅頭秒針，臉上的表情嚴肅得讓人不敢喘氣。距離預定的比賽時間還缺兩分鐘時，他用洪亮的嗓門高聲喊道：各就各位——預備——啪啪！兩聲槍響，槍口冒出一縷淡淡的青煙，三個掐秒錶的計時員在槍口冒出青煙那一霎，按下了秒錶的機關，比賽開始。

在老錢的發令槍發出兩聲脆響之前，站在用白灰澆出的起跑線上的八個運動員都彎下了腰。因為是萬米長跑，不在乎起跑這一點點的快慢，所以運動員們沒有把屁股高高地撅起，也沒有雙手按地，做出一副箭在弦上的姿態。要說腰彎的幅度，還是我們的朱老師最大，但這並不是他的本意，他的腰不得不彎，我們在前面已經反覆地介紹了他的腰，這裡就不再贅述。老錢的發令槍啪啪兩響的同時，運動員們就一窩蜂似的跑了起來。起初幾步，他們的步伐都邁得很大，顯得有點莽撞冒失。跑了幾十米，他們的步伐就明顯的小了。他們像一群怕冷的、膽怯的小動物，彷彿是有意地、其實是無意地往跑道的中間擁擠，好像要擠在一起尋求安全。他們跑得小心翼翼，試試探探，動作既不流暢也不協調。他們的膝關節彷彿生了鏽，看樣子腦袋也有點發暈。跑在最前面的是幫助標槍手轟過兔子的右派長跑運動員李鐵。他穿著一件紫紅色的背心，一條深藍色的短褲，腳上蹬著一雙白色的回力球鞋。他的背心後邊釘著一塊白布，白布上的號碼是二三五，我至今也弄不明白這個號碼是根據什麼排出來的。緊追著他的運動員是縣一中的體育教師陳遙，一個滿臉駱駝表情的青年，據說是師範學院體育系的畢業生，應該說也是個體育運動的行家裡手。陳遙後面是我們學校的小王老師，小王老師後面是一個鐵塔似的黑大漢，聽人說他是地區武裝部的幹部，姓名不詳，號碼是三二一。三二一號後面，是一個必須重點介紹的運動員。他是我們公社食堂的炊事員，年齡看上去有四十歲了，也許比四十歲還要多。他是我們公社的名人，叫張家駒。都說他解放前在北京城拉過黃包車，跟駱駝祥子是把兄弟，自然也認識虎妞。他也能倒立行走，也是一個長方形的螞蚱頭，脖子跟頭差不多粗，額頭上有一塊明疤，小時候讓毛驢咬的。雖然他現在是空著手跑，但他的姿勢讓人感到他的身後還是拖著一輛黃包車。其他的人我就不想一一介紹了。跑在最後邊的是我們朱老師，他是故事的主角，自然要比較詳細地介紹一下。他的身體情況就不說了，他的號碼是八八八，那時還沒把八當成發財的數字，八八八沒有任何特別的意義。他距離前面的運動員有三四米的光景，跑一步一探頭，很像一隻大鵝。看他跑步的樣子讓我們心裡不舒服，感到他有點可憐，好像他不是自願參賽，而是被人逼上梁山。當然其實並不是這樣。運動會組委會不願意讓他上場，校長婉言勸他，說他年紀大了，做點後勤工作，當當計時員什麼的也就可以了，但他非要參加不可。校長其實是怕他影響了學校的形象，說大羊欄小學派了個駝子上場，他為此很不高興，把事情鬧到了高風主任那兒，高主任說全民運動嘛，只要成績夠了就可以上，什麼駝子不駝子，一條腿的人單腿蹦破世界紀錄，不是更能說明我們中國人民有志氣嘛！於是他就上了。他探頭探腦地跑到了我們面前，我們為他大喊加油，他說：孩子們，還不到加油的時候。他微笑著從我們面前跑過去了，八八八號白布在他高高駝起的背上像一面小旗招展著，很有意思，特別顯眼，與眾不同。

跳高比賽在操場邊上進行，焦挺已經跳過了一米八十，這次比賽，冠軍還是非他莫屬。操場中間正在進行標槍比賽，一桿桿標槍搖著尾巴在天上飛行，我們有點擔心，生怕標槍手把跑道上的運動員當成野兔給扎了。據說，在義大利米蘭，曾經有一個計時員橫穿場地，恰好標槍運動員正在比賽。忽地響起了一種悠長、奇特的嘯聲，一根標槍從陽光方向斜刺下來，以乾淨利落的動作擊中計時員的背脊，他猛地向前一踉蹌，撲倒在地上，這當兒，插在他背上的標槍還在簌簌發抖。

現場的觀眾，除了學生和農場的幾乎所有右派，其餘的大多是我們村的百姓，我爹、我叔、我哥，都在其中。周圍的村子裡也有來看熱鬧的人，但很少。我們村是近水樓台先得月。五一期間，桃花盛開，小麥灌漿，春風拂煦，夜裡剛下了一場小雨，空氣新鮮，地面無塵，正是比賽的好時節。幾個計時員議論著，今天如果出不了好成績，就不能怨老天不幫忙了。人們望著運動員們的背影議論，猜想著萬米金牌的得主。有人把寶壓在李鐵身上，有人把寶壓在張家駒身上，只有我們一幫對朱老師感情很深的小學生希望朱老師能榮獲金牌。村裡的不良青年桑林瞪著大眼說：你們做夢去吧，豬尾巴棍子的小跟屁蟲們。我們齊聲罵著桑林：桑林桑林，滿頭大糞！

桑林自吹，說曾經跟著一個拳師學過四通拳和掃堂腿，動不動就跟人叫陣，橫行霸道，是村裡的一大禍害，連村裡的幹部都讓他三分。我們學校露天廁所邊上有一棵老杏樹，樹冠巨大，樹幹粗壯，是私塾先生范二親手種的。雖然它生長在最臭的地方，但結出的果實卻格外香甜。春天裡杏子只有指甲蓋那麼大時，桑林就去摘了吃。體育老師小王去拉他，被他一拳捅在肚子上，往後連退三步，一屁股坐在地上，吐出了一口綠水。桑林揮舞著拳頭說：老子，拳打南山猛虎，腳踢北海蒼龍！哪個不服，出來試試。我們朱老師上前，雙手抱拳，作了一個揖，說：大爺，我們怕您，我們敬您，但您也得多多少少講點理，好漢不講理，也就不算好漢了。桑林說：羅鍋腰子，豬尾巴棍子，你說說看，什麼叫做理？朱老師說：這杏子，才這麼一丁點兒大，摘下來也不能吃，白糟蹋了不是？桑林說：老子就愛吃酸杏！朱老師說：你也不是孕婦，怎麼會愛吃酸杏？老子就是愛吃酸杏，你敢怎麼樣？朱老師說：您是大拳師，武林高手，誰敢把您怎麼樣呢？桑林得意洋洋，說：知道就行。朱老師看著桑林，臉上是膽怯的、可憐巴巴的表情。但事情突然起了變化：我們朱老師，以迅雷不及掩耳之勢，將頭顱做炮彈，向著桑林的肚子撞去。桑林猝不及防，身體平飛起來，跌落在我們三百名學生使用的露天廁所裡。後來，桑林不服氣，跑到學校大門口罵陣：羅鍋腰子你他媽的出來，偷襲不算好漢！今天老子跟你拚個魚死網破！我們朱老師出來，說：桑林，咱別在這裡打，在這裡打影響學生上課，也別這會兒打，我正在上課，這樣吧，今天晚上，咱到生產隊的打穀場上去，擺開陣勢打一場，好不好？桑林說：好好好，好極了！大丈夫一言既出，駟馬難追，今天晚上，你要是不去，就是個烏龜！當天晚上，一輪明月高掛，打穀場上，明晃晃的一片，我抬手看看，掌紋清清楚楚，這樣的亮度完全可以在月下看書寫字，繪畫繡花。村裡沒有多少文化生活，聽說朱老師要跟小霸王桑林比武，差不多全村的人都來看熱鬧。我們堅決地站在朱老師一邊，希望他能贏，希望他能把小霸王桑林打翻在地，讓他永世不得翻身。大多數村裡人也站在朱老師一邊，希望他能打死小霸王，打不死也把他打殘，替村裡除了這一害。但秦檜也有三個好朋友，桑林身後也有三個跟屁蟲，我感到最不可思議的是我的二哥竟然站在桑林一邊，是桑林的忠實走狗。朱老師很早就到了，桑林卻遲遲不到。我們心裡替朱老師感到害怕，他卻像沒事人似的與幾個年紀大的老農聊著月亮上的事。他說月亮上沒有水也沒有空氣，當然更不可能有嫦娥吳剛什麼的。老農說，這也是瞎猜想，誰也沒上去看看。朱老師說，用不了多久就會有人上去的。老農就哈哈大笑，說朱老師您是說瘋話，是不是被桑林給嚇糊塗了！朱老師說也許是桑林嚇糊塗了，至今還不露面，他要再不露面我可要回去了。人們怎麼捨得讓他回去？好久沒有個耍景了，好不容易碰上這麼一次。我知道那幾個傢伙是去膠河農場的西瓜地裡偷瓜了，傍晚時他們幾個就在河邊的槐樹林子裡嘀咕，說是要先給小肚上上料，保養一下機器，然後才有勁跟老朱大戰。他們有一些黑話，管吃東西叫「上料」或是「保養機器」。他們把西紅柿叫做「牛尿子」，管西瓜叫做「東爪」。有人說，趕快，去找找桑林，說朱老師已經等急了，他要再不來，就算他輸了。這時有人大聲喊叫：來了！桑林果然來了。他走在前頭，後邊跟著我二哥、聶魚頭、瘸病四。他們四個是村裡有名的四害，殺人放火不敢，偷雞摸狗經常。有一年冬天，我們家的兩隻白色大鵝突然沒了，我和姊姊滿村找也沒找到。我們去找鵝時，我二哥就躲在牆角冷笑。我對爹說：爹，家賊難防，我認為咱家的大白鵝是被四害保養了他們的機器。我父親把我二哥用小麻繩捆起來，拿著一根燒紅的爐鉤子，進行逼供信。我二哥吃打不住，終於交代，說我們家的大白鵝的確是被他們四人保養了機器。我爹說，你這壞蛋，怎麼連自己家的鵝也不放過呢？我二哥說，這才叫大公無私。他們來了，每人手裡捧著半個「東爪」，邊走邊啃著。到了打穀場中央，桑林趕緊啃了幾口「東爪」，然後將「東爪」皮使勁扔到遠處去。我二哥他們也學著桑林的樣子，趕緊啃了幾口「東爪」，也把皮使勁扔到遠處去。桑林脫下小褂，往身後一扔，我二哥這個狗腿子就把他的小褂子接住。桑林把腰帶往裡煞了煞，把肚子勒得格外突出，像個帶孩子老婆。咯——桑林打著飽嗝說，老公豬，大爺我還以為你不敢來了呢！朱老師說，桑林，今晚上的事，你跟你娘說過沒有？桑林瞪著牛蛋子眼問：說什麼？朱老師說：你是獨子，你爹死得早，你要有個三長兩短，誰養你娘的老？桑林說：老壞蛋，你準備棺材了嗎？其餘三害也跟著說：老壞蛋，你準備棺材了嗎？朱老師問：咱是武打呢還是文打？桑林說：隨你！三害跟著說：隨你！朱老師說：那就文打吧！桑林說：文打就文打！三害說：文打就文打！朱老師走到場邊幾根拴馬樁前，說：看好了，爺們！然後他就對準了拴馬樁，一頭撞過去。栓馬樁立斷。朱老師指指另一根拴馬樁說：爺們，看你的了。桑林近前看看那根老槐木拴馬樁，猶豫了一會，噗通一聲就跪在了地上，口裡大聲叫：師傅，您收了我吧！朱老師說：起來，起來，你這是幹什麼？桑林說：我服了！服了還不行嗎？朱老師說：小子，你知道廟裡那口大鐘是怎麼破的？那就是我用頭撞破的，如果你的頭比鐘還硬，就繼續地橫行霸道，如果你的頭不如那口大鐘硬，你就老老實實。桑林跪在地上，磕頭不止，連說：師傅饒命，師傅饒命。三害也跟著跪下，連聲求饒。從此朱老師就有了一個很響亮的諢名：鐵頭老朱。

觀禮台上的大喇叭放起了節奏分明的進行曲，他們的步伐顯得輕鬆自如了許多。對嘛，早就應該放點音樂，站在我們身邊的那群右派不滿地議論著。穿著杏黃春裝的蔣桂英和蒙著一塊粉紅紗巾的陳百靈對著李鐵歡呼著：李子，加油；鐵子，加油！李鐵對著這兩個大美人舉起右手，輕鬆地抓了抓，不知道是什麼意思。黃包車夫沒有自己的啦啦隊，他也不需要什麼啦啦隊，一個臭拉車的，難道還需要別人的歡呼嗎？不需要，根本就不需要，他還是像跑第一圈那樣，黯淡無光的眼睛平視著正前方，兩條胳膊向兩邊乍開著，兩隻大手攏著，彷彿攥著車把。他的腦海裡浮現著的肯定全是當年在北京城裡拉洋車時的往事，與駱駝祥子一起出車，與虎妞一起鬥嘴，吃兩個夾肉燒餅，喝一碗熱豆腐腦，泡泡澡堂子，逛逛半掩門子……他的耳邊也許響著黃銅喇叭的笛笛聲，哨子吱吱地叫，也許是巡警在抓人，其實是旁邊的籃球場上一個運動員犯了規。

朱老師跑過來了，還是最後一名，還是像我家的大白鵝那樣，腦袋一探一探地往前衝，步伐很大，彈性很強，好像他的全身的關節上都安裝了彈簧。他的臉上掛著一層稀薄的汗水，呼吸十分平穩。我們為他加油，他對我們微笑。看樣子他對自己的殿後地位心滿意足。他行他素，自個兒掌握節奏，前面的人跑成兔子還是狐狸，彷彿都與他無關。

啪！一聲鞭響，村裡的馬車拉著糞土從操場旁邊的土路上經過，熱鬧引人，趕車的王乾巴將車停住，抱著鞭子擠進來，站在蔣桂英和陳百靈中間。他往左歪頭看看蔣桂英，蔣桂英撇撇嘴，不理他；他往右歪頭看看陳百靈，陳百靈翻翻白眼，也不理他。他齜著一口結實的黃牙無恥地笑起來：嘿嘿，嘿嘿。這是他的一貫笑法，他的外號就叫嘿嘿，嘿嘿的使用率比王乾巴高得多。嘿嘿嗤哼著鼻子聞味，就像一匹發情的公馬。他聞到了什麼氣味？清新的五月的空氣裡，洋溢著蔣桂英和陳百靈的令人愉快的氣味。那是一種香胰子混合著新鮮黃花魚的氣味，是有文化的女人的氣味，真是好聞極了。那兩匹拉車的馬發揚團結友愛的精神，相互啃著屁股解癢，嘿嘿站在兩個超級美人中間左顧右盼，厚顏無恥，沒臉沒皮，人家根本不理他，他卻從腰裡摸出了一個修長的地瓜，喀嚓，掰成兩半，粉紅的瓤面上滲出一滴滴白汁，嘿嘿，蔣同志，請吃地瓜，過冬的地瓜，走了面，比梨還要甜。謝謝，我不吃涼東西。嘿嘿，陳同志，請吃地瓜，過冬的地瓜，比梨還要脆，吃了敗火。緊接著壓低嗓門說，這是生產隊裡留的地瓜種，「五二四五」，新品種，就是農業大學地瓜系的老右派馬子公研究出來的，我偷了一個，這要讓保管員看到，非遊我的街不可。陳搖搖頭，表示不要，連話也懶得跟他講。我要是嘿嘿，肯定滿臉通紅，訕訕地退到一邊去，可人家嘿嘿，不羞不惱，沒心沒肺，說，你們不吃俺吃，這樣好的東西，你們還不吃，怪不得把你們打成右派，你們跟我們貧下中農，假裝打成一片，其實隔著一條萬里長城！真是你們媽的大黃狗坐花轎不識抬舉。蔣桂英我問你，聽說你跟一千多個男人睏過覺？聽說你跟資本家隔著玻璃親嘴掙了十條金子？有沒有這回事？我問你有沒有這回事？蔣桂英把個小白臉子脹得粉紅，跟「五二四五」地瓜瓤一個顏色。她的嘴咧著，好像要哭，但又沒哭。你們這些臭戲子，都是萬人妻！把左手的半個地瓜，送到嘴邊，咬人似的啃了一口，嘴巴艱難地咀嚼著，兩邊的腮幫子輪流鼓起。你個流氓！蔣桂英說，流氓……眼淚從她的眼睛裡流出來。還有你，陳百靈，世界四大浪，貓浪叫，人浪笑，驢浪吧嗒嘴，狗浪跑斷腿！我看你就是四大浪之一，你是條浪狗，你跟丁四的事人人都知道（丁四是養羊組的小組長，農學院畜牧系的右派研究生，他養了一隻奶羊，產的奶喝不完，陳百靈經常去喝羊奶）。要想人不知，除非己莫為！陳雙手捂著臉蹲在地上，從她的手指縫隙裡，發出了奇怪的聲音，好像棲息在蘆葦叢中的水鵓鴣四月發情時發出的那種低沉、悲傷的鳴叫。眼淚從她的指縫裡滲出來時，我們才知道她在哭，而且哭得很悲痛。嘿嘿把右手裡的那半地瓜舉到嘴邊，喀喳咬了一口，兩邊的腮幫子輪流鼓起，嘴裡響起粉碎地瓜的聲音。有一隻黑色的拳頭，飛快地捅到了他的腰上。他滿嘴的地瓜渣子噴唇而出，啊喲娘來！他回過頭，臉古怪地扭著，眉毛上方那顆長著一撮黑毛的小肉瘤子抖動不止，這一記黑拳打得他不輕，他想罵人，但氣被打岔了，暫時罵不出來。終於他罵出來了：媽的個b，是誰？是誰敢打他的爹?!在他的面前，依次展現開一片形形色色的人臉，有的冷漠，像沾著一層黃土的冰塊；有的憤怒，像剛從爐膛裡提出來的鐵塊。冷眼射出冰刺，怒眼噴出毒火。媽的個，你們，是誰打了老子一拳？一股油滑的笑聲從一個嘴裡流出來，緊跟著笑聲又出了一拳，正捅在嘿嘿的肚皮上，嘭的一聲巨響。俺的個親娘喲！嘿嘿不由自主地蹲在地上，雙肩高聳著，頭往前探出，嘔出了一堆地瓜。是老子打了你，怎麼樣？桑林用腳蹬住嘿嘿的肩頭，一發力，嘿嘿一腚坐下，雙手按地，不討人喜歡的臉仰起來。他看清了打他的人。怎麼是你？嘿嘿驚訝極了。怎麼是他？我們驚訝極了。可見一個人做點壞事並不難，難的是一輩子不做好事。

他們拐過彎道，對著我們跑來了。這是第幾圈？我忘了。他們的隊形發生了一些變化。頭前還是李鐵，距離李鐵十幾米處，團聚著五個人，時而你在前一點，時而他在前一點，但好像中間有股力量，變成六根看不見的橡皮筋，牽扯著他們，誰也休想掙脫。又往後十幾米，昔日的黃包車夫邁著有條不紊的大步，拖拉著無形的車，保持著像駱駝祥子那樣的一等車夫的光榮和尊嚴。再往後十幾米，是我家大鵝式運動員右派代課朱老師。他這個右派是怎麼劃成的？說起來很好玩。

十幾年前他就在我們學校代課，學校要找一個右派，找不到，愁得校長要命。這時上級派來一個反右大王，帶著四個女幹將，下來檢查劃右派的工作。校長說我們這裡又窮又落後，實在找不到右派，是不是就算了？大王說，「凡有人群的地方就有左、中、右」，知道這話是誰說的嗎？校長說不知道，大王說這是毛主席說的，校長說，既是毛主席說的，自然是真理，那就找吧。大王讓校長把全校的師生集合到操場上，讓每個人出來走幾步，誰也不知大王葫蘆裡賣的是什麼藥。等全校的師生走完了，大王走到前面講話，四個女將分列兩旁，好像他的母翅膀。他說，右派，有兩個。他指指朱老師，說，他！右邊的兩個女將就走上前去，把朱老師拖了出來。朱老師大聲喊叫：我不是右派，我不是！朱老師在兩個鐵女人的中間蹦跳著，好像一隻剛被擒獲的長臂猿。大王說，你別叫，更別跳，狐狸尾巴藏不住，馬上就讓你顯出原形。他又指著學生隊伍裡的我大姊說，她！他左邊那兩員女將虎虎地走過去，把我姊姊拖了出來。我大姊脾氣粗暴，生了氣吃玻璃吞石子六親不認，連我爹都不敢戧她的毛梢，大王不知死活，竟讓女將下來拖她，這就必然有了好戲，等著瞧吧！

大王是受過軍事訓練的人，他讓朱老師和我大姊並排站好，然後下達口令：立正——！大王聲音洪亮，口令乾脆。向前看！齊步走！我大姊與朱老師聽令往前走。我大姊昂首挺胸，朱老師也很尊嚴。他們倆剛走了幾步，還沒走出感覺，大王就高叫一聲：立定！大王問大家：你們看清楚了沒有？大家一齊喊叫：看清楚了！大王問：你們看清楚了什麼？眾人面面相覷，全部變成了啞巴。大王冷笑道：群眾的眼睛是亮的，大家想想看，剛才他們走步時，是先邁左腳呢還是先邁右腳？眾人大眼瞪小眼，一個個張口結舌。大王說：他們兩個，是我們這一大群人裡，（大王伸出左手畫了一個圈）唯一的兩個（伸出兩根左手手指）走路先邁右腳的人。你們說，他們不是右派，誰是右派?!朱老師聽了大王的宣判，哇哇地哭起來。我大姊把小棉襖脫下往後一扔，大踏步跑到牆根，撿起兩塊半頭磚，一手拿一塊，像隻小老虎，不分公母，狂叫著：呀——啊！就朝著大王撲了過去。

大王站起來，抖抖肩上披著的黃呢子大衣，強作鎮靜地說：你，你，小毛丫頭，你想造反嗎？大姊可不是那種隨便就讓人唬住的人，她悠了一下右臂，將一塊磚頭對著大王投過去。她絕對想砸破大王的頭，但因為力氣太小，磚頭落在大王的面前，嚇得大王蹦了一個蹦，像一個機靈的小青年。你這個小右派，還敢動真格的?!造你活媽，我大姊破口大罵，把你媽造到坑洞裡去，然後讓她從煙囪裡冒出來！我大姊從小就喜歡罵人、說髒話，她罵人的那些話精彩紛呈，我不好意思如實地寫，生怕弄髒了你們的眼睛。另外她發明的那些罵人話裡有許多字眼連《辭海》裡都查不到，所以我想如實地記錄也不可能。我大姊這個沒有教養的女孩，舉起第二塊磚頭，對著大王的頭投過去，大王輕輕一閃就躲過了，像一個機靈的青年。我大姊兩投不中，惱羞成怒，站在大王面前，跳著腳罵，那些黃色的詞兒像密集的子彈，打得大王體無完膚。眾人剛開始還挺著，偽裝嚴肅，但終於繃不住了。一人開笑，大家就跟著哈哈大笑起來。我大姊有點缺心眼，人來瘋兼著人前瘋，眾人愈笑她愈來勁，就像一個被人喝采的演員。大王革命幾十年，大概還沒碰到過這樣的問題。他習慣性地把手往腰裡摸去，有人害怕地喊：不好了，大王摸槍了！有人不害怕地說：摸個鳥！他是文職幹部，沒有槍。大家便又哈哈大笑起來。

大王終於憤怒了。他指揮不動別人，便指揮他的母翅膀：把她給我捆起來。這也是他的習慣性話語，張口閉口就要把人給捆起來。他身邊沒有繩子，他的母翅膀身上也沒帶繩子。四個女人一擁而上，她們都被我大姊氣得鼓鼓的，可算等到出氣的機會了。跟著大王劃了那麼多右派，還沒遇到這樣的刺兒頭。在那個年代裡，誰不怕他們？一聽說被劃成了右派，有哭的，有下跪的，有眼睛發直變成木頭的，沒有一個敢像這個小丫頭，破口大罵還拿著磚頭行凶，如果不制服了她，這反右鬥爭就別搞了。她們一擁而上，把我大姊按倒在地。儘管我大姊咬掉了不知是哪個女人的一節手指，但最終還是給按在了地上。她們用穿著小皮靴的腳踹著我大姊的屁股，我大姊罵不絕口，愈罵人家愈踹，終於給踹尿了褲子。我爹和我娘匆匆跑來，不知他們怎麼得到了消息。我娘哭，我爹卻笑。我爹笑著說：打打打，往死裡打！這孩子我們早就不想要了。我娘哭著說：你不想要，我還想要呢……

跑到頭前的李鐵看到站著流淚的蔣桂英與蹲著哭泣的陳百靈，臉上表現出疑惑的表情，但他沒有停止奔跑。他的臉從我們面前一閃而過。其他的人基本上是麻木不仁。最麻木不仁的是張家駒，他目光呆滯地望著前方，步速不變姿勢也不變，活活就是一架機器。朱老師卻偏離了跑道，大聲說，嘿嘿，欺負女人瞎隻眼！人群中有人感慨地說：老朱這人，睜著眼死在炕上，一肚子心事，像他這樣子，還指望拿頭名？又有人說：朱老師是熱心人，階級鬥爭天天唱，世界需要熱心腸！桑林得到了可能是有生以來的最大尊敬，滿臉是洋洋得意的神情。村裡人說，嘿嘿，連桑林都看不過去了，你想想自己缺不缺德吧！嘿嘿挨了兩拳，又受到了大家的批判，尷尬，委屈，蝦著腰，提著鞭桿，說：桑林，你小子有種等著吧，我不報此仇就是大閨女養的私孩子。桑林說：你原本就是個私孩子。嘿嘿擠出人群，對著那兩匹馬使威風去了。

這時，籃球場上，右派隊的教練員叫了暫停，縣教工聯隊的也跟著暫停。兩個隊的隊員都圍攏在自家的教練周圍，聽面授機宜。我們離得比較遠，只能看到教練員揮舞的雙臂，但聽不清楚他說些什麼。嘿嘿劈開腿站在車轅上，拿著牲口撒氣，一鞭緊追著一鞭，抽著那兩匹倒楣的馬，鞭聲清脆，就像放槍似的。正好大隊長從這裡路過，看到嘿嘿打馬，便上前問：嘿嘿，你打牠們幹什麼？嘿嘿打紅了眼，抬手就給了大隊長一鞭，啪！大隊長脖子上頓時就鼓起了一道血紅。大隊長崔團，復員軍人，自己說參加過廣西十萬大軍的剿匪，智擒了女匪首，但隨即就中了女匪首的美人計，又把她給放了。這就犯了大錯誤，差點讓連長給斃了，只是因為他戰功太多，才留了一條小命。這都是他自己咧咧的，可以信也可以不信。如果不是那個女匪首，我早就提拔大了，還用得著跟你們這些個鄉孫在一起生氣？這是崔團經常說的話。他的歷史也許是自己虛構的，但他在現實生活中的表現卻是我們有目共睹的。這人脾氣暴躁，雷管似的。我親眼看到他提著一桿鳥槍追趕老婆，原因是老婆在他吃飯時放了一個屁。他老婆跑不動了，就往一棵大楊樹上爬。他追到樹下，舉起鳥槍，瞄準老婆的屁股，呼通就是一槍。嘿嘿不知死活的個鬼，竟敢打了崔團一鞭，真是老鼠舔弄貓腚眼，大了膽了。路邊發生了這樣的事，所有的體育比賽都喪失了吸引力，人們一窩蜂擁過去，想看一場大熱鬧。但出乎人們意料的是，平日裡性如烈火的崔團，竟然像一個逆來順受的四類分子似的，摸著脖子上的鞭痕，嘴裡低聲嘟囔著，灰溜溜地走了，連句倒了架子不沾肉的硬話都沒說。這讓我們大失所望，目送了崔團一段，看了站在車轅上像驕傲的大公雞一樣的嘿嘿幾眼，便無趣地相跟著，回到操場邊，繼續觀看比賽。

當李鐵帶著他的、其實也不是他的隊伍斷斷續續地轉過來時，一個計時員舉著一塊小黑板衝上跑道。黑板上用白粉筆寫著「十五圈六千米」。李鐵眼睛凸出，喘氣粗重，像一個神經病人，直對著小黑板衝過去，計時員提著黑板慌忙逃離。他站在跑道邊上，對依次跑過來的運動員說著：六千米了，六千米了！運動員們有的歪頭看看黑板，臉上閃過一種慌亂的神氣。有的卻根本不看，好像黑板上的數字與自己毫無關係。懂行的右派看客在旁邊議論道：到了運動極限了，這是黎明前的黑暗，是最艱苦的時刻，熬過這時刻就好了，熬過這一段就看得見勝利的曙光了。但立即就有我們村的小鐵嘴跳出來反駁右派言論：什麼「運動極限」？這就跟挨餓一樣，一天不吃餓得慌，兩天不吃餓得狂，三天不吃哭親娘，五天六天不吃，肚子裡反而脹得難受了。你們看，張家駒有運動極限嗎？張家駒跑法依舊，黑臉上乾巴巴的，連一顆汗星兒都沒有。有人說，一萬米，對人家老張來說，那才叫張飛吃豆芽，小菜一盤兒！人家老張拉著慈禧太后從頤和園跑到天安門，一天跑四個來回！一萬米算什麼嘛！你們看，朱老師到了運動極限了嗎？朱老師也還是那樣，像我家的大白鵝，一步一探頭，跑到我們身邊時從不忘記跟我們打個招呼，不說話也要點點頭，不點頭也要笑一笑。剛受過眾人讚賞的桑林從懷裡摸出一個黃芽紅皮大蘿蔔，問道：老朱爺們，吃嗎？朱老師擺擺手，笑道：爺們，孝順老子也得選個時候！然後他就一躥一躥地跑過去了。從後邊看，他的腿是被他那顆大頭帶動著跑。我們追著他的屁股喊：朱老師，加加油，追上去！有人說，不到時候，到了時候他會追上去的，萬米長跑，最重要的是氣息，老朱氣息好。什麼呀，那不叫氣息，那叫肺活量！朱老師的肺活量，是我們親眼見識過的。

夏天的中午，朱老師帶著我們到河裡去洗澡，當然說去游泳也可以。我們習慣把游泳說成洗澡，幾十年如一日。只是在那些右派們來了後，游泳才進入我們的語言。我們到了河邊，全都脫得一絲不掛，把身上那條唯一的褲頭掛在河邊的紅柳棵子上。河裡水淺，只有石橋底下水深。那兒不但水深，而且由於橋面的遮蓋水還特別涼，所以我們一下河就往石橋下面跑。朱老師在我們身後大喊：回來回來！不許光屁股下河！石橋那兒，早有一群右派在，游——泳！有男右派，有女右派。女人下河，五穀不結，這是我爹他們的說法。我爹他們的說法只對我娘她們這些女人有約束力，對人家那些女右派一點用也不管。人家儘管是右派，但大家都清楚，右派也比農民高級，什麼貧下中農也是領導階級呀，那都是人家哄著咱們玩的，如果拿著這話當真，那你就等著遭罪吧！右派不種地，照樣有飯吃；貧下中農不種地，餓死也沒有哭兒的。你貧下中農再高級，不信去黏黏蔣桂英她們，人家連毛也不會讓你摸一根！右派們在橋下戲水，男的穿著褲頭，女的穿著的也算褲頭吧，不過她們的褲頭比男人的褲頭長得多，我們給她們的褲頭起了一個很文雅的名字：連奶褲頭。我們也終於明白了洗澡和游泳的區別。我們下河，一絲不掛，所以我們是洗澡；右派下河，穿著褲頭和連奶褲頭，所以他們是游泳。其實我們和右派在河裡幹得事情基本上沒有區別。我們在河裡一個勁地打噗通，噗通夠了就跑到河灘上去，往自己身上抹泥巴。他們在河裡也是一個勁地打噗通，噗通夠了就站在橋墩旁邊往身上抹胰子。這樣一比較，我看他們更像洗澡而我們更像，游——泳。

游泳啊，游——泳！我們根本不聽朱老師招呼，狂呼亂叫著，光著屁股衝向石橋下面。朱老師無奈，穿著大褲頭子跟在我們後邊，像我家那隻大白鵝下了河。朱老師擅長仰泳，他躺在水面上，頭翹起來，腳翹起來，中間看不見，身體一動也不動，就像幾塊軟木，黑色的，朝著石橋下漂來。我們剛開始光著屁股往石橋下衝鋒時，那幾個風流女右派嚇得哇哇叫，有的還把身體藏在水裡，摟著橋墩，只露著鼻子和眼睛，像一些膽怯的小姑娘。但很快她們就發現我們這些農村孩子比較弱智，光著屁股在她們身邊鑽來鑽去對她們也構不成什麼威脅，於是她們就放鬆了身心，該怎麼折騰就怎麼折騰了。這麼些男孩子裡有沒有個別的早熟的小流氓，看到那些漂亮女子想入非非一點，我看也不能說沒有。譬如說有一個名叫許寶的，就喜歡在橋下扎猛子。他水下的功夫很好，一頭扎下去，能在水下潛行十幾米遠。我們經常可以聽到那些女右派哇哇大叫，說是有大魚咬人。其實哪裡有大魚，都是許寶這小子搞的鬼。但有一天這小子在水下潛行幹壞事，沒摔到女人的腿，卻一頭撞到橋墩上，碰出了腦震盪，差點要了小命。

右派們對朱老師挺尊重，並不因為他是個土造的右派就歧視他。其實朱老師的右派是大王親自劃定的，比他們的檔次還要高呢。他們在橋下喊，朱老師，到這裡來，到這裡來呀！朱老師就仰過去，身體靠在橋墩上，與那些右派們談天說地。我們有時候鬧累了，也圍在他們周圍，聽他們說話。右派的話跟我爹他們的話大不一樣，聽右派談話既長知識又長身體。我當兵後常常語驚四座，把我們的班長、排長弄得很納悶：一個沒受過什麼教育的農村孩子，肚子裡怎麼會有這麼多學問呢？他們哪裡知道，我在橋墩底下受到過多高層次的全面薰陶，從天文到地理，從中國到外國，從唐詩到宋詞，從趙丹到白楊，從

《青春之歌》到《林海雪原》，從小麥雜交到番茄育苗……有時候，他們談著談著，會突然靜下來，誰也不說話，只有河水從橋洞裡靜靜地流過去。只有流水沖激著橋墩發出不平靜的響聲。幾十顆大腦袋圍著橋墩，幾十顆小腦袋圍著大腦袋，這簡直就像傳說中的水鱉大家族在開會，小的是小頭鱉，大的是大頭鱉，其中最大的一個頭就是我們朱老師的頭。這傢伙下河也不摘掉他的眼鏡，在陰暗的橋洞裡，他的眼鏡閃爍著可怕的光，一看就讓人想到毒蛇什麼的。他老先生翹起兩隻腳，河水被他的腳掌分開，形成了兩道很好看的波紋。橋面上的水啪噠啪噠地滴下來，滴到身上涼森森的。橋外邊陽光耀眼，河面上波光粼粼。一個女右派打了一個非常好聽的噴嚏，我們愣了一下，然後就哈哈大笑。朱老師說：我們比賽憋氣吧。

比賽水下憋氣，是朱老師和右派們的保留節目。幾個人圍在一起，都把鼻子淹沒在水下，屏住呼吸，眼睛相望著，憋啊，憋啊，終於憋不住，猛地躥起來，像一條大黑魚。剩下的人繼續憋，憋啊，憋啊，終於憋不住，猛地躥起來，像一條大黑魚……躥起來的就變成了看客，看著那些還在頑強地堅持著的人。最後，剩下的，每次都是朱老師和右派小杜。小杜是黃河水文站的，天天和水打交道，熟知水性，他說從他的祖上起，就當「水鬼」。清朝時還沒有潛水員這個叫法，「水鬼」們完成的實際上就是潛水員的工作。他說他的老老爺爺在曾國藩的弟弟曾國荃手下當過「水鬼」，在安慶大戰中鑿漏過太平軍的大艨艟，為反動的滿清皇朝立過戰功。朱老師與「水鬼」後代四眼相對，用眼睛對著話，你有什麼了不起？我沒有什麼了不起，就是能比你在水中多待一會兒。別吹，出水才看兩腳泥！兩個人較著勁，誰也不肯先躥出來。小杜說他的老老爺爺能在水下待兩個小時，不用任何潛水工具。瞎吹，盡瞎吹！信不信由你。一分鐘過去，兩分鐘過去，三分鐘過去，憋到了大約五分鐘的時候，小杜終於憋不住了，呼地躥了起來，好像發射了一顆水雷。他摸了一把臉，將鼻子上的水抹去，然後就大口地喘氣。朱老師還在憋著，大家都數著數，五七一，五七二，五七三，五七四……六百……朱老師還憋著，眼睛發紅，好像充了血。右派們說，行了老朱，別憋了，你贏了，你絕對贏了。我們也說，朱老師，上來吧，憋壞了腦子誰給我們上課呀！在眾人的勸說下，朱老師才出了水，看樣子很從容。小杜說：老朱這傢伙會老牛大憋氣。陳百靈說：多麼驚人的肺活量！朱老師說：實話告訴你們吧，我掌握了水下換氣的方法，別說在水下憋十分鐘，就是憋一小時也沒事。小杜說他的老老爺爺能在水下待兩個小時是完全可能的，你們不要不相信。

長跑運動員，要有堅硬的骨頭，要有結實的肌肉，關鍵的還要有不同於常人的兩葉肺。朱老師的肌肉和骨頭並不出色，但他有兩葉傑出的肺，這就彌補了他的所有不足。所以連專業的長跑運動員李鐵都氣喘吁吁地在運動極限上掙扎時，朱老師卻呼吸均勻，泰然自若。

觀禮台上的大喇叭突然又響起來。當它又響起來時，我們才想到，它不知什麼時候停了。它放出的還是進行曲，曲子不老，唱片太老了，留聲機的針頭也磨禿了。進行曲裡夾雜著刺啦刺啦的噪聲。那個計時員又舉著黑板跑到跑道上給運動員們提醒：二十圈八千米。這就是說他們已經跑過了五分之四，離終點只有五圈，只有兩千米。連五圈都不到，連兩千米都不到了。可以說是勝利在望了呀！他們還是保持著原先的次序，從我們面前跑了過去，對計時員好心的提示顯得很是麻木。等他們又一次轉到我們面前時，我們才發現計時員的提示還是很起作用。這時，跑在最前面的還是李鐵，但他跟後邊的團體之間的距離已經縮短。第二名暫時還是駱駝臉青年陳遙，他的兩片厚唇翻翻著，一綹濕髮垂在臉上，擋住他的視線，害得他不得不頻頻地抬起手將那綹頭髮抿上去。我校的小王老師由原先的第三名落到第五名，黑鐵塔已經超了他變成了第三名，另一位我們不知來歷的大個子保持著第四名。小王老師不甘心就這樣落了後，計時員的提示好像給他打了一針強心針，鼓起了他最後一拚的勇氣，我們看到他加快了步頻，他的個子最小，他的步頻本來就是最快的現在就更快了。他把頭往後仰著，簡直像進行百米衝刺，口裡還發出哞哞的叫聲。他的身體與第四名平行了。我們高聲喊叫著：王老師！加油！王老師！加油！他的身體終於超過了第四名自己變成了第四名。看樣子他還想趁著這股勁衝到最前面去，但第三名回頭望了一眼後也迫不及待地加了力。小王老師就這樣被黑鐵塔給壓住了。他的像小野兔一樣的步速漸漸地慢了下來步子的節奏也亂了套。他的雙腿之間好像纏上了一些看不見的毛線。他愈跑愈吃力。他的眼睛也睜不開了。他一頭栽到地上。緊跟在他身後的那個大個子躲閃不及，趴在了他身上。我們的運動會比較簡單，沒有救生員什麼的，觀眾們熱情地跑上去，把大個子和小王老師拖下來。那個大個子神思恍惚地說：別攔我……掙起來就往前跑，完全喪失了目標，碰倒了好幾個觀眾，大家把他架起來遛著，就像遛一匹疲勞過度的馬。小王老師雙手按著地跪在地上，激烈地嘔吐著，早飯吃下的豌豆粒從鼻孔裡噴了出來。我們滿懷同情地看著他，不知如何是好。

減員兩名之後，跑道上人影稀疏，好像一下子少了許多人一樣。李鐵還保持著領先的地位，但陳遙已經緊緊地咬住了他。黑大漢第三，距前兩名有七八米的光景。第四名是那個我們不知道來歷的人，他好像很有後勁，正在試圖超越黑鐵塔。黃包車夫還是那樣，拖著他的無形的洋車，旁若無人，只管跑自己的。他的目的好像不是來爭什麼名次，他的任務只是要把他的車上的乘客送到目的地，或是從頤和園送到天安門，或是從天安門送到頤和園。我們的朱老師跟在黃包車夫後邊，步伐看不出凌亂，但臉上的顏色有些灰白。從我們身邊跑過時，我們為他加油，他對著我們簡單地揮了一下手，臉上的笑容顯得有點勉強。我們悲哀地想到：朱老師畢竟是年紀大了。

當他們繞過彎道轉到跑道的另一邊時，一輛破破爛爛的摩托車沿著跑道外邊的土路顛顛簸簸地、但是速度很快地衝過來，蹦了一蹦後，它就停在了離我們很近的地方。摩托的馬達放屁似的叫了幾聲，然後死了。駕駛摩托的是一個身穿藍色制服的警察，坐在車旁掛斗裡的也是一個身穿藍色制服的警察。他們在摩托上靜止了一會，然後就從車上跳下來。他們一句話也不說，與觀眾混在一起但他們絕對不是觀眾，我們這些沒有政治經驗的小學生也看得出來，他們不是來看熱鬧的。他們腰束皮帶，皮帶上掛著槍套，槍套裡裝著手槍。氣氛頓時緊張起來，空氣中充滿了階級鬥爭。我們一方面心裡亂打鼓，一方面興奮得要命。我們一方面想看看警察的臉，一方面又怕被警察看到我們在看他們的臉。一個小女孩舉著一枝粉紅的桃花橫穿了跑道，向操場正中跑去。那裡的標槍比賽已經結束，鉛球比賽正在進行。一個小男孩手裡舉著一大半玉米麵餅子（餅子上抹著一塊黃醬），跑到摩托車旁，邊吃著，邊彎腰觀看著摩托車。

他們從跑道那邊又一次轉了過來。距離終點還有三圈，萬米比賽已經接近尾聲。李鐵的步伐已經混亂不堪。陳遙的喘息聲就像一個破舊的風箱。黑鐵塔咬住了陳遙的尾巴，他只要往前跨兩步就能與陳遙肩並著肩，但看起來這兩步不是好跨的。黃包車夫成了第四名，他並沒有加速，而是因為原來的第四名減了速。朱老師還是最後一名，他從開始就跑得怪讓人同情，那是因為他的身體的畸形，不是因為他的體力。現在，誰是本次比賽的贏家，還是一個謎。現在應該是我們這些觀眾狂呼亂叫的時候，但由於兩個警察的出現，我們都啞口無聲。我們不希望警察的出現影響運動員的情緒，但心裡邊又希望他們能看到觀眾旁邊出現了兩個警察。我們莫名其妙地感到警察的出現與正在奔跑著的某個運動員有關。李鐵踉蹌了一下，幾乎摔倒，這說明他看到了警察。陳遙的身體往裡圈歪著，好像要躲閃什麼，說明他也看見了警察。後邊的兩位都看見了警察。黃包車夫沒看到警察，他還是那樣。朱老師看得最仔細，他生性好奇，我想如果他不是在比賽中，很可能會上前去與警察搭話。

比賽還剩下兩圈時，計時員舉著提示黑板鬼鬼祟祟地跳到跑道正中，然後就匆匆忙忙地跑開了。李鐵搖搖晃晃，頭重腳輕地撲到警察面前。陳遙拐了一個彎，對著擲鉛球那些人跑去。這是怎麼啦？據說運動員在臨近衝刺時，因為極度缺氧，大腦已經混亂，神志已經不清，李鐵和陳遙的行為只能這樣來解釋了。黑鐵塔竟然也跟著陳遙向擲鉛球的人那兒跑去。難道他也瘋了？那個我們不知姓名的人，看到前面發生了這樣的情況，停住了腳步，六神無主地原地轉起圈子，嘴裡嘮叨著：這是怎麼了？這是怎麼了？黃包車夫就這樣將自己置身於第一名的位置上，他機械地往前跑，連眼珠也不偏轉。就這樣我們的朱老師成了第二名，接下來他即便爬到終點，也是第二名。經過警察時，他歪著頭，臉上掛著莫測高深的微笑。

兩個警察十分友好地伸手將李鐵架起來。他兩眼翻白，嘴裡吐出許多白沫，像一隻當了俘虜的螃蟹。一個警察拍著他的背，另一個警察掐他的人中。他的黑眼珠終於出現了，嘴裡的白沫也少了。他渾身打著哆嗦，哭叫著：不怨我……不怨我……是她主動的……

觀眾群裡，蔣桂英哇的一聲哭了。

距離終點還有一百米，有兩個人跑到跑道兩邊，拉起了一根紅線。三個計時員都托起了手裡的秒錶。本次比賽馬上就要結束了。我們的朱老師在最後的時刻，像一顆流星，發出了耀眼的光芒。他飛速地奔跑，就像我家的大鵝要起飛。黃包車夫還是那樣，以不變應萬變。在距離終點十幾米處，朱老師越過了黃包車夫，用他的腦袋，衝走了紅線。

朱老師平靜地走到警察身邊，伸出兩隻手，說：大煙是我種的，與我老婆無關。

警察把他撥到一邊去，面對著木偶般的黃包車夫。

一個警察問：你是張家駒嗎？

張家駒木偶著。

另一個警察把一張白紙晃了晃，說：你被捕了，張家駒！

手銬與手腕。

原來你們不是來抓我？朱老師驚喜地問。

警察想了想，問：你剛才說種了大煙？

是的，我老婆有心口痛的毛病，百藥無效，只有大煙能止住她的痛。

那麼，警察很客氣地說，麻煩您也跟我們走一趟吧。

四　結尾

朱老師多年光棍之後，在我爹和我娘他們的撮合下，與村裡的寡婦皮秀英成了親。

皮秀英瓜子臉，吊眉梢，相當狐狸。每年春天草芽萌發時節的深夜裡，她誇張的呻吟聲，便傳遍了大半個村莊，擾得人難以安眠。與朱老師成親後，我們再也沒有聽到她的讓人毛骨悚然的呻吟。大家都說：皮秀英有福，嫁給大能人朱老師，連多年的陳疾也好了。

朱老師家與皮秀英家的房屋相距不遠，自從兩人成親後，皮秀英家的大門就沒有打開過，沒成親前她反倒經常地坐在大門檻上，納著鞋底子，斜眼看著過往的行人。

也從來沒看到朱老師到皮秀英家裡去。

有人看到皮秀英與朱老師一起從朱老師家的大門出來過。

每年的麥黃時節，從皮秀英家的院子裡，便洋溢出撲鼻的香氣，有時還能聽到皮秀英與朱老師的說笑聲。

好奇的人將臉貼到大門縫上往裡望，發現門裡邊不知何時砌起了一道磚牆，擋住了人們的視線，也擋住了人們破門而入的道路。

有一個想爬她家牆頭的人，被暗藏在牆頭上的大蠍子給螫了一下。

皮秀英更加狐狸了。

她家的大門上，有人寫上了三個大字：狐狸洞。

問朱老師：老朱，您得了仙丹了嗎？

他不回答，詭祕地笑笑。他的眼圈發青，也有點狐狸。

我爬到皮秀英家房後的大楊樹上，看到她家闊大的院子裡，密密麻麻地生長著一種葉子毛茸茸的植物。滿院子都是，連角落裡、廁所裡都是。在這種挺拔植物的頂梢上，盛開著像狐狸一樣鮮豔、嬌媚、妖氣橫生的胖大花朵。花朵的顏色有白，有紅，有紫，有藍……五顏六色，香氣撲鼻。朱老師拿著一柄小鋤，弓著腰，在花間除草。皮秀英彎著腰，將尖尖的鼻子放到白花上嗅嗅，放到紅花上嗅嗅，放到紫花上嗅嗅，放到藍花上嗅嗅……她的屁股後邊拖著一條蓬鬆的大尾巴，像一團燃燒的火。我剛想驚呼，她的尾巴就不見了。

後來，謎底揭開，沒有狐狸，也沒有仙丹，只有一條地道，從朱老師家院子通到皮秀英家炕前。參觀完工程浩大、內部充滿了奇思妙想巧機關的地道，有人問：難道就為了種幾棵大煙？

沒人回答他的提問，但我們的心裡非常清楚：不，絕不是為了種幾棵大煙！

師傅愈來愈幽默

一

離國家規定的退休年齡還差一個月的時候，在市農機修造廠工作了四十三年的丁十田下了崗。十放到口裡是個田字，丁也是精壯男子的意思，一個精壯男子有了田，不愁過不上豐衣足食的好日子，這是他的身為農民的爹給他取名時的美好願望。但命運沒讓丁十田有田，卻讓他進工廠當了工人，過上了遠比農民幸福的生活。他對給自己帶來幸福的社會感恩戴德，彷彿只有拚命幹活才能報答。幾十年下來，過度的體力勞動累彎了他的腰，雖然還不到六十歲，但看上去，足有七十還要掛零頭兒。

早晨，他像往常一樣騎著那輛六十年代生產的大國防牌自行車去上班，又黑又頑固的笨重車子在輕巧漂亮的車流裡引人矚目，騎車的青年男女投過了好奇的目光後就遠遠地避開他，就像華麗的轎車躲避一輛搖搖晃晃的老式坦克。一進工廠大門，他就看到宣傳欄前圍了一群人。人群裡發出陣陣吵嚷聲，幾個女工的聲音高拔出來，好像雞場裡幾隻高聲叫蛋的母雞。他心裡一陣嗵嗵亂跳，知道工人們最擔心的事情終於發生了。

他支起自行車，前後左右地張望了一會，與看守大門的老秦頭交換了一個眼神，歎息幾聲，慢悠悠地向人群走過去。他心中有些悲傷，但並不嚴重。不久前工廠即將讓一批人下崗的消息傳開之後，他曾經去過廠長的辦公室。廠長，那個風度翩翩的中年人，殷勤地把他讓到雪青色羊皮沙發上，然後又讓女祕書倒水泡茶。他端著燙手的茶杯，鼻子裡嗅著茉莉花的濃香，心裡充滿了感激之情，想說的話到了嘴邊卻說不出來。廠長小心翼翼地順了一下漂亮的西服，挺直了腰板坐在他對面的沙發上，笑著說：

「丁師傅，您的來意我知道，工廠連年虧損，裁人下崗勢在必然，但是，像您這樣的元老，省級勞模，即便廠裡只留一個人，那也是您！」

人們向前擁擠著，丁十田從人頭的縫隙裡看到宣傳欄上貼著三張大紅紙，紅紙上寫著密密麻麻的黑字。在過去的幾十年裡，他的名字每年總要幾次出現在這樣的大紅紙上，那是他得到了先進工作者或是勞動模範光榮稱號的時候。他的身體被年輕的工人們推來搡去，本來想往前，反而退了後。在人們的謾罵聲裡，一個女人突然大哭起來。他聽出了那是成品倉庫保管員王大蘭的哭聲。她原先是沖床上的技工，工作時毀了一隻手，後來發了壞疽，不得不截肢保命。工廠照顧因公致殘的工人，安排她當了保管員。

一輛白色的切諾基鳴著笛開進了大門。圍觀下崗名單的人們都把頭扭轉，看著那輛沾滿了泥土好像剛從萬里之外歸來的吉普車。吵鬧聲停止了，眾人的表情都有些呆。切諾基也有些呆，喇叭聲停了，發動機喘息著，車尾的排氣管噴著氣，好像一頭預感到了危險的獸，瞪著灰白的大眼，驚恐地觀望著，然後它就向大門口倒去。工人們幾乎是同時發出了吼叫，同時挪動了腿腳，轉眼之間就把切諾基包圍起來。它前前後後地衝撞了幾下，便動彈不得了。一個身材高大的紫臉膛小伙子彎腰拉開了車門——丁十田認出了那是自己的徒弟呂小胡伸手把管供銷的副廠長拽了出來。罵聲轟然而起，亮晶晶的唾沫像雨點般落在副廠長的臉上。副廠長小臉煞白，一綹油漉漉的頭髮垂到鼻梁上，他雙手抱拳，弓著腰，先對著呂小胡然後對著周圍的人作揖。他的嘴頻頻開合，但他的話淹沒在工人們的吵嚷聲中。老丁聽不清他說了些什麼，只看到他的臉上掛著一種可憐巴巴的神情，好像一個被當場抓住的小偷。緊接著老丁看到，自己的徒弟呂小胡伸手揪住了副廠長脖子上那條像結婚被面一樣鮮豔的領帶，猛地往下一拽，副廠長就像落進了地洞一般消逝了。

兩輛警車拉著警報愣頭愣腦地開過來，丁十田嚇得心跳如鼓，想趕緊溜走，卻挪不動腳步。警車開不進大門，停在了廠外的馬路邊上。警察一個接一個地從警車裡鑽出來，四胖三瘦，一共七個。七個警察和他們的警棍、手銬、報話機、手槍、子彈、催淚瓦斯、電喇叭一起，文文靜靜地往前走幾步，便一齊停了。在工廠的大門外邊，他們排成一條大體整齊的陣線，看樣子是封鎖了工廠的大門，仔細看又不是太像。那個提著電喇叭的上了點年紀的警察，舉起喇叭喊了幾句話，讓工人們散開，工人們就順從地散開了。就像砍倒了高粱閃出了狼一樣，工人們散開，管供銷的副廠長就顯了出來。他趴在地上，雙手抱著腦袋，豐滿的屁股高高地撅起來，彷彿傳說中遇到危險就顧頭不顧腚的鴕鳥。那個喊話的警察把手裡的電喇叭交給身邊的同夥，走上前去，用三根手指捏著副廠長西服的領子，想把他提起來。但副廠長的身體死勁地往下墜著，使他的西服與身體之間出現了一個帳篷般的造型。老丁聽到副廠長喊著：

「老少爺們，不怨我，我剛從海南回來，什麼都不知道，這事不能怨我……」

警察提著他的衣領的手沒有鬆動，抬腳輕輕地踢了一下他的腿，說：

「起來吧你給我！」

副廠長就起來了。當他看清提著自己衣領的是個警察之後，沾滿了唾沫的臉突然變得像路上的黃土一樣。他的雙腿不由自主地軟下去，多虧警察提住了衣領才沒讓他再次癱在地上。

後來，廠長坐著紅色的桑塔納來了，市裡管工業的馬副市長坐著黑色的奧迪也來了。廠長臉上流著汗，眼裡沁著淚，向工人們深深地鞠了三個躬，直了腰後他發表演說，先怨市場無情，接著說自己無能，把一家有著光榮歷史的工廠辦得連年虧損，如不停業，虧損更大，只好關門倒閉。最後他還充滿感情地提到了老丁，他歷數了老丁的光榮，特別提到了老丁再有一個月就到了退休年齡，但也不得不讓他下崗。

老丁這才如夢初醒般地回頭看了看宣傳欄上的大紅榜，一眼就看到了，按照姓氏筆畫排列的下崗名單上，自己的名字排在了第一名。他轉著圈子看著眾人，彷彿小孩子尋找母親，但出現在他眼前的都是一些灰白模糊的同樣的臉。他感到頭暈，就蹲在了地上；蹲著很累，就坐在了地上；坐了幾分鐘，便咧開大嘴哭起來。他的哭比女工們的哭更有感染力，工人們都面色沉重，眼窩淺的跟著哭起來。他淚眼矇矓地看到和藹可親的馬副市長在廠長的陪同下朝著自己走過來，便慌忙止了哭，雙手一按地，慌慌張張地站了起來。副市長伸出一隻手握住了他的一隻沾滿泥土的手，他感到副市長的手柔軟得像麵團，彷彿沒有一點骨頭。他趕快將另外一隻手也伸過去握住副市長的手，副市長隨即也把那隻空閒的手伸過來握住了他的手，這樣他們的四隻手就緊緊地握在了一起。他聽到副市長親切地說：

「老丁同志，我代表市委市政府感謝您！」

他鼻子一酸，眼淚又一次奪眶而出。馬副市長說：

「有事到市裡去找我。」

二

市農機修造廠的前身是資本家的隆昌鐵工廠，當時的主要產品是菜刀和鐮刀，公私合營後改名為紅星鐵工廠，五十年代生產過名噪一時的紅星牌雙輪雙鏵犁，六十年代生產過紅星牌棉花播種機，七十年代更名為農機修造廠，生產過小麥脫粒機和玉米脫粒機，八十年代生產過噴灌機和小型收割機，九十年代從西德引進了一套先進設備，生產馬口鐵易拉罐，廠名也改為西拉斯農業機械集團，但人們還是習慣稱呼它是農機修造廠。

那天與馬副市長熱烈握手後，他沉浸在一種既幸福又空虛的感覺裡，好像年輕時剛從老婆身上下來似的。面對著警察、市長和廠長，煩躁不安的工人們漸漸地心平氣和了。老丁無意中為工人們樹立了一個光輝的榜樣。他聽到廠長對工人們說：論資歷，你們誰能比老丁老？論貢獻，你們誰能比老丁大？人家老丁不吵不鬧地服從了安排，你們還有什麼好吵好鬧的？馬副市長也對工人們說：同志們，希望你們向丁師傅學習，顧全大局，不要給政府增添麻煩。政府會積極創造就業機會，讓大家再就業，但在機會沒創造出來之前，大家要自己想辦法，不要等靠。副市長激昂地說：同志們，我們工人階級的雙手能夠扭轉乾坤，難道還掙不出兩個饅頭嗎？

副市長坐著黑色奧迪走了，廠長坐著紅色桑塔納走了，連衣冠不整的副廠長也開著他的白色切諾基走了。工人們吵了一陣，便各奔了前程。呂小胡朝著宣傳欄撒了一泡尿，然後對正將身體依靠在一棵樹上的老丁說：

「師傅，走吧，待在這裡沒人管飯，爹死娘嫁人，各人顧各人啦！」

老丁向看大門的老秦點點頭，推上他的大國防，走出了廠門。他聽到老秦在身後大聲地說：

「丁師傅，你等等！」

他站在大門外邊看著這個從中學退休後到這裡來看大門的老秦小跑著過來。大家都知道老秦有很硬的關係，所以才能在退休後找到看大門發報紙這樣的輕鬆差事多掙一份錢。他站在老丁面前，從口袋裡鄭重地摸出了一張名片，說：

「丁師傅，我二女婿在省報當記者，這是他的名片，你可以去找找他，讓他在報紙上幫你呼籲呼籲。」

老丁猶豫了一會，但還是伸手接過了名片。他向老秦道了謝，蹁腿上了大國防。只蹬了半圈他就感到腿疼得難以忍受，身子一歪就倒了。沉重的大國防將他的身體壓住，使他動彈不得。老秦跑來，把他的車子搬開，將他拉了起來。

「沒事吧，丁師傅？」老秦關切地問著。

他再次感謝了老秦，推著自行車，慢慢地往家走。四月裡和暖的小風一縷縷地吹到他的臉上，使他的心裡空空的，甜甜的，有一點頭重腳輕的感覺，好像喝了四兩老酒。楊花似雪，結成團體，在馬路邊上滾動。一群鴿子在天空中轉著圈子飛翔，哨子淒涼而明亮，聲聲入耳。他沒感到有多麼深重的痛苦，眼淚卻像小河，嘩嘩地往下流。路過他家附近那個街心公園時，一個追球的小男孩懵懵懂懂地撞到了他的大腿上。他感到腿像觸電似的麻了一下，不由自主地坐在了馬路牙子上。小男孩抬起頭，看著他的臉，問：

「爺爺，你為什麼哭？」

他抬起衣袖擦了臉，說：

「乖，爺爺沒哭，爺爺讓沙土迷了眼睛……」

三

到家後他感到腿痛不止，讓老婆去買了兩帖膏藥貼上，疼痛不但沒減反而加劇，沒有辦法，只好去醫院。他們沒有孩子，老婆找來呂小胡。呂小胡用三輪車將師傅拖到醫院，拍了一張片子，竟然說是骨折。

兩個月後，他拄著一根木拐出了醫院。兩個月的住院費加上藥費，幾乎耗盡了老兩口多年的積蓄。他懷著一絲幻想，揣著報銷單據，拄著拐到了工廠。工廠大門緊閉，安靜得像個陵墓。他第一次感到心中不平，掄起木拐，敲打著大鐵門，大聲吼叫。鐵門發出了空洞巨響，好像深夜裡的狗叫。還是那個老秦從門房裡探頭探腦地鑽出來，隔著鐵門跟他打了招呼：

「丁師傅，是您？」

「廠長呢？我要見廠長。」

老秦搖搖頭，苦笑一聲，沒說什麼。

呂小胡給他出主意：

「師傅，依我看，您到政府門前去靜坐示威，或是點火自焚！」

「你說什麼？」

「當然不是真讓您去自焚，」呂小胡笑著說，「您去嚇唬他們一下，他們最愛面子。」

「你這算什麼主意？」他說：「你這是讓師傅去耍死狗！」

「到了這時候，也只有耍死狗一條路了，師傅，您老了，不能跟我們比，我們年輕，有力氣，幹點什麼都能養家糊口，您只能依靠政府。」

他沒有去靜坐也沒有去自焚，但是他拄著拐到了市政府大門前。身穿深藍色制服的門衛將他攔住了。

「我要見馬副市長，」他說：「我要見馬副市長……」

門衛冷冷地看著他，一句話也不說。但當他想往大門內挪步時，門衛卻毫不客氣地拉住了他。他掙扎著大喊：

「我要見馬副市長，他跟我有約在先！」

門衛不勝厭煩地將他的身體往外一推，使他連連倒退，一腚坐在了地上。他本來能夠站起來，但他沒有站。他感到心裡很難過，想哭，想哭他就哭起來了。起初是無聲地哭，哭著哭著就出了聲。路上的閒人們聚攏過來，都不說話，靜靜地看著他。他感到有些羞澀，想起身離開，但就這樣離開更感羞澀。於是他就閉著眼大哭。他聽到呂小胡洪亮的嗓門在人群裡響起。呂小胡向眾人介紹了他的身分和他過去的光榮，然後就大發牢騷，甚至可以說是煽動。他感到一個硬硬的東西打了自己的大腿，睜開眼便看到一個一元的硬幣在水泥地面上滾動。接下來就有一些硬幣和鈔票落在了他的身前身後。

一隊保安從不知什麼地方跑步趕來，他們整齊的腳步聲像農機修造廠的氣錘咣咣作響。保安們揮舞著警棍，想把圍觀的人們驅散，人們不散，於是便發生了爭執和拖拉推搡。他看著那些前後捯動的腿腳，聽著那些嘈雜的聲音，心裡感到很慚愧。他覺得無論如何也不能在這裡坐下去了。

正當他要爬起來時，三個衣服光鮮的人從政府大樓裡急匆匆地走了出來。兩個文質彬彬的青年在前，一個細皮嫩肉的中年人在後。他們的步伐都有些輕飄，好像逆著大風前進。走到大門附近，兩個青年往兩邊退去，把中年人讓到了前面。他們的動作整齊而嫻熟，一看就知道久經訓練。中年人抬起手揮揮，大聲吆喝著把保安斥退，好像一個聰明的家長處理自己的兒子與鄰家孩子的打架時，先板起臉把自己的兒子罵退一樣。然後，中年人溫柔地勸說群眾離開。呂小胡擠到前面，對中年人講述了一番。中年人彎下腰，對他說：

「大伯，馬副市長到省裡開會去了，我是政府辦公室的吳副主任，有什麼事您就對我說吧！」

他仰望著吳副主任親切的臉，嗓子哽得說不出話。吳副主任說：

「大伯，您到我的辦公室去吧，慢慢說。」

吳副主任對那兩個青年使了個眼色，青年們就走上前來，每人拉住他一條胳膊，將他架了起來。他們架著他向大樓走去，吳副主任拖著他的木拐，跟在後邊。

在嗞嗞的空調聲裡，他喝了一口吳副主任親自給他倒的熱水，哽住的喉嚨緩開了。他訴說了自己的痛苦和困難，然後掏出了那一把報銷單據。吳副主任說了很多通情達理的話，然後從衣兜裡夾出了一張百元的鈔票，說：

「丁師傅，單據您先拿回去，等馬副市長開會回來，我就把您的情況向他彙報，這是我的一百元錢，您先拿著。」

他拄著拐站起來，說：

「吳主任，您是個好人，我謝您了，」他深深地給吳副主任鞠了一躬，「但是我不能要您的錢！」

四

在後來的日子裡，他沒有聽徒弟的建議到政府門前去繼續耍死狗，馬副市長也沒有派人來找他。老妻絮絮叨叨，嫌他死要面子活受罪，還罵他死貓扶不上樹。他將一個茶碗摔在地上，雙眼如噴火焰，直盯著她那張枯瘦如柴的臉。她起初還敢跟他對視，但很快就怯了。她低著頭，從圍裙前的小兜裡摸出一個邊沿磨得發了白的黑革小錢包，輕輕地放在桌子上，用一種很不負責的口吻說：

「還有九十九元錢，這是我們的全部家當了！」

說完這句話她就躲到廚房裡去了，從那裡傳出了乒乒的響聲。他知道她在砸肉骨頭。一會兒工夫她又轉回來，用沾滿骨頭渣子的手掌托著一枚硬幣，鄭重地說：

「對不起，還有一元，墊在桌子腿下，我差點忘了！」

她將那枚硬幣放在錢包旁邊，臉上浮起一絲古怪的微笑。他怒目尋找她的眼睛，只要能與她眼睛相對，就可以把壓了大半輩子的對她不滿的千言萬語無聲地傾吐出來。妻子因為不能生養，在他面前小了一輩子。但她機警地轉了身，使他眼裡的怒火只能噴到她弓起的背上。她穿著一件不知從哪裡撿來的與她的年齡很不相稱的黑底黃花仿綢襯衫，一朵像臉盆般大的黃色葵花圖案，在她的駝背上放射著蒼老的光芒。他舉起拳頭，對準了那個骯髒的錢包想砸下去，但他的拳頭落到半空裡便僵住了。他歎了一口氣，收回胳膊，頹唐地坐在凳子上。一個不能掙錢養家的男人沒有資格對著老婆發火，古今中外，都是這樣。

一個明亮的上午，他扔掉木拐，走出了家門。燦爛的陽光刺得他眼睛生痛，他感到自己就像一個在地洞裡生活了多年的老鼠一樣畏縮。五顏六色的小轎車在大街上緩緩行駛著，幾輛摩托車在轎車的縫隙裡鑽來鑽去，好像無法無天的野兔子。他很想到馬路對面去走，但車輛如梭，令他膽戰心驚。他恍惚記得前面有一座過街天橋，便沿著剛剛鋪了彩色水泥方塊的人行道往前走。在這座城市裡生活了幾十年，他發現自己的膽量還不如鄉下人。一個鄉下人騎著像生鐵疙瘩一樣的載重自行車，拖著烤地瓜的汽油桶，熱氣騰騰地橫穿馬路，連豪華轎車也不得不給他讓道。兩個鄉下人背著鋸子提著斧子，在大街上吹著口哨胡溜達，那個穿燈芯絨外套的小個子，還滿不在乎地掄起斧頭砍了路邊的法桐一斧。他的心中一顫，好像那斧頭砍在了自己身上。路邊的法桐樹下，每隔幾步就有一個小販，熱情地向他打著招呼。他們和她們販賣的東西五花八門，大到家電小到鈕扣，形形色色，無所不有。有一個生著三角眼的黑漢子，蹲在樹下，嘴裡叼著一根菸捲兒，手裡牽著兩頭肥滾滾的小豬。

「大爺，買頭小豬嗎？」漢子熱情地說，「這是真正的『約克霞』，優良品種，特通人性，特講衛生，比養狗養貓強多了。現在在人家西方國家，已經不興養狗養貓了，人家那邊最時興的就是養豬。據聯合國研究，地球上的動物，智商最高的，除了人，就是豬。豬能認字兒，還會畫畫兒，如果你有耐心，還能教會牠唱歌跳舞……」他從懷裡摸出半張皺巴巴的報紙，將拴豬的繩子踩到腳下，騰出手，指點著報紙上的字兒，說，「大爺，我空口無憑，有報紙為證，您看看，這裡印著，愛爾蘭一老婦養了一頭豬，就像雇了一個小保母，每天早晨，這頭豬幫她取回報紙，然後幫她買回牛奶和麵包，然後幫她擦地板，燒開水，這還不奇，有一天老婦心臟病發作，這頭聰明的豬跑到急救中心，叫來了急救車，救了老婦一條命……」

賣豬漢子的花言巧語從他的心底召喚出久違了的愉快情緒。他低下頭，用親切的目光注視著那兩頭小豬。牠們被繩子拴住後腿，身體緊緊地靠在一起，很像一對孿生兄弟。牠們的毛兒銀亮，肚皮上都生著一塊黑花。牠們粗短的嘴巴是粉紅色的，圓圓的眼睛像亮晶晶的黑玻璃球兒。一個紮著沖天小辮子的女孩挪動著肥胖的小短腿子，進入他的眼界，蹲在小豬面前。小豬受了驚嚇，猛地向兩邊分開，嘴巴裡發出「汪汪」的像小狗般的叫聲。一個容光煥發的少婦緊隨著那個小女孩進了他的眼界，伸出兩條潔白如玉的胳膊，將小女孩抱了起來。小女孩蹬著腿大哭不止，少婦只好把她放在了地上。小女孩大膽地向小豬靠攏過去，小豬慌忙地又貼在了一起。小女孩對著小豬伸出她的糯米般的嫩手，小豬緊靠在一起，身體顫抖不止。她的小手終於觸到了小豬的身體，牠們像小狗一樣叫著，但沒有躲避。女孩抬頭望望少婦，「咯咯」的笑響了喉嚨。賣豬漢子搖動三寸不爛之舌，把方才講過的那套話更加豐富多彩地講述一遍。少婦面帶著迷人的微笑，看著賣豬的漢子。她穿著一件橘紅色的長裙，好像一根熊熊燃燒的火把。她的裙子開胸很低，彎腰時那對豐滿的白乳隱約可見。他的目光不由自主地往那裡望過去，望過之後感到內心羞愧，好像犯下了嚴重錯誤。他發現那賣豬漢子的眼光也盯著那裡看。少婦還是想把女孩抱走，但女孩的大哭一次次地粉碎了她的企圖。他看到少婦脖子上掛著一根沉甸甸的金鏈子，手腕上戴著兩只碧綠的玉鐲。他還嗅到了從她的身體上散發出的一股濃濃的香氣，比廠長招待他喝過的茉莉花茶還要香，比廠長的女祕書身上的香氣還要香，香得他的頭微微眩暈。賣豬漢子發現了誰是他的最可能的買主，唾沫橫飛地向那小女孩宣傳養豬的好處，並且強硬地把小豬向那女孩眼前推，小豬吱吱亂叫，不願到女孩眼前去。後來，他一邊用手輪番搔著兩個小豬的肚皮，一邊用甜蜜的口吻對那個小女孩說：

「來，小妹妹，摸摸這兩個可愛的小寶貝。」

小豬在他的抓撓下平靜下來，牠們愉快地哼哼著，目光迷離，身體悠悠晃晃，終於軟在了地上。女孩大膽地揪揪小豬的耳朵，戳戳小豬的肚皮，小豬哼哼不止，幸福地快要睡過去了。

少婦彷彿下了決心，提起女孩便走，但女孩的激烈的嚎哭使她無法前進。她只好把女孩放下。女孩的腳一著地，就搖搖擺擺地撲回到小豬面前，嘴裡的哭聲隨即終止。賣豬漢子嘴角上浮起狡猾的笑容，展開了他的又一輪遊說。少婦問道：

「多少錢一頭？」

漢子哏了一下，堅定地說：

「賣給別人，每頭三百；賣給您嘛，兩頭五百！」

少婦說：

「能不能便宜點？」

漢子道：

「大姊，您可看明白了，這是兩頭什麼豬！這不是兩頭一般的豬，這是兩頭純種的『約克霞』！別說是兩頭活豬，您到大商場去看看，買一只玩具小豬，也要二百元！我家要不是兒子結婚騰房子，別說五百元，就是給我五千元，也不會賣！」

少婦甜甜地一笑，道：

「別吹了，再吹就成了麒麟了！」

「牠們基本上就是麒麟！」

「我可沒帶錢。」

「沒問題，我送貨上門！」

起初那漢子想牽著小豬走，但牠們很不馴服地亂竄。漢子彎腰把牠們抱起來，一條胳膊夾住一頭。小豬在他的懷裡尖叫著。漢子說：

「寶貝，別叫了，你們這一下子掉到了福囤裡了，你們馬上就會成為地球上最最幸福的豬，過上最最幸福的生活，你們應該笑，不應該叫……」

漢子夾著小豬，跟著少婦拐進了一條胡同。女孩從少婦肩上探出頭，對著小豬發出響亮的笑聲。

他目送了小豬和人很遠，心裡充滿了惆悵。然後他繼續向前走，一直走上了過街天橋。站在天橋上他的腦海裡還晃動著那少婦的迷人手采。天橋上同樣聚集著擺地攤的小販，小販們多數都頂著一張下崗的臉。天橋微微震顫，熱風撲面而來。橋下車如流水，瀝青路面閃閃發光。他居高臨下地看到，自己的徒弟呂小胡穿著一件黃馬甲，蹬著三輪車在對面的人行道上急駛。車後座上支起一個白布涼篷，涼篷下坐著一男一女兩個貴人。車輪轉得飛快，分辨不清輻條，每個車輪都是一個虛幻的銀色影子。車上男女的頭不時地黏在一起；呂小胡頭上汗水淋淋。這個徒弟脾氣不好，他想，但卻是個技術高超的鉗工，好鉗工幹什麼都是好樣的。

他下了過街天橋，滿懷著希望進了農貿市場。市場的頂上蓋著綠色的尼龍遮雨板，使站在漫長的水泥攤位後的小販們面有菜色。菜的氣味、肉的氣味、魚的氣味、油炸食品的氣味混合在一起撲面而來，嘈雜的叫賣聲也是撲面而來。他在賣菜的攤位上碰到了同廠的女工王大蘭，這個獨臂的女人守著一堆黏糊糊的草莓，熱情地跟他打招呼：

「丁師傅，好久不見了啊丁師傅！」

他停住腳步，接著就在王大蘭周圍認出了三個同廠的工友。他們都對著他笑。他們都指著眼前的東西讓他吃。

「丁師傅，吃草莓！」

「丁師傅，吃西紅柿！」

「丁師傅，吃胡蘿蔔！」

……

他原本想打聽一下買賣情況，但看了他們的臉，就感到什麼也不必問了。是的，生活很艱苦，但只要肯出力，放下架子，日子還能夠過下去。但自己這把年齡，跟年輕人一起來練菜攤顯然是不合適了，跟徒弟去拉三輪更不合適，販賣小豬的事兒自己也幹不了，這活兒倒不重，但需要一張能把死人說活的好嘴，而他老丁嘴笨言少，在農機廠裡是出了名的。他有些失望，但還沒有絕望，出來探探行情，尋一個適合自己的活兒，是他此次出行的目的。他不相信這個龐大的城市裡，就找不到一條適合自己的掙錢門路。就在他基本上絕望了時，老天爺指給了他一條生財之道。

那時候已是黃昏，他不知不覺地轉到了農機廠後的小山包上。如血的夕陽照耀著山包後的人工湖，水面上流光溢彩。環湖的道路上，有成雙成對的男女在悠閒散步。他在農機廠工作幾十年，竟然一次也沒登上過這個小山包，當然更沒到湖邊散過步。他這幾十年真是以廠為家，那幾十張獎狀後邊是一桶桶的汗水。他把目光轉向了自己的工廠，往常裡熱火朝天的車間孤寂地趴在那裡，敲打鋼鐵的鏗鏘之聲已成昨日之夢，那根冒了幾十年黑煙的煙囪不冒煙了，廠區的空地上堆滿了不合格的易拉罐和生了鏽的收割機，小食堂後邊堆滿了酒瓶子……工廠死了，沒有工人的工廠簡直就是墓地。他的眼睛裡熱辣辣的，心裡有點悲憤交加的意思。暮色愈來愈沉重，叢生著茂盛灌木的山包上陰氣上升，一隻鳥發出一聲怪叫，嚇了他一跳。他揉揉痠脹的腿，站起來，往山下走去。

山包下邊，與人工湖相距不遠，是一片墓地，那裡埋葬著三十年前本市武鬥時死去的一百多個英雄好漢。墓地周圍，生長著鬱鬱蔥蔥的綠樹，有松樹，有柏樹，還有數十棵高入雲霄的白楊。他走到墓地時，腿痛逼他坐在了一塊水泥礅子上。白楊樹上有一窩烏鴉，還有一窩喜鵲。烏鴉噪叫不止，喜鵲無聲地盤旋。他揉著腿，他揉著腿看到在白楊樹下那片平整的地面上，棄著一輛公共汽車的外殼。車輪不存在了，車窗上的玻璃也不存在了，車上的油漆也基本上剝蝕淨盡。他想不明白是什麼人為什麼把這個車殼子弄到這裡來。職業的習慣使他想到，這東西可以改造成一間房屋。這時他看到，一男一女，從墓地裡鬼鬼祟祟地鑽出來，像兩個不真實的影子，閃進了紅鏽斑斑的公車殼裡。他的呼吸莫名其妙地緊張起來。一個老丁想趕快離開這裡，另一個老丁卻戀戀不捨。在兩個老丁鬥爭正烈時，一陣柔美動聽的呻吟聲從公車殼子裡傳出來。後來又傳出女人壓抑不住的一聲尖叫，與鬧貓的叫聲有點相似，但又有明顯的區別。老丁看不到自己的臉，但他感到自己的耳朵滾燙，連鼻孔裡噴出的氣都灼熱如火。公車殼裡窸窸窣窣地響了一陣，男人從裡邊閃出來。過了幾分鐘，女人也從裡邊閃出來。他屏住呼吸，好像藏在草叢裡的小偷。直到在墓地外的樹林裡響起了那男人頗為雄壯的咳嗽聲，他才慢慢地站起來。

想離開的老丁和好奇的老丁又鬥爭起來，鬥著鬥著，他的腳把他帶進了公車殼內。車內一團昏暗，一股潮濕的鐵鏽味衝鼻，地上淩亂地扔著一些灰白的東西，他用腳踢了一下，判斷出那是手紙。

一個粗啞的聲音在喊叫：

「師傅——丁師傅——你在哪裡——？」

是徒弟呂小胡在喊叫。

他悄悄地往前走了一段，穩定了一下自己的情緒，然後接著徒弟的喊叫回答：

「別喊了，我在這裡！」

五

呂小胡蹬著三輪，氣喘吁吁地說：

「師娘快要急死了，說你出門時眼光不對頭，生怕你一時糊塗尋了短見。我說師傅保證不會尋短見，師傅那麼聰明的人怎麼能尋短見呢？我說我知道師傅在哪裡，果然您就在這裡。師傅，工廠已經這樣了就去他娘的吧，餓不死土裡的蚯蚓就餓不死咱們工人階級……」

他坐在三輪車上，看著徒弟左右搖晃的背，聽著徒弟的胡言亂語，嘴裡一聲不吭，心裡充滿了異樣的感覺。他感到有股熱呼呼的力量在體內奔湧，下崗以來的灰暗心情一掃而光，心境像雨後的天空一樣明朗。車子駛進繁華街道後，五彩繽紛的霓虹燈更讓他愉快無比。路邊有很多燒烤攤子，濃煙滾滾，香氣撲鼻。突然一聲喊叫：環保局的來了！那些攤主拖著攤車，一路煙火，飛快地逃進了小巷。他們的逃跑是那樣訓練有素，毫不拖泥帶水，就像魚從水面上沉到水底一樣，頃刻之間便消逝得無影無蹤。徒弟說：

「看到了吧，師傅，雞有雞道，狗有狗道，下崗之後，各有高招！」

車子路過一家公廁時，他伸出手拍拍徒弟的肩頭，說：

「停一下。」

他向白瓷磚貼面、琉璃瓦蓋頂的公廁走去。一個端坐在玻璃框子裡的小伙子用屈起的手指敲敲玻璃，提示他看看玻璃上噴著的紅漆大字：

收費廁所　每次一元

他摸摸口袋，口袋裡空無一文。呂小胡走過來，將兩元錢塞進玻璃下端的半月形小洞裡，然後說：

「師傅跟我來。」

他感到一陣羞愧湧上心頭，不是羞愧自己身無分文，而是羞愧自己竟然不知道廁所還要收費。跟著徒弟進了燈火輝煌的廁所，一陣污濁的香氣薰得他腦袋發脹。地面上的瓷磚亮得能照清人影，他走得扭扭捏捏還差點跌了一跤。師徒二人並排著站在小便器前，雙眼盯著被沖激得團團旋轉的除臭球兒，誰也不看誰。在嘩嘩的水聲裡，他幽幽地說：

「廁所怎麼也收費？」

「師傅，您好像剛從火星上下來的，現在還有不收費的東西嗎？」徒弟聳動著肩膀說，「不過收費也有收費的好處，如果不收費，咱們這些下等人只怕在夢裡也用不上這樣高級的廁所呢！」

徒弟帶著他洗了手，放在暖風乾手器下吹乾，然後走出公廁。

坐在車上，他反覆搓著被乾手器吹得格外潤滑的糙手，感慨地說：

「小胡，師傅跟著你撒了一泡高級尿。」

「師傅，您這叫幽默！」

「我欠你一元錢，明天還你。」

「師傅，您愈來愈幽默！」

臨近家門時，他說：

「停車。」

「就差幾步了，拉到家門吧！」

「不，我有事跟你商量。」

「師傅您說。」

「男人不能掙錢養家，就像女人不能生孩子，人前抬不起頭來！」

「師傅說得對。」

「所以我準備出來做點事兒。」

「我看可以。」

「但滿大街都是下崗工人，還有那麼多民工，能做的事好像都有人在做了。」

「這也是實際情況。」

「小胡，天無絕人之路對不對？」

「師傅，這是聖人的語錄，肯定是真理！」

「師傅今天發現了一條生財之道，不知道該不該做……」

「師傅，只要不是殺人放火，攔路搶劫，我看沒有什麼事不可以做的。」

「但這事兒……好像有點犯罪……」

「師傅，您別嚇唬我，徒弟我膽兒小……」

當他把構想向呂小胡一一說明後，呂小胡興奮地說：

「師傅，這樣的好點子也只有您這樣的天才才能想得出來，難怪您五十年代就造出了雙輪雙鏵犁。您這算犯什麼罪？如果您這算犯罪，那麼……師傅，您這是情侶休閒屋！不但文明，而且積德！說得難聽點吧，您這也算建了個……收費廁所吧。放開膽子幹吧，師傅，明天我就叫上幾個師兄幫您去收拾！」

「這事兒就你知道，不要叫別人。」

「我聽您的，師傅。」

「對你師娘也別說。」

「放心，師傅。」

六

他坐在墓地與人工湖之間的稀疏林子裡，背靠著一棵白楊。一條隱約可見的小路從他的眼前蜿蜒爬上山崗。他的目光不時地穿過疏林，投射到墓地前面。他只能看到他的小屋的一角，但他的心裡卻有小屋的全貌。

前幾天他與呂小胡回了一趟農機廠，叫開大門，憑著幾十年的老面子，在廠裡搜羅了一車鐵皮、鉚釘、廢鋼板什麼的。師徒倆用了兩天時間，將破爛不堪的公車殼子大修大補一番，他們把破了玻璃的窗戶全部鉚上了鐵皮，還用一塊沉重的鐵板做了個內外都可上鎖的鐵門。修整好車殼之後，呂小胡搞來一桶綠漆一桶黃漆，橫一道豎一道一頓好抹，將破車殼子塗得活像一輛在亞熱帶叢林作過戰的裝甲運兵車。師徒倆退後幾步，嗅著油漆的清香，內心洋溢著欣喜。呂小胡說：

「師傅，成了！」

「成了！」

「是不是弄掛鞭炮放放？」

「你算了吧！」

「等油漆乾了就可以開張了。」

「小胡，要是有人來找麻煩怎麼辦？」

「師傅放心，我表弟是公安局的。」

開業那天他激動得徹夜難眠，老婆也因為激動而不停地打嗝。凌晨四點他們就起了床，老婆一邊給他準備早飯和午飯，一邊追問他找了個什麼工作。他厭煩地說：

「不是跟你說過了嗎？去給郊區一家農民企業當顧問！」

老婆打著嗝說：

「我聽著你跟小胡嘀嘀咕咕的，不像是去當什麼顧問嘛！這把子年紀了，你可別去幹歪門邪道！」

他惱怒地說：

「大清早的你能不能說點吉利話兒？不相信你就跟著我！讓那些農民企業家看看你的尊容！」

老婆讓他的話給鎮唬住了，不再囉唆。

他坐在樹下，看到有很多老人在人工湖邊晨練，有的遛鳥，有的散步，有的打太極拳，有的練氣功，有的吊嗓子。看著這些幸福的老人，他心裡很不好受；如果有個一男半女，即便下了崗，也不至於大清早地就來到這裡蹲著，就像傳說中的那個守株待兔的傻瓜。人工湖上籠罩著一層乳白色的霧，東邊的天上出現了一抹紅霞。吊嗓子老人的吼叫聲震盪山林：

「嗷呵——嗷呵——」

他的心裡泛起一絲悲涼之情，好似微風吹過湖面，水上皺起波紋。但這絲悲涼很快就過去了，即將開始的嶄新生活就像那個買小豬的女人一樣讓他浮想聯翩，沒有工夫傷感。日出前那半個時辰裡，樹林裡的鳥噪叫不止，空氣裡彷彿攙進了薄荷油，清涼潤肺，令他精神抖擻。他很快就發現早晨到這裡來等客是個錯誤，早晨青年人不出來，中年人也不出來，早晨出來的都是老年人，老年人圍著湖邊活動不到墓地這邊來，老年人即便到墓地來也不會成為他的顧客。也好，他寬慰自己，我這也算是晨練了，呼吸了幾十年車間裡的污濁空氣，現在也輪到我呼吸新鮮空氣了。他提著馬紮子在樹林和墓地裡漫步，很快就熟悉了周圍的環境。在樹林與墓地間丟棄的避孕工具增強了他對自己謀財之道的信心。

中午時有幾對身穿游泳衣的青年男女披著大毛巾從湖邊走來，看樣子有點像找地方野合的鴛鴦。但他們從他面前經過時，他卻張口結舌，那些由呂小胡創作、自己反覆背誦了許多遍的廣告詞兒一個字兒也吐不出來。他聽到那些男女們在密林中發出的基本相似但各有特色的呻喚之聲，就好像看到幾張本來屬於自己的鈔票被大風颳走一樣，懊喪之情充斥心間。

當天晚上，他去了徒弟家，把白天的困窘對他訴說。呂小胡笑道：

「師傅，您都下崗了還有什麼不好意思？」

他搔著頭皮說：

「小胡，你也知道，師傅是個七級工，跟鋼鐵打了一輩子交道，想不到到了晚年，竟然落到了這步田地……」

「師傅，我說句難聽的，您還是不餓，什麼時候您餓了，就會知道，面子與肚子比起來，肚子更重要！」

「道理我自然明白，但我就是張不開那個口……」

「也不怪您，」徒弟笑著說，「師傅，您畢竟是七級工，這樣吧，師傅，我有一個辦法……」

第二天中午，他背著一塊木板，來到了第一天看好了的最佳拉客地點。這裡是上山和進入墓地的必由之路，地形隱祕且視野開闊。他坐在白楊樹斑駁的陰影裡，可以清楚地看到在湖中游泳的人們。鳥兒不知躲到什麼地方去了，只有蟬在樹上狂叫不止，一陣陣清涼的蟬尿像小雨似的落到他的身上。

終於，一對男女沿著湖邊的小路走過來了。他遠遠看到，女的穿著天藍色的三點式泳衣，潔白的皮膚在斑駁的樹影下閃閃發光。男的穿著一條黑色彈力褲衩，胸膛和大腿上生著茂密的黑毛。他們戳七弄八、嘻笑打鬧著走近了，愈來愈近了，他犯罪般地看到了女人露出了半邊的乳房和肚皮上那塊銅錢般的青痣；他厭惡地看到那男人腆起的肚皮和那一窩山藥蛋般的器官。當他們距離自己三步遠時，他果斷地將扣在地上的木板高高地舉了起來。木板遮住了他的臉，他的臉在木板後像被火燒烤著一樣。木板上的紅字對著那兩個男女。他看到女人修長的腿和男人毛茸茸的腿停住了。他聽到男人大聲地念著木板上的字：

「林間休閒小屋，環境幽靜安全，每點鐘收費十元，免費汽水兩瓶。」

他聽到女人咯咯地笑起來。

「嗨，老頭子，你的小屋在哪裡？」男人大大咧咧地問。

他將木板往下落了落，露出了半張臉，結結巴巴地說：

「那邊，在那邊……」

「去看看？」男人笑咪咪地看著女人，說：「我還真有點渴了！」

女人的眼睛多情地斜睨著，說：

「渴死你才好！」

男人對著女人詭祕地笑笑，轉臉對他說：

「帶我們去看看，老頭子！」

他激動不安地站起來，提著馬紮子，夾著木板，帶領著他們穿過墓地，來到了公共車殼子前面。

「這就是你的休閒小屋？」男人說，「簡直是個鐵棺材！」

他開了那把黃銅大鎖，將沉重的鐵門拉開。

男人彎著腰鑽進去，大聲地說：

「嘿，平兒，你別說，這裡邊還挺他媽的涼快！」

女的斜眼看看老丁，臉皮有些微紅，然後她也探頭探腦地鑽了進去。

男的探出頭來，說：

「裡邊太黑了！啥都看不見！」

他摸出一個塑料打火機遞給男人，說：

「小桌上有蠟燭。」

蠟燭亮了起來，照亮了車內的情景。他看到在金黃的燭光裡，那個女人仰起臉來往嘴裡灌汽水，她的濕漉漉的長髮像馬尾般垂下來，幾乎遮住了她翹翹的屁股。

男子走出車殼，轉著圈觀察了周圍的環境，悄悄地問：

「老頭，你保證這裡沒人來嗎？」

「裡邊有鎖，」他說，「我保證。」

男子說：「我們想在這裡睡個午覺，不許任何人打擾！」

他點點頭。

男人進了車殼。

他聽到裡邊傳出鎖門的聲音。

他躲在離車殼十幾米遠的一叢紫穗槐下，手裡托著一塊老式的鐵殼懷錶，好像一個恪盡職守的教練。車內起初沒有動靜，十分鐘後，他聽到了女人的喊叫聲。由於車殼密封很好，女人的聲音彷彿是從地底下傳上來的。他的心情不平靜，女人的那身白肉在他的腦海裡晃動不止。他拍著自己的腿，低聲嘟囔著：

「老東西，你就別想這種事啦！」

但女人的白花花的肌膚黏在他的腦海裡，揮之不去；那個買小豬的少婦明媚的笑臉和露出半邊的乳房也趕來湊起了熱鬧。

五十分鐘後，鐵門開了。穿戴整齊的女人首先從車殼內鑽出來。她的臉紅撲撲的，眼睛晶晶發亮，宛如一隻剛下過蛋的母雞。她把臉歪向一邊，彷彿沒看見他似的，斜刺裡朝墓地走去。男人也鑽了出來，胳膊彎子上搭著毛巾，手裡提著半瓶汽水。他迎著男人走過去，羞怯地說：

「五十分鐘……」

「五十分鐘多少錢？」

「您看著給吧……」

男人從衣兜裡摸出一張面額五十的鈔票，遞到他的手上。接錢時他的手顫抖不止，心裡嘭嘭亂跳。他說：

「我沒有零錢找您……」

「算了，」男人瀟灑地說：「明天我們還來！」

他緊緊地攥住鈔票，感到自己快要哭出來了。

「老頭子，你可真行啊！」男人將汽水瓶子扔在地上，壓低嗓音說：「你應該弄些保險套子放在裡邊，還應該弄些香菸啤酒什麼的，加倍收錢嘛！」

他深深地給男人鞠了一躬。

七

他接受了那個男人的建議，在休閒小屋裡放上了男女歡愛所需要的一切東西，還放上了啤酒、飲料、魚片、話梅等小食品。第一次去藥店買避孕套子時，他羞得連頭也不敢抬，話也說不清楚，惹得那個賣貨的年輕姑娘大發脾氣。當他拿著套子像賊一樣溜走時，聽到那姑娘在背後大聲地對她的同事說：

「嘿，真看不出來，這把子年紀了，還用這個……」

隨著生意的日漸紅火，他的膽量愈來愈大，業務也愈來愈熟練。去藥店買套子時他的臉不紅了，而且還敢跟賣貨的姑娘討價還價。那姑娘厚顏無恥地問：

「老頭，你如果不是個老色鬼就是個販避孕套的。」

「我既是老色鬼，也販賣避孕套。」他盯著姑娘那雙猩紅的厚唇，調皮地說。

在夏天的三個月裡，他淨賺了四千八百元。隨著腰包漸鼓，他的心情愈來愈開朗，身體愈來愈好，生了鏽的關節彷彿剛剛膏了油，原先幾乎轉不動了的眼珠子也活泛了。耳濡目染之下，他的熄滅多年的性趣竟然死灰復燃，拉著老妻做成了多次。老妻驚訝萬分，反覆盤問：老東西，你吃了什麼藥？老東西，你不要命啦？

現在他每天上午十點半鐘騎車前來，來到後首先打掃小屋內的衛生，把那些東西裝進塑料袋，還不忘記在袋上打兩個結。他模範地遵守社會公德，從來不把裝了穢物的塑料袋子亂扔，而是帶到城裡，小心翼翼地放在垃圾桶裡。打掃完了衛生他就往小屋裡補充一些食品和飲料以及其他。然後，他就鎖上鐵門，提著馬紮子，找個地方坐下，摸出一支菸點燃，美滋滋地抽著，等候他的客人。他抽菸的檔次也有所提高，過去他一直抽不帶過濾嘴的金城，現在他抽帶過濾嘴的飛燕。過去他不敢看他的客人，現在他專注地研究客人。隨著經驗的積累，他基本上能夠判斷出什麼樣的男女能夠成為林間小屋的客人。他的客人大多是尋歡作樂的野鴛鴦，偶爾也有好奇的夫妻和戀愛著的情侶。他還有了十幾對回頭客，對回頭客他在價格上給予優惠，一般地是打八折，有時候收半價。有的客人饒舌，幹完了事後還跟他瞎貧；有的客人很羞澀，交了錢轉身就走。他用耳朵積累了男女性生活方面的許多經驗，聽著小屋裡的男女們發出的千變萬化的聲音，他的腦海裡也依聲展現出千奇百怪的形態，真好像打開了一扇窗戶，看到了無邊的風景。有一對看似衰弱的男女把車殼子撞得咣咣作響，好像裡邊關著的不是一對造愛的男女，而是兩頭交配的大象。有一對男女在車殼裡先是狂呼亂叫，然後便打起架來，啤酒瓶子把車殼子砸得乒乓作響，但也只能由著人家砸，這種時候進去勸架那可是自找霉氣。出來時，男人頭破血流，女人頭髮凌亂。他很同情他們，甚至想免了他們的房租，但想不到那個男人卻出奇的大方，將一張百元大票扔在地上，掉頭就走。他追上去找零，卻被那男人轉回頭來啐了一臉唾沫。那男人眉毛稀疏，眼窩深陷，面相凶惡，對著他一瞪眼，嚇得他諾諾而退。秋天到了，白楊的葉子首先凋落，松柏的針葉也顏色變暗。人工湖裡游泳的人愈來愈稀，他的客人也愈來愈少，但每天總是能接待幾對，星期天或是節假日更多一些。閒著也是閒著，小錢也是錢，大錢都是小錢積累而成。這期間他感冒過一次，但他帶病堅持工作。感冒了他也不捨得買藥吃，只是讓老妻熬了一鍋薑湯，咕嘟嘟連灌三碗，蒙住頭發一身透汗，偏方治大病。他想趁著還不算太老，應該把養老的錢掙出來，下崗補貼時發時停，沒個準頭，政府也很難，教師的工資經常拖欠，幹部工資依靠貸款，必須開展自救運動，就像水災過後搶種小油菜一樣。有時候他的心裡也忐忑不安，不知道自己是在造孽還是在積德。有一天夜裡竟然夢到兩個公安來抓人，嚇得他渾身冷汗，醒來後心臟狂跳。他把徒弟呂小胡請到一個安靜的小酒館裡喝了一次酒，對他說出了自己心中的不安。小胡說：

「師傅，您怎麼又犯起糊塗來了？難道沒有您的小屋他們就不幹了嗎？沒有您的小屋他們也幹，他們在樹棵子裡幹，在墓地裡幹，現在的年輕人提倡回歸自然，時興野合呢，當然咱也不能說人家不好，這就是人。我早就說過，您就權當在風景地裡修了個公共廁所，收點費，天經地義，理直氣壯。師傅，您比那些造假酒賣假藥的高尚多了，千萬別不好意思，千萬別跟自己過不去。爹親娘親不如錢親，沒了錢爹也不親娘也不親，老婆也不拿著當人。師傅您大膽地幹吧，真出了事，徒弟保證幫你搞掂！」

他想想，徒弟說得似乎無懈可擊，是啊，這樣的事兒當然聖人不為，但天下有一個聖人就足夠了，聖人多了也麻煩，丁十田不想做聖人，想做也做不了。他想，丁十田，你這也是為政府分憂呢，當了林間小屋的屋主算不上光彩事，但總比到政府大門前去耍死狗強吧？想到此他不由得開顏而笑，嚇了在一旁剝花生的老妻一跳，她說：

「老東西，你怎麼無緣無故地笑？你知道這樣的笑法有多麼嚇人嗎？」

「嚇人嗎？」

「嚇人。」

「我今天要好好地嚇嚇你……」

「老東西，你想幹什麼？」老妻攥著一把花生皮往後倒退著，窗外電閃雷鳴，大雨如注，清涼的水氣鑽進房屋，使屋子裡的氣氛顯得曖昧而溫暖，他一步步往前逼著，把身上的衣服剝下來往後扔去，老妻往後退縮著，臉皮發紅，暗淡的眼睛裡發出了明亮的光彩，簡直像小姑娘一樣，她退到牆角，無路可退，把手裡的花生皮揚到他的臉上，嘴裡嘟囔著，「老東西，愈老愈不正經了……大白天的……你想幹什麼……雷公電母看著呢……」他猛地摟住了她的腰，用力往後折著，老妻大聲喊叫著，「老東西……輕點……你把我的腰折斷了……」

為了防備萬一，他把掙來的錢用假名存了銀行，存摺塞到一條牆縫裡，外邊糊上了兩層白紙。

立冬之後，大風降溫，連續三天沒有客人。中午時他騎車去了林間小屋，滿地的枯葉上沾著的白霜還沒融化。太陽黃黃的，基本上沒有溫暖。他在樹下坐了一會，感到凍手凍腳。人工湖畔靜寂無聲，只有一個脖子上糊著紗布的男人在圍著湖不停地轉圈子，那是一個正與癌症頑強鬥爭的病人，本市的抗癌明星，電視台報導過的他的事蹟。電視台到湖邊來錄像那天把他嚇得夠嗆，為了安全他爬到了一棵大樹上，像鳥似的在樹杈上蹲了兩個多小時。後來還來過一幫檢查山林防火的人，也把他嚇了個半死。他趴在樹棵子後邊，惴惴不安地等待著。那幫人一個跟著一個從森林小屋邊經過，竟然全無反應，好像小屋是天然就在這裡的。只有一個胖子，轉到小屋後邊，撒了一泡焦黃的尿。他隔著老遠就嗅到了尿臊味。他心裡想：領導上火了。胖子看起來也是一大把年齡了，但撒起尿來還是童趣盎然，他挺著肚子，用尿液在鐵皮小屋上畫圈，一個圈，兩個圈，三個圈，第四個圈還沒封口就斷了水。胖子撒完了尿，用手敲了敲糊窗的鐵皮，讓鐵皮發出一聲巨響，然後一邊繫著褲扣子一邊搖搖擺擺地跑著去追趕同夥。除此之外他再也沒受到過別的驚嚇。樹下太冷，他挪到車殼裡去坐了一會，抽了一支菸，小心地掐滅菸蒂。然後他閉上眼睛粗算了一下半年來的收入，感到心滿意足。他決定明天再來等待一天，如果還沒有客人，後天就停業，明年春暖花開後接著幹。只要能讓我幹五年，就可以安度晚年了。

第二天，他一大早就騎車來了。一夜陰風把更多的樹葉子吹下來，白楊樹幾乎成了光禿禿的枝條，幾棵混生在松林中的橡樹，滿樹金黃枯葉，但並不脫落，在陰風中嘩嘩作響，看起來好像滿樹蝴蝶。他帶來了一條蛇皮袋子，還有一根頂端帶鐵尖的木棍。他把林間小屋周圍很大範圍內的垃圾撿了一遍。他撿垃圾不是為了賺錢，而是為了報德。他感到社會對自己太好了。他撿了結結實實一袋子垃圾，封好口，搬到自行車後貨架上。然後他就進了小屋，準備把屋子裡的東西收拾一下。一隻烏鴉在小屋外大叫一聲，使他的心神一顫，他抬頭看到，有一對男女，沿著那條灰白的小路，從農機廠背後那個饅頭狀的小山包上，對著他的林間小屋走來了。

八

那對中年男女出現在小屋門前時，時間是中午十二點半。男子個頭很高，穿著一件灰色的風衣，雙手插在風衣口袋裡。風把他的黑色的褲子吹得往前飄，顯出了他的腿肚子的形狀。女人的個頭也不矮，他用下了幾十年鐵料的眼力，估計出她的高度在一米七十左右，上下浮動不會超過兩釐米。她上穿著一件紫紅色的羽絨服，下穿著一條淺藍色的牛仔褲，腳上蹬著一雙白色的羊皮鞋。兩個人都沒戴帽子，風把他們的頭髮吹得凌亂不堪，女人不時地抬起一隻手，將遮住臉面的頭髮捋到腦後去。他們在臨近小屋時，下意識地拉開了的距離反而洩漏了他們之間的關係。他知道這是一對情人，而且多半是歷史悠久的情人。當他看清了那男人冷漠痛苦的臉和那女人怨婦般的眼神時，就像剛剛閱讀完畢了他們的感情檔案一樣，對他們的事兒已經瞭如指掌。

他準備做這筆關門前的買賣，不是為了賺錢，而是出於對他們深深的同情。

那男人站在小屋前，與他搭著話兒，女人背對小門站著，雙手插在羽絨服口袋裡，用一隻腳踢著地上的枯葉。

「天氣真冷，」男人說，「天氣說冷突然就冷了，這很不正常。」

「電視說是從西伯利亞過來的寒流。」他說著，想起了自家那台早該淘汰的黑白電視機。

「這就是那間著名的情侶小屋嗎？」男人說：「聽說是公安局長的岳父開的？」

他笑著，含義模糊地搖搖頭。

「其實，」男人說，「我們只想找個地方聊聊天……」

他會意地笑笑，提著馬紮子，頭也不回地向那叢紫穗槐走去。

一線陽光從灰雲中射出來，照耀得樹林一片輝煌，白楊樹幹上像掛上了一層錫箔，閃爍著神奇的光彩。他背靠著紫穗槐柔軟的枝條，感到遒勁的東北風吹得脊背冰涼如鐵。男人彎著腰鑽進了小屋，女人站在鐵門一側，低垂著頭，彷彿在想什麼心事。男人從小屋裡鑽出來，站在女人背後，低聲說著什麼。

女人保持著方才的姿勢不變。男人伸出一隻手，輕輕地拽拽女人的衣角，女人身體扭動著，動作幼稚，好像一個發脾氣的小女孩。男人的一隻手按在女人的肩膀上，女人繼續扭動身體，但並沒有把男人的手從肩上擺開。男人的手扳著女人的肩，將她的身體扭轉過來，女人做出不馴服的樣子，但到底還是與男人面對著面了。男人雙手按著女人的肩，對著女人的頭頂說話。最後，男人將女人擁進了小屋。他躲在紫穗槐叢後無聲地笑了。鐵門輕輕地關上了，他聽到了輕悄悄的鎖門聲。然後鐵殼小屋就成了寒林中一件死物，清冷的、時隱時顯的陽光照著它，泛起一些短促渾濁的光芒。褐色的麻雀蹲在屋頂上拉屎、蹦跳、喳喳噪叫。龐大臃腫的灰雲在空中匆忙奔馳，樹林中滑動著它們的暗影。他看了一眼懷錶，時間是午後一點，他估計他們不會在小屋裡待得太久，有一個小時足矣。他原想趕回家吃午飯，沒想到來了兩個不速之客。肚子裡有點餓，身上很涼，但客人不出來，他就只能等著。反正是按鐘點收租金，沒有權力攆人家，有的男女在小鐵屋裡要待三個小時呢。在往常的日子裡，巴不得他們待在裡邊睡上十個八個小時，但今日寒風刺骨，腹內饑餓，所以就盼望著他們趕快完了事出來。他在面前的地上用木棍兒掘了一個坑，然後點上了一支菸。他把菸灰小心翼翼地彈在小坑裡，生怕引起山林火災。

他坐在紫穗槐前等待了大約半個小時光景，從小屋裡傳出了女人細微的幾乎聽不清楚的抽泣聲。一縷風吹過來，樹枝搖擺，唰唰作響，抽泣聲便被淹沒；風一停，抽泣聲就傳進他的耳朵。他為他們歎息，這樣的情侶就應該是這個樣子，他們的愛情很古典很悲傷，就像鹽水缸裡的醃黃瓜，只有苦鹹，沒有甜蜜。現在的年輕人可不這樣，他們進了小屋就爭分奪秒，幹得熱火朝天。他們放肆地喊叫、呻吟，有的還髒話連篇，連樹上的鳥兒都羞得面紅耳赤。同是幹一種事兒，氣氛卻有天壤之別。他通過諦聽男女膩聲，瞭解了人們觀念的變化。他的內心裡，還是喜歡這樣哭哭啼啼的愛情，這才像戲嘛！他聽著他們的哭泣想像著他們的故事，肯定是感傷的故事，是個愛情悲劇，因為這樣那樣的原因，有情人沒成眷屬。很可能是天南海北兩離分，這次是千里迢迢來幽會。從這個角度上看，他想，我這就是積德嘛！

他胡思亂想著，時間過去了一個小時。他站起來，活動了一下僵硬的腿腳，搓搓凍木了的耳朵，準備著收攤兒了。他決定還是要收他們一點錢，回城的路上到蘭州拉麵館裡吃碗熱呼呼的牛肉麵，否則心裡不平衡。想到牛肉麵他的肚子就咕咕地叫喚起來，牙巴骨也嘚嘚打顫。既是餓的，也是凍的。這個季節不應該這樣子冷法，這樣冷法不正常，活見鬼，去年的三九時節也沒有這個冷法。小屋裡寂靜無聲，女人的抽泣聲聽不到了，鐵屋子安靜得像座墳墓。一隻烏鴉叼著一節腸子，從遠處飛來，落在了白楊樹上的巢裡。

時間又過去一個小時，小屋裡還是死一般的寂靜。陰雲密布，樹林中已經有了些黃昏景象。他心中暗暗嘀咕：這是怎麼回事？不至於有這樣大的勁頭吧？難道他們在裡邊睡著了？這是絕對不可能的。裡邊只有一塊床板，床板上鋪著一條草席，沒有被子也沒有褥子，外邊冷還偶有一線陽光，裡邊一插門，那就是真正的冷如冰窖。但他們又能在裡邊幹什麼呢？他終於忍不住了，走到小屋門前故意地大聲咳嗽，提醒他們趕快出來。裡邊毫無反應，難道他們像《封神榜》裡的土行孫地遁而去？不可能，那是神魔小說哩。難道他們像《西遊記》裡的孫猴子變成了蚊子從氣窗裡飛走？不可能，那也是神魔小說哩！難道他們……一幅灰白的可怕景象突然出現在他的腦海裡，他的手和腿都不由自主地顫抖起來。老天爺，千萬別出這種事，要是出了這種事，斷了財路不說，只怕還要進班房！他顧不上別的了，舉起手，輕輕地拍門：

啪啪啪。

用力地打門：

嘭嘭嘭！

狠命地砸門：

咣咣咣！咣咣咣！

一邊狠命地砸門一邊大喊：

咣咣咣！嗨！該出來了！咣咣咣！你們在裡邊幹什麼！

他的手虎口震裂了，滲出了細小的血珠兒。但屋子裡還是無聲無息，一時間竟然使他懷疑自己的記性，難道真有一對那樣的男女進了鐵殼小屋？

女人蒼白的瓜子臉兒馬上就栩栩如生地浮現在他的腦海裡：她的臉上有兩隻憂鬱的大眼睛，眼球漆黑，有些鬼氣。她的下巴尖尖的，嘴角上有一顆綠豆粒般大小的黑痣，痣上還生著一根彎曲的黑毛兒。男人的形象也同樣歷歷在目：豎起的風衣領子遮住他的雙腮，鼻子很高，下巴發青，眉毛很濃，雙目陰沉，門牙旁邊鑲著一顆金色假牙……

毫無疑問、千真萬確，大約三個小時前，有一對憂傷的中年男女，進了這個用公共車鐵殼改造成的林間小屋，但他們現在一聲不吭。他知道，最可怕的事情已經發生了，壞運氣就像一桶臭大糞，劈頭蓋臉地澆下來了。他雙腿一軟，癱在鐵屋子的鐵門前……

過了大約抽支香菸的工夫，他扶著鐵門站起來，圍著鐵屋轉著圈子，手拍得鐵殼子啪啪作響，他哭哭地哀求著，憤怒地罵著：

「好人啊，你們醒醒吧，你們出來吧，我把一個夏天裡掙來的錢全部給你們行不行？我給你們下跪叩頭行不行？……雜種啊，畜牲，你們欺負一個老頭子難道不怕天打五雷轟嗎？你們這兩個奸賊，偷雞摸狗的婊子、嫖客，你們不得好死……我叫你親爹行不行？叫你親娘行不行？親爹親娘親老祖宗，求你們發發善心出來吧，我是個六十歲的下崗工人，家裡還有一個生胃病的老伴，混到這一步已經夠慘了，你們可不能給我雪上加霜了，你們想死也不能死在我的小屋裡啊，你們可以到樹上去上吊，可以到湖邊去跳水，可以到鐵道上去臥軌，你們想死在哪裡也能死，為什麼偏偏到我的小屋裡來？我看你們都是有頭有臉的人，不是個局長也是個處長，為這點事兒值得死嗎？你們這樣死去可是輕如鴻毛啊，不值的，連你們這樣的人都想死，那我們這些下等人可咋活？局長，處長，你們想開點吧，你們跟我們比比嘛，出來吧，出來吧……」

任他把嗓子喊啞，鐵殼小屋裡還是寂靜無聲，暮歸的烏鴉們圍著高高的白楊樹梢呱呱大叫，團團旋轉，好像一團黑雲。他找來一塊巨大的卵石，雙手搬起，向鐵門砸了過去。咣啷一聲巨響，卵石碎成兩半，但鐵門完好如初。他仄起肩膀，向鐵殼子撞去，鐵殼子巋然不動，他卻被反彈出三米多遠，一屁股墩在了地上。他感到肩膀痛疼難忍，胳膊抬舉不便，好像把鎖子骨撞斷了……

九

他騎著沉重的自行車彷彿夢遊般地衝下山包，他沒有踩車閘，他想就這樣摔死了更好，東北風迎面吹來，衣服鼓脹，肚子冰涼，耳朵邊呼呼作響，彷彿騰雲駕霧，車後座上的垃圾袋子開了口，骯髒的紙片和塑料袋子在身後轟然而起，滿天飛舞。環湖路上，連那個抗癌明星的身影也見不到了。一群灰禿禿的天鵝在湖面上盤旋著，好像在選擇地方降落。湖上已經結了一層冰，冰上落滿黃土。他麻木地騎車進了城。街燈已經點燃，不時有玻璃破碎的聲音令人膽戰心驚地響起。一輛沒有鳴笛的警車轉動著紅綠燈油油地滑過來，嚇得他差點從自行車上栽下來。

他懵懵懂懂地來到了徒弟呂小胡的門前，剛要抬手敲門就看到門板上貼著一張畫兒，畫上畫著一個怒目向人的男孩。他轉身想逃，看到徒弟提著一隻光雞從樓道裡走上來。樓梯間昏暗的燈光照著死雞慘白的疙瘩皮，使他身上的老皮頓時變得像雞皮一樣。他的腿軟了，骨折過的地方像被錐子猛刺了一下子，痛得他一腚坐在了樓梯上。呂小胡猛一怔，急問：

「師傅，您怎麼在這兒？」

他像個受了天大委屈、突然見到了爸爸的小男孩似的，嘴唇打著哆嗦，眼淚滾滾而出。

「怎麼啦師傅？」徒弟快步上前，把他拉起來，「出了什麼事啦？」

他雙膝一軟，跪在了徒弟家門口，泣不成聲地說：

「小胡，大事不好了……」

小胡慌忙開門，把他拉起來拖到屋子裡，安排他坐在沙發上。

「師傅，發生了什麼事？是不是師娘死了？」

「不，」他有氣無力地說：「比你師娘死去糟糕一千倍……」

「到底發生了什麼事？」小胡焦急地問，「師傅，你快要把我急死了！」

「小胡，」他擦了一把眼淚，抽泣著說，「師傅闖了大禍了……」

「快說呀，啥事?!」

「中午進去了一男一女，現在還沒出來……」

「沒出來就多收錢唄，」小胡鬆了一口氣，說，「這不是好事嗎？」

「啥好事，他們在裡邊死了……」

「死了？」小胡吃了一驚，手裡提著的暖瓶差點掉在地上，「是怎麼死的？」

「我也不知道怎麼死的……」

「你看到他們死了?」

「我沒看到他們死了……」

「你沒看到他們死了，怎麼知道他們死了?」

「他們肯定是死了……他們進去了三個小時，起初那個女的還哭哭啼啼，後來一點聲音也沒有了……」他讓徒弟看著自己敲破了的手，說，「我砸門，敲窗，喊叫，把手都砸破了，車殼子裡一點聲音也沒有，一絲絲聲音也沒有……」

小胡放下暖瓶，坐在沙發對面的木凳子上，從口袋裡摸出菸盒，抽出一支，點燃，垂著頭抽了一口，抬起頭，說：「師傅，您別著急，」他的雙手在大腿上緊張地摸索著滿懷希望地望著徒弟的臉。小胡抽出一支菸遞給他並幫他點燃，說，「也許他們在裡邊睡著了，人們幹完了這事，容易犯睏……」

「別給我吃寬心丸了，」他悲哀地說，「好徒弟，我的手指都快敲斷了，嗓子都喊啞了，即便是死人也讓我震醒了，可是裡邊一點動靜也沒有……」

「他們會不會趁你不注意的時候悄悄溜了?這是完全可能的，師傅，為了不交錢，人們什麼樣的怪招都能想出來的。」

他搖搖頭，說：

「不可能，絕不可能，鐵門從裡邊鎖著呢，再說，我一直盯著呢，別說是兩個大活人，就是兩隻耗子從裡邊鑽出來，我也能看見……」

「您說起耗子，我倒想起來了，」小胡道，「他們很可能挖了條地道跑了。」

「好徒弟，」他哭咧咧地說，「別說這些沒用的了，趕快幫師傅想想辦法吧，師傅求你了!」

小胡低下頭抽菸，額頭上蹙起了很多皺紋。他目不轉睛地盯著徒弟的臉，等待著徒弟拿主意。小胡抬起頭，說：

「師傅，我看這事就去他娘的吧，反正您也掙了點錢，明年開了春，我們再另想個掙錢的轍兒！」

「好小胡，兩條人命呢……」

「兩條人命也不是咱害的，他們想死我們有什麼辦法？」徒弟憤憤地說，「這是兩個什麼樣的鳥人？」

「看樣子像兩個有文化的人，或許是兩個幹部。」

「那就更甭去管他們了，這樣的人，肯定都是搞婚外戀的，死了也不會有人同情！」

「可是，」他囁嚅著，「只怕師傅脫不了干係，雪裡埋不住死屍，公安局不用費勁就把師傅查出來了……」

「您的意思呢？難道您還想去報案？」

「小胡，我反覆想了，醜媳婦免不了見公婆……」

「您真想去報案？!」

「也許，還能把他們救活……」

「師傅，您這不是惹火燒身嘛！」

「好徒弟，你不是有個表弟在公安局工作嗎？你帶我去投案吧……」

「師傅！」

「徒弟，師傅求你了，讓你那個表弟幫幫忙吧，如果就這樣撒手不管，師傅後半輩子就別想睡覺了……」

「師傅，」小胡鄭重地說，「您想過後果沒有？您幹這件事，原本就不那麼光明正大，隨便找條法律就可以判您兩年，即便不判您，也得罰款，那些人罰起款來狠著呢，只怕您這一個夏天加一個秋天掙這點錢全交了也不夠。」

「我認了，」他痛苦地說，「這些錢我不要了，師傅即便去討口吃，也不幹這種事了。」

「萬一他們要判你吶？」徒弟說。

「你跟表弟求求情，」他垂著頭，有氣無力地說，「實在要判，師傅就弄包耗子藥吞了算了……」

「師傅啊師傅！」小胡道，「徒弟當初是吹牛給您壯膽呢，我哪裡有什麼表弟在公安局？」

他木了幾分鐘，長歎一聲，哆嗦著站起來，將手裡的菸頭小心翼翼地撳滅在菸灰缸裡，看一眼歪著頭望牆的徒弟，說：

「那就不麻煩你了……」

他一瘸一拐地朝門口走去。

「師傅，您去哪裡？」

他回頭看看徒弟，說：

「小胡，你我師徒一場，我走之後，你師娘那邊，如果能顧得上，就去看看她，如果顧不上，就算了……」

他伸手拉開了門，樓道裡的冷風迎面吹來。他打了一個哆嗦，手扶著落滿塵土的樓梯欄杆，向黑暗的樓道走去。

「師傅，您等我一下，」他回頭看到，徒弟站在門口，屋子裡透出的燈光照得他的臉像塗了一層金粉，他聽到徒弟說，「我帶您去找我表弟。」

十

他們在被北風吹得嘎嘎作響的電話亭裡給表弟家打了一個電話，表弟家的人說表弟正在派出所值班。徒弟高興地說：

「好極了師傅，知道我為什麼不願帶您去找他？您不知道他那個老婆有多麼勢利，我這樣的窮親戚到了他家，她鼻子不是鼻子臉不是臉，狗眼看人低的東西，真讓人受不了，咱們人窮志不窮，您說對不對？」

他感動地說：

「小胡，師傅讓你犯難了。」

「但我表弟還是挺不錯的，就是有點怕婆子，」小胡像唱歌似的說，「怕婆子，騎騾子啊！」

他們在一家商店裡買了兩條中華牌香菸，他急著往外掏錢，徒弟把他撥到一邊，說：

「師傅，算了吧，您的錢肯定不夠的。」

徒弟付了錢，昂貴的菸價讓他的心一陣陣揪痛，但他還是咬著牙說：

「小胡，這個算我的。」

「您就先別管這事了！」

他們進了派出所。他下意識地扯著徒弟的衣角，身上冷得打顫，手心裡卻全是汗水。值班的兩個民警中有一個正是徒弟的表弟。那是個細瞇著小眼、脖子很長的青年人。他拿著筆，一邊聽著他們的訴說，一邊往本子寫著字。

「就這事？」表弟用筆尖戳著本子，有些厭煩地問。

「就這事……」

「想像力很豐富嘛，」表弟斜眼看著他，冷冷地說，「發了大財了吧？」

他張口結舌，無言以對。

「表弟，勞您大駕去幫丁師傅處理處理吧……如果那兩個人吃的是安眠藥，沒準還能救過來……」徒弟將裝了兩條中華牌香菸的塑料袋放在表弟面前，滿面堆笑地說，「丁師傅是我的恩師，省級勞模，跟于副省長合過影的，臨近退休了遭遇下崗，萬般無奈才想了這麼個飯轍……」

「如果他們吃的是耗子藥呢？」表弟看看手錶，站起來，對正在牆角玩電腦的民警說：「小孫，我去人工湖那邊處理個自殺案件，你一個人在這裡盯著吧！」

表弟去了一趟廁所，收拾了隨身所帶物品，從車庫裡推出一輛三輪摩托，載上他與徒弟，開出了派出所院子。

正是晚飯時刻，感覺卻像深夜。可能是天氣寒冷的緣故，寬廣的大路上車輛稀少。摩托車亮著警燈，鳴著警笛，在大街上像箭一般飛馳。他雙手緊緊地抓住車斗上冰涼的把手，心臟彷彿提到了嗓子眼裡，張口就能吐出來。

摩托很快出了城，道路的質量下降，但表弟好像要向他們炫耀車技似的，一點也不減車速，於是摩托車就成了一匹發瘋的馬駒。他的身體在車斗裡不由自主地上躥下跳，尾骨被墩得針扎般疼痛。

摩托拐上了人工湖邊的水泥路，不得不減緩了速度，因為這條路上有許多凹下去的窟窿和凸起的瘤子。表弟大幅度地扭動著車把，也難以免除摩托的顛簸，有一次差丁點就要翻個三輪朝天，把發動機都憋死了。表弟大聲罵著：

「他娘的，腐敗路，剛修了不到一年，就成了這操行！」

他和徒弟下了車，跟在後邊，幫表弟推著摩托繞來拐去地緩慢前行。到了墓地邊緣，他們不得不把車停了下來。四周黑暗如漆，車前的大燈射出的光柱照亮了墓地和樹林。表弟冷冷地問：

「在哪裡？」

他想回答，但舌頭僵直，發出的是一串嗚嚕。徒弟抬起手往墓地裡指了指，說：

「在那裡。」

通往墓地的小路在車燈照耀下清晰可見，但三輪摩托顯然是開不進去。表弟熄了摩托的火，從背包裡摸出一只裝三節二號電池的手電筒，揿亮，照著林間的灰白小路，厭煩地說：

「走吧，前邊帶路！」

他踴躍地走到前面，下意識裡想討好表弟。他聽到徒弟在身後說：

「表弟，這車……」

「怎麼啦？怕人偷走？」表弟冷笑著說：「這麼冷的天，只有傻b才出來！」

表弟的手電光芒忽而射向林梢，忽而射向墳墓，弄得他腳步踉蹌，猶如一匹眼色不濟的老馬。小路在墳墓間繞來繞去，路上厚厚的枯葉在他們腳下嚓嚓作響。東北風已經停息，空氣肅殺，墓地裡寧靜異常，他們腳踩落葉的聲音聽起來讓人心裡發毛。有幾點冰涼的東西落在了他的臉上，像雨點又不像雨點。他看到，手電筒的光柱裡，有一些銀白的顆粒輕飄飄地落下來。他有些興奮地說：

「下雪啦！」

表弟不滿地糾正了他：

「不是雪，是冰霰！」

徒弟說：

「表弟，你怎麼什麼都知道呢？」

表弟輕蔑地哼了一聲，道：

「你們認為警察都是些傻瓜？」

徒弟笑著說：

「怎麼敢？警察裡也許有傻瓜，但表弟您絕不是傻瓜，我聽姑媽說過，您五歲時就能認識二百多個字呢！」

表弟的手電筒照到了高高的白楊樹梢，驚動了巢裡的烏鴉，牠們呱呱地大叫著，有兩隻烏鴉從巢裡飛出來，在手電筒的光柱裡撲楞著翅膀，一隻撞在了樹幹上，一隻鑽進了旁邊的喜鵲窩裡，在那裡引發了一場混戰。表弟收回電光，低聲嘟囔著：

「給你們這些鳥貨一梭子！」

他們來到了車殼小屋前，在電光的籠罩下，小屋像一個沉睡的巨獸。被驚動了的烏鴉和喜鵲各歸其巢，林間恢復了寧靜。冰霰愈來愈密集，暗夜裡一片窸窣之聲，彷彿有無數的春蠶在啃吃桑葉。表弟用手電照住了小屋，問：

「在這裡邊？」

他感到徒弟在黑暗中看著自己，便慌忙回答：

「是這裡邊……」

「真他娘的會找地方！」

表弟攥著手電筒走到門前，輕輕地踢了一腳，鐵門竟然應聲而開。電光射進了小屋，他的眼睛跟著電光移動著，就像清點財物一樣，他看到了平放在地上的那塊床板、床板上的草席、席上那捲粗糙的手紙、「牆」角上那張瘸一條腿的木桌、木桌上的兩瓶啤酒和三瓶汽水、啤酒和汽水瓶子上的灰塵、緊靠著啤酒瓶子的兩根躺著的紅蠟燭和半根立著的紅蠟燭、桌面上的骯髒蠟油、木桌下邊那個用來盛小便的紅色塑料桶、「牆」上不知是誰用粉筆畫上的淫穢圖畫。光柱在那誇張的圖畫上停了一會，然後又在室內掃了一遍。表弟轉過身，用手電照著他的臉，惱怒地問：

「丁師傅，你什麼意思啊?!」

電光刺得他的眼睛睜不開，他舉起一隻手遮住眼睛，結結巴巴地辯白著：

「我沒說謊，對天發誓我沒有說謊……」

表弟陰陽怪氣地說：

「有遛騾子的有遛馬的，沒想到還有遛警察的！」

表弟舉著手電，大踏步地往回走了。徒弟不滿地說：

「師傅，您又幽了一默！」

他將身體往徒弟身邊靠了靠，壓低了嗓門說：

「小胡，我明白了，那是兩個鬼魂……」

說完了這話，他感到脊背發冷，頭皮發緊，心裡卻感到輕鬆無比。徒弟更加不滿地說：

「師傅，您愈來愈幽默了！」

野騾子

十年前一個冬日的早晨，我家高大的瓦房裡陰冷潮濕，牆壁上結了一層美麗的霜花，就連我在睡眠中呼到被頭上的氣流也凝結成一層細鹽般的白霜。房子立冬那天剛剛蓋好，抹牆的灰泥尚沒乾透我們就搬了進來。母親起床後，我把腦袋縮進被窩，躲避著刀子般的陰冷。自從父親跟隨著野騾子逃跑之後，母親發憤圖強，艱苦創業，五年如一日，用自己的勞動和智慧積累了財富，建成了全村最高大最壯觀的五間大瓦房。提起我的母親，村子裡人人佩服，大家都誇她是好樣的，在誇獎我母親的同時，人們總是忘不了批評我的父親。父親在我五歲時，與村子裡臭名昭著的女人野騾子結伴私奔，逃到了不知什麼地方。五年過去了，真實的音信一點也沒有，但關於他們的謠言，卻像那個小火車站上的運貨慢車每隔一段時間卸下來的肉牛，在那些黃眼珠的牛販子轟趕下慢吞吞地進入我們的村莊。肉牛被牛販子賣給村子裡的屠戶殺死——我們村是個屠宰專業村——謠言卻在村子裡傳來傳去，好像一群飛來飛去的灰鳥。有的謠言說父親帶著野騾子在東北大森林裡用白樺木建了一座小屋，屋子裡壘了一個大爐子，松木劈柴在爐子裡熊熊燃燒，小木屋的房頂上覆蓋著白雪，牆壁上掛著成串的紅辣椒，房檐下懸著晶瑩的冰凌。他們白天打獵挖參，晚上在爐子上煮狍子肉。在我的想像中，父親的臉和野騾子的臉被爐火映得紅彤彤的，好像抹了一層紅顏色。有的謠言說父親帶著野騾子流竄到了內蒙古，白天他們騎著高頭大馬，身披肥大的蒙古袍子，唱著悠揚的牧歌，在一望無際的草原上放牧牛羊；到了晚上，他們就鑽進蒙古包，點起一堆牛屎火，火上吊著鐵鍋，鍋裡燉著肥羊肉，肉香撲鼻，他們一邊吃肉一邊喝著濃濃的奶茶。在我的想像中，野騾子的眼睛在牛屎火的映照下閃閃發光，彷彿兩塊黑寶石。有的謠言說他們偷越國境到了朝鮮，在一個美麗的邊境城市裡開了一家餐館。他們白天包餃子擀麵條賣給朝鮮人吃，到了晚上，飯館關門後，就煮上一鍋肥狗肉，啟開一瓶白酒，每人握著一條狗腿，兩人握著兩條狗腿，鍋裡還有兩條狗腿打滾翻筋斗，散發著誘人的香氣，等待著他們來吃。在我的想像中，他們每人握著一條狗腿，端著一碗白酒，他們喝一口白酒啃一口肥狗肉，撐得腮幫子鼓鼓的，好像油光光的小皮球……我承認那時候我是個沒心沒肺、特別想吃肉的少年，無論是誰，只要給我一條烤得香噴噴的肥羊腿或是一碗油汪汪的肥豬肉，我就會毫不猶豫地叫他一聲爹或是跪下給他磕一個頭或是一邊叫爹一邊磕頭。如果生長在別的村莊，我也許還不會產生如此強烈的食肉欲，天讓我生長在屠宰專業村，觸目皆是活著行走的肉和躺著不會行走的肉，鮮血淋漓的肉和沖洗得乾乾淨淨的肉，攙了水的肉和沒有攙水的肉，豬肉牛肉羊肉狗肉還有驢肉馬肉。我們村子裡的野狗撿食肉渣胖得毛眼子流油，我卻因為撈不到吃肉而瘦骨伶仃。我五年撈不到食肉不是因為我們吃不起肉而是因為母親的節儉。父親沒走之前，我們家的鍋邊上經常沾著厚厚一層葷油，牆角上扔著成堆的豬骨頭。父親喜歡吃肉，最喜歡吃的是豬頭肉，每隔幾天，他就提回家一個腮幫子慘白、耳朵梢子通紅的肥豬頭。因為這些豬頭，母親和父親不知吵鬧過多少次，後來還為此大打出手。我母親是個老中農的女兒，從小受的是勤儉持家、量入為出、攢下錢蓋房子置地的教育。土地改革之後，我那位頑固不化的姥爺竟然還把積攢了多年的積蓄從地下挖出來，買了翻身雇農孫貴五畝地；這錢花得冤枉無比且給母親的家庭帶來了幾十年的恥辱，逆歷史潮流而動的姥爺也成為村裡人的笑柄。我父親出身流氓無產階級，從小就跟著遊手好閒的爺爺沾染上了好吃懶做的瀟灑氣質。父親的人生信條是吃了今日就不去管明日，得過且過，及時行樂。他說如果我的爺爺勤儉持家，土地改革時肯定會成為村子裡最大的地主，因為我的老爺爺死時留給我爺爺和我爺爺的哥哥一百二十多畝良田，還有兩匹健騾四頭黃牛，我爺爺用了不到十年的時間就把分到他名下的土地和牲口吃了個乾淨，土改時一貧如洗，成了村子裡的頭號貧農，而我爺爺的哥哥，卻把他的家產在十年間擴大了兩倍，成了村子裡最大的地主。鬥爭地主挖浮財時他的態度極其惡劣，為了捍衛得來不易的家產，他提著菜刀與貧農團的人拚命，理所當然地成了惡霸地主，被貧農團砸了狗頭。歷史的教訓和我爺爺的言傳身教使我父親兜裡有一塊錢絕不花九毛九，他只要口袋裡有錢就夜不安眠。他常常教育我的母親，世間萬物都是虛的，只有吃到肚子裡的肉才是真實。他說如果你把錢換成新衣穿到身上，人們很可能會把你的衣服剝去；你把錢蓋成房子，幾十年後也可能被別人搶去；你把錢置成金銀，很可能為此丟了性命；但你把錢變成肉吃進肚子，那就萬無一失了。那時候我很小，對父母的爭論並不在意，他們吵架我吃肉，吃飽了就坐在牆角上打呼嚕，好像一匹養尊處優的貓。父親走後，母親為了蓋這五間大瓦房，幾乎節儉到了嘴裡不吃腚裡不拉的程度。房子蓋好後，我希望母親能改善飲食，讓久違的肉類重新登上我家的飯桌，誰知母親的節儉比蓋房前有過之而無不及。我知道母親心裡又在醞釀著更為宏偉的計畫：購買一輛大卡車，就像村裡的首富老蘭家那輛一樣：長春第一汽車製造廠生產，解放牌，草綠色，有六個巨大的輪胎，方頭方腦，鐵板堅固，宛如坦克。我寧願住著從前那三間低矮的茅草屋只要有肉吃，我寧願坐在渾身哆嗦的手扶拖拉機上在鄉間的土路上顛簸只要有肉吃。去她的五間大瓦房，去她的解放牌大卡車，去她的肚子裡沒有一點油水的虛榮生活吧！我愈對母親心懷不滿就愈懷念父親在家時的幸福生活，對我這種嘴饞的男孩來說，幸福生活的主要內容就是可以放開肚皮吃肉，只要有肉吃，母親與父親的大吵大鬧甚至大打出手算得了什麼？五年中流傳到我耳朵裡的關於父親與野騾子的謠言何止二百條？但我念念不忘並且反覆品味的，也就是前邊所說的那三條，每一條都與吃肉有關。每當那幾條謠言中他們倆吃肉的情景栩栩如生地展現在我的腦海裡時，我的鼻子就嗅到了誘人的肉香，肚子咕咕地叫著，透明的哈喇子從嘴裡不知不覺地流下來。每當這時候，我的眼裡就飽含著淚水。村子裡的人經常看到我一個人坐在村頭那棵粗大的柳樹下獨自垂淚，他們便歎息著走開，有的人嘴裡還嘮叨著：嗨，這個可憐的孩子！我知道他們對我的垂淚做出了錯誤的判斷，但我也不能糾正他們，即便我對他們說，我的垂淚是被肉饞的，他們也不會相信。他們不可能理解一個男孩對肉的渴望竟然能夠強烈到淚如雨下的程度。

我蒙頭蓋腚地緊縮在被窩裡，火炕上的熱氣早已散盡，薄薄的褥子根本就擋不住水泥炕面返上來的涼氣，我一動都不敢動，恨不得變成一隻裹在繭裡的蛹。隔著棉被我聽到母親在堂屋裡生爐子，她用斧頭將木柴砍得啪啪作響，好像在藉機發洩對父親和野騾子的仇恨。我盼望著她趕快生起爐子，因為爐膛裡熊熊燃燒的火焰會驅散房間裡的陰冷濕氣；我同時也盼望著她把生爐子的過程盡量延長，因為她生著爐子後的第一件事就是用粗暴的手段趕我起床。她喊我起床的第一聲還比較溫柔；第二聲就把嗓門提高，且明顯地透露出厭煩；第三聲幾乎就是怒吼了。她從來不會喊我第四聲，三聲喊罷如果我還不能像火箭一樣從被窩裡躥出來，她就會用非常麻利的動作，將蓋在我身上的被子扯走，然後順手撈起掃炕笤帚，對準我的屁股猛打。如果事情發展到了這種程度，我的霉頭就算觸大了。如果她的第一笤帚打在我的屁股上時我本能地跳起來躥到窗台上或是炕角上躲避，使她心中的怒火得不到發洩，她就會穿著沾滿泥巴和豬毛的鞋子蹦到炕上，揪著我的頭髮或是掐著我的脖子將我按倒，掄起笤帚，對準我的屁股，痛打不休。如果她打我時我不逃竄也不反抗，她就會被我的蔑視態度激怒，愈打愈來勁。反正不管是哪種情況，只要是在她的第三聲怒吼之前我還沒有迅速地跳起來，我的屁股和那個笤帚疙瘩就要吃大苦頭。她總是一邊打著我一邊喘息、吼叫，剛開始是純粹的吼叫，就像猛獸的吼叫一樣，有激烈的感情但是沒有文字內容，當笤帚疙瘩與我的屁股接觸大約三十下後，她手上的力道就明顯地減弱，聲音也喪失了洪亮變得嘶啞而低沉，而這時，她的吼叫裡就出現了文字，這些文字剛開始是對著我的，她罵我是「狗雜種」、「鱉羔子」、「兔崽子」，然後不知不覺中她就把矛頭指向了我父親，她在罵我父親上向來不浪費太多的時間，因為罵我父親的話與罵我的話大同小異，基本上沒有新的發明與創新，不但她罵著沒勁，連我聽著也感到寡淡無味。就像由我們村子去縣城必須從那個小火車站經過一樣，母親罵父親也是罵野騾子的必經之路，匆匆而過，不得不過。母親的嘴巴噴吐著唾沫在父親的名譽上匆匆滑過，然後就與野騾子狹路相逢了。這時母親的聲音提高了，母親在罵我和罵父親時眼睛裡飽含著的淚水被怒火燒乾，如果誰不理解「仇人相見，分外眼紅」的含義，請到我家來看一看我母親怒罵野騾子時的眼睛。母親罵我們父子時，翻來覆去、顛三倒四的就那麼幾個可憐的辭彙，但當她罵起了野騾子時，語言頓時就豐富多彩起來。譬如母親罵「我男人是匹大種馬，日死你這匹騷騾子」，「我男人是頭大象，戳死你這個母狗」，基本上都是這種格式，母親的經典罵句花樣翻新但萬變不離其宗。我的父親，實際上變成了母親報仇雪恨的一件利器，母親讓父親不斷地變幻成龐大無比的動物，對野騾子變換成的弱小動物施暴，彷佛只有這樣才能解除她的心頭之恨。母親高高祭起父親的生殖器欺辱野騾子時，她打我屁股的速度就漸漸放慢，手下的力氣也漸漸減弱，然後她就把我忘記了。事情演變到這種地步，我就悄悄地爬起來，穿好衣服，站在一邊，入迷地聆聽著她的精彩詈罵，腦子裡轉動著許多問題。我感到母親對我的詈罵毫無意義，如果我是個「狗雜種」，那麼是誰跟狗進行了雜交？如果我是個「鱉羔子」，那麼是誰把我生養出來？如果我是個「兔崽子」，那麼誰是母兔子？她罵的好像是我，其實罵的是她自己。她罵我父親，其實也是在罵她自己。她對野騾子的詈罵，細想起來也沒有任何意義。我父親無論如何也變不成大象更變不成種馬，即便我父親變成了大象，也不會跟一條母狗去交配。種馬經過訓練，有可能與騷騾子發生性關係，但那對騷騾子也許正是求之不得的樂事。但是我不敢把我的思辨批講給母親聽，那樣會帶來什麼後果我想像不出，但沒有我的好果子吃則是肯定無疑的，我還沒有傻到自找倒楣的程度。母親罵累了，就開始哭，淚如湧泉；哭夠了，就抬起衣袖擦擦眼睛，然後走出院子，帶著我忙碌掙錢的事兒。好像為了補回因為打人罵人耽誤了的時間似的，她幹活的速度會比平時快上一倍，同時她對我的監督也比平時要嚴格得多。所以無論如何我也不敢眷戀這個並不溫暖的被窩，只要聽到火焰在爐膛裡發出了轟轟的響聲，不用母親開口，我就會自動地躥起來，用最快的速度蹬上涼如鐵甲的棉襖和棉褲，然後將被子捲起來，躥到廁所裡撒尿，回來後站在門邊，垂手而立，等待著她的吩咐。母親是個節儉到了吝嗇的人，怎麼捨得在屋子裡生爐子呢？因為潮濕的房子使我們母子倆生了一場同樣的病，膝蓋紅腫，雙腿痲木，花了很多錢買藥吃才能下地行走，醫生告誡我們，如果不想死還想活，就要在屋子裡生火爐，盡快地把牆壁烘乾，買藥比買煤貴得多。在這種情況下，母親才不得不動手在堂屋裡盤了一個火爐，去火車站買了一噸煤，點火烘烤我們的新屋。我多麼盼望醫生能對母親說：如果不想死，就要吃肉。但是醫生不說，那個混蛋醫生不但不勸我們食肉反而告誡我們不要吃油膩的東西，他讓我們盡量吃得清淡點，最好素食，說這樣既能使我們健康又能使我們長壽。這個壞蛋，他哪裡知道，父親叛逃之後，我們就開始了素食，素得就像送葬的隊伍或是山頂上的白雪。整整五年了，我的腸子裡只怕用最強力的肥皂也搓不下來一滴油花了。

這是個北風呼嘯的早晨，爐子裡的火發出嗚嗚的叫聲，最下邊那節鐵皮煙囪燒紅了，灰白的鐵屑層層爆裂，牆壁上的霜花變成了明亮的水珠，汪在牆上，欲流不流。我手腳上的凍瘡發起癢來，耳朵上的凍瘡流出了黃水，人被融化的滋味實在是難受。母親用一個小鐵鍋熬了半鍋玉米麵粥，從窗外的鹹菜甕裡撈上來一塊醃蘿蔔，分給我一大半，她自己留下了一小半，這就是我們的早餐。我知道母親在銀行裡起碼存了三千元錢，做燒肉的沈剛家還借了我們兩千塊，月息二分，利滾利，驢打滾，貨真價實的高利貸。有這樣多的錢還吃這樣的早餐，我的心裡怎麼能痛快。但那時我是個十歲的孩子，根本沒有發言權。有時我也發發牢騷，但母親滿面愁苦地盯著我，接著就罵我不懂事。母親說，她這樣節儉完全是為了我，為我蓋房，為我買車，很快就要為我說媳婦。她還說：

「兒子，你父親那個沒良心的，扔下咱娘兒倆跑了，咱要幹出個樣子讓他看看，也讓村子裡的人看看，沒有他咱們比有他過得還要好！」

母親還教育我，說她的父親也就是我的姥爺曾經不止一次地說過，人的嘴，其實就是個過道，魚肉和糠菜通過這個過道之後，其實都一樣。人不能自己慣自己，要過好日子，必須與自己的嘴做鬥爭。母親的話似乎有她的道理，如果我們在父親出走後的五年裡大吃大喝，我們的大瓦房就不可能蓋起來。住在茅草棚裡，即便滿肚子肥脂，又有什麼用處？她的理論與父親的理論截然相反，父親肯定會說：滿肚子糠菜，即便住在高樓大廈裡又有什麼意思？我舉雙手贊同父親的理論，用雙腳踩踐母親的理論，我盼望著父親能來把我接走，哪怕他讓我飽食一頓肥肉後再把我送回來。

我們喝完了粥，伸出舌頭把碗舔得乾乾淨淨，根本就用不著刷洗。然後母親就帶我到了院子裡，往那輛破舊的手扶拖拉機上裝貨。這輛拖拉機是老蘭家淘汰下來的，鋼鐵的把手被老蘭的大手攥出了明顯的痕跡，輪胎上的花紋早已磨平，柴油發動機內的缸套和活塞磨損嚴重，關閉不全，彷彿一個得了心臟病又患上氣管炎的老人，發動起來之後，黑煙滾滾，漏氣漏油，那聲音古怪之極，既像咳嗽又像打噴嚏。老蘭原本就是個慷慨的人，這些年因為賣攙水肉發了財就更加慷慨。他發明了用高壓水泵從動物肺動脈裡往動物屍體裡強力注水的科學方法，用他的方法，一頭二百斤重的豬，就可以注入滿滿的一桶水，而用舊的方法，一頭牛也只能注入半桶水。這些年來，城裡那些精明的市民用買肉的價錢買了我們村裡多少水？統計出來很可能是個驚人的數字。老蘭肚子溜圓，滿面紅光，說起話來洪鐘大嗓，天生一個當官的材料。他當上村長後，毫無保留地將高壓注水法傳授給眾鄉親，成了黑心致富的帶頭人。村裡人有罵他的，有貼小字報攻擊他的，也有寫人民來信控告他的，但擁護他的人遠比反對他的人多。後來我們才知道，老蘭就像一個高明的拳師一樣，不可能把全部的武藝毫無保留地傳授給徒弟，他還要留一手絕活保命。老蘭的肉同樣是注水肉，但他的肉色澤鮮美，氣味芬芳，放在烈日下曝曬兩天也不會腐敗變質，而別人的肉一天賣不出去就會發臭生蛆。這樣，老蘭的肉就不必擔心賣不出去而減價處理，其實他的肉那麼美麗也不存在賣不出去的問題。後來我們才知道老蘭的肉裡注的不是一般的水，而是福爾馬林液。

我父親與老蘭曾經狠狠地幹過一架，老蘭折斷了我父親一根小指，我父親咬掉了老蘭半個耳朵。為這事我們兩家結了仇，但父親私奔後，母親竟然與老蘭成了朋友。老蘭用廢鐵的價錢將他家淘汰下來的拖拉機賣給了我們。老蘭不但把拖拉機賣給了我們，還手把手地免費教會了我母親駕駛拖拉機。村子裡那些長舌婦製造謠言，說老蘭與我母親有了一腿，我以兒子的名義向我遠方的父親擔保，她們的話純屬放屁，她們是看到我母親學會了開拖拉機嫉妒，而嫉妒中的女人嘴基本上就是個肛門，嫉妒中的女人話基本上就是臭屁。老蘭貴為村長，腰纏萬貫，儀表堂堂，經常開著威風凜凜的大卡車進城送肉，什麼樣的女人沒見過？怎麼可能喜歡蓬頭垢面、衣衫襤褸的我的母親？我牢記著老蘭在村子裡的打穀場上教我母親開拖拉機的情景，那也是個冬日的早晨，紅日初升，打穀場旁邊的草垛上凝著一層粉紅的霜花，一隻通紅的大公雞站在牆頭上引頸長鳴，村子裡響著此起彼伏的臨死前的豬的尖叫，家家的煙囪裡冒著乳白色的煙霧，一列火車開出車站，向著太陽升起的方向奔馳。母親身穿著一件我父親扔下的肥大的土黃色茄克衫，腰裡紮著一根紅色的電線，坐在駕駛座上，雙臂張開，扶著把手，老蘭坐在她的身後車斗的前沿上，劈開兩條腿，分開兩條臂，抓住我母親握著拖拉機把手的手。這是真正地手把手地教，無論從前面看還是從後邊看，他都把我母親擁在他的懷裡，儘管我母親穿戴得像個火車站的裝卸工，毫無女性的美感可言，但她的實質是個女人，這就讓村子裡那些女人們醋性大發，也讓部分男人想入非非。老蘭有錢有勢，是公開的好色之徒，他根本不在乎人們說他什麼，但我母親是個被男人拋棄了的女人，寡婦門前是非多，她理應該小心謹慎，不給人們留下任何製造謠言的機會，但她竟然允許老蘭用這樣的姿勢教自己學車，這行為只能用利令智昏來解釋了。手扶拖拉機上的柴油機震耳欲聾地吼叫著，水箱裡冒著嫋嫋蒸氣，煙筒裡噴吐著黑色的油煙，給人的感覺是既聲嘶力竭又生氣蓬勃，它載著母親和老蘭在打穀場上冒冒失失地轉著圈子，彷彿一頭被鞭子轟趕著的牛犢。母親蒼白的臉上泛起兩片紅暈，兩隻耳朵紅得像公雞冠子似的。那天早晨實在是冷，是那種無風的乾冷，我的血液流動不暢，身體的邊邊角角像被貓兒咬著似的。母親的臉上卻流出了汗水，頭髮裡散發著熱氣。她從來沒跟機器打過交道，初次開車，儘管是最簡單的手扶拖拉機，但肯定也是興奮無比，激動萬分，否則在如此寒冷的嚴冬早晨流汗就不可解釋了。我看到母親的眼睛裡放射著一種美麗的光芒，自從父親走後，母親的眼睛還從來沒這樣明亮過。拖拉機在打穀場上轉了十幾圈後，老蘭飛身從車上跳下來。他的身體是那樣的肥胖但他的下車動作是這樣的矯健。老蘭下了車，母親緊張起來，她歪過頭找老蘭，拖拉機的車頭對著場邊的壕溝直衝過去。老蘭大聲喊叫著：扭把！扭把！母親緊緊地咬著牙關，連腮幫子上的肌肉都鼓凸起來。她終於在拖拉機即將躥到溝裡去的一瞬間，將方向扭轉過來。老蘭在場內轉動著身體，眼睛始終盯著我母親，好像有一條看不見的繩子一頭拴在我母親腰上，一頭牽在他的手裡。他大聲提醒著我母親：眼睛往前看，別看車輪子，車輪子掉不了，也別看手，你的手粗得像砂紙似的，沒有什麼好看的。對了，就像騎自行車一樣。我說過的，弄頭母豬綁在駕駛座上，牠也能開得團團轉，何況一個大活人！加油門，你怕什麼！

所有的雞巴機器都一樣，千萬別嬌貴它，當破銅爛鐵砸著最好，你愈把它當個寶貝它愈出毛病。對了，就這樣，你已經出了徒了，可以把它開回家去了，農業的根本出路在於機械化，知道這是誰說的嗎？你知道嗎？小雜種，老蘭盯著我問。我懶得回答他，實在是太冷，我的嘴唇都有點僵硬。行了，開走吧，看在你們孤兒寡母的分上，車錢三個月以後交。母親跳下車，她的腿軟了兩下，差點摔倒，老蘭伸出一隻胳膊架了她一下，同時說：小心，大妹子！母親滿臉通紅，好像是想說句感謝話，但張口結舌了半天，終於也沒說出什麼來。這突如其來的大喜，弄得她幾乎喪失了語言能力。我們想買老蘭家拖拉機的話兒十幾天前就通過村文書高大爺遞了過去，但一直沒有回音。我是個小孩子我也知道這件事根本就不可能成功，我爹咬掉了人家半塊耳朵，破了人家的相，人家怎麼可能把車賣給我們？如果是我，我就會說：羅通家的想買我的車？呸，我寧願把車開到灣子裡爛掉，也不會賣給她！但就在我們基本絕望了時，高大爺卻來傳話，說老蘭答應將車按廢鐵的價格賣給我們，並讓我們明天早晨到打穀場上去接車，高大爺說：村長說了，他是村長，理應該幫你們脫貧致富，他老人家要親手教會你開車。我們娘兒倆激動得一夜沒睡著，母親說一陣老蘭的好話，緊接著說一陣父親的壞話，然後就集中火力痛罵一陣野騾子。通過母親的痛罵，我才知道老蘭與父親那場生死大戰竟然是野騾子引起來的。我忘不了父親與老蘭大戰的那個早晨，也是早晨，但季節是初夏。

初夏的早晨人們很疲倦，因為夜實在是太短了，似乎剛一閉眼天就亮了。我和父親逃到塵土飛揚的大街上，還聽到母親在院子裡大聲吼叫。那時候我們還住著從爺爺手裡繼承下來的那三間低矮破舊的草屋，日子過得既亂七八糟又熱熱鬧鬧。那三間草屋在村子裡新蓋起來的紅瓦房群落裡寒酸透頂，就像一個小叫化子跪在一群披綢掛緞的地主老財面前乞討。院子的圍牆只有半人高，牆頭上生長著野草，這樣的圍牆別說擋不住強盜，連懷孕的母狗都擋不住。郭六家的那條母狗就經常跳到我家院子裡叼我們的肉骨頭。我經常入迷地看著那條母狗輕捷地跳進跳出，牠的黑色的奶頭擦著牆頭，落地後還晃晃蕩蕩。父親走在大街上，我騎在父親的肩頭上，高高在上地看著母親在院子裡一邊怒罵一邊用菜刀剁著一堆育秧拔苗後的地瓜母本，這是她從火車站前垃圾堆上撿回來的。因為父親的好吃懶做，我們家的日子過得像抽瘋一樣，富起來滿鍋肥肉，窮起來鍋底朝天。父親被母親罵急了就說：快了，快了，第二次土改就要開始了，到時候你就會感謝我了。但二次土改總是遲遲不來，害得母親不得不撿人家扔了的爛地瓜回來餵小豬。我家那兩隻小豬因為吃不飽，餓得吱吱亂叫，聽著就讓人心煩。父親曾經憤怒地說：叫叫，叫他媽的什麼叫，再叫就煮了吃了你們這些雜種。母親攥著菜刀，目光炯炯地看著父親，說：你敢，這兩頭小豬是我養的，誰敢動牠們一根毛兒我就跟誰拚個魚死網破！父親嘻嘻地笑著說：看把你嚇得那個樣子，這兩頭瘦豬，除了骨頭就是皮，白給我吃我也不吃！我仔細地打量過那兩頭小豬，牠們身上可吃的肉實在是有限，但牠們那四隻呼呼嗒嗒的大耳朵還能拌出兩盤子好菜，豬頭上最好吃的東西，我認為就是耳朵，那東西不肥不膩，裡邊全是白色的小脆骨，嚼起來咯咯嘣嘣，很有咬頭，如果用新鮮的頂花戴刺兒的小黃瓜加上蒜泥和香油一拌，味道就會更加美好。我說：爹爹，我們可以吃牠們的耳朵！母親憤怒地瞪著我，說：看我先把你這個小雜種的耳朵割下來吃了！她提著菜刀真的衝了上來，嚇得我撲到父親懷裡躲藏。她擰住了我的耳朵就往外拖，父親扳住我的脖子往後拽，我被撕裂的危險和痛苦折磨得尖聲嚎叫，與村子裡的殺豬聲混合在一起，幾乎沒有什麼區別。到底還是父親勁大，把我從母親手裡掙了出來。他低頭觀看了我的裂了紋的耳朵，抬起頭來說：你的心真狠！人家說虎毒不食親兒，我看你比虎還要毒！母親氣得面如黃蠟，嘴唇青紫，站在灶前渾身顫抖。我在父親的護衛之下，膽子壯了起來，便提著母親的名字大聲叫罵：楊玉珍，我這輩子就毀在你這個臭娘們手裡！母親被我罵愣了，目不轉睛地盯著我看。父親嘿嘿地乾笑幾聲，把我拎起來就往外跑，我們跑到院子裡，才聽到母親發出了尖利的長嚎。小畜牲，你把我氣死了哇……那兩頭小豬扭動著細長的尾巴，悶著頭在牆角上拱土，彷彿兩個試圖打洞越獄的囚徒。父親在我的腦袋上拍了一巴掌，低聲問我：你這小子，怎麼知道她的名字？我仰起臉望著他嚴肅的黑臉，說：我是聽你說的呀！——我什麼時候對你說過她叫楊玉珍？——你對野騾子大姑說過，你說，「我這輩子就毀在楊玉珍這個臭娘們手裡！」——父親用他的大手搗住了我的嘴，壓低了嗓門對我說：小子，你給我閉嘴，爹對你不薄，你可別害我！——父親的手肥厚鬆軟，散發著一股辛辣的菸味兒。這樣的男人手在農村比較少見，原因就在於他半輩子遊手好閒，幾乎沒參加沉重的體力勞動。他鬆開手後，我粗重地喘息著，對他的曖昧態度很不滿意。這時，母親提著菜刀從屋子裡躥了出來。她好像故意把頭髮搓亂了似的，腦袋不像腦袋，像村子中央那棵大楊樹上的喜鵲窩。她大叫著：羅通，羅小通，你們這兩個混蛋王八羔子，老娘今日不活了，跟你們拚了，這日子反正是沒法子往下過了，咱們一起完蛋吧！——母親臉上可怕的表情向我們宣告，她滿腔怒火，絕不是虛張聲勢，看樣子她是豁出來要跟我們同歸於盡了，一女拚命，十男莫敵，這種情況下迎頭上去，基本上是送死，這時候最明智的莫過於逃跑，我父親生活浪蕩，但智商很高，好漢不吃眼前虧，他一把將我抄起來夾在胳膊彎子裡，轉身就往牆根跑去，他沒往大門前跑是完全正確的，因為儘管我家沒有任何值錢的東西，但我母親還是恪守著她從娘家帶來的惡習，每天晚上都用一把大銅鎖把門鎖起來。如果說我們家還有什麼財物能換來一只豬頭，也只有這把銅鎖了。我猜想被肉饞急了時，父親肯定沒少打這把銅鎖的主意，但母親愛護這把鎖就像愛護她的耳朵一樣，因為這鎖是我姥爺送給她的嫁妝，是個象徵性的禮物，其中包含著姥爺一大片良苦用心。父親如果夾著我跑到門口，即便破門而出，也勢必浪費很多時間，而在這段時間裡，母親的菜刀很可能讓我們父子頭破血流。父親夾著我跑到牆邊，一個鷂子翻身便翻過了牆頭，將暴怒的母親和一大堆煩心事兒統統地拋在了腦後。我絲毫也不懷疑母親同樣具有翻越土牆的能力，但她並沒有這樣做，她把我們轟出院子後就停止了追趕，站在牆邊蹦跳了一陣就回到了房門前，一邊剁著那些爛地瓜，一邊罵人。這是一種絕妙的發洩方法，既不產生不可收拾的流血性後果，當然也就不必承擔法律責任，但同時又體會到了刀砍斧剁心中仇敵的快感，當時我猜想她把那些爛地瓜當成了我們的腦袋，現在回想起來，她更多的是把那些爛地瓜當成了野騾子的腦袋，她心中真正的仇敵不是我也不是父親，而是那個野騾子。她認為是野騾子勾引了我的父親，這是否是個冤案我也說不清楚，在父親與野騾子的關係上，究竟誰占主動、是誰先向對方送去了秋波，只有他們倆能說清。

我的父親是個聰明的人，他的智慧絕對在老蘭之上，他沒學過物理但他知道陰電陽電，他沒學過生理但他知道精子卵子，他沒學過化學但他知道福爾馬林液能殺菌防腐固定蛋白質並由此猜想到老蘭往肉裡注了福爾馬林液。他如果想發財肯定能成為村子裡的首富，對此我深信不疑。他是人中之龍，而人中之龍是不屑積攢家產的。人們見過松鼠、耗子之類小野獸挖地洞儲存糧食，誰見過獸中之王老虎挖地洞儲存食物？老虎平時躺在山洞裡睡覺，只有餓了才出來獵食，我父親平時吃喝玩樂，只有餓了才出來賺錢。父親不會像老蘭他們那樣白刀子進去紅刀子出來地去賺流血的錢，父親也不會像村子裡那些莽漢子到火車站上去當裝卸工賺流汗的錢。父親用他的智慧賺錢。古代有個善於解牛的庖丁，如今有個善於估牛的我父。牛在庖丁眼裡只是骨頭與肉之類的堆積，牛在我父眼裡同樣是骨頭與肉之類的堆積。我父高於庖丁的是，庖丁僅僅目光如刀，我父不但目光如刀而且還目光如秤。也就是說，把一頭活牛牽到我父面前，我父圍繞著那牛轉兩圈，頂多也不超過三圈，偶爾還象徵性地將手伸到牛的腋下抓兩把，然後就可以響亮地報出這頭牛的毛重與出肉率，其準確程度幾乎可以與當今英國最大的肉牛屠宰公司裡的電子肉牛估評儀相媲美，誤差不會超過一公斤。起初人們還以為我父親是信口開河，但經過幾次試驗之後，便不得不服氣。我父親的存在，使牛販子與屠宰戶之間的交易消除了盲目和僥倖，實現了基本公平。父親的權威地位確立之後，便有牛販子與屠宰戶討好他，希望能在估牛時占點便宜。但父親是個有遠大目光的人，他絕不會為了眼前的蠅頭小利敗壞自己的名聲，因為敗壞了自己的名聲就等於砸了自己的飯碗。牛販子提著菸酒送到我家，我父親把菸酒扔到街上，然後站在土牆上破口大罵。屠宰戶提著一只豬頭送到我家，我父親將豬頭扔到大街上，然後站在土牆上破口大罵。牛販子和屠宰戶都說：羅通那人，是個二桿子，但公正無比。父親剛正不阿的二桿子形象確立之後，人們對他的信任到了無以復加的程度，買賣雙方爭執不下的時候，就把目光投到他的臉上，說：咱們別爭了，聽羅通的吧！——好吧，聽羅通的，老羅，你說吧！——我父親神氣活現地繞牛兩圈，不看賣方也不看買方，雙眼望著青天，報出毛重與出肉率後，一口喊出一個價格，便躲到一邊抽菸去了。買賣雙方伸出手，拍了一個響，好！成交！等交割完畢後，買賣雙方都會走到我父面前，各抽出一張十元的票子，答謝他的勞動。有必要說明的是，我父親進入牛市之前，也存在著一種老式的經紀人，他們多數都是些黑瘦的糟老頭子，有的腦後還翹著一條小辮子，他們發明了袖筒裡摸價錢的方法，給這一行當蒙上了一層神祕色彩。我父親的出現，消除了交易的模糊性，也消除了交易過程中的黑暗現象，那些賊眉鼠目的經紀人被我父親趕下了歷史舞台。這是牲畜交易史上的巨大進步，大一點也可以說成是一場革命。我父親的眼力不僅僅表現在估牛上，估豬估羊也同樣在行，這就像一個技藝高超的木匠，不但能做桌子，同樣能做凳子一樣。好木匠還能做棺材，我父親估駱駝也不會有問題。

父親扛著我來到了初夏的打穀場上，我們村成為屠宰專業村後，土地基本上荒蕪；面對著屠宰行當中因為注水等等違法行為帶來的暴利，只有傻瓜才去種地。土地荒蕪之後，打穀場就成了肉牛的交易場。鄉政府裡那些幹部曾經試圖在鄉政府前建一個牲畜交易市場，藉以收取管理費，但人們根本就不聽他們那一套。鄉幹部帶領聯防隊員來強行取締我們村的肉牛交易場，與手持屠刀的屠戶們發生了爭執，最後動了武，差點出了人命，四個屠戶被拘留。屠戶妻子們自發地組成了一支上訪隊伍，有的披著牛皮，有的披著豬皮，還有的披著羊皮，到縣政府門前去靜坐示威，並且揚出狂言，說如果問題得不到解決，她們就要上省，省裡解決不了，就打火車票進京。如果這樣一群披著獸皮的女人出現在長安大道上，後果肯定不可想像，誰也不能把這群滾刀肉般的女人們怎麼樣，但縣長的烏紗帽十有八九要被摘掉。最終的結果是女人們得到了勝利，屠戶們被無罪放出，鄉幹部的發財夢破滅，我們村的打穀場上照樣六畜興旺，據說鄉長還被縣長痛罵了一頓。

早有七八個牛販子蹲在打穀場邊抽著菸等待屠戶，牛們站在一邊，不緊不慢地反芻著，不知死之將至。牛販子大多是西縣人，講起話來撇腔拿調，好像一群小品演員。他們大約每隔十天左右來一次，每人每次牽來兩頭牛，最多不超過三頭。他們一般都是乘坐那列特慢的客貨混編列車來，人和牛一個車廂，下車時約在傍晚，到達我們村子時正是半夜。那個火車小站距我們村不過十幾里路，即便是悠閒散步，這點路也用不了兩個小時，可這些牛販子從火車站走到我們村卻要用八個小時。他們拉著那些讓搖搖晃晃的列車弄得頭暈眼花的牛，從車站的出站口硬擠出來。身穿藍制服、頭戴大檐帽的檢票員仔細地查看著他們和牛的車票，查驗無誤後才將他們放行。他們的牛擠出鐵欄杆時，最喜歡躥一泡稀屎，噴濺到檢票員的大腿上，彷彿是戲弄她們，好像是嘲笑她們，可能是報復她們。如果是春天，跟他們同時下車同時出站的還有一些賒小雞賒小鴨的西縣人，他們用一根寬而且長光滑無比彈性良好的大扁擔挑著用葦子和竹片編製成的雞籠或是鴨籠，仄著身體走出車站，然後快步如飛地將牛販子們拋到身後。他們頭戴著寬邊大草帽，肩披著藍色的大披布，步伐輕快，儀態瀟灑，與那些衣冠不整、渾身牛糞、精神委頓的牛販子形成鮮明對照。牛販子們光著頭，敞著懷，都戴著那種當時非常流行的、鏡片上塗了一層水銀的賊光眼鏡，迎著火紅的夕陽，邁著八字步，走一步晃一晃，彷彿剛剛上岸的海員，行走在通往我們村子的鄉間土路上。走到那條歷史悠久的運糧河邊時，他們就將牛牽到河底，讓牠們喝上一飽。如果天氣不是冷得難以忍受，他們總是把自己的牛洗刷一番，讓牠們毛眼新鮮，神清氣爽，好像嶄新的嫁娘。洗完了牛他們就洗自己，他們仰躺在河底的細沙上，讓清清的流水從肚皮上緩緩流過。如果有年輕女人從河邊路過，他們就會像發情的公狗一樣汪汪亂叫。他們在水裡鬧騰夠了，爬上岸，讓牛在河邊吃夜草，他們圍坐在一起，喝酒，吃肉，啃乾巴火燒。一直吃喝到滿天星斗時才牽著牛醉醺醺地往我們村子裡磨蹭。牛販子們為什麼非要挨靠到半夜三更進村子，是一個屬於他們的祕密。少年時代的我曾經就這個問題問過我的父母和村子裡那些白了鬍子的老人，他們總是瞪著眼看著我，好像我問他們的問題深奧得無法回答或者簡單得不須回答。他們牽著牛走到村頭時，全村的狗就像接了統一的命令似的，齊聲狂叫。村子裡的人不分男女老少，都從睡夢中醒來，知道牛販子進村了。在我童年的回憶裡，牛販子都是一些神祕莫測的人物，這種神祕感的產生，與他們的夜半進村有著密切的關係。我從來都認為他們的夜半進村富含深意，但大人們總是不以為然。我記得在一些明月朗照之夜裡，村子裡的狗叫成一片後，母親就裹著被子坐起來，將臉貼在窗戶上，望著大街上的情景。那時父親還沒叛逃，但已經開始夜不歸宿，離叛逃不遠了。我悄悄地挺起身體，目光從母親身側穿過窗櫺，看到牛販子們拉著他們的牛，悄無聲息地從大街上滑過，剛剛洗刷乾淨的牛閃閃發光，好像剛剛出土的巨大彩陶。如果沒有沸騰的狗叫聲，眼睛看到的一切簡直就是一個美好的夢境，即便有了沸騰的狗叫聲，現在回憶起來，當時看到的情景也像一個美好的夢境了。儘管我們村子裡有好幾家小飯店，但牛販子們從不住店，他們直接地將牛牽到打穀場上等待天明，不管是颳風還是下雨，不管是嚴寒還是酷暑。有幾個風雨之夜，小飯店的主人曾經前來拉客，但牛販子們和他們的牛就像石頭雕像一樣在風雨中苦熬著，任你滿口蓮花，他們也不動心。難道就為了省幾個住店錢嗎？絕對不是，據說這些神祕的傢伙賣完牛進城後，一個個花天酒地，將腰包裡的錢花得差不多了才買上一張慢車票回去。他們的習慣和派頭與我們熟悉的農民大不一樣，他們的思想方法與我們熟悉的農民更不一樣。我少年時不止一次聽村子裡那些德高望重的人感歎道：嗨，這是些什麼人呢？這些人腦子裡想的是什麼呢？——是啊，這些傢伙腦子裡到底想的是什麼呢？他們弄來的牛有黃牛有黑牛，有公牛有母牛，有大牛有小牛，有一次還弄來了一頭奶子猶如大水罐的白花奶牛，我父親在估這頭奶牛時頗費了一些周折，因為他弄不太明白牛的奶袋子該算肉還是該算下貨。

牛販子見到我父親，都從短牆邊上站了起來。這些傢伙大清早地就戴上了賊光鏡子，看起來有幾分恐怖，但他們的嘴邊上掛著笑紋，說明了他們對我父親相當尊重。父親把我從脖子上卸下來，蹲在離牛販子十幾尺遠的地方，摸出一個癟癟的菸盒，剝出一支變形潮濕的菸捲兒。牛販子們將自己的香菸投過來，十幾支香菸落在父親的面前。父親將投過來的菸捲兒收攏在一起，整整齊齊地擺放在地上。牛販子們說：媽了個巴子的老羅，抽吧，幾支菸捲兒怎麼能收買了你？父親微笑不答，還是抽自己的劣菸。村子裡的屠戶們三三兩兩地走來，他們的身體似乎都洗得乾乾淨淨，但我還是聞到了他們身上散發出來的血腥味兒，可見即便是牛血豬血，也是洗不乾淨的。牛們也嗅到了屠戶身上的氣味，牠們擠在了一起，眼睛裡閃爍著恐懼的光芒。幾頭年輕的牛屁眼裡往外躥屎，幾頭老牛看樣子還很鎮靜，但我知道牠們是強做出的鎮靜，因為我看到了牠們的尾巴緊緊地縮了進去，極力控制著不拉稀，但牠們大腿上的肌肉在顫抖，就像微風從平靜的水面上吹過去一樣。農民對牛的感情很深，殺牛、尤其是殺老牛曾經被視為傷天害理之舉，我們村子裡那個女瘋瘋病人，經常在夜深人靜的時候，跑到村頭上的公墓裡大聲哭叫，她翻來覆去地重複著一句話：不知道是哪輩子祖宗殺了老牛，讓後代兒孫得了報應。牛是會哭的，那頭曾經讓我父親困惑的老奶牛被屠宰時，前腿一屈就跪在了屠戶面前，兩隻藍汪汪的眼睛裡流出了大量的淚水。屠戶見狀，攥著屠刀的手頓時軟了，許多關於牛的故事湧上他的心頭。屠刀從他的手裡滑脫，噹啷一聲落在了地上。他的雙膝一軟，竟然與老牛對面相跪。然後那屠戶就放聲大哭起來。從此那屠戶就放下屠刀，立地變成了一個養狗的專業戶。人們問他到底為了什麼跪在牛前大哭，他說，從老牛的眼睛裡，他看到了自己死去的老娘，也許這頭牛就是自己的老娘轉世。這屠戶姓黃名彪，改行成了養狗專業戶後，一直養著這頭老牛，就像一個孝子奉養自己的老娘親一樣。在野草茂盛的季節，我們經常看到他領著老牛到河邊去吃草。黃彪走在前，老牛跟在後，根本不需韁繩牽引。有人聽到黃彪對老牛說：娘，走吧，到河邊去吃點青草吧。有人聽到黃彪對老牛說：娘，回去吧，天就要黑了，您眼色不好，小心吃了毒草。黃彪是個有眼光的人，他剛開始養狗時，受到很多人的嘲笑。但幾年之後，就沒有人敢再嘲笑他了。他用本地出產的狗與德國種狼狗雜交，生出了既勇敢又聰明、既能看家護院又能幫助主人通風報信的優良品種。市裡那些前來調查黑心肉的幹部或是記者什麼的，離村子三里狗就嗅了他們的氣味，然後就狂吠不止，屠戶們得到警報，立即堅壁清野，灑掃庭除，讓那些幹部、記者之類的，拿不到任何證據。曾經有兩個晚報記者化妝成不法肉商潛入村子，妄圖揭開我們這個大名鼎鼎的黑肉莊的黑蓋子，儘管他們在自己的衣服上抹了豬油灑了牛血，欺騙了屠戶們的眼睛，但終究瞞不過狗們的鼻子，幾十條黃彪培育出來的雜種狗追著這兩個記者的屁股從村子西頭咬到村子東頭，終於咬破他們的褲子，使他們的記者證從褲襠裡掉了出來。我們的村子的黑心缺德肉之所以能夠源源不斷地生產但是從來沒讓有關部門抓住把柄，除了有關部門的腐敗之外，黃彪實在立下了大功勞。他還培育出一種菜狗，這種狗都是傻大個子，智商很低，見了主人搖尾巴，見了入戶盜竊的小偷也是搖尾巴。這種狗因為頭腦簡單，心地善良，所以就能吃能睡，長膘特快。這樣的肥狗供不應求，剛剛生下來的小狗就有人上門來訂購。距我們村子十八里有一個朝鮮族同胞聚居的花屯，他們天下第一等地喜食狗肉，喜食必然善做，他們把狗肉餐館開到了縣城、市城甚至省城。花屯狗肉大大有名，而花屯狗肉的有名，很大程度上得力於黃彪提供的優質原料。黃彪的狗肉煮出來除了具有狗肉的香氣外還有小牛肉的香氣，其原因在於，黃彪為了加快母狗的繁殖速度，小狗生出十幾天就強行斷奶，然後用牛奶餵養。牛奶當然來自那頭老奶牛。村子裡那些壞人看到黃彪發了狗財心懷嫉妒，便惡語攻擊：黃彪黃彪，你把老牛當娘養，好像是個大孝子，其實你是個虛偽的傢伙，如果老牛是你的娘，你就不應該擠你娘的奶水餵小狗，你用你娘的奶水餵小狗，你娘豈不是變成狗娘了嗎？而如果你娘是狗娘，你不就成了狗娘養的了嗎？而如果你是個狗娘養的你不也成了一條狗了嗎？——壞人們的車軲轆話把黃彪問得直翻白眼，他想不明白索性就不想，抄起生了鏽的殺牛刀，對準那些壞人刺去，壞人們見事不好，拿腿就跑，但黃彪新娶的朝鮮族媳婦早已把那些狗放開，智商不高的菜狗們在智商很高的種狗們的率領下，一窩蜂般地去追趕那些壞人，在曲曲折折的街巷裡，很快就傳來了壞人們的尖叫和狗們的狂叫。黃彪美麗如花的朝鮮族小媳婦哈哈大笑，黃彪則搔著脖子傻笑。黃彪的媳婦皮膚雪白，黃彪皮膚漆黑，二人站在一起，黑的顯得更黑，白的顯得更白。黃彪沒和朝鮮族小媳婦結婚之前，經常在半夜三更時分到野騾子的後窗戶外唱歌，野騾子就說：兄弟，回去吧，我已經有人了，但是，我一定幫你找個好媳婦。朝鮮族小媳婦就是野騾子幫他找的。

屠戶們進場之後，交易就開始了，他們圍著牛轉來轉去，一時好像拿不定主意該買哪頭，但只要有一個伸手抓住了某頭牛的轠繩，所有的屠戶就會在三秒鐘內抓住牛的轠繩，閃電般地，所有的牛就統統找到了買主。幾乎不會發生兩個屠戶搶買一頭牛的情景，如果有這種情況，他們也會用飛快的速度解決。在一般的情況下，同行是冤家，但我們村的屠戶在老蘭的組織領導下，變成了一個團結友愛、共同對敵的戰鬥集體。老蘭通過向屠戶們傳授注水法建立了自己的威信，暴利和非法把這些人聚合到了一起。當屠戶們抓住了牛轠繩之後，牛販子們才懶洋洋地靠攏過來，然後，牛販子和屠戶一對一地談質論價，爭論不休。自從我父親的權威確立之後，他們之間的爭論就變得無足輕重，漸漸地流為形式和習慣，最終一錘定音的，靠此時還蹲在牆根抽菸的我父親。爭論一陣後，屠戶和牛販子就成雙成對的，拉著牛，走到我父親面前，宛如去鄉公所登記婚姻的男女。但那天的情況有點特殊，屠戶們進場之後，沒有像往常那樣走進牛群，而是在場邊逛來逛去，他們的臉上掛著一種心領神會的微笑，讓人看了後感到很不舒服。尤其是當他們從我父親面前經過時，那種皮笑肉不笑的微笑後邊隱藏著的東西更讓人產生不祥的預感，似乎有一個巨大的陰謀正在醞釀之中，只要時機成熟就會爆發。我膽怯地偷看著父親的臉，他還是像往常那樣，麻木不仁地抽著劣質菸捲，牛販子們扔過來的好菸整齊地擺在他的面前，他一根也不動。往常裡這些菸他也一根不動，等到交易結束那些屠戶就會把地上的菸撿起來抽掉。往常裡屠戶們抽著從地上撿起來的菸，誇獎著我父親的廉潔公正。有人半開玩笑地說：老羅老羅，如果全中國的人都像你這樣共產主義早就實現好幾十年了。我父親笑著不說話，每當這時刻我的心裡就驕傲得厲害，並且經常暗下決心：做事要做這樣的事，做人要做這樣的人。牛販子們也發現了那天的反常氣氛，他們把目光往我們父子這邊投過來，也有的冷靜地觀察著轉來轉去的屠戶們。大家都在心照不宣地等待著什麼似的，就像一群耐心的觀眾，等待著好戲的開場。

紅紅的太陽像一個紅臉膛的鐵匠從東邊的麥田裡升起來後，主角終於進了場。他就是我們村子裡的村長老蘭，一個身材高大、肌肉發達的漢子，那時候他還沒有發胖，肚子還沒凸出來，腮上的肉還沒耷拉下來。老蘭生著一部土黃色的絡腮鬍鬚，眼珠子也是黃色的，看樣子不像個純粹的漢人。他大踏步地走進場子，人們的目光全都投到了他的身上。他的臉皮被陽光照耀，顯得格外光彩。老蘭走到我父親面前站住，但他的目光卻越過低矮的土牆看著牆外的原野，那裡太陽正在往高裡爬升，大地一片輝煌，麥苗子碧綠，野花開放，發出清香，雲雀在玫瑰色的天空中歌唱。老蘭根本就沒把我父親看在眼裡，好像土牆邊上根本就沒有我父親這個人，他連我父親都不放在眼裡，當然更不會把我放在眼裡，也許是陽光照花了他的眼睛？這是我當時的天真想法，但很快我就明白了，老蘭是在挑釁。他一邊歪著頭向那些屠戶和牛販子說著話，一邊就拉開了制服褲子的拉鍊，大大咧咧地掏出了那個黑不溜秋的傢伙。一股焦黃的液體在我們父子眼前呲呲啦啦地落下來，我的鼻子馬上就嗅到了熱哄哄的臊氣。他這泡狗尿可真夠長，伸展開來最少十五米，這泡尿他最少憋了一夜，他早有預謀地憋了一泡長尿來羞辱我的父親。父親眼前那十幾根菸捲兒在尿液中翻滾著，很快就膨脹得不像樣子。老蘭掏出傢伙那一瞬間，屠戶們和牛販子們發出了一陣古怪的笑聲，但他們的笑聲突然就停止了，就像他們的脖子都被無形的大手捏住了。他們張口結舌地看著我們，臉上都凝固著驚愕的表情。連那些早就知道老蘭要跟我父親叫板的屠戶們也想不到他會採用這種極端的方式。老蘭的尿液噴濺到我們的腳上和腿上，甚至還有一些噴濺到我們臉上和嘴裡。我憤怒地跳了起來，父親卻一動不動，像一塊僵硬的石頭。我破口大罵：老蘭，操你的親娘！我父親一聲不吭。老蘭臉上掛著微笑，依然是一副目中無人的樣子。父親雙目瞇縫著，好像一個悠閒的農夫在欣賞著房檐上的流水。老蘭撒完了尿，拉上拉鍊，然後轉身向牛群走去。我聽到那些屠戶和牛販子們都長出了一口氣，不知道他們的長出氣是表示遺憾呢還是表示欣慰。然後屠戶們就進了牛群，很快就各人選定了要買的牛。牛販子們也走了上去，與他們的買主們爭吵著。我發現他們的爭吵心不在焉，我知道他們的心思根本就不在交易上，他們雖然沒正眼看我父親，但我知道他們每個人心裡想著的都是我的父親。我父親在幹什麼呢？他併攏起雙膝，將臉放在膝蓋上，好像一隻蹲在樹杈上打盹的老鷹。我看不到他的臉，當然也就無法知道他臉上的表情。我對他的軟弱非常不滿，那時我只不過是個五歲的孩子，也知道老蘭非常嚴重地侮辱了我父親，任何一個有點血性的男人面對這樣巨大的侮辱都不會忍氣吞聲，連我這個五歲的孩子都敢破口大罵，但我父親一聲不吭，宛如一塊死石頭。那天的交易沒聽我父親的一錘定音就完成了。但交易完成之後，賣買雙方還是按照老習慣走到我父親面前，將一些鈔票扔給他。第一個到我父親面前扔鈔票的竟然是老蘭，這個狗雜種，好像他對著我父親的臉撒尿還沒出夠氣似的，竟然將兩張嶄新的十元鈔票用手指彈得波波地響著，似乎要引起我父親的注意，但我父親還是保持著方才的姿勢，隱藏著自己的臉。老蘭表現出一副更加失望的樣子，目光往四周逡巡一圈，然後就把那兩張鈔票扔在了我父親面前。其中一張鈔票恰好落在他那泡尚未蒸發完畢的狗尿裡，與那些脹破了的菸捲兒混在了一起。此時，在我的心目中，父親已經死了，他把我們老羅家十八輩子祖宗的臉都丟盡了，他根本算不上一個人了，他勉強還可以算一根被老蘭的狗尿泡漲了的菸捲兒。老蘭扔下錢後，牛販子和屠戶們也都過來扔錢，他們的臉上充滿了悲憫的表情，好像我們是一對特別值得同情的乞丐。他們扔給我父親的錢都比平日裡多了一倍，說不清是對我父親不反抗的獎賞呢還是跟著老蘭學樣子冒充慷慨大度。看著那些宛如枯葉般降落到我們面前的鈔票，我大聲哭泣起來。父親終於把他那顆碩大的頭顱從膝蓋上抬起來，他的臉上沒有憤怒也沒有悲傷，彷彿一塊乾枯的木板。他冷冷地看著我，眼睛裡漸漸地露出一些困惑的神色，好像他弄不明白我為什麼要哭泣似的。我用爪子抓著他的脖子，說：爹，我再也不願意叫你爹了，我寧願叫老蘭爹也不願叫你爹了！我的聲音很大，眾人愣了片刻，然後便哈哈大笑。老蘭對著我翹起了大拇指，說：小通，好樣的，我收你這個兒子，從今之後，你可以到我家來吃來住，想吃豬肉咱就煮豬肉，想吃牛肉咱就煮牛肉。如果你能把你的娘帶來，我更是舉雙手歡迎！我的恥辱到了無以復加的程度，對著老蘭的大腿撞過去。老蘭輕鬆地一閃身就躲過了我的撞擊，我跌仆在地，嘴唇磕破，流出了黑血。老蘭大笑著說：小子，剛剛認了爹就撞我，這樣的兒子誰敢要？沒人拉我，我只好自己爬起來。我回到父親身邊，用腳踢著他的腿，發洩著我對他的不滿。父親根本不生氣，也根本不覺悟，他用那兩隻巨大的軟弱的手，搓了搓自己的臉。然後伸伸胳膊，打了一個呵欠。這是一個標準的慵懶無比的老公貓的動作。接下來，他低下頭，慢吞吞地、認真地、仔細地、一張張地，把那些疊合在老蘭的狗尿窩子裡的鈔票撿起來。他撿起一張就舉起來對著陽光看看，好像在辨認真偽。最後，他還把那張老蘭扔下的讓尿泥污染了的嶄新鈔票放在自己褲子上認真地擦拭乾淨。他把錢放在膝蓋上碰撞整齊，夾在左手的中指和無名指縫裡，往右手的拇指與中指肚上啐了一些唾沫，然後就一張張地撚著數起來。我撲上去奪他手裡的錢，我想把那些錢奪出來撕得粉碎，然後揚到空氣裡當然最好是揚到老蘭的臉上，發散一下蒙在我們父子頭上的恥辱。但父親機警地跳起來，將夾著錢的左手高高舉起，嘴巴裡連聲喊著：傻兒子，你這是幹什麼？錢是沒有錯誤的，錯誤都是人犯下的，你對著錢發脾氣是不應該的。我左手拽住他的胳膊彎子，右手高舉起，身體往上躥跳著，試圖從他的手裡把那些恥辱的鈔票奪出來，但我的企圖在高大的父親腋下根本不可能實現。我惱怒萬分，用腦袋一下下地頂撞著他的腰。父親拍著我的腦袋，用友好的口吻哄著我：好了好了，兒子，不要鬧了，你看看那邊，你看看老蘭那頭牛，牠已經發怒了。

那是一頭肥滾滾的魯西大黃牛，生著兩根平直的角，身上的皮毛像緞子似的，發達的肌肉在皮下滾動著，好像後來我從電視上看到過的那些健美運動員。牠身體金黃，卻生著一個怪異的白臉，這樣的白臉大牛我還是第一次見到。那是頭閹過的公牛，白臉上生著兩隻紅邊的眼睛，斜著眼睛看人，臉上的表情讓人感到恐怖。現在回憶起來，我想那種表情恰似傳說中的太監的表情。人被閹了，性情要變，牛被閹了，性情也要變。父親的提示讓我暫時地忘了錢的事情，我轉回頭去看那頭牛，老蘭在頭前牽著牠，得意洋洋地往前走。他應該得意，他沉重地侮辱了我們，但是沒遭到任何的反抗，這對於提高他在村子裡的威信、對於提高他在牛販子中的威信都大大地有好處。唯一一個不把他放在眼裡的人被他征服了，從此之後在村子裡更沒有人敢跟他叫板了。但是緊接著就發生了驚人的事情，多少年後想起這件事我還是疑神疑鬼。那頭懶洋洋的魯西大黃牛突然停止了前進，老蘭轉回頭用力拉著韁繩，試圖強拉牠前進。

牠穩穩地站住，似乎一點勁兒也沒使，就把老蘭使出的蠻勁兒化解了。老蘭殺牛出身，他身上的氣味就足以讓一頭膽小的牛觳觫不止，無論多麼倔強的牛，在他的面前也只能乖乖地等死。他拉不動牠，就轉到牛側，抬起巴掌，在牛腚上猛拍了一掌，同時嘴裡發出一聲斷喝，在他的這一拍一喝之下，一般的牛連屎都要嚇出來的，但這頭魯西大黃牛根本就不尿他那一壺。老蘭剛在我父親那裡得了大勝利，正是一個驕兵，便不顧牛性，對著牛肚子踢了一腳。魯西大黃牛把屁股扭了扭，哞地吼了一聲，然後就低下頭，往前拱了一下子，牠似乎還是沒用多大的勁頭兒，但是老蘭的身體就如一張沒有多少重量的草席一樣，在空中舒展開來。在場的牛販子和屠戶們被這突然的變故給驚呆了，都張著嘴，說不出話，更沒有人衝上前去營救老蘭。大黃牛低著頭繼續向前衝，老蘭畢竟不是凡人，在危急的關頭，他就地打了一個滾，躲開了黃牛要命的一頂。黃牛眼睛紅了，又一次發起進攻，老蘭靠著他的就地翻滾的好功夫一次次地死裡逃生，終於抓住一個機會站了起來。看樣子他受了傷，但傷得不太重。他與牛對面相峙，歪著腰瞪著眼，連眼珠子都不敢錯。牛低著頭，嘴巴裡吐著白沫子，呼呼哧哧地喘著粗氣，隨時都準備發動新的進攻。老蘭舉起一隻手，看樣子是想分散牛的注意力，他那副外強中乾的樣子，很像一個嚇破了膽但還死要面子的鬥牛士。他往前蹀躞了一步，牛巍然不動，只是把巨大的頭垂得更低了些，牠的新一輪進攻隨時都會展開。老蘭終於放下了英雄好漢的架子，虛張聲勢地喊叫了一聲，轉身就跑。大牛撒開四蹄，窮追不捨，牛尾巴舒直，活像一根鐵棍子。牠的蹄子把地上的泥巴抓起來揚出去，好像彈片橫飛。老蘭狼狽逃竄，他下意識地朝著人多的地方跑去，希望能得到人們的保護，但在那種時刻，誰還顧得了他？都怪叫著逃命不迭，只恨爺娘少生了兩條腿。幸虧大黃牛通人性，死追著老蘭不放，不移怒他人。牛販子和屠戶們跑得滿場散沙，有的跳牆有的上樹。老蘭被嚇傻了，竟然對著我們父子跑了過來。我父親情急之下，一手抓住我的脖子，一手托住我的屁股，一下子就把我扔到了牆頭上。就在這一瞬間，老蘭這傢伙，躲到了我父親的身後。我父親想閃開他，但他在後邊緊緊地揪住我父親的衣服，拿我父親當了他的盾牌。我父親往後退縮著，老蘭自然也隨著往後退縮，終於退到了牆根上。父親把手裡的鈔票放在牛的眼前搖晃著，嘴裡嘮叨著：牛啊，牛，咱們近日無仇，遠日無怨，有什麼事兒咱們好說好商量……說時遲那時快，父親將手中的鈔票對準牛眼揚過去，幾乎就在同時，他猛地撲到了牛頭上，將他的手指插進了牛鼻子，抓住了牛的鼻環，將牛頭高高地拽起來。這些由西縣牛販子弄來的牛，幾乎都是耕牛，而耕牛都是扎了鼻環的，牛鼻子是牛身上最脆弱的地方，我父親雖然不是個好農民，但他對牛的瞭解比最優秀的農民還要出色。我騎在牆頭上，熱淚奪眶而出，父親，我為你感到驕傲，你在危急關頭，大智大勇，洗刷了恥辱，掙回了面子。屠戶們和牛販子們蜂擁而上，幫助我父親，將白臉的大黃牛按倒在地上。為了防止牠起來傷人，一個屠戶用兔子般的速度跑回家，拿來一把鋒利的屠刀，就在打穀場上，結果了牠的生命。屠戶用力過度，把牠的心臟幾乎戳成了兩半，他拔刀出來時，一股熱血從刀口裡火辣辣地躥出來，把我父親染成了一個血人。

牛死了，眾人從牛身上慢慢地站了起來。紅黑的牛血還像泉水似的從刀口裡咕咕地往外冒著，血裡夾雜著泡沫，一股熱哄哄的腥氣瀰漫在清晨的空氣裡。眾人都像撒了氣的皮球，身體變得癟塌塌的。大家都有滿肚子的話要說，但沒有一人開口。我父親縮著脖子，齜出一嘴結實的黃牙，說：老天爺爺，嚇死我了！眾人的眼睛轉移到老蘭臉上，讓老蘭無地自容。為了掩飾窘態，他低頭看牛。牛的四條腿伸直了，大腿內側的嫩肉顫抖不止，一隻藍色的牛眼大睜著，好像餘恨未消。他踢了死牛一腳，說：媽的，打了一輩子雁，差點讓雁雛啄了眼睛！說完了這話他抬起頭看著我父親，說：姓羅的，今日我欠了你一個情，但咱們的事還沒完。我父親說：咱們之間有什麼事？咱們之間根本就沒事。老蘭氣哄哄地說：你不要動她！我父親說：不是我要動她，是她讓我動她。我父親得意地笑著說：她說你是一條狗，她不會再讓你動她了。當時，他們的話我聽得糊糊塗塗，後來我當然知道了他們說的那個她就是開小酒店的野騾子。當時我就問：爹，你們說什麼呀？動什麼呀？我爹說：小孩子不要問大人的事情！老蘭卻說：兒子，你不是要跟我姓蘭嗎？怎麼還叫他爹？我說：你是一泡臭狗屎！老蘭說：兒子，回家對你娘說去，就說你爹鑽進了野騾子的×！我父親頓時變得像那頭暴怒的公牛一樣，低著頭朝老蘭撲去。他們的接觸非常短暫，人們很快就把他們分開，然而就在這短暫的接觸中，老蘭折斷了我父親的一根手指，我父親咬掉了老蘭半個耳朵。我父親吐出老蘭的耳朵，恨恨地說：狗東西，你竟敢對我兒子說這樣的話！

母親吩咐我把手扶拖拉機的車廂後擋板關好，她自己去牆角上拖過來兩筐牛羊骨頭。她一手抓住筐沿一手把住筐底，一挺腰桿，就把筐裡的骨頭倒入車廂。盡是些大骨頭，噼哩咔啦地響。這些骨頭是我們收來的廢品，不是我們吃肉啃出來的。如果我們能吃出這樣多的肉骨頭——哪怕只有百分之一——那我就一點牢騷也沒有了，那我就根本不去懷念我的父親了，那我就會立場堅定地站在母親的陣線上，與她一起聲討父親和野騾子的滔天罪行。有好幾次我曾經想從幾根看起來還新鮮的牛腿骨裡砸出點骨髓解解饞，但結果都是失望，賣骨頭的人早就把骨髓吸乾淨了。裝完了肉骨頭，母親讓我幫她往車廂裡裝廢鐵，說是廢鐵，其實都是些完好無缺的機器零件，有柴油機上的飛輪、建築腳手架上的接頭、城市下水道的井蓋子，般般樣樣，應有盡有。有一次我們還收到了一門日本造的迫擊炮，是一個八十多歲的老頭子和一個七十多歲的老太太用騾子馱來的。起初我們沒有經驗，既然是當廢鐵收來的，就當廢鐵賣掉，我們賺的就是那一分一釐的差價。但我們很快就學精了，我們把收到的機器零件分門別類，進城去賣給各種各樣的公司，建築零件賣給建築公司，井蓋子賣給下水道公司，機器零件賣給五金交電公司。那門迫擊炮找不到合適的公司賣，暫時放在家裡珍藏著。即便找到合適的公司我也堅決不同意賣掉。我像所有的男孩子一樣，黷武好戰，對武器愛得癡迷。父親的私奔，使我在同齡男孩面前抬不起頭來，但自從有了這門迫擊炮，我就挺起了腰桿子，比有爹的孩子還神氣。我曾經聽到兩個在村子裡一貫地橫行霸道的男孩子悄悄地議論，說今後可不敢隨便欺負羅小通了，他家買了一門迫擊炮，日本造的，誰要得罪了他，他就會架起炮瞄準誰的家，轟的一聲，就把誰的家炸平了。聽了他們的悄悄話，我得意洋洋，心花怒放。我們把不是廢鐵的廢鐵賣給各種專門公司，價錢儘管比同類產品低得多，但比真正的廢鐵價格高多了，這也是我們能在五年內蓋起大瓦房的重要原因。裝完廢鐵，母親從廂房裡拖出了一堆廢紙盒子，拆開展在地上，然後她就讓我從壓水井裡往外壓水。這是我經常的工作，我知道早晨的生鐵井把子溫度特低，能把人手上的皮沾去。我戴了一副僵硬的勞保豬皮手套保護自己的手。這副手套也是我們當破爛收來的。我們家的大部分東西，從炕上的海綿枕芯到鍋裡的鏟子，都是收來的破爛。有的破爛其實是根本沒用過的，我頭上戴著的羊剪絨棉帽子就是從來沒戴過的，而且還是正兒八經的軍用品，散發著一股子刺鼻的樟腦味兒，帽裡一個紅方框標著出廠的時間：一九六八年十一月。那時候我爹還是個尿炕的男孩子，我娘還是個尿炕的女孩子，沒有我。我戴著大手套，手很笨，天氣嚴寒，壓水井裡的皮墊子凍住了，邊緣漏氣，壓著嗤嗤響，上不來水。母親生氣地喊：

「快點，你磨蹭什麼？都說『窮人的孩子早當家』，可你十歲了，連桶水都壓不出來，養你管什麼用？你最大的本事就是吃吃吃，如果你能拿出吃的一半本事來幹活，就是個披紅戴花的勞動模範……」

在母親的絮叨聲中，我的心裡憤憤不平。爹啊，自從你走後，我吃的是豬狗食，穿的是叫化衣，幹的是牛馬活兒，可她還是不滿意。爹呀，你走時就盼望著二次土改，現在我比你還盼望二次土改。父親逃亡之後，母親得了一個外號「破爛女王」。我名義上是破爛女王的兒子，實際上是破爛女王的奴隸。母親的嘮叨升級成了怒罵，我的自愛自戀降級成了自暴自棄。我摘掉皮革勞保手套，裸手抓住井把子，呲啦一聲響，手與井把子黏在了一起。生鐵井把子，你冷吧，你凍吧，你把我手上的皮肉全都沾了去吧。我破罐子破摔，什麼也不在乎，凍死了我，她就沒有兒子，如果沒有兒子，她的大瓦房和大卡車就喪失了意義。她還做著盡快給我結一門娃娃親的美夢，對象都有了，就是老蘭的黃毛閨女，比我大一歲，小名叫甜瓜，大名還沒有，她個子比我高半頭，患了嚴重的鼻炎，長年通著兩道黃鼻涕。母親妄想攀老蘭家的高枝，我恨不得架起迫擊炮把老蘭家給轟了。母親，你做夢去吧！我的手握住井把子，皮膚立即黏上了，黏上就黏上吧，反正這手首先是她兒子的手，然後才是我的手。我用力壓著井把子，唧筒裡咕咕地響著，冒著熱氣的水湧上來，嘩嘩地流到桶裡。我將嘴巴插到桶裡，喝了幾口水。她吼我，不許我喝涼水，我不理她，偏要喝，最好喝得肚子痛，痛得滿地打滾，好像一頭剛拉完磨的小毛驢。我提著水桶到了她身邊，她讓我去拿水舀子。我拿來水舀子，她讓我舀水往紙殼上潑。潑得不能太多，也不能太少。水潑到紙殼上很快就凍成了冰，然後她就往上鋪一層新紙殼，我再往上潑水。這樣的事我們幹了許多次，配合默契，十分熟練。這樣的紙殼壓秤，我潑到紙殼上的是水，收穫的是鈔票。村子裡的屠戶們往肉裡注的是水，收穫的也是鈔票。父親逃跑後，母親很快就從痛苦中振作起來，她試圖當屠戶，帶著我到孫長生家學徒。孫長生的老婆與我母親是遠房的姨表姊妹。但白刀子進去紅刀子出來的活兒畢竟不適合女人幹，母親有吃苦耐勞精神，但畢竟不是母夜叉孫二娘。我們娘兒倆殺小豬小羊還馬馬虎虎，要殺大牛就難點。大牛也欺負我們，對著我們翻白眼，儘管我們手裡也提著雪亮的刀。孫長生對我母親說：他大姨，你幹這活兒不合適。市裡正在提倡放心肉，賣黑心肉的事遲早要砸鍋，咱們這些當殺手的，賺的就是注水錢，一旦不讓往肉裡注水，就沒有什麼賺頭了。孫長生勸我母親收破爛，說這活兒基本上是無本的買賣，只有賺沒有賠。我母親經過調查研究，認為孫長生說得有理，於是，我們娘兒倆就幹起了收破爛的活兒。三年之後，我們就成了周圍三十里內最有名氣的破爛王。

我們把凍成一體的紙殼板子抬到車上，四周用繩子封好，裝車到此完畢。今天我們要去的地方是縣城。縣城隔三差五地我們就去一次，每去一次就讓我傷心一次。縣城裡好吃的東西太多了，隔著二十里我就嗅到了從那裡散發出來的肉香，除了肉香還有魚香，但魚肉都與我無緣。我們的口糧母親早就準備好了：兩個冷餑餑，一塊鹹菜疙瘩。如果破爛賣了個好價錢，弄虛作假蒙混過了關——這些年來收購破爛的土產公司也愈來愈精了，他們被各地的破爛王給騙怕了——她的心情很好，我就會得到一根油條的獎賞。我們蹲在土產公司大門外的避風處——夏天就蹲在樹蔭下——嗅著從土產公司前面那條斜街上飄過來的數十種香氣，啃著我們的鹹菜疙瘩冷餑餑。那條斜街是條肉食街，露天裡擺著十幾個燒肉的大鍋，鍋裡煮著豬羊牛驢狗頭、豬羊牛驢蹄、豬羊牛驢狗肝、豬羊牛驢狗心、豬羊牛驢狗肚、豬羊牛驢狗腸、豬羊牛驢狗肺、豬牛驢尾巴棍兒，案板上擺著熱氣騰騰的、五彩繽紛的肉，賣肉的握著明晃晃的大刀，有的將那些好東西切成片兒，有的將那些好東西切成段兒，賣肉人的臉都紅彤彤的、油嘟嚕的，氣色好極了。賣肉人的手指有粗有細、有長有短，但都是有福的手指，它們可以隨便地撫摸那些肉，它們沾滿了油，沾滿了香氣。我要是能變成一根賣肉人的手指該有多麼幸福啊！但是我變不成有福的手指。我在寒風中啃著硬邦邦的冷餑餑，眼淚嘩嘩地往下流。母親賞給我一根油條時，我的心情有所好轉，但眼淚還是止不住地往下流。母親曾經問過我：兒子，你到底哭什麼？我就說：娘，我想爹了。母親的臉色頓時就變了，她沉思片刻，淒然一笑，說：兒子，你不是想爹，你是想肉。你那點小心眼子怎麼能瞞了我？但是，現在我還不能滿足你的要求，人的嘴巴，最容易養貴，一旦養貴，麻煩就大了。古往今來多少英雄好漢，就因為把嘴巴養貴了，喪失了做人的志氣，壞了自己的大事。兒子，你不要哭，我保證你這輩子有放開肚皮吃肉的時候，但現在你要忍著，等我們蓋起了房子，買上了汽車，給你娶了媳婦，讓你那個王八蛋爹看一眼，我就煮一頭牛，讓你鑽到牛肚子裡，從裡邊往外邊吃！我說：娘啊，我不要大房子，也不要大汽車，更不要什麼媳婦，我只想現在就放開肚皮吃一次肉。母親嚴肅地對我說：兒子，你以為我就不饞？我也是個人，我恨不得一口吞下一頭豬！但是人活著就是要爭一口氣，我就是要讓你爹看看，沒有他，比有他時，我們過得更好！我說：好個屁，一點也不好！我寧願跟我爹去逃荒要飯，也不願意跟著你過這樣的好日子。我的話讓母親傷心極了，她哭著說：我省吃儉用，積惡為仇，為了什麼？還不是為了你個小雜種！然後她又罵我父親：羅通啊羅通，你這個黑驢雞巴日出來的東西，我這輩子就毀在你的手裡了……老娘也不過了，老娘要吃香的喝辣的，老娘要是吃好喝好，眼睛也會放出光，一點也不比那個騷貨差！母親的哭訴使我心中激動萬分，我說：您說的對極了，娘，您如果放開肚皮吃肉，用不了一個月我敢保證，您就會變成一個仙女，比野騾子漂亮得多，到時候父親就會扔下野騾子，插上翅膀飛回來找您。母親眼淚汪汪地問我：小通，你說實話，到底是娘漂亮還是野騾子漂亮？我肯定地說：當然是娘漂亮！母親問我：既然是我漂亮，那你爹為什麼還要去找那個千人戳萬人弄的騷騾子？不但去找她，還跟著她跑了？我替父親辯白道：娘，我聽爹說過，不是他去找的野騾子，是野騾子先來找的他。母親憤憤地說：都一樣，母狗不調腚，公狗乾哄哄；公狗不起性，母狗也是白調腚！我說：娘，您調來調去的都把我調糊塗了。母親說：你個小雜種，就會跟我裝糊塗，你爹跟野騾子的事你早就知道，可你幫他瞞著我，如果你早告訴我，我就不會讓他跑掉。我小心翼翼地問：娘，你用什麼辦法不讓爹跑掉呢？母親瞪著眼說：我砍斷他的狗腿！我吃了一驚，心中暗暗地替父親慶幸。母親說：你還沒回答我，既然我比她漂亮，為什麼你爹還要去找她？我說：野騾子大姑家天天煮肉，我爹聞到肉味就去了。母親冷笑一聲，說：那從今之後我也天天煮肉，你爹聞到肉味還能回來嗎？我高興地說：肯定，我敢擔保，只要您天天煮肉，爹很快就會回來，我爹的鼻子靈著呢，逆風嗅八百里，順風嗅三千里。——我用我能想到的花言巧語，鼓動著母親，希望她怒火攻心喪失理性，帶著我衝到肉食一條街上，掏出那些貼肉藏著的錢，買一堆又香又爛的肉，盡力撮一個飽，即便是活活撐死，也做一個肚子裡有肉的富貴鬼。但母親沒有上我的當，她發了一通怨恨，最終還是蹲在牆角啃她的冷餑餑。看到我對她的意見大得無邊無沿了，她才很不情願地，到肉食街旁邊的小飯店裡，跟人家磨了半天，撒了許多的謊，說我的爹死了，撇下我們孤兒寡母，可憐可憐吧，最終少花了一毛錢，買了一根油條，用一隻手緊緊地攥著，彷彿怕它長翅膀飛了，到了偏僻處，遞給我，說：給，饞鬼，吃了油條可得好好幹活！

垂死的豬的叫聲響徹村子，煮肉的香氣彌漫了村子。我們的車裝好了，馬上就該上路了。母親從車座下抽出搖把子，插到車頭前的十字孔裡，深吸一口氣，彎下腰，叉開腿，費勁地搖起來。起初幾圈很是凝滯，漸漸地潤滑起來。母親的身體起伏著，動作富有爆發力，完全是男性的。柴油機的飛輪哧溜溜地轉動著，排氣管子裡發出吭哧吭哧的聲音。母親把第一波力氣耗盡，猛地直起腰，大口地喘息著，好像剛從水裡把腦袋鑽出來。柴油機飛輪轉動幾圈就停了，第一次發動失敗。我知道第一次發動不可能成功，進入臘月之後，發動機器就成了讓我們娘倆最頭痛的事情了。母親用祈求的眼色看著我，希望我能幫她搖車。我抓起搖把子，使出吃奶的力氣，讓柴油機的飛輪轉動起來，然後我就撒了手，搖把子反彈回來，把我打倒在地。母親大驚失色，我躺在地上裝死，心裡充滿快感。如果搖把子把我打死，首先打死的就是她的兒子，然後死的才是我。無肉的生活有什麼好留戀的？與撈不到吃肉的痛苦相比，讓搖把子抽一下算個什麼？母親把我拉起來，上下檢查了一番她兒子的身體，看看完整無缺，就把我搡到一邊，用恨鐵不成鋼的態度說：

「死到一邊去吧，你還能幹什麼？」

「我沒有力氣！」

「你的力氣呢？」

「我爹說過，男人不吃肉，就不會長力氣！」

「呸！」

她自己繼續搖車，身體上下起伏，腦後的頭髮飄飄如牛尾。平日裡搖個三五次，老掉牙的柴油機就會不情願地叫起來，鏗鏗鏗鏗的，像一匹得了氣管炎的老山羊。今天它就是不叫了，它發誓不叫了。今天是入冬來最冷的一天，陰雲密布，空氣潮濕，小北風像刀子般地割臉，很可能要下雪。這樣的天氣，柴油機也不願意出門。母親臉色通紅，大張著口喘粗氣，額頭上沁出了汗珠子。她用怨恨的眼光看著我，好像柴油機不著火兒是我造成的。我偽裝出痛苦欲絕的樣子，但心中竊喜。我可不願在這樣的嚴寒天氣裡坐在比冰還要涼的手扶拖拉機上，顛簸三個小時，到六十里外的縣城裡去啃一個冷餑餑和半塊苦鹹菜，就算她大發善心獎給我一根油條我也不去。獎給我兩個醬豬蹄呢？但這種事情是不可能發生的。

母親失望之極，但還是不死心，寒冷的天氣既是屠宰的黃金時間也是賣破爛的黃金時間。天氣寒冷，注了水的肉既不會滲漏也不會變質；天氣寒冷，廢品收購公司的驗收員怕冷，檢查得馬虎，我們加了水的紙殼子就會順利過關。她解開束腰的電線，脫掉那件土黃色男式茄克，將裡邊的那件當破爛收來的嶄新的化纖毛衣紮到腰帶裡，顯得短小精悍，氣度不凡。那件化纖毛衣前胸上印著一串彎彎曲曲的字母，還有一個凌空打飛腳的女子。這件毛衣是件寶物，母親在暗夜裡從頭上往下脫它時，它就會噼噼啪啪地放出綠色火星。這些火星子刺激得母親低聲呻吟，問她痛不痛，她說不痛只是麻酥酥的很舒服。現在我學習了很多知識，知道了那是靜電在作怪，但當時卻認為收來了寶貝。我曾經動過將母親的毛衣偷出去賣掉換半個豬頭吃吃的罪惡念頭，但事到臨頭就猶豫起來，我雖然對母親意見很大，但也經常想起她的偉大之處，她最讓我不滿的其實也就是不讓我吃肉，但她自己也不吃，如果她自己偷偷地吃肉而不讓我吃肉，那別說偷賣她一件毛衣，就是把她賣給一個人販子，我也不會眨巴眼，但她帶著我艱苦創業，連一根油條都捨不得吃，我還有什麼話好說？母親帶頭，兒子只好跟著受，只盼父親回來任這苦日子趕快結束。她鼓足幹勁，擺好架式，深深地呼吸幾次，就屏住氣不喘，齜出門牙咬住下唇，將柴油機搖動起來。柴油機的飛輪獲得了大約每分鐘二百轉的速度，這樣的速度相當於五匹馬力了，這樣的速度如果它的燃燒系統還不做功，那這台狗娘養的柴油機就實在是太混蛋了，不是一般的混蛋，而是混蛋透頂。它就是混蛋透頂，母親耗盡了力氣，將搖把子扔在地上。柴油機冷漠無情地微笑著，一聲也不吭。我看到母親臉色焦黃，目光茫然無措，一副心灰意懶、鬥志渙散的樣子。母親這樣子比較可愛，我最反感最害怕的就是她意氣風發、鬥志昂揚的樣子。那樣子的母親最為吝嗇，為了攢錢，恨不得帶著我吃土喝風。而眼前這樣的母親，還有可能揮霍一下，擀一軸子雜麵條，炒半棵白菜腚，淋幾滴菜子油。在電燈照亮了我們村子十幾年後，我們新蓋起的大瓦房裡竟然沒有敷設電路。當年我們住在爺爺留下來的茅草屋裡都用電燈照明了，但現在我們恢復到了用菜油燈照明的黑暗時代。母親說她這樣做並不是吝嗇，而是用實際行動抗議鄉村幹部抬高電價搞貪污腐敗。當我們守著如豆的油燈吃晚飯時，母親的臉在昏暗中一定是得意洋洋。她說：漲吧，漲到每度八千元才好，反正老娘不用你們的王八電！母親心情好的時候，晚上吃飯連菜油燈也不點。如果我提意見，她就會說：吃飯也不是繡花，不點燈難道你還能吃到鼻子裡去嗎？她說得很對，不點燈的確也吃不到鼻子裡去，不點燈也還是吃到嘴巴裡去。碰上這樣一個提倡艱苦奮鬥、實事求是的娘，我只能逆來順受，半點脾氣也沒有了。

母親因為發動不起來柴油機沮喪地上了街，大概是找人討教去了吧？會不會是去找老蘭？完全可能，因為這機器是老蘭家淘汰下來的，老蘭自然熟悉它的脾氣。過了一會兒她風風火火地回來了，興奮地說：

「兒子，點火，點火燒這個狗雜種！」

我問：

「是老蘭讓你點火燒嗎？」

她吃驚地盯著我的眼睛，問：

「你怎麼了？你為什麼用這樣的眼神看著我？」

我說：

「沒什麼，那就燒吧！」

她從牆角上抱過來一堆廢膠皮放在柴油機底下，從屋子裡引出了火種點燃。膠皮燃燒，黃火黑煙，散發出刺鼻的臭氣。前幾年我們收購了大量的廢膠皮，需要熔化後鑄成方塊，廢品公司才肯收購。那時候我們還在村子中央居住，我們製造出的臭氣引起了左鄰右舍的強烈反對，從我家院子裡飄出去的帶油的黑煙彌漫了整個村莊。起先是東鄰的張大奶奶端著一瓢從她家水缸裡舀出來的水來給我母親看，我母親根本不看，但是我看到了：水瓢裡浮動著一些黑色的小蝌蚪狀的東西，那就是我家燃燒膠皮時落下來的煙塵。張大奶奶憤怒地對我母親說：小通他娘，你讓我們喝這樣的水，心裡不愧嗎？我們喝了這樣的水會生病的！母親用比她更加憤怒的口吻說：我不愧，半點也不愧，你們這些賣黑心肉的人家，死絕了才好呢！張大奶奶還想說點什麼，但看到我母親那兩隻因為憤怒變得通紅的眼睛，就知難而退了。後來，又有幾個男人到我家裡來提抗議。我母親跑到大街上放聲大哭，說幾個男人聯手欺負孤兒寡婦，引得路人駐足觀看。老蘭家就在我們家後邊，他掌握著批宅基地的大權，我父親在時就在母親的嘟囔下向他提出過批一塊宅基地的請求，他等待著我們進貢，父親根本就不想蓋什麼房子，當然也不會進貢。父親悄悄地對我說：兒子，有肉我們自己吃了多好，為什麼要給他吃？父親走後，母親也向他提出過要求，並且送給他一包餅乾，但母親剛從他家出來，那包餅乾就飛到了大街上。我們燒膠皮不到半年，有一天在去縣城的路上與他相逢。他騎著一輛草綠色的三輪摩托車，擋風玻璃上塗著公安字樣。他戴著一頂白色的頭盔，穿著一身黑色的皮衣。車旁的掛斗裡，端坐著一匹肥胖的大狼狗。狼狗鼻梁上架著一副墨鏡，像個飽學之士；牠嚴肅地看著我們，令我心中發毛。當時我們的拖拉機出了毛病，母親急得團團轉，見車攔車見人攔人，攔住了就請人家幫忙，但沒人願幫我們的忙。我們攔住了摩托車，老蘭掀開頭盔我們才知道攔住的是他。他下了摩托車，踢了生鏽的擋板一腳，輕蔑地說：這破車，早就該換了！母親說：我計畫先把房子蓋起來，然後再攢錢換車。老蘭點點頭，說：行，還挺有譜氣。他蹲下，幫我們把拖拉機修好。母親拉著我對他千恩萬謝，他用破布擦著手說：謝個啥。然後他用手拍拍我的頭，說：你爹回來過沒有？我猛地撥開他的手，退後一步，仇恨地看著他。他笑著說：好大的脾氣，其實你爹是個混蛋！我說：你才是個混蛋！母親拍了我一巴掌，斥責我：怎麼跟你大叔說話？他說：沒關係沒關係，給你爹寫封信，告訴他，讓他回來吧，就說我已經原諒了他們。他跨上摩托車，發動起機器，摩托轟鳴，排氣管子叭叭地響，狼狗汪汪地叫，他大聲地對我母親說：楊玉珍，不要燒膠皮了，我馬上就把宅基地批給你，今天晚上到我家來拿批文吧！

拿到了宅基地批文，母親激動不安，話多得像麻雀一樣。她說小通，老蘭其實並不像我們想得那樣壞，我還以為他要怎麼著呢，可人家二話沒說就把批文給了我。她又一次將那張蓋了大紅印章的宅基地批文展開給我看，然後就強拉著我聽她回憶父親逃跑之後我們娘倆走過的艱難道路。她的語調是悲傷的，但更多的是欣慰和自豪。我睏得眼睛都快睜不開了，倒頭便睡，等我一覺醒來，看到她披著夾襖靠在牆壁上，一個人還在黑暗中翻來覆去地講那些車軲轆話，如果不是我從小膽大，肯定會被她嚇個半死。母親這次的長篇絮語僅僅是次彩排，等到半年後我們終於將高大瓦房蓋起來那天晚上，正式的演出才算開始。那天我們還住在院子裡臨時搭起的窩棚裡，初冬的月光將大屋照得很是輝煌，牆壁上鑲貼著的彩色馬賽克閃閃發光。窩棚子四面漏風，寒氣襲人，母親的話哧哧溜溜地往外奔湧，讓我聯想到屠戶們手裡那些倒來倒去的豬腸子。羅通，羅通，你這個沒良心的雜種，母親說，你以為沒有你我們娘倆個就活不下去啦？呸！我們不但能活下去，而且把大瓦房也蓋起來了！老蘭家的房子高五米，我們的高五米一，比他家還高十釐米！老蘭家的房子用水泥抹牆，我們鑲貼了彩色馬賽克！我對母親的愛好虛榮反感透頂。老蘭家的房子外邊用水泥抹牆，裡邊卻用三合板吊頂，牆上鑲貼著高級瓷磚，地面上鋪著大理石。我們家房子外邊鑲貼著馬賽克，裡邊用沙灰抹牆，裸著房笆，地面坑坑窪窪，僅墊了一層爐渣。老蘭家是「包子有肉不在褶上」，我們家追求的是「驢糞球兒外邊光」。一縷月光照在她的嘴上，好像電影中的一個特寫鏡頭。她的雙唇翻動不止，嘴角上黏著兩朵白色的泡沫；我拉過潮濕的被子蒙住腦袋，在她的絮語中昏然入睡。

冰冷的柴油機被凶猛的膠皮火燒得吱吱怪叫，母親趁熱搖車，柴油機嘭嘭地響了幾聲，一股黑煙從煙筒裡冒出來。我興奮地從地上跳起來——儘管我盼望著她永遠發動不起來這車。柴油機響了幾聲又截了氣。母親拔出點火栓，重新換了火種，然後又是一陣猛搖。柴油機終於發瘋般地叫起來，母親用手加大了油門，飛輪高速運轉，看起來竟像木然不動似的，但機器的顫抖和煙筒裡打出的黑煙告訴我這一次是真正地發動起來了。在這個寒冷的上午裡，我必須跟著她去縣城，沿著結了冰的道路，迎著刺骨的寒風。母親進了屋，穿上了她那件白板子羊皮襖，腰上紮著一條牛皮腰帶，頭上戴了一個黑色狗皮帽子，手裡提著一條灰線毯子。這條毯子當然也是我們收來的廢品，母親的皮襖、皮帶、皮帽子也是廢品。她將毯子扔到高高的車頂上，那裡是我的位置，毯子是我避寒的物品。母親坐到駕駛座上，吩咐我去打開寬大的大門。母親的大門是村子裡最氣派的大門，這個村子建立百年以來還是第一次出現這樣氣派的大門。這是一個用厚達一釐米的鋼板和堅硬的三角鐵焊起來的大門，機關槍也未必能打透。大門上刷了一層黑漆，還安裝了兩個黃銅的獸環。這樣的大門讓村子裡的人敬畏，令叫化子望之卻步。我開了那把母親的銅鎖，使足了勁兒將大門往兩邊拉開，街上的冷風猛地灌了進來，我的身體一下子就涼透了。我顧不上考慮冷的問題，因為，我看到，有一個身材高大的男人，牽著一個約有四五歲的小女孩，從牛販子們牽著牛進村的方向慢吞吞地走了過來。我的心臟突然停止了跳動，然後便是嗵嗵地狂跳，還沒看清他的面孔我就知道是父親回來了。

五年不見，朝思暮想，每一次都把父親的歸來想像得轟轟烈烈，但父親真的歸來竟然是這樣的普通平常。他沒戴帽子，一頭油膩的亂髮上沾著幾根麥稭草，那個小女孩頭髮上也沾著麥稭草，彷彿他們是剛從麥草垛裡鑽出來的。父親的臉有些浮腫，耳朵上長滿凍瘡，下巴上生著一些黑白夾雜的鬍鬚。他的右肩上掛著一個鼓鼓囊囊的黃色帆布挎包，挎包的背帶上拴著一個白色的搪瓷缸子。他穿著一件油膩發亮的舊式軍用大衣，胸前的塑料扣子掉了兩個，但縫扣子的線頭還在，扣子的痕跡清晰可見。他穿著一條看不出什麼顏色的褲子，腳上穿著一雙高靿的牛皮靴子，這雙靴子有八成新，幾乎裝到了他的膝蓋，雖然靴面上沾著黃泥，但靿子部分光亮如漆。父親的高靿皮靴讓我一下子就回憶起了他往昔的光榮，如果沒有這雙靴子，那天早晨，他在我的心目中就會暗淡無光。那個牽著父親的手跌跌撞撞地小跑著的女孩頭戴著一頂紅絨線結成的小帽，帽頂上簇著一個蓬鬆的絨球，隨著她的跑動那絨球毫無規則地跳躍。她穿著一件肥大的醬紅色羽絨服，衣服的下襬幾乎垂到了腳面，這件大衣服使她像一個吹漲了的皮球，使她的跑動像皮球的滾動。女孩面色很黑，雙眼很大，睫毛很長，她的眼睛讓我一下子就想起了父親的相好——母親的仇敵——野騾子。我對野騾子不但不恨，甚至很有好感，在她與父親逃跑之前，我最喜歡到她的小酒館裡去玩，我在她那裡能夠吃到肉是我對她有好感的原因之一，但不是全部的原因，我感到她對我很親，當我知道了她是父親的相好之後，更是感到了一種異樣的親情。

我沒有喊叫，也沒有像我多次想像的那樣，見到他後就不顧一切地撲到他的懷裡向他訴說他走後我所遭受的苦難。我也沒有向母親通報他的到來。我只是閃到大門一側，僵硬地站著，像一個麻木的哨兵。母親看到大門洞開後，雙手扶住車把，將小山般的拖拉機開了過來。就在她將車頭對準了大門洞子時，父親牽著那個小女孩正好也到了大門外邊。父親用很不自信的腔調喊了一聲：

「小通？」

我沒有回答，我的目光盯著母親的臉。我看到她的臉突然變白了，眼光好像結了冰似的停止了流動；手扶拖拉機像瞎馬，一頭撞到了大門樓子的角牆上；然後她就像一隻被槍子打中的鳥，從駕駛座上滑了下來。

父親怔了片刻，嘴咧開，齜出焦黃的牙；嘴閉上，遮住焦黃的牙；然後再咧開然後再閉上。他用一種歉疚的眼神看著我，彷彿要從我這裡得到幫助。我慌忙將眼睛避開了。我看到他將挎包放在地上，鬆開握著小女孩的手，猶豫不決地向母親走去。他走到母親身前時又回頭望了我一眼，我再次避開他的眼睛。他終於在母親面前彎下了腰，將坐在車下的母親架了起來。母親的目光還是凍的，她茫然地望著父親的臉，好像打量一個陌生人。父親咧嘴齜牙，閉嘴遮牙，喉嚨裡發出吭吭的聲音。母親突然伸出手，在他的臉上抓了一把。然後她從父親懷裡掙出來，轉身向屋子裡跑去。她的腿好像被抽了骨頭，看樣子軟弱得像麵條。她的奔跑歪歪斜斜，拖泥帶水。她跑進我們的大瓦房，響亮地關上房門，因為用力過猛，一塊玻璃被震盪下來，掉在地上，跌得粉碎。屋子裡沒有動靜，片刻之後，爆發了一聲筆直的長嚎，然後才是曲折的嚎哭。

父親朽木般地立在那裡，滿面尷尬，嘴巴還是那樣咧開合上合上咧開地折騰不止。我看到他的腮上出現了三道深溝，起初是白慘慘的，馬上就滲出了血。女孩仰臉看著父親，哇哇地哭起來。女孩用很是好聽的外地口音尖叫著：

「爹爹，流血啦……爹爹，流血啦……」

父親蹲下，抱住了女孩。女孩抱住了他的頭，哭叫不止：

「爹爹，我們走吧……」

柴油機還在吼叫，像一匹受了傷的猛獸。我走上前去，關了機器。

機器聲停止後，女孩和母親的哭聲顯得更加刺耳。街上走過幾個晨起挑水的女人，向我家院子裡探頭探腦，我惱怒地關上了大門。

父親抱著女孩站起來，走到我的面前，歉恭地問我：

「小通，不認識我了嗎？我是你爹……」

我的鼻子很酸，嗓子哽住了。

父親伸出一隻大手，摸著我的頭，說：

「幾年不見，你長這麼高了……」

眼淚從我的眼眶裡溢出來，他用大手擦乾了我的眼淚，說：

「好兒子，別哭，你跟你娘都是好樣的，看你們過得這樣好，我就放心了。」

我終於從嗓子眼裡擠出了一聲爹。

父親將女孩放下，對她說：

「嬌嬌，認識一下，這是你哥哥。」

女孩躲到爹的腿後，膽怯地看著我。

父親對我說：

「小通，這是你的妹妹。」

女孩的眼睛好看極了，看著她的眼睛我就想起了那個給我肉吃的女人，我喜歡她。我對她點了點頭。

父親歎一口氣，撿起地上的挎包，然後一手拉著我，一手拉著女孩，走到了房門前。母親的哭聲一浪高過一浪，勁頭還足得很，短時間不會停止。父親低頭想了一會，用手拍了拍房門，說：

「玉珍，我對不起你……我這次回來，是向你賠罪的……」

父親的眼裡滾動著淚水，我心裡感動萬分，眼淚又一次奪眶而出。

「我這次回來，想跟你好好過日子。事實證明，你們老楊家過日子的路數是正確的，而我們老羅家的家風是錯誤的。如果你能原諒我……我希望你能原諒我……」

父親的深刻檢查既讓我感動又讓我遺憾，如果他真的說到做到，那麼即便他留下來，也不會像從前那樣吃豬頭了吧？母親猛地將房門拉開了。她雙手扠著腰站在房門當中，臉色青白，雙眼發紅，目光灼人。父親往後退了一步，那個女孩轉到他的背後，嚇得渾身顫抖。母親像一座爆發的火山，向外噴吐著岩漿：

「羅通，你這個喪了良心的王八蛋，你也有今天？五年前你與那個狐狸精結伴逃跑，將俺娘兒倆扔了，去過你們的好日子，現在你還有臉回來？」

女孩大聲地哭叫著：

「爹，我怕……」

「多好啊，連野種都生出來了！」母親死盯著女孩的眼睛，仇恨地說，「一模一樣啊，一模一樣！小狐狸精！你怎麼不把那個大狐狸精也帶來？她要敢來，我就敢把她的騷腚豁了！」

父親歉疚地笑著，一副「在人屋檐下，不得不低頭」的樣子。

母親把門又一次關上，隔著門罵：

「帶著你的野種給我滾，我這輩子不想見到你！狐狸精把你甩了，你想起我們娘倆來了？滾吧，你在俺娘倆心裡早就死了！」

母親罵完了，到裡屋裡去繼續哭泣。

父親閉著眼，大口地喘著粗氣，好像一個哮喘病人在做垂死掙扎。過了一會，他的呼吸順暢了，對我說：

「小通，你和你娘好好過吧，我走了……」

他摸摸我的頭，蹲在女孩面前，讓女孩往他的背上爬。女孩個子太矮，又穿著肥大的衣服，在父親背後爬到半截就滑下來。父親往後探出手，抓住了女孩的小腿，然後就把她撮到了自己背上。他背著女孩站起來，腦袋往前探著，脖子抻得好長，像一頭引頸就戮的牛。鼓鼓囊囊的挎包在他的腋下晃晃蕩蕩，好像屠戶肉架子上懸掛著的牛胃。

我拉住他的大衣，說：

「爹，你別走，我不讓你走！」

我拍打房門，對母親說：

「娘，讓俺爹留下吧……」

母親在屋子裡喊叫：

「讓他滾，滾得遠遠的！」

我從破玻璃裡伸進手去，拔開插銷，將房門推開，說：

「爹，你進來吧，我讓你留下！」

父親搖搖頭，背著女孩就走。我拉著他的衣服放聲大哭，一邊哭著，一邊往屋子裡拽他。我把父親拽進了屋子，爐子裡散發出來的熱氣頓時將我們包圍了。母親還在叫罵，但聲音低了許多。罵過一陣後，接著就是哭泣。

父親將女孩放下，我在爐子旁邊放了兩把凳子，讓他們坐下。女孩習慣了母親的哭聲，膽子似乎大了些。她說：

「爹，我餓了。」

父親從他的挎包裡摸出一個冷饅頭，掰成數瓣，放在爐子上烤著，屋子裡很快充滿烤饅頭的香氣。

父親解下搪瓷缸子，小心地問我：

「小通，有熱水嗎？」

我從牆角提過熱水瓶，倒出了半缸子渾濁的溫吞水。父親將缸子放到嘴邊試了一下，對女孩說：

「嬌嬌，喝點水吧。」

女孩看看我，好像在徵求我的同意，我對她友好地點點頭。女孩接過缸子，咕咚咕咚地喝起來，一邊喝還一邊發出一種小牛飲水般的聲音，十分可愛。母親從裡屋裡衝出來，從女孩手裡奪過缸子，用力扔到院子裡，缸子在院子裡滾動著，發出噹啷啷的聲音。母親抬手搧了女孩一巴掌，罵道：

「小狐狸精，這裡沒有你喝的水！」

女孩頭上的絨線帽子被搧掉了，顯出了頭上那兩根讓帽子壓得歪歪扭扭的小辮子，辮子根上紮著白頭繩。女孩哇的一聲大哭起來，轉身撲到父親懷裡。父親猛地站了起來，渾身哆嗦，雙手攥成了拳頭。我很不孝子地希望父親給母親一拳，但父親的拳頭慢慢地鬆開了。父親攬住女孩，低聲說：

「楊玉珍，你對我有千仇萬恨，可以用刀剁了我，可以用槍崩了我，但你不應該打一個沒娘的孩子……」

母親退後幾步，眼睛裡又結了冰。她的目光定在女孩頭上，好久好久，才抬起頭，看著父親，問：

「她怎麼了？」

父親低著頭，說：

「其實也沒大病，拉肚子，拉了三天，就那麼死了……」

母親臉上出現了一種善良的表情，但她還是恨恨地說：

「報應，這是老天爺報應你們！」

母親走到裡屋裡去，打開櫃子，摸出了一包乾乾巴巴的餅乾，撕開油汪汪的包裝紙，捏出幾塊，遞給父親，說：

「讓她吃吧。」

父親搖搖頭，拒絕了。

母親有點尷尬的樣子，將餅乾放在灶台上，說：

「無論什麼樣的女人落在你手裡，都得不到好死！我至今沒死，是我的命大！」

父親說：

「我對不起她，也對不起你。」

母親說：

「什麼話你也不用對我說，你說了我也不會聽，反正你即便把天說破我也不會再跟你過了，好馬不吃回頭草，你要是有志氣，我留也留不住你。」

我說：

「娘，讓爹留下吧……」

母親冷笑道：

「你不怕他把我們的新房子賣了吃掉？」

父親苦笑著說：

「你說得很對，好馬不吃回頭草。」

母親說：

「小通，走，跟我去下館子，吃肉，喝酒；咱娘倆苦熬了五年，今日也該享受一下了！」

我說：

「我不去！」

母親說：

「雜種！你不要後悔！」

母親轉身往外走去，她剛才還穿著的光板子羊皮襖不知何時換下來了，頭上的黑狗皮帽子也摘掉了。現在她穿著一件藍色燈芯絨外套，那件會放電的化纖紅毛衣的高領子從外套裡露出來。她的腰板挺得筆直，腦袋有些誇張地往上揚著，腳步輕捷，彷彿一匹剛剛釘上了新蹄鐵的母馬。

母親走出了大門，我感到心裡輕鬆多了。我拿起爐子上的烤饅頭遞給女孩，女孩仰臉看看父親，父親點點頭，女孩就接過饅頭，大口小口地啃起來。

父親從懷裡摸出兩個菸頭，剝開，用一塊破報紙捲起來，從爐子裡引火點燃。透過從他鼻孔裡噴出來的藍色煙霧，我看著他灰白的頭髮和花白的鬍鬚，看著他那兩隻凍瘡潰爛、流出了黃水的耳朵，回想起當年與他到打穀場上去估牛時的風光，回想起跟他到野騾子店裡吃肉時的情景，心裡真是感慨萬千。

為了不讓眼淚流出來，我背過臉去不再看他。我突然想起了迫擊炮，我說：

「爹，我們什麼都不怕了，從今往後什麼人也不敢欺負我們了，我們有了一門大炮！」

我跑到廂房裡，掀開那些爛紙殼子，把沉重的炮盤搬起來。我挺著肚子，步履艱難地走到院子裡，將炮盤扔在當門的地方，仔細地擺好。父親拉著女孩走出來，說：

「小通，你弄了塊什麼？」

我顧不上回答他的問話，一溜小跑進廂房，將同樣沉重的三腿支架搬到院子裡，放在炮盤旁邊。最後一次，我扛出了光溜溜的炮筒子。我將支架支好，將炮管安裝在支架和炮盤上。我的動作迅速而熟練，宛如一個訓練有素的炮兵戰士。我退到一邊，驕傲地對父親說：

「爹，這是日本造的八二迫擊炮，非常厲害！」

父親小心翼翼地走到炮前，彎下腰仔細觀看。

這件重兵器剛收來時，鏽得像幾塊生鐵疙瘩，我用了許多的磚頭，把它身上的紅鏽全部打磨乾淨，然後我還用收購來的砂紙將它細細地打磨，連一個邊邊角角也不放過，炮筒子裡邊我也伸進手去打磨了，最後，我用收購來的黃油保養了它許久，現在，它已經恢復了青春，周身煥發著青紫的鋼鐵顏色，它大張著口，雄赳赳地蹲踞著，簡直就像一頭雄獅，隨時都發出怒吼。我說：

「爹，你看看炮筒子裡邊吧。」

父親將目光射進炮膛，一束明亮的光線照到了他的臉上。父親抬起頭，眼睛裡光芒四射。我看出了他的激動，他搓著手說：

「好東西，真是好東西！是從哪裡弄來的？」

我將雙手插在褲子口袋裡，用一隻腳搓著地面，偽裝出漫不經心的樣子，回答：

「收來的，一個老頭和一個老太太用一匹老騾子馱來的。」

「放過沒有？」父親再次將目光投進炮膛，說：「肯定能打響，這是真傢伙！」

「我準備等開春之後，去南山村找那個老頭和老太太，他們肯定還有炮彈，我要把他們的炮彈全部買來，如果誰敢欺負我，我就炮轟誰的家！」我抬頭看看父親，討好地說，「我們可以先把老蘭家轟了！」

父親苦笑著搖搖頭，沒說什麼。

女孩吃完了饅頭，說：

「爹，我還要吃，……」

父親進屋去拿出了那幾塊烤糊了的饅頭。

女孩晃動著身體，說：

「我不要，我要吃餅乾……」

父親為難地看著我，我跑進屋子裡，將母親扔在灶台上那包餅乾拿出來，遞給女孩，說：

「吃吧，吃吧。」

就在女孩伸出手欲接那包餅乾時，父親就像老鷹叼小雞似的將女孩抱了起來。女孩大聲哭叫，父親哄著她：

「嬌嬌，好孩子，咱們不吃人家的東西。」

我感到自己的心一下子涼透了。

父親把哭叫不休的女孩轉到背上，騰出一隻手摸摸我的頭，說：

「小通，你已經長大了，你比爹有出息，有了這門大炮，爹就更放心了……」

父親背著女孩往大門外走去。我眼睛裡滾動著淚水，跟在他的身後。

我說：

「爹，你不能不走嗎？」

父親歪回頭看看我，說：

「即便有了炮彈，也別亂轟，老蘭家也別轟。」

父親的大衣一角從我的手指間滑脫了，他弓著腰，馱著他的女兒，沿著凍得硬邦邦的大街，往火車站的方向走去。當他們走出十幾步時，我大喊了一聲：

「爹——」

父親沒有回頭，但父親背上的女孩回了頭，她的臉上還掛著淚水，但一個燦爛的笑容分明在她的淚臉上綻開了，好像春蘭，好像秋菊。她舉起一隻小手對著我搖了搖，我那顆十歲少年的心一陣劇痛，然後我就蹲在了地上。大約過了抽袋菸的工夫，父親和女孩的背影消逝在大街的拐彎處，從與父親背著的方向，母親提著一個白裡透紅的大豬頭，急匆匆地走了過來。她站在我面前，驚慌地問：

「你爹呢？」

我滿懷怨恨地看著那只豬頭，抬手指了指通往火車站去的大道。

藏寶圖

這個故事從頭到尾只有一句真話——這個故事從頭到尾沒有一句真話。

星期天，大街上車輛擁擠，小公共橫衝直闖，出租車見縫就鑽，自行車從出租車前穿過去。我在人行道上呆頭呆腦地閒逛，來來往往的行人與我擦肩而過，全是陌生人，沒人理我，我也不理任何人。突然，有人在我的肩膀上重重地拍了一巴掌，打了我一個趔趄。我聽到耳邊爆響了一聲：嗨！回頭看到，多年不見的小學同學馬可咧著他的著名的大嘴正對著我冷笑。

我說是你這小子？怎麼會是你這小子？你這小子怎麼在這裡？你小子什麼時候來的這裡？你小子來這裡幹什麼？他說，我大老遠就看見你小子了，多年不見了，你小子胖出了一圈，但你小子的鴨子步伐還沒改變。我說就像你的大嘴沒有改變一樣，我的步伐也不可能改變。他說我來了十幾天了，我來這裡的第一個目的是想到動物園看看老虎，第二個目的是想看看你。第二個目的比第一個目的還要重要。來到這裡第一天我就去看了老虎，不但看了老虎，我還順便看了長頸鹿和大象，猴子也看了，熊貓也看了。都沒有意思，最沒有意思的就是老虎。這裡的老虎太肉麻，趴在假山石下吃青菜，白菜黃瓜都吃，一點虎氣也沒有，一根能挺起來的虎鬚都沒有，飼養員扔下去一隻活兔子，嚇得牠們屁滾尿流地鑽進洞裡去了，好像牠們是兔子，而兔子是老虎。我看到老虎洞裡鋪著棉被子，牆上還掛著一台彩色電視機，正在放黃色錄像，說是讓老虎看了好發情，這裡的老虎連交配的能力都沒有了。看完了老虎我就找你，我拿著從你老丈人家要來的地址找到你家，敲了半天門，從門縫裡伸出一個虎頭虎腦長著兩顆虎牙的女人——不是你的老婆——凶巴巴地問我：找誰，我說找你，她說：找錯門了，然後她就把門關上了。我繼續敲門，門又開了，這次伸出了一個男人的三角形鷩頭——不是你——比那個女人還凶地說：你怎麼啦？還有完沒有了？非要逼我報警是不是？我這才明白，你小子給你丈人的地址是假的，我按著地址找到的這個家根本不是你的家。我本來想馬上就買車票回家，但沒想到讓小偷把錢包摸去了。我只好在街頭上流浪。白天我到飯館裡討點剩飯吃，髒是髒一點但營養很豐富；晚上就睡在前邊那個橋洞子裡，冷是冷一點但空氣很新鮮。我現在已經很餓了，本來想到萬惠園飯店去要點吃的，大老遠我就看到了你小子。我想沒有這樣好的運氣吧？到處找找不到，怎麼可能在大街上碰到？起初我還有點猶豫，生怕認錯了人遭到殺身之禍，但我一看到你那幾步走法我知道肯定是你。為了保險起見，我跟蹤了你足有二里路。我在你的身後距離你只有一步，我把口裡的臭氣都噴到了你的脖子上，但你就是不回頭。你不回頭我也認出了你。你的脖子、你的耳朵、你的腮幫子，還有你咳嗽吐痰的聲音，都證明了你是你。這些特徵加上你那鴨子步伐，促使我下定了決心，從背後拍你一巴掌，打你一個冷不防。對你來說，這就叫做是福不是禍，是禍躲不過，對我來說，這就叫踏破鐵靴無覓處，得來全不費工夫。你千萬不要問我為什麼要來京看老虎，你暫時什麼也別問我，問我我也不回答。我餓得很厲害，請你先帶我到飯館裡吃頓不用讓我低三下四的飯。我身上一分錢也沒有，肯定是你請客。你請我吃飽了，還得借點錢給我做路費，讓我買車票回家；你如果不借我錢，我就跟你到你家去住。我身上癢得要命，很可能招上了蝨子；我在橋洞子裡跟十幾個叫化子睡在一起，他們身上有很多蝨子。近朱者赤，近墨者黑，近叫化子生蝨子，這是一條基本原理。我帶著一身蝨子去你家住，你同意你老婆也不會同意，你老婆同意了你孩子也不會同意，即便勉強同意了心裡也不會高興，心裡明明不高興，臉上還要偽裝出高興的笑容，人間的痛苦沒有比這更加深重的了，所以，如果你是個聰明人，就請我吃頓飯，然後借給我一點錢把我打發了。請你特別注意，雖然我嘴裡說是借你的錢，但我根本就沒打算還你；無論你借給我多少，都是羊肉包子打狗，有來無回。現在最流行的事就是借錢不還，你要想讓我還錢你就要請我吃飯還要給我送禮。我在這座城裡舉目無親，好容易碰上了你，所以我絕不會讓你逃了。你想逃也逃不了，你那兩條小短腿跑不快。你如果敢跑我就在你後邊慢慢地追趕，我一邊追趕一邊還要大聲喊叫抓小偷，讓你熱豆包掉進灰堆裡，吹也吹不得，洗也洗不得。肯定會有覺悟高的人幫我把你攔住，然後你一拳他一腳地揍你一頓，打你個鼻青臉腫。眼前的形勢就是這樣的，你自己先掂量掂量，我給你三分鐘的考慮時間。我還要告訴你，昨天我在大街上聽到一個女人說，蝨子能傳染多種疾病，傷寒、痢疾、霍亂、麻疹，很可能還傳染愛滋病，你好好考慮考慮吧，只有兩分鐘了，得了愛滋病基本上等於領到了見閻王的通行證，只有一分鐘了，你才四十郎當歲，死了多麼可惜，只有半分鐘了，所以我勸你不要因小失大，時間到，考慮好了沒有？

其實我根本就沒有什麼好考慮的，我能做的就是立即把他帶到一個就近的飯館裡，點上一桌子雞零狗碎，讓他小子盡力撮一個飽，然後給他點錢打發他滾蛋，這是我最好的選擇。不久前我重溫革命時期的走紅小說《青春之歌》，看到余永澤先生和林道靜小姐這對新婚的小兩口兒在京城的小家裡正準備甜蜜蜜地過大年，爐火熊熊，燭光閃閃，鍋裡的肉散發出了濃烈的香氣，紅色的葡萄酒在玻璃杯子裡閃閃發光，氣氛好極了。突然，余先生老家村子裡的一個曾經給他家當過長工的老頭，背著些大包小包，拖泥帶水地闖了進來，余永澤給了他十元錢想把他打發走，他不走，還說了很多不中聽的話，為此林道靜和余永澤鬧起了彆扭。我看到這裡，感到余永澤做得基本沒錯，感到林道靜有點虛偽，用北京人的語言說就叫做「裝丫挺」，感到那老頭子有點不知趣，甚至有點討厭，起碼沒有什麼志氣，雖然窮得厲害，但也不能算一個好的貧下中農，好的貧下中農應該舉起扁擔跟地主拚命，怎麼會忍氣吞聲地給地主家幹活？好的貧下中農應該是凍死不低頭，餓死不彎腰，怎麼可能跑到地主少爺家搖尾乞憐？看人家不願搭理他，套近乎套不上了，當然也是嫌余永澤給他的錢少了點，這才說了幾句硬話。我知道我的階級感情發生了很嚴重的問題，便努力學習了一些講階級和階級鬥爭的書，自覺覺悟有了很大提高，但今日見到了這個渾身蝨子、不遠千里來看老虎的小學同學，好不容易提高了的覺悟一下子降到了最低點，比讀《青春之歌》時還低。我寧願幫他買張飛機票，也不願把他帶回家。我知道請神容易送神難的道理，如果我把他帶到家裡，讓他知道了門牌號碼，我的家很可能就會變成他的家。

我原本想把他帶到北來順吃頓涮羊肉，但路過一家餃子館時，我說：夥計，舒服莫過躺著，好吃不如餃子，咱們吃餃子怎麼樣？他說，好吧，要飯的人不應該嫌飯涼，儘管我更想讓你請我吃一頓烤鴨。然後他就滔滔不絕地講起了對烤鴨的渴望，他引用了據說是美國前總統尼克森先生的話，「不到北京，就不算到了中國；不吃烤鴨，就不算到了北京，因此不吃烤鴨就不算到了中國」。我裝聾作啞，不接關於烤鴨的話頭，我心裡想，去你的吧，你也配吃烤鴨？他說：等下次我到了北京，如果我的錢包沒讓小偷摸去，我一定請你吃一次烤鴨，我不但要請你吃烤鴨，我還要請你老婆和你的孩子吃烤鴨；我不但請你們家去烤鴨店吃烤鴨，我還要買幾隻烤鴨送給你們，讓你們回家後繼續吃。他還說其實烤鴨也不是什麼好東西，現在真正有地位有身分的人才不吃這種肥肉片子呢，現在北京和全國各地的上等人都講究吃素，講究吃綠色食品，吃粗纖維，劍麻、蘆葦、仙人掌，是最高級的食品，咱們縣裡那些土鱉還在猛嘬駝蹄熊掌海參鮑魚讓他們全都血壓升高手冰涼吧，他們的腦子出點問題，老百姓的日子就會好過點兒。我說你怎麼什麼都知道呢？你從哪裡學到了這樣多亂七八糟的科學知識？他說你以為農民都是傻子嗎？

我說，農民不是傻子，我才是個傻子。他輕蔑地說：難道你不是個農民？你以為在北京有了兩間房子，牆上掛上兩穗穀子，地上鋪上幾塊釉面磚或者木地板，你就不是農民了嗎？你永遠是個農民，你這樣的人放到鹽水裡泡三年，放到血水裡煮三年，放到礦泉水裡洗三年，晾乾了還是個農民！我說對對對，你說得對，我永遠是個農民，所以我只能請你吃餃子，說著，我就把他拖到了餃子館裡。

餃子館門面很小，只有三張桌子，九把小凳子。開餃子館的是一對老夫婦，老頭滿頭白髮看樣子有一百多歲了，老婦滿臉皺紋，看樣子也有一百多歲了。我們進門時老兩口子坐在外邊抽菸，老頭抽菸袋，老婦抽紙菸。見到我們進了門他們很冷漠，老太太叼著紙菸，用與她的年齡很不相稱的朗朗聲音問我們：二位，吃餃子嗎？吃什麼餡的，要多少？要不要來幾個小菜？要不要來幾瓶啤酒？我看了一眼馬可，請他點。他說讓我點我就點，不過我估計也沒有什麼好點的。他問老太太，你們都有什麼餡的？老太太說有白菜餡的、胡蘿蔔餡的、茴香餡的，還有三鮮餡的。他說都要都要，每樣的先來半斤，吃了不夠再點。緊接著他問，有鯊魚肉餡的沒有？鱷魚肉的呢？老虎肉的？狐狸肉的？沒有沒有全沒有！老太太連聲搖頭，吊著嘴角輕蔑地說我們年紀大了，不知道去哪裡才能買到您說的這些肉。他說我知道你們沒有，我只是想告訴你們，你們沒有的，別人很可能有，你們沒吃過的東西，別人很可能吃過，你們北京人自以為靠著皇城根兒見多識廣，其實你們是天下第一的孤陋寡聞。然後他就大講他在煙台戰友家吃鯊魚肉餃子、在廣東戰友家吃鱷魚肉餃子、在大興安嶺戰友家吃老虎肉餃子、在自己家裡吃狐狸肉餃子的經過。鯊魚肉，鮮紅鮮紅，半米多厚，包出餃子來，味道真是美極了。他說，那時還是「文化大革命」時期，一公斤鯊魚肉才賣八毛錢，八毛錢也沒有多少人買，嫌貴。鱷魚肉是論兩賣的，一兩二十元，貴是貴了點，但在我戰友那樣的大款眼裡，二十元根本就不算錢。鱷魚肉的餃子，究竟有多麼好吃，靠我的這點文化水兒是無法子跟你們說清的，儘管我也是人文刊授大學畢業，聯合國承認學歷。什麼時候我帶你到我戰友家裡，讓他媳婦包一鍋給你吃。狐狸肉的餃子雖然有點臊氣，但有人就是願意吃那個臊味兒，這就像咱們縣裡那個女書記最愛吃豬的大腸頭是一樣的，起初那些個馬屁精為了讓書記喜歡，把大腸頭用鹼水洗三遍用鹽水洗三遍然後用清水沖了三遍，把那股臊臭味兒洗得乾乾淨淨，氣得書記砸了盤子，破口大罵：狗娘養的你們這些笨蛋，我的臊味哪裡去了？那些挨了罵的人心懷不滿，下次做時，不但不洗，還鑲上了半斤豬屎，書記一吃，喜笑顏開，說，你們這些同志，不批評是不會進步的。然後她就把那個往鍋裡鑲豬屎的辦公室副主任提拔成了主任。吃了狐狸肉放屁特別臭，有一天我吃了狐狸肉餃子坐車進城，車上那個賣票的小子不講理，想訛我的錢，我急了，放了一個屁，把滿車的人全都臭昏了，司機天天聞汽油，抗臭的能力強一些，煞了車跳車逃跑，這才沒釀成大禍。說一千，道一萬，最最好吃的還數老虎肉餃子。他說在大興安嶺的密林深處，有一個鐵桿的朋友，兩人曾經結拜過兄弟，一個香爐三炷香，腦袋磕得嘭嘭響。那人是個神槍手，為了歡迎他，冒著生命危險，跑到老虎窩裡打了一隻斑斕猛虎，是隻公虎，剝出一根虎鞭一米多長，曬乾後還有八十釐米。朋友不但請他吃了幾次老虎肉餃子，把虎鞭也送給了他，讓他回家泡酒喝，他的朋友說，什麼偉哥偉嫂的，比起咱們長白山的虎鞭，那就好比是拿著油條比鐵棍。他說他愛護婦女，不願做那些傷天害理的事，就用虎鞭做了一條腰帶，本來想紮到腰裡進北京給你看看，讓你開開眼界，但不幸的是讓一隻公貓偷去吃了，牠很可能把虎鞭當成了乾魚。這一下可是不得了了，村子裡的母貓全都逃竄得無影無蹤，後來連母狗也逃了。方圓一百公里之內只剩下他家那隻獸性大發的公貓，那傢伙的吼叫聲驚嚇得村子裡的人夜不能眠。老虎肉的餃子當然是人間最美味、營養最豐富的餃子，覺悟不高的男人吃了老虎肉的餃子百分之百地要犯流氓罪，他吃了老虎肉的餃子雖然沒犯錯誤，但也熬得不行，渾身上下，熱氣騰騰，好像一台鍋駝機。沒別的辦法，他只好聽從戰友的建議，砸開黑龍江上厚達一米的冰層，跳到冰水裡泡著，當然是赤身裸體。如果不吃老虎肉，跳到黑龍江的冰水裡，三分鐘就會凍成冰棍，但他泡在冰水裡，感到舒服極了。他說他在冰窩子裡泡著，江面上熱氣騰騰，遠看好像在江裡燒開水。男女老少，許多人趕來看，連對岸俄羅斯的老娘們都來看。有騎著摩托車來的，有騎著大洋馬來的，更多的人是坐著扒犁來的。有馬拉的扒犁，有狗拉的扒犁，還有用梅花鹿拉的扒犁和四不像拉的扒犁。這些都算不上新，也算不上奇；最新最奇的是一個俄羅斯大閨女，騎著一隻老虎來觀看。那隻老虎在她身下，溫順得像一隻小貓。老虎的脖子上掛著一串銅鈴鐺，跑起來一片脆響：叮叮噹叮叮噹，鈴兒響叮噹——好聽得不得了。他說：我這人見多識廣，見了騎老虎的少女稍微有點驚奇，但絕對沒有把這當成了不起的大事；別的人就不行了，他們先是喪魂落魄，狼狽逃竄，看看沒事，又戰戰兢兢地回來，遠遠地看熱鬧。老虎馱著美麗得不太像人的俄羅斯少女站在我的面前，她和老虎的口鼻裡噴出很多白色的蒸氣，少女的眉毛和老虎的鬍子上結了小小的冰凌。少女對著我說了許多的話，嘰哩咕嚕的，一半像唱歌，一半像念咒，可惜我不懂俄語，否則與她對對話該是一件多麼有趣的事情啊！我不懂俄語，又不忍心冷落了人家，這可是關係到中俄兩國人民的深情厚誼的大事，我沒有別的辦法，只好對著她和她的老虎微笑，我輕易不願大笑，因為你也知道，我一大笑就會狗洞大開，令人望之生畏，即便是微笑也不好看，這是我心中永遠的痛，但事關大局，也就顧不了個人的面子了。我對著她和老虎笑，她也對著我笑，她的笑容那是無法形容的，只能比喻，拿什麼比喻呢？只能用老虎肉的餃子來形容她的笑容。她的笑容就像我吃過的老虎肉餃子一樣鮮美！我們倆對著笑的時候，老虎默默無聲，眼淚好像小河，流到了嘴邊的毛上，牠伸出紫紅色的大舌頭，不停地舔著眼淚。牠的舌頭上滿是肉刺，讓牠的舌頭舔一下，半邊臉上的肉就沒有了，一點也不會留下，露出森森的白骨。我們村子裡有個讓熊瞎子舔去了半邊臉的人，名叫許三，你還記得他吧？說起來他跟你們家還有點瓜蔓子親戚呢，老虎的舌頭比熊瞎子的舌頭鋒利多了，讓牠舔一下可不是好玩的。我知道老虎為什麼流眼淚，牠是聞到了從我嘴裡呼出來的老虎肉的香味，我估計這隻老虎和讓我們包了餃子吃掉的那隻老虎是親戚，但也不是太像，我們吃掉的那隻老虎是隻公虎，少女騎著的這隻老虎是母的，我從母老虎的表情上猜出，被我們吃掉的老虎很可能是牠的丈夫，這還是一樁跨國的婚姻呢，想到此，我才感到了害怕，不管這隻母老虎和牠的丈夫分居了還是離了婚，但一日夫妻百日恩，人類的感情規則同樣適應老虎的感情規則，我吃了牠丈夫的肉，牠吃掉我就是天經地義的事……

馬可要了一碟子花生米、一碟子豬皮凍、兩瓶啤酒。老太太把啤酒和小菜端上來，然後就退後兩步，倚著門框子，歪著頭，吧嗒吧嗒地吸菸，好像一隻沉思默想的老鷹。馬可說：老大娘，請您離我們遠點，我們哥倆多年不見，正要談一些重要的事情，您站在這裡，就像看守似的，把我要說的話全都嚇忘了。老太太問：說我嗎？他說當然是說你，不說你還能說誰？老太太撇撇嘴，閃身進了內室，我們聽到室內的案板噼哩啪啦地響，知道老頭子正在剁餡，在案板的響聲裡，那個老太太大聲說：窮酸，什麼東西，他還把自己當成了個人！我與馬可對眼相望，他無聲地笑了。我低聲地責備他：「飯前不得罪廚子，睡前不得罪老婆」，你這麼一張狂，這餃子還能好吃得了嗎？他說：放心，無非是少放點肉多放點菜，這豈不是正中了我們的下懷？我說你就不怕她給我們下點巴豆、斑蝥什麼的？他說：不要把人想得那樣壞，這個世界上，好人還是比壞人多。然後，他就像一個主人似的，按著我的肩膀讓我就座。我說：你先坐吧！他說：你不坐我怎麼敢坐？我說：咱們倆誰跟誰呀？我就了座，他也坐下。小凳子面積很小而我的屁股很大，所以感到很不舒服。但我不敢說自己的屁股不舒服，我如果說坐得不舒服，他很可能提出換地方，前面不到百米的地方就有一家南港漁家，那裡的座位是真皮靠背椅，舒服極了，但那裡的價格是殺人不眨眼的，去那裡吃的人大多數花公款，即便是花私款，也是在釣大魚。

他熟練地往我眼前的杯子裡倒著啤酒，他說我告訴你，倒啤酒需要卑鄙（杯壁）下流，否則就會泡沫溢出。這種說法我聽了差不多八千次，他還拿來賣弄，簡直就像在孔夫子門前念《三字經》一樣的膚淺。我掩飾著對他的厭惡，端起杯子說：來，老同學，乾杯！他說，好吧，乾杯，咱哥倆多年不見，今日要喝個痛快，一醉方休！我一聽他要喝個一醉方休心裡就亂打鼓，我早就聽說這個小子喝醉了不照套，如果他喝醉了，我想趕快把他打發走的計畫十有八九要落空，於是我就趕快改口說：別乾杯別乾杯，能喝多少喝多少，喝醉了傷身體。他好奇地看著我，說：哥們兒，我走南闖北，從南京到北京，從國外到國內，從沒聽人說過喝多了啤酒還會傷身體，啤酒是什麼？液體麵包，跟咱們老家的大饅頭是一樣的，怎麼可能傷身體？你這純粹是謬論，無非是怕花錢，其實喝幾壺啤酒又能花你多少錢？你即便讓我放開了肚皮喝，喝到了嗓子眼頂多也就喝十來瓶，沒有多少錢嘛，這點錢對你來說，不過是九牛身上的一根毛！來吧，乾杯，你不乾你就是嫌貧愛富，你就是為富不仁，你就是忘了家鄉父老，你就是殺妻滅口的陳士美，你就是腐化變質的劉介梅！我問：陳士美我知道，但劉介梅是誰？他猛地一拍桌子，說：看看，看看，我說對了吧？你竟然連劉介梅是誰都不知道了，可見問題已經很嚴重了！他剛要給我說劉介梅的事，一隻蒼蠅飛到他的鼻孔裡：啊——啊——嚏！打完了噴嚏他就把劉介梅忘了。

他把連在一起的一次性筷子一劈兩半，對我說：吃吧吃吧，別客氣，這樣的小飯館雖沒有魚翅燕窩，但小菜還是有特點的。老夫老妻開的飯館，一般的不會出問題，虎老了不吃人，人老了不害人，如果是一對年輕夫妻開的飯館，我告你說千萬不要進去，千萬千萬，如果你非要進去，就要做好站著進去躺著出來的準備。北京是首都，可能好點，到了咱們老家那地方和除了北京之外的其他地方，大部分年輕夫妻開的飯館，三分之一像日本鬼子的七三一部隊，三分之一像孫二娘的饅頭鋪，三分之一像咱們縣的城關衛生院，裡邊都是死啦死啦的幹活。你知道咱們縣的城關醫院嗎？就在縣政府大樓前邊那條大街上，是一棟紅色的、四四方方的大樓，遠看好像一塊巨大的鯊魚肉。裡邊那些當醫生的，當護士的，大多數都是雞巴毛上的蝨子，根子又粗又硬，最有名的外科大夫趙三瓶——現在已經提拔成副院長了——是縣委書記的小舅子，雖然是副院長，但說話比院長還要硬氣，院長完全看他的眼色行事。此人五大三粗，鬍子連著胸毛，胸毛連著鳥毛，鳥毛連著腿毛，這傢伙渾身是毛，但就是頭上不長毛，他是該長毛的地方不長毛，不該長毛的地方亂長毛。這傢伙演土匪不用化妝，演魯智深也不用化妝，演殺豬的也不用化妝。這傢伙原本是咱們向陽公社獸醫站的獸醫，最拿手的好戲是閹小豬。說起來你肯定還記得他，記起來了吧？對，就是他，咱們在農業中學讀書時，開門辦學，請他教過我們閹小豬。改革開放之後，他姊夫不拘一格降人才，把他提拔到城關醫院當了外科主治大夫！他是個賊大膽，其實他沒進城關醫院之前，就開始給人做手術。他給人做的第一例手術是給他爹切割闌尾，連麻藥也不打，用棍子打暈了，家裡沒有碘酒，用了點白酒消消毒，就用那把閹小豬的刀子，把他爹的闌尾切了。為了防止他爹蘇醒過來跑了，他把他爹用繩子綁在了一條殺豬的板凳上，還用黑布蒙了眼，用白布勒了嘴。有人從窗外看到過這個情景，還以為是給他爹上老虎凳呢！他爹好了以後，拍著肚皮上的刀口，到處給兒子做廣告。這小子給自己的爹成功地做了手術，如夢初醒，說弄了半天，給人切闌尾比閹小豬還容易，既然如此為什麼不去當人人尊敬的人大夫，反而要當遭人嗤笑的豬醫生呢？找姊夫去，改行。他姊夫畢竟是高級幹部，覺悟高，有政策觀念，說小孩他舅你儘管給老頭子成功地切除了闌尾，但要到醫院當外科大夫，必須上學進修，取得醫生資格，否則我要跟著你犯錯誤，我犯了錯誤你也跟著完蛋。他說，好吧，姊夫，我聽您的。他進了一個外科大夫進修班學習了半年，得了一個研究生文憑，還得了一個碩士學位，然後就理直氣壯地進了城關醫院當了大夫。自從他進了城關醫院當了外科大夫，城關醫院的病人活著出來的不多。縣計畫生育委員會主任說，咱們縣如果有十個趙三瓶這樣的外科大夫，人口肯定負增長，根本就不必再搞什麼計畫生育了。城關醫院不止一個趙三瓶殺人不眨眼，還有幾個膽大包天的野護士。最著名的野護士牛小草是副縣長的妹妹，醫生讓她給一個小孩子輸液，她愣給人家輸進去一瓶子酒精。病人家屬去找她，說：護士……她一聽人家叫她護士就發火，城關醫院的人愛面子，連那些負責掛號的、燒水的、收錢的、掃地的，這麼說吧，進了城關醫院，你只要看到一個穿白大褂的，必須叫大夫，否則就不理你。牛小草怎麼能容忍病人家屬叫她護士？她打著毛衣翻著白眼裝聾。病人家屬被孩子的情況嚇急了，忘了這醫院的規矩，還是一個勁地叫護士。最後，連牛小草也煩了，不得不自己正名，說：告訴你們，不要叫護士，叫大夫，叫大夫，明白嗎？病人家屬這才恍然大悟，連忙說：大夫，大夫，俺那個孩子怎麼發了紅了呢？牛小草說：發紅不就是好了嗎？病人家屬說：不是個正經紅法，求您去看看吧……牛小草嘟囔著，你們這些農民，真是事多。到了病房一看，那個小孩子紅得像一根胡蘿蔔，不但發紅，還口吐白沫，四肢抽搐。牛小草納悶地問：咦，怎麼會這樣呢？突然她笑了，說：嗨，你看我，忙糊塗了，把酒精當成鹽水了。病人家屬說：怎麼辦？牛小草說：沒事，酒精消毒，你們的孩子全身的病毒這一次全部殺死了，我肯定地、負責任地說，他這輩子不會生病了，你們趕快到收費處交酒精的錢吧！……

我打斷他的話，說夥計咱們不說這些嚇人的話好嗎？咱們說點愉快的話好不好？他皺著眉頭說，嗨，滿肚子都是苦水啊，哪裡去找愉快的話？我說那就什麼也不說了，喝酒，吃菜！他夾起一塊豬皮凍，哧溜一下子吞了下去，然後又夾了一塊，然後又是一塊。他說這皮凍還行，很有咬頭，但味道有點怪，很可能是加了水膠，咱們那地方的小飯館裡做豬皮凍百分之九十地要加水膠。我說，行了，夥計，咱們倆都是地瓜麵的肚子，的確良的褲子，沒那麼多的講究。他說，對，你說得很對，人不能忘本，樹不能忘根。不過，現在地瓜麵已經是很高級的食品了，現在地瓜比蘋果還要貴，地瓜麵比富強粉還要貴。的確良現在不值錢了，但要倒回去三十年，誰能穿上條的確良褲子那還得了嗎？倒回去三十年，別說的確良褲子，就是混紡的人造棉褲子，穿到腿上就像粉皮一樣滴里嘟嚕的那種，也像老虎皮一樣珍貴。他說，你大概還沒忘記吧？你第一次到你老婆家去認門，就借了我那條黑色的人造棉褲子。你小子抽菸時還把我的褲子燒了一個窟窿。我說：有這種事？我怎麼不記得了？他說，這種事你當然不會記得了，你不記得我記得。你把我的褲子燒壞，自己不敢來還，讓你姊姊來還，你姊姊說了一大堆賠不是的話，還送給我家三個雞蛋。說句不客氣的話，如果當初沒有我那條人造棉褲子，你老婆肯定不會看中了你，即便你老婆看中了你，你丈母娘也看不中你，俗話說得好，「人靠衣服馬靠鞍」嘛！我聽人家說過，你從你丈母娘家出來後，你丈母娘就跑到大街上去宣傳：俺家那位沒過門的女婿，穿著一條人造棉的黑褲子，走起路來，簡直是飄飄如仙！——就憑著當年我借給你褲子成就了你的金玉姻緣，他說，讓你請我吃一桌生猛海鮮也不為過。我說你就閉著眼睛編吧，但要我請你吃生猛海鮮那是不可能的。他說，看把你嚇得那個小樣！你請我去吃我也不會去，你們這些小雞巴官，貪點小污受點小賄，提心吊膽的怪不容易，我怎麼忍心吃你的生猛海鮮？我早就告訴過你，寧做雞頭，不做鳳尾，你也能算上個縣級幹部？還正縣級呢，看看你這副熊樣子，連個正鄉級都不如，咱們鄉那個黨委書記，坐著奧迪，手持大哥大，老家一個老婆，縣城裡一個老婆，在鄉裡還和婦女主任睡一個被窩子。重婚？我說你怎麼這樣弱智呢？老家的老婆是離婚不離家，鄉裡的老婆是睡覺不結婚，人家根本就不會幹犯法的事。抽菸靠送喝酒靠貢自己的工資基本不用自己的老婆基本不動，三年鄉鎮長，十萬雪花銀，你還在這裡混個什麼勁？我要是你，早就回去了。不過這話又說回來了，你如果真回去了，別說鄉鎮長輪不到你當，連個村支部書記也輪不到你的頭上。往最好裡說，能把你安排到文化局當個副局長，那你也要準備好兩萬元送給縣委書記的老婆（咱縣的書記的老婆做了一次人工流產手術就收了八十萬元的紅包，她每年人流兩次），否則，頂多把你安排到一個即將破產的廠子裡當個工會副主席。咱們縣裡那家欠了銀行二億八千萬元貸款、與安哥拉合資的長毛兔皮加工廠，光部隊轉業下來的團級幹部就安排了四個，三個正團級當了工會副主席，一個副團級當了收發室主任兼保安隊隊長，這人在部隊時是訓練標兵，最擅長的是射擊投彈拚刺刀，現在打的都是電子仗，連敵人的影子還沒見到戰爭就已經結束了，所以他空有一身硬功夫也被淘汰了。他對收收發發不感興趣，這是退休老頭子幹的活兒，他的興趣在保安隊上。他用百分之一的精力抓收發工作，用百分之九十九的精力訓練保安隊。他自己動手，做了二十多桿木槍，發給那些小伙子每人一桿，然後帶著他們在廠辦大樓前摸爬滾打。死氣沉沉的中外合資長毛兔皮加工廠頓時變得生氣蓬勃，好像蠍子窩裡捅了一棍。那些穿著黑制服的小保安們手持木槍，對著辦公樓前的一排稻草人，一個個吹鬍子瞪眼，扯開嗓子吼叫：殺——殺——殺——！那個副團長站在一邊，軍裝嚴整，只是缺了帽徽和領章，活像一個黑金剛，這樣的人放在抗日戰爭年代，稍一努力就是個特等英模，他這人真是生不逢時啊！他站在耀眼的陽光下，冰冷的目光從他的帽檐下射出來，生鐵丸子般的口令從他的口裡噴出來：兔子——刺！兔子——刺！他的口令把那些廠裡的閒官和過往的行人弄得莫名其妙，都說這個團副怎麼張口就罵人呢？就算是兔子皮加工廠，與兔子靠得近，也不能讓「兔子——刺」啊？一個小保安從隊列裡走出來，把木槍一扔，說：隊長，俺不幹了，跟著你幹掙不到多少錢，累得賊死，衣服沒有乾的時候，還被您當兔子罵來罵去。團副怒吼著：把槍撿起來！你好大的膽子，竟敢扔掉武器。小保安被團副的氣勢給威住了，低聲嘟囔著說：撿起來就撿起來，發那麼大的火幹什麼？團副大聲說：你們都給我好好聽著，不是「兔子——刺」是「突刺——刺」！保安們鬆了一口氣，說：原來不是「兔子刺」，那我們就放心了。在敞亮的大辦公室裡看景的幹部們也鬆了一口氣，說：啊，原來是「突刺刺」，不是「兔子刺」，這樣我們就放心了！你知道這個團副是誰？他就是我老婆的舅舅，我老婆的舅舅就是我的舅舅，你說對不對？

我舅舅訓練保安隊，沿用著六十年代大練兵的方式。他要求那些在蜜罐子裡長大的小保安們帶著濃厚的階級感情練。那些小保安大睜著眼睛，迷茫地問：隊長，啥叫階級感情？我舅舅懵了片刻，歎息道：完了，完了，這一代青年徹底完了，連階級感情都不知為何物，我們的紅色江山怎麼能保證不變顏色？我舅舅說，依著他當年的脾氣，非每人給他們一頓槍托子不可，但他們不是軍人，無知也不是錯誤是錯誤也不能打，打了就要犯國法，再說了，孩子無知是大人的錯誤，要打也只能打大人。我舅舅沒法子，只好拿出大閨女繡花的好脾性，對這群無知的青年循循地誘導。我舅舅問他們，孩子們，你們不懂啥叫階級感情，但你們懂不懂階級仇恨？小保安們一個個把頭搖得像貨郎鼓似的說，不懂，不懂。我舅舅說，你們知不知道蔣介石？小保安們說：蔣介石？蔣介石是誰？俺們村子裡沒有姓蔣的。我舅舅說，你們知不知道還鄉團？小保安們說：還鄉團是個什麼團？我舅舅連連歎息，問：這麼說吧，你們最恨的是誰？一個小保安大聲地喊：我最恨的是俺村的支部書記，那傢伙貪污提留款，把電費提高到三元錢一度，俺爹不交電費，他一拳打破了俺爹的鼻子，還讓他的狗腿子掐了俺家的電線，拉走了俺家的牛！一個小保安說：我最恨的是俺村的村長，他把俺家的地界石偷偷地挪了兩米，俺哥找他講理，他不講理，一個電話把他在鄉公所當聯防隊員的兒子叫回來，用麻繩子把俺哥捆到了鄉公所裡，他們說俺哥毆打革命幹部，破壞社會治安，打得俺哥鼻青臉腫，還要俺爹拿一千元錢去贖人。小保安們七嘴八舌地控訴著他們的仇人的罪行，小臉有的紅，有的白，有的青，有的黃，全都是苦大仇深的樣子。我舅舅心中暗暗吃驚，連忙打住了話頭，說：好了好了，只要你們心中有仇人，咱們這兵就能練出個名堂來。從現在起，你們就把面前的稻草人，想像成你們最恨的人，然後就用刺刀捅他們！開始吧，我舅舅像一個執刑官一樣發號施令：突刺——刺！那些小保安就像打了興奮劑似的，一個個雙眼發紅，噴吐火焰，對著那些稻草人就下了狠手，有的一邊刺還一邊破口大罵，弄得兔子皮加工廠裡殺氣騰騰，過往的行人駐足觀看，有人還問：這是怎麼啦？有人回答：拍電影呢！

他夾起一個花生米扔到口裡，說，這件事很轟動的，兔子皮加工廠被評為民兵訓練先進集體，報紙和電台都做過報導，市電視台還來錄過三天像。一俊遮百醜，我舅舅這一呼隆，給臭名昭著的兔子皮加工廠塗了脂抹了粉，我舅舅成了大名人，廠長也成了省人大代表。縣裡那些瀕臨滅亡的工廠紛紛學習兔子皮加工廠的經驗，高價聘請轉業軍人，訓練門衛保安隊。但等到他們的保安隊訓練出來之後，兔子皮加工廠已經倒閉了。你猜猜兔子皮加工廠的廠長是誰？就是我們小學時的同學小馬圈呀！啊啊，啊！想起來了想起來了，是蕭夢娟啊！她的外號叫小馬圈，對，她的外號叫小馬圈。他說：如果我沒記錯的話，她的外號還是你給她起的。想當初你小子迷上了她，天天回家拿地瓜給她吃，開春後的地瓜，甜得賽過了蘋果，你用小刀把地瓜切得一片片的放在她的眼前讓她吃，我們跟你討片吃，你不給我們吃，還在我們眼前晃動那把刀子。小馬圈吃了你的地瓜，不但不念你的好，還到老師那裡去告你的狀，說你當著她的面說學校是監獄，老師是奴隸主。老師連忙把你的話向校長做了彙報，校長很重視，用小繩子捆著你往公安局裡送，公安局問了案情，說這孩子犯的是一般性的錯誤，應該按人民內部矛盾處理。校長把你押回來，召開全校大會，讓你在全校師生面前做檢查，你哭得鼻涕一把淚一把，態度不錯，認識錯誤比較深刻，沒開除你的學籍，因為你年齡太小也沒好意思把你打成反革命，對你很溫柔，給了你一個警告處分，這樣才把你從癡迷中喚醒過來，你小子一怒之下就給她起了一個外號。小馬圈後來出息大了，小學剛剛畢業就調到公社宣傳隊裡當了獨唱演員，最拿手的歌是那首陝北民歌《山丹丹開花紅豔豔》，她的嗓子就像小喇叭似的，清涼無比，簡直就是一塊薄荷糖。你還記得那首歌的調子嗎？我搖搖頭，我搖頭的意思根本不是說我把那支歌的旋律忘了，我是想起了往事心中感慨他卻以為我把旋律忘了。他喝了一口啤酒，清清嗓子，說：你這就是忘本，怎麼把這首歌都給忘了呢？我給你哼一哼吧，於是他就哼哼起來。他的聲音起初很低，甚至還有幾分抒情，還挺像那麼回事。但哼了幾句後，他就忘乎所以，放開了他那個毛驢嗓子吼起來。老頭和老太太手上沾著白麵跑出來，問我們發生了什麼事，我說沒發生任何事，我這個同學正在唱歌懷舊呢！老太太說：小點聲，把警察招來就夠你們喝一壺的。

他灌下去一杯酒，嘴唇上沾著泡沫，說，聖人說得好，騙子最怕老鄉親，就說你吧，現在也是人五人六的，穿一套皺皺巴巴的破西裝，繫一根狗舌頭般的紅領帶，禿著個雞巴頭，在大街上搖頭晃腦，冒充老幹部，但在我的面前就別裝了。你上到三年級時還穿著開襠褲子，老師喊一聲你就小便失禁，你那條棉褲臊哄哄的，女同學都不願意跟你同桌，男同學也不願意跟你同桌。就是你這樣一個人，連老師也想不到你竟然能創作歌曲，你創作了一首美麗的流氓歌曲，你肯定不會把這個忘了吧？他很抒情地哼哼起來：小馬圈，辮子長，褲襠裡鑽出一隻羊。小馬圈，嘴巴大，張嘴跳出個癩蛤蟆……我想起了多年前的往事，不由得苦笑起來。他說：想起來了吧？小馬圈當了一陣宣傳隊，跟公社的領導處得很好，被推薦到一個中專學校學習了兩年，畢業後就到了縣委當打字員，然後就嫁給了縣委組織部長的兒子，後來又到鄉下去當鄉長，然後調回縣城當局長，後來就調到兔子皮加工廠當了一把手。前幾年她可風光大了，去西歐下南洋，就像串門似的。咱們全縣的老百姓都罵她，有人說她家裡的錢多得都發了霉，每年夏天，都要雇人曬錢。工廠倒閉，工人叫苦連天，到縣政府大院裡去靜坐示威，有一個愣頭青還差點兒點火自焚，小馬圈見事不好，背著一麻袋美元，一翅子飛到了加拿大，再也不回來了。聽說她到加拿大不到半年就讓人販子賣給了一個愛斯基摩人，那麻袋美元也讓人販子給吞了。到了北冰洋，住在雪窩子裡，學會了用牙咬皮子，生吃海豹肉，一窩生了四個小孩。一個黑色的，比墨汁還黑；一個紅色的，比豬血還紅；一個綠色的，比樹葉子還綠；一個黃色的，比葵花還黃；還有一個藍色的，比海水還要藍。我問這個藍色的是從哪裡來的？你不是說四個嗎？怎麼又多出一個來？他笑著說，原來是四個，後來一想，那不成了四喜丸子了嗎？索性再弄個出來吧，就成了五個啦。你如果嫌少，可以再讓她生幾個出來。我說五個已經不少了，不必再生了。嗨，他說，咱們到底是與她同學一場，聽她落了個如此下場，心裡頭還怪不是個滋味。這些事不說也罷，說了就生氣，就難過，就百感交集，屁用也不管，咱們是愛莫能助，鞭長莫及，就讓她在北極圈裡替愛斯基摩人繁殖後代去吧，咱們還是吃點喝點，幹點現得利的事兒。

他夾起一塊豬皮凍，豬皮凍上有一根豬毛，很堅硬地在那裡支楞著。他大聲喊叫：老闆，老闆！老太太沾著兩手白麵從內室走出來，說：喊什麼？他用筷子點著那根豬毛說：你看看，這是什麼？老太太大睜著眼看了一會，說：不就是一根豬毛嗎？你大驚小怪地叫喚什麼？他說：你難道不知道？豬毛吃到肚子裡會有生命危險？老太太說：十年前，我跟老頭子吵架，一怒之下，吞了一個豬鬃刷子，我以為必死無疑，到頭來不但沒死了，還把胃潰瘍給治好了！我被老太太給逗笑了，他也跟著我笑起來。他用筷子撥弄著那根豬毛，說：問題這不是根豬毛！老太太說不是豬毛是什麼毛？他說我愈看愈覺著像一根人毛。老太太說你想在這裡吃呢就給我閉上你的臭嘴，你不想吃呢就給我滾你媽的個蛋，老身今年一百五十多歲了，從慈禧老佛爺垂簾聽政時就開餃子館，還沒碰上個像你這樣的混小子！一看老太太生了氣，他馬上就軟了下來，滿臉帶著笑說，老人家老人家，小輩這是跟您鬧著玩呢，您怎麼能當真生氣呢？我一看您就知道您不是個一般的人物，您包的餃子，如果我沒猜錯的話，想當年肯定送到宮裡孝敬過老佛爺，老佛爺吃了連聲說好，剩下兩個捨不得扔，吩咐李蓮英說：小李子，把這兩個餃子給我送到皇上那裡，讓他趁著熱乎趕緊吃了，這可是老虎肉的餃子，吃了壯陽，讓皇上把陽壯得壯壯的，趕緊著給咱大清朝造出個太子來。李蓮英一躬腰，說聲喳，端著那兩個老虎肉的餃子就往金鑾殿跑去。老太太被捧得喜笑顏開，說這孩子真是聰明，俺這點家底子你怎麼全都知道呢？他說，瞞了誰您也瞞不了我呀，您別看我破衣爛衫一身蝨子，我可是個大學問，我在您家門口轉了三個月了，您家的事我全知道。您想想，我要是不知知底，怎麼敢進門就跟您要老虎肉的餃子？全中國敢賣老虎肉餃子的，也只有您這一家。他用筷子撥弄著豬皮凍上那根毛兒，說，看看，這是什麼？是豬鬃嗎？不是，是牛毛嗎？不是，這是一根百分之百的虎鬚！接下來他就說起了虎鬚的神奇。

他說，要說虎鬚的神奇，咱還得從那年冬天我在朋友家吃了老虎肉的餃子那個茬口兒說起。吃了老虎肉，我渾身發熱，獸性大發，為了不犯錯誤，只好砸開堅冰，跳到黑龍江裡泡著，許多的人都來觀看奇蹟，除了中國人前來觀看，連江對岸的俄羅斯人都來觀看，其中還有一個騎著母老虎的俄羅斯姑娘，那姑娘美麗無比，天上地下都搜遍，也找不到第二個能跟她比美的。我身上的熱量太大，把冰窩子裡的江水燙得吱吱地響，一股股的蒸氣直沖藍天。電視台的記者們聞風趕來，扛著機器給我錄像。報社的記者也來了不少，他們用照相機，打著閃光燈，給我拍照，我不想拍也不行，索性就讓他們拍個夠。呼拉一張，呼拉又一張，記者們的閃光燈把我的眼睛都給照花了。為了保護眼睛，我就不去看他們的鏡頭，我看那俄羅斯姑娘，看老虎。那隻老虎老實極了，起初我怕牠咬人，但很快就知道牠絕不會吃我。牠用大舌頭舔著鬍鬚，眼淚啪嗒啪嗒地往下流。牠還伸出舌頭舔我的臉，我想完了，腮幫子肯定沒了，但事實上腮幫子一點也沒少。老虎在親我呢。我想了好久，終於明白，老虎原來是個瞎子，牠嗅到了我身上的老虎味，就把我當成了牠的老公。我起初嚇得要死，後來感動得要命。我伸出手，摸著老虎的頭，說：老虎，老虎，別哭，別哭，你那個丈夫，早就背叛了你，我們去老虎窩裡打牠時，牠正跟一個母老虎在那裡幽會，要不我們也不會開槍把牠打死。牠早就把你忘了，你為牠把眼睛哭瞎實在是太不值得。老虎聽了我的話，渾身打起了哆嗦，好像發起了瘧疾，嚇得那個俄羅斯少女嗚嗚地哭。但她哭也沒用，那隻老虎大叫一聲，跳起來有三米多高，一頭栽到冰上，抻了幾下腿，死了。這一下人們根本就顧不上我啦，全部的鏡頭對著老虎去了。老虎嘴唇邊上那根最長最粗最硬的鬍鬚脫落下來，落在我眼前的冰上，眼見著就往下陷落，彷彿那鬍鬚是一根燒紅了的金條。我看著納悶，靈機一動，就把它撿了起來，放在指頭縫裡夾著怕丟了，光著屁股也沒有地方藏，索性就放到嘴裡叼著吧，這一下可不得了了，這一下我看到世界上最奇特的情景，這情景我相信古往今來的人都沒有看見過，你猜猜我看見了什麼奇景？

老頭子端著一盤熱氣騰騰的餃子，從裡屋裡走出來，我說餃子來了，趁熱吃。我們抄起筷子，準備吃餃子。餃子很白很胖，肚子都鼓得很大，散發著甜絲絲的麵味兒和香噴噴的肉味兒，勾引得我們食欲大發。誰知道那老頭子並沒有把餃子放到我們的桌子上而是放在了一張空桌上。我說放這裡呀，難道看不見我們坐在這裡？老頭子眯著眼看著我們，滿臉都是大惑不解的表情。我們看著他自己坐在那張桌子旁邊，把嘴邊的鬍子往兩邊分了分，然後也不用筷子，就用手指捏著餃子吃起來。我說這個老頭子怎麼這樣，客人點的餃子，他自己先吃了起來。老太太端出一盆餃子湯，放到我們桌子上，說：你們不要急，先喝著湯等著，他吃完了剩下，你們再吃。我們心裡很不高興，與那老太太理論。馬可說：天下哪有這樣的道理？你們是開餃子館的，我們是來吃餃子的，你們煮出餃子來，不給我們吃，自己先吃起來，你們在屋裡偷偷地吃也罷了，你們不該拿到外邊來當著我們的面吃！老太太說：你吵吵什麼？這是我們店裡的規矩，別說是你們這樣兩個草民，想當年袁世凱大總統來吃餃子，也得乖乖地遵守我們的店規。不願遵守店規，就請你們滾蛋。我們老兩口子合起來有三百歲了，什麼事情我們沒經過？什麼人物我們沒見過？到了我們這年紀，世界上已經沒有什麼能讓我們害怕的事情了。老太太把餃子湯猛地放在我們面前，說：能喝上我的餃子湯也是你們這兩個小畜牲的造化！她舉起一隻枯藤老樹的手，說：好好看看，這隻手，伺候過老佛爺！我們仰望著她的手，心中慚愧，彷彿犯了嚴重的錯誤，不由自主地心平氣和了。眼前的餃子湯散發著撲鼻的清香，我們用小勺子舀起湯，放到嘴邊吹吹，然後吸了一小口，果然是皇帝家的餃子湯，味道就是不一樣。我們倆用勺子喝不過癮，端起湯盆，咕咚咕咚地往下灌，你爭我搶，都生怕自己少喝了，轉眼之間就把一盆餃子湯灌下去了。喝完了餃子湯我們就觀看老頭子吃餃子。我們倆合起來活了八十多歲，還是第一次看到過這樣的吃餃子方法。就見那個久經滄桑的老頭，用兩根指頭，夾起一個餃子，然後仰起臉，尖著嘴，小心翼翼地咬掉餃子的角兒，迅速地吐到桌子上，立即又仰起臉，讓餃子裡的油滴進嘴巴。等餃子裡的油流乾了，他就把餃子放回到盤子裡，然後拿起下一個餃子，依然是咬去一角，吸乾油水，放回盤子。他的這種古怪吃法，我們聞所未聞，見所未見。他一邊這樣糟蹋著這盤餃子，一邊斜眼看著我們。他的臉上掛著冷冰冰的笑容，好像是蔑視我們，又好像故意氣我們。餃子的美好氣味，百爪撓心般地折磨著我們。我們想生氣，但我們像兩條扎破了的輪胎，無論如何也鼓不起來。我們對這對高深莫測的老夫妻心懷敬畏，連說話的聲音都降低了。

馬可低聲說，如果我那根虎鬚不丟掉的話，我就會看到他們的本相，知道他們是什麼東西變化成的。這個老頭子，十有八九是一匹狼，而這個老太太，我敢肯定是隻母熊。你仔細地看看他們，就會從他們的吃相上和他們的表情深處，看到熊和狼的姿態。你仔細地看看吧。我聽了他的話，先是定眼看那老頭子，果然從他的吃相上，看出了一張尖狹的、模模糊糊的狼臉。然後我又從老太太的臉上，看到了熊的模樣。馬可說，如果你有一根我曾經擁有過的虎鬚，你就能看到所有的人的本來面貌。接下來他就給我講起了那根虎鬚的事情。他說話的聲音很大，而且在說話的時候故意地盯著老頭子和老太太的臉，好像是故意把話說給他們聽似的。

他說在黑龍江裡，我把那根虎鬚叼在嘴裡的一瞬間，就感覺到腦袋裡嗡地響了一聲，接下來耳朵裡就像灌進了水似的，眼前出現了一幅奇異的景象。我對你說過的，很多人來看我的抗寒表演，電視台的記者扛著攝影機來攝影，報社的記者背著照相機來拍照，大江兩岸的老百姓坐著扒犁來看熱鬧。可當我把虎鬚叼在嘴裡後，眼前一個人也沒有了。我的眼前，全是畜牲。我首先看到，老虎旁邊那個美麗的俄羅斯少女，變成了一隻金錢豹子，她的衣服遮不住身上那些斑點。我是從她的哭聲和她的衣服上猜出了她是她，否則殺了我我也不相信這樣一個美麗的女人竟然是隻金錢豹子。那個扛著攝影機的電視台記者，是一匹白色的公馬，旁邊給他打下手的那個女孩，其實是隻小母狗。她用兩隻前爪子拿著電線，跟在公馬後邊一路小跑的樣子真是好看極了。那些報社記者，有的是兔子，有的是毛驢子，還有一個是一頭圓滾滾的小豬。至於那些圍觀的群眾，有的是牛，有的是馬，有的是羊，還有一個是一隻比磨盤還要大的烏龜。我幾乎被嚇昏了，以為自己的神經出了毛病，或者是我在做夢，一切都是夢境，連吃老虎肉泡冰窩窿都是夢的組成部分。我用手掐了一下自己的大腿，鑽心兒痛，這說明我沒有做夢。但也許這掐大腿這痛也都是夢境？我張口咬住了自己的中指，一直咬出了血，因為我的爺爺曾經告訴過我，如果碰到了什麼邪魔鬼祟的事情，萬般無奈了，可以把自己的中指咬破，他說男人的中指血具有很強的辟邪作用，比黑狗血的力量要大得多。我看著中指上的血灑在了冰上，但眼前的情景一點也沒發生變化。那匹俄羅斯少女變成的金錢豹子停止了哭泣，趴在我的面前，伸出舌頭，吧嗒吧嗒地舔著我手上的血跡。她的舌頭上全是肉刺，每舔一下就像過電一樣。嚇得我三魂丟了兩魂半，慌忙吐掉虎鬚，跳出冰窩窿，撒腿就跑。我赤身裸體地跑到江岸上，回頭一看，那些野獸不見了，很多的人，站在江上哈哈大笑。我低頭看看自己的樣子，羞愧得要命，我沒有勇氣回到江上去拿我的衣裳，正好江岸上有一塊破化肥袋子，急忙撿起來，遮住羞處，赤腳踩著厚厚的積雪，回到了戰友的窩棚。我把江上的奇遇告訴戰友，戰友問：那根虎鬚呢？我說吐了。他懊惱地說：你這個笨蛋，到了手的寶貝，你怎麼吐了呢？戰友說，世世代代的獵人，做夢都想得到一根這樣的虎鬚，但誰也沒有得到。這樣的虎鬚是無價之寶，跟深山老林裡的能夠變化人形的人參娃娃和大海裡的夜明珠同樣值錢，有了這樣一根虎鬚，咱們哥倆這輩子就花天酒地地造吧！我說咱們去找回來就是，我知道把它吐到什麼地方了。戰友搖搖頭，說：你把它吐出來，它馬上就鑽到地裡去了，根本找不到的。戰友給我講了關於虎鬚的傳說和知識，原來，像這種通靈的虎鬚，必須是吃了成精的老山參的老虎才有，而且只有一根，一千隻老虎裡，也不一定有一根這樣的虎鬚。這樣的老虎臨死之前，那根通靈虎鬚就會自行脫落，落地之後，眨巴眼的工夫就會沉到黃泉，根本不可能得到。你今天之所以得到了，就因為那隻老虎死在了冰上。它在冰上沉得慢，但現在也已經沉到江底了。我遺憾得直搧自己的嘴巴子，戰友說，丟了也好，如果你真得了它，也是個麻煩。戰友說，多少年來，只有一個山東人得過虎鬚，你這是第二次。戰友說那個山東人得了虎鬚後，用一個玻璃瓶子裝著回了老家。走到門前，他把虎鬚從瓶子裡倒出來，叼在嘴裡，進了院子，看到一隻老狗正在用舌頭舔鍋，他由此知道自己的娘原來是一隻狗變的。然後就看到一匹馬扛著鋤頭走進院子，他知道那就是自己的爹。這個人一下子就看破了紅塵，吐掉虎鬚，說：娘，你是一隻狗；爹，你是一匹馬。他的爹娘氣壞了，老兩口子去縣城告了兒子忤逆。縣官差人拿他去縣衙問話，發現他已經在梁頭上吊死了。臨死時他留下了一首詩：娘是老狗爹是馬，豺狼狐狸坐縣衙，只因得了老虎鬚，方知人間盡虛話。

老頭子和老太太交換了一個神祕的眼神，然後老太太說：真看不出來，他小小年紀，還有這樣的奇遇，我們老兩口子合起來有三百歲了，僅僅也就是聽過虎鬚的傳說，他年紀輕輕的倒是親歷過了，不容易。老太太說，大清朝鼎盛時期，康熙皇帝曾經多次下令，讓東北的獵戶進貢虎鬚。如果有這樣一根虎鬚，考察幹部、任命官員，那就方便多了，誰是個什麼變的一目了然，任命武將，就選那些老虎和豹子變的；任命文官，就選那些馬和牛變的；任命治河的官員，就任命那些水族變的。但通靈虎鬚實在是太難得了，為此，東北的獵戶不知有多少人葬身虎口，不知有多少人的屁股被地方官用板子給打爛。雖然他們每年都能進貢幾十根虎鬚，但沒有一根通靈的，最後連皇帝也喪失了信心，以為那不過是個美麗的傳說。但事實上這種虎鬚是存在的，只不過輕易不出世罷了。你方才說的那個得了虎鬚的山東人，還是俺家的一個遠房親戚呢。老太太說，其實，孔夫子的後代不用虎鬚也能看到人的出身，不過他們輕易不用這種辦法。說袁世凱擔任山東巡撫的時候，不知天高地厚，竟然讓衍聖公府裡納稅。衍聖公生了氣，就讓僕人套上馬車，把好朋友張天師請來。張天師來到了孔府，聽衍聖公把袁世凱的無理行徑一說，很生氣，說：這傢伙吃了豹子膽了？竟然把稅徵到了衍聖公頭上，這不是自己找死嗎？衍聖公您說吧，想讓貧道怎麼收拾他？如果讓他死，咱馬上就讓他死。衍聖公是個善良的人，就說：他畢竟是朝廷的命官，封疆大吏，來到咱們山東，平了拳匪，滅了亂黨，也算幹了點好事，雖然冒犯了咱家，但罪不當誅，把他的本身拘出來，讓我看看他是個什麼東西變的，然後給他點小罪受受，煞煞他的威風。張天師說：好說，貧道這就作起法來。張天師披上道袍，散開頭髮，燒化了幾道符籙，然後就仗著桃木劍，作起法來。過了一會，張天師對衍聖公說：貧道已經把袁世凱拘來了，請衍聖公隨我前來觀看。張天師把衍聖公領到一口大水缸前，說：衍聖公請看吧，袁世凱已經在缸裡了。衍聖公往缸裡一探頭，看到缸裡有一隻呆頭呆腦的大鱉。衍聖公笑道：想不到堂堂巡撫，竟然是個王八。張天師問衍聖公說：是不是讓他長點記性？衍聖公點點頭：也好，讓他受點磨難，也有利於他今後的進步。張天師從懷裡取出一根銀針扎在了那隻大鱉的頭上，說：衍聖公，咱們喝酒去吧，讓咱們的袁大巡撫慢慢地消受吧！不說衍聖公與張天師在宴會廳裡如何推杯換盞，胡吃海塞，且說那袁世凱袁大人，正在衙門裡批閱公文，腦袋突然就像用針扎著一樣地痛。慌忙讓人把醫生請來，吃藥扎針加按摩，那痛一點也沒減輕，痛得袁大人在地上像毛驢子樣打滾，一邊打滾一邊叫哭連天，堂堂巡撫威風，丟到了九霄雲外。後來實在痛急了，就把師爺請來，準備交代後事。師爺多半都是懂點邪門歪道的，說，大人，小人看起來，大人的病不是病，而是得罪了什麼人啦！袁世凱強忍著疼痛思想著，說：本官來到山東，一心一意替朝廷辦事，要說得罪，得罪的也是那些拳匪亂黨，難道是他們施法作祟？師爺道：那些東西，怎能算人？殺的愈多，您的陰功愈大，我的意思是說您是不是得罪了什麼頭面人物？老袁想了半天，也想不出得罪了什麼頭面人物，就說，師爺，我來到山東不到一年，辦了些什麼事您都知道，您就給我提個醒吧。師爺道，小的斗膽認為，大人不該強行徵收衍聖公府的稅。袁世凱道：都是天子的臣民，他家憑什麼就不交稅？如果天下人跟他家學起來，那我們這些當官的喝風吃屁？再說了，本官頭痛與聖人家交稅有什麼關係？一語未完，又一陣巨痛上來，老袁雙手抱著頭在地上打起滾，嘴裡大聲喊叫著：俺的個親娘呀，把本官痛死了呀！師爺說：大人，聖人家不交稅，這是老祖宗立下的規矩，我看咱們就蕭規曹隨，不必強出頭充好漢了吧？老袁說：隨你，隨你，只要讓我的頭不痛，怎麼著都行……師爺道：既然大人這樣說了，那小的就放膽去辦了。袁世凱道：快辦快辦，怎麼著都行。師爺當時就讓人準備了大量的金銀財寶，綾羅綢緞，生豬活雞，整牛囫圇羊，還有白菜粉條等等的禮物，用幾十輛大車運載，組成了一個浩浩蕩蕩的送禮大軍，敲鑼打鼓吹喇叭，從濟南向曲阜進發。到了衍聖公府，通報進去，衍聖公與張天師相對大笑。衍聖公說：老兄，把你的法術收了吧？張天師說：該讓他多受一會兒，長點記性。衍聖公說：放了吧，放了吧，他也算一個難得的人才，大清朝眼下還要靠他出力，真要整死了，咱對上邊也不好交代。張天師就對著那隻在水缸裡打滾的大鱉說：孽障，看在衍聖公的面子上，饒你一命！張天師口念咒語，把鱉頭上的針起了。那大鱉在水缸裡對著張天師和衍聖公連連點頭。等到師爺回到濟南，袁世凱已經好了，他把師爺讓到內室，深深地作了一個揖，說：多謝老先生救命之恩！師爺連忙還禮，說：大人您千萬別這樣，小的福薄擔不起這樣的大禮，要說謝，應該謝衍聖公。袁世凱感歎道：我自以為手握重兵，足可以橫行天下，沒想到在山東栽了跟頭！師爺道：連盛德齊天的康熙爺到了孔廟都要下馬拜三拜，所以您在衍聖公手下受點委屈也算不了什麼，而且小人相信，大人只要跟衍聖公搞好關係，只有好處，沒有壞處。你想那袁世凱是何等聰明的人？從此之後，由巡撫大庫開往衍聖公府的送禮車隊，隔上個三天五日就要出發一次。沒用兩年，袁世凱就飛黃騰達，調到京城任職去了。

老太太愈說離我們的虎鬚愈遠，不過聽起來倒是滿有意思。我童年時聽老人講古，說那袁世凱是個大鱉變的，他的衙門裡安著很多巨大的水缸，缸裡盛滿清水，說袁大人辦一會兒公就必須跳到水缸裡去泡一會兒，可見即便已經轉世為人了，鱉性還是難改。那時候還沒有自來水，衙門裡用水全靠人挑，袁世凱的衙門裡用的挑水夫比別人要多好幾倍。我長大後學歷史，看到了一段史實，說袁世凱主政山東時，因為瘋狂鎮壓義和團，激起了人民的不滿，說巡撫衙門內的照壁上，讓人畫上了一隻大鱉，旁邊還題了一首詩：殺了圓圓鱉，我們好過節；殺了圓鱉蛋，我們好吃飯。這事把袁世凱嚇得不輕，因為那個人能在警備森嚴的巡撫衙門裡畫圖寫字，說明那個人武功高強，膽量過人，如果他想取走袁世凱的頭，大概也費不了多少工夫。我後來去過太湖，在黿頭渚那兒，突然明白了人們為什麼硬說袁世凱是個大鱉變的。黿者，袁也。

這時，老頭子已經將那盤餃子的汁水兒全都吸盡了。他用那兩隻生滿了鱗片兒的手，把桌子上的餃子角兒全都捧到了盤子裡，與那些被咬去角兒的餃子混合在一起。這盤餃子除了沒汁水兒什麼都不缺了。他將盤子端到我們面前，面帶著慈祥的笑容，不斷地打著嗝，好像吃撐了。我心中充滿了怒火，感到自己受到了巨大的侮辱。我雙手扶著桌子邊沿站起來，結結巴巴地說：你這是什麼意思？你以為我們是叫化子嗎？老太太冷笑著，說：年輕人，坐下，坐下，發那麼大的火幹什麼？她的目光裡似乎有一種很毒辣的物質，逼得我心中毛虛虛的。我不由自主地坐下，心中的火氣正在熄滅，我莫名其妙地感到，自己理不直氣也不壯，好像欠著他們一筆帳。老太太說：你以為你們是什麼大人物？你的出身難道比光緒皇帝還要高貴？光緒皇帝吃的餃子，也是我家老頭子咬過的。連堂堂的皇帝都不嫌棄，你算個什麼東西，竟敢跑到這裡來拿大？告訴你，願意吃，就抓緊了時間麻利地吃，不願意吃，就結帳給我走，別讓我看到你，看到你我就心中氣兒不順。我還想爭競，馬可拉拉我的衣角，說：夥計，別說了，坐下吃吧，人在人檐下，不得不低頭，識時務者為俊傑。他說著，就夾起一個破餃子，放進了口裡。從餃子一入了他的口那一剎，我就看到他的表情發生了很大的變化。他的臉上表情是驚喜，毫無疑問的驚喜，貨真價實的驚喜。他顧不上理我，第一個破餃子還沒嚥下去，又把第二個餃子塞進了嘴裡。他手裡的筷子也扔了，用手抓著往嘴裡塞。我懷疑地問他：好吃嗎？他根本不理我，既不回答我的問話，眼睛也顧不上看我了。他把餃子一個接一個地往嘴裡塞著，撐得兩個腮幫子都鼓了起來。如果再過五分鐘，他就會把盤子裡的餃子全都吃光。而且分明有一股極其鮮美的氣味鑽進了我的喉嚨和鼻子。我也顧不了那麼多了，我跟馬可都是農民子弟，既然他不嫌髒，我有什麼理由嫌髒？既然他吃得那樣子奮不顧身，我還假乾淨什麼？吃這個狗娘養的，不吃白不吃。我捏起一個餃子塞進口裡。吃完了第一個餃子，我就忘了虛榮，無怪乎人們常說，世界上的東西，好吃不如餃子。這是什麼餡的呀？我坦率地說，這輩子我還真沒吃過如此好吃的餃子。老太太說：你這個伴兒，不是想吃老虎肉嗎？老虎肉弄不到，但我們昨天夜裡抓了一個耗子，就剝了皮，剁成餡，讓你們倆嘗嘗鮮。怎麼樣，味道不錯吧？

我說，噁心死了，我要到工商局去告你們！老太太笑著說，去吧，告去吧，我們巴不得你去告，工商局局長是我的重孫子！

老太太和老頭子相跟著進了內室，裡邊又傳出噼噼啪啪的剁餡聲。我氣得直喘粗氣，馬可嘴裡咀嚼著，說：夥計，忍了吧，既然工商局長是他的重孫子，咱們去告也告不出個好結果，沒準打不到狐狸還弄一身臊氣。再說，這餃子的味道的確很不一般，只要好吃，你管它什麼肉幹什麼？耗子肉也不是毒藥，廣東人見了耗子眼睛就冒火星子，他們生吃耗子呢！我說，儘管這餃子味道的確不錯，但我們並沒有點耗子肉餡，他們未經我同意硬給上來了耗子肉，就是犯法！馬可說，夥計，我發現你在城裡住了幾年，住出毛病來了。既然好吃，何必去管它什麼肉？不管白貓黑貓，抓住耗子就是好貓，同理，不管什麼餡，只要好吃就是好餃子！我說不行，我還是嚥不下這口氣！他說，你呀，你，坐下吧，聽我給你講一個故事，這故事可不是我的捏造，而是千真萬確的真人真事兒，聽完了故事，如果你還覺得有氣，你如果要去告官，就去告好了，我絕不攔著你，但現在你必須好好坐著，聽我給你講。

馬可講的故事我彷佛聽人講過，但年代久遠，細節記不清楚了。馬可說，民國初年，就算是一九一二年吧，一個名叫六十的男孩子十五歲了。他的爹六十歲時他的娘生了他。六十就是咱們鄰村沙口子人，剛死了沒有幾年，你難道不記得他嗎？六十很小時爹就死了，母子兩人相依為命，日子過得很艱難。窮人的孩子早當家，六十十四歲時就跟著村子裡的人去南山地區做小買賣，到了十五歲時，就跑起了單幫。那次他去南山販了一小推車棉布，推著往家走。走到半路上，內急，正好路邊有一座小山般的墳墓，墳墓前豎著高大的石碑，石碑前有石人石馬，墓後栽著十幾棵松樹，黑壓壓的。他憋急了，顧不上多想，扔下小推車，跑到墓後匆匆下了載。正要提起褲子走人，被一個男人當場抓住。男人說你這個小子吃了豹子膽了嗎？竟敢在這裡拉屎？你知道這是什麼地方？這是舉人老爺家的祖墳，風水好得很，你在這裡拉屎玷污了風水，該當何罪？六十嚇了個半死，連連求饒，說大叔大叔放了我吧，我再也不敢了。那人說你小子少廢話吧，跟著我去見老爺吧。六十掙扎著不去，但那男人手上勁頭奇大無比，六十的掙扎毫無意義。男人拖著六十去向墓地主人邀功，墓地主人是本地最大的財主，儀表堂堂，氣度不凡，咱們村許多老人都見過他。財主聽了報告很生氣，就帶上家丁，家丁扛著大槍，把六十拉回墓地。財主對六十說，本來應該槍斃了你，看你年輕，暫且饒你一條小命，但你必須把你拉出來的吃了。六十不想吃，不吃就打，用槍托子搗屁股，用槍尖兒戳肋巴骨，那痛勁兒不是人能忍受的。六十無奈，一狠心，就吃了。這恥辱刻在了他的骨頭上，他沒跟母親說，怕惹她傷心。但南山是不去了，改去北山，北山產一種鋒利的匕首，六十就買了一把，準備復仇。他堅信兩座山不可能碰面，但兩人很可能碰面。這一天果然來了。我們村逢五排十趕大集，這你知道。有一天，六十正在集上賣蝦醬，突然看到那個大財主被人前呼後擁著來了。真是仇人相見，分外眼紅，六十感到自己的身體止不住地發抖，熱血一股股地直往腦袋上沖。他很想立即撲上去，用牙齒咬斷仇人的喉嚨，但財主帶著四個保鑣，一個個都是彪形大漢，急切難以下手。他回了家，找出那把匕首，放到磨刀石上磨。他的娘問他：孩子，你磨刀幹什麼？六十就把事情的原委說了一遍。母親沉思良久，問，兒啊，你打算怎麼處理這件事？六十說，奇恥大辱，深仇大恨，如果不報，枉為男兒。母親說，兒啊，你聽我說，如果你硬要去尋仇，就先把為娘殺了吧。六十道，母親何出此言？母親道，兒啊，你想想，但凡這樣的大財主的保鑣，必定都是武藝高強之人，他們看起來是赤手空拳，但身上肯定藏有利器，不是刀，就是槍，即便他們赤手空拳，你一個小孩子，也不是他們的對手？即便你勉強得手，殺了你的仇人，你也死定了。你如果死了，娘活著也就沒有了任何意義，所以，在你出發之前，娘不如先死，也好免你掛念。六十聽了娘一席話，進退兩難，拿不定主意。他的娘說，兒子，不知道你願意不願意聽娘的指揮？六十說，願意聽母親指揮。母親就說，你先把那把刀子給我，然後換上新衣，到集上去見到財主，請他來家吃飯，如果他問你是誰，你就說是奉了母親之命前來相請。你只負責把他請回家，剩下的事就不用你管了。六十說，那好吧，反正我連屎都吃過了，還有什麼恥辱不能忍受呢？娘，您在家等著，我這就去請他。六十到了集上，見了財主，一躬到地，口稱恩公，說小人受母親之命，前來請恩公去家中小坐。那財主翻著眼皮想了半天也想不起這個彬彬有禮的年輕人是誰。就問：你是誰？我不認識你。六十道，恩公不認識我，但我認識恩公，請恩公到寒舍一坐，喝杯清茶。當著許多人的面被人稱為恩公，是一件得意的事情，財主不由得滿心歡喜，說，好吧，你前頭帶路吧。六十把財主帶回家，那四個保鏢站在大門口兩個，站在院子裡兩個，悠悠逛逛，警惕性很低。六十的母親見了財主，雙膝一屈下了跪，下了跪就磕頭，說多謝恩公救我兒子一命，請受老身三跪九叩首。把個財主弄得不知雲裡霧裡，慌忙拉起六十娘，說：老人家，我與你們家素不相識，無故受此大禮，於心不安，請老人家把這個悶葫蘆破開，免得在下著急。六十娘道：急什麼？請恩公先上炕坐著，等老身殺雞宰鵝，侍候恩公吃飯。財主道：您不把話說清楚，我是不會上炕的。六十娘道，既然如此，我兒，你就把恩公對你的恩德說說清楚吧！六十未曾開口，眼睛裡先噴出火來，但他強壓怒火，故意用輕鬆愉快的口氣說：恩公難道忘了嗎？五年前的春天，四月初八日，我十五歲時，去南山販了一車白棉布，走到您家祖墳，實在拿捏不住了，在那裡拉了一泡屎……財主的臉色突變，似乎有奪門而出的意圖。六十娘說：恩公不必害怕，我兒子這五年裡走遍天下拜師學藝，練出了一手飛刀絕技，天上飛著一隻燕子，他一揚手，那燕子就掉下來了。他如果想取您的性命，您已經死在大集上兩個時辰了。六十娘接著就把那柄閃閃發光的匕首從懷裡摸出來，冷汗涔涔從財主的頭上流下。六十娘一揚手，把匕首釘在了梁頭上，她的動作剛健有力，與她的年齡極不相稱，一看就是個會家子。她的動作不但讓財主大吃一驚，連六十也吃了一驚。六十後來對他的後代說，真是真人不露相，露相不真人，我跟你奶奶生活了幾十年，還不知道她有一身好功夫。財主原本還存在著僥倖之心，想打個暗號把外邊的保鏢叫進來，一看到六十娘的出手，他就明白該怎麼做了。他將衣袖一甩，跪在了六十和他娘的面前，說：老夫人，大公子，在下一時糊塗，犯下了不可饒恕的罪過，今日落在了你們手裡，要殺要砍悉聽尊便！六十娘上前把財主拉起來，說：恩公快快起來，過去的事兒何必再提？財主拱手道：多謝老夫人不殺之恩，在下可否告辭？六十急巴巴地看著他娘，說：不能放他走！他娘卻說：我兒，送恩公出去吧！財主到了院子裡，道：老夫人，大少爺，後會有期！財主走了，六十對母親很不滿，對財主更不滿。他娘笑道，孩子，用不了十天，他還會回來的。果然如六十娘所言，只隔了五天，到了下次趕集的時候，財主親自趕著大車，將親生女兒送來了。在他的馬車後，運送嫁妝的大車排出了半里路長。就這樣六十成了財主的女婿，也成了村子裡的首富。

這時老頭和老太太從屋子裡各端著一盤餃子出來，老太太喜笑顏開地對馬可說：年輕人，你講的故事很好，你講的故事起碼告訴了人們兩個道理，第一個道理是說人應該寬容，不能怨怨相報；第二個道理是說能忍者必有福。你們能把老頭子咬了角的餃子吃下去，說明你們倆都具有英雄氣質，而且比較善良寬厚。我們倆包了一輩子餃子，積累了豐富的經驗，無論是在和麵上還是在調餡子上，都有絕招，你們倆剛才吃的餃子味道怎麼樣？我與馬可交換了一個眼色，承認儘管餃子讓老頭子把汁水吸了但還是鮮美無比，這是我們生平吃過的最好的餃子。老太太說，我才剛說這餃子是耗子肉餡，其實是在騙你們。你們想想看，我們倆到哪裡去弄耗子肉？我們用的根本就不是肉，我們用的是豆腐，我們能把豆腐做出比肉還鮮美的味道，我們還可以把紅蘿蔔做出大蝦的味道，還可以把白蘿蔔做出黃花魚的味道。未來的世紀人們愈來愈想吃肉但愈來愈不敢吃肉，全世界都在提倡素食和減肥，人的食肉欲望與人的健康理想形成了尖銳的矛盾，這個矛盾雖然比不上世界大戰激烈，但這對矛盾深入千家萬戶，讓多少億人痛苦不堪。我們老兩口就掌握著解決這個世界性難題的金鑰匙，但苦於找不到一個忠厚可信的人繼承我們的絕活。我們倆合起來有三百多歲了，昨天我掐指一算，知道今天就是我們坐化的日子，眼見著這絕技就要被我們帶進墳墓時，老天爺讓你們這兩個好人出現了。老太太把手伸到老頭子的懷裡，扯出了一本用宣紙線裝起來的大本子，說：我們倆畢生的心血就凝聚在這個本子上了，小子，你千萬可別辜負了我們。

馬可看看我，我看看馬可，我感到這事情似曾相識，但我不知道見多識廣的馬可怎麼想。老太太搖搖頭，說，看樣子你們不感興趣，沒關係，別勉強，我們不會強逼著你們接受，婚姻自主，戀愛自由，別看我們年紀很大，但我們對現在的事情很瞭解，我們的頭腦一點也不僵化，我們知道現在賺錢的門路很多，稍有點本事的人，誰也不會開個餃子館。你們化妝成叫化子去要錢，也比包餃子賺錢多；你們化妝成和尚去化緣，也比包餃子掙錢多；如果你們能當個小官，更沒有必要開餃子館。她長歎一聲，說，老頭子，點火把它燒了吧！老頭子用悲傷的眼神看了我們一眼，從懷裡摸出火柴，想劃著火，但火柴受了潮，一根接一根地劃，總也劃不著。終於劃著了，小小的黃色火苗子觸到了那本祕笈的邊緣，眼見著就要燃燒起來了。這時，不知是什麼念頭鼓舞著我從座位上蹦起來，將那本發黃的祕笈從老太太手裡奪了出來。幾乎是與此同時，馬可撲跪在了老太太面前，磕了一個響頭，說：師傅師母，請受弟子一拜！

我把祕笈還給老太太，老太太把祕笈遞給老頭，騰出手把馬可拉起來。她說，孩子，起來，坐下，聽我給你講講這本祕笈的來歷。她說這本祕笈是一個宮裡的太監傳出來的，那個太監是御膳房的，因為失手打破了皇帝的玻璃碗，自知死罪難免，趁夜從陰溝鑽了出來。那時我們倆還沒開餃子館，我們做豆腐謀生。太監溜到我們家，跪下求我們救他一命。他是我們老家人，說起來還有點瓜蔓親戚，就決定冒著殺頭的罪救他。我們用膠水給他沾上了假鬍子，給他換上了一套破衣服，給了他一副賣豆腐的挑子，還灌了他一大碗辣椒水弄啞了他的嗓子。他很感動，從懷裡摸出了這本祕笈，說，大哥大嫂，救命之恩，無以為報，這本祕笈上記載著御膳房餃子的三十八種配方，對你們也許有用，也許沒用，如果有用，過幾年你們就開家餃子館吧，如果沒用，就放到鍋灶裡燒了算了。我們怎麼好意思要他的東西？勸他自己帶回去。他說即便能安全出逃，也不會開餃子館，找個地方隱姓埋名，了此殘生吧。說完了祕笈的來歷，老頭說：青年，你們吃吧，吃完了餃子就走，不要管我們，我們倆練過氣功，坐化後屍身不會腐爛，到時候就會有人給我們收屍，你們千萬別來攙和。他把祕笈扔在了我們面前，態度極其輕率，簡直就像扔一只破襪子。然後他們就相伴進了內室。

我從桌子上撿起那本祕笈，小心翼翼地翻看著。紙葉間黏連得很嚴重，好像一摞放在湯裡浸泡後又曬乾了的餅。我看到那些發了霉的紙上畫著一些奇怪的符號，好像老道士的符咒。我基本上認為這對老夫妻是在故弄玄虛，現在故弄玄虛的人愈來愈多，經常有人說自己發現了什麼祕笈或是什麼古典，其目的多數是為了騙財。我當然不會把我的真實想法說出來，我想就讓馬可這個糊塗蟲懷著夢想離開吧，一個懷揣祕笈的人最想的大概就是找一個沒人的地方仔細地欣賞寶貝。我把祕笈遞給馬可，偽裝出一臉神聖，說你好好收起來吧，他大咧咧地說，拌餃子餡的書也算祕笈，那這個世界上祕笈就太多了。我說據我看來這絕對不是一本拌餃子餡的書，很可能是藏寶圖之類的，你還是拿回去好好研究吧。他說，我拿著沒用，你知道我文化水平不高，我知道你文化水平很高，所以還是你拿著吧，你研究出什麼成果，發了大財，分給我幾個花花就行了。我說那可不行，你可是給人家磕了響頭認了師傅的，你如果不接受，於情於理都不合。他說，如果真是什麼好東西，你能捨得給我？你那點小心眼子如何能蒙了我？你以為我只是在這裡低著頭吃餃子？其實我一直用眼睛的餘光在觀察你的臉色，你嘴唇邊上的那兩道斜紋把你心裡的想法全都告訴了我。你們城裡人全都是小聰明，你們精明的不聰明，聰明的不高明，高明的不英明，英明的不聖明，聖明的不會裝糊塗，而我們全都是揣著明白裝糊塗，現在許多大人物喜歡在牆上掛一幅鄭板橋的字畫：難得糊塗。你原本就是個糊塗蟲，還怎麼個糊塗法？我的祖上在濰縣開過狗肉館子，鄭板橋在那裡當縣令時，用不了三天就要到我家的狗肉館子裡去吃一次狗肉，到了寒冬臘月下雪天，交通不便，他幾乎就把我家的狗肉館子當成了他的家，他一邊吃狗肉喝黃酒，一邊畫畫寫字。他那筆歪三扭四的怪字，就是在我們家的狗肉館子裡發明出來的。他原來最不會畫的就是竹子，他尤其畫不好竹葉，他後來學會了畫竹子並且成了畫竹名家，也是在我家狗肉鋪子裡學會的。那是個小雪過後的早晨，我家的幾隻雞在狗肉店院子裡散步，雞的腳印清晰地印在雪地上。鄭板橋正好為畫不好竹葉煩惱，到院子裡轉圈圈，看到那些散步的雞留在雪地上的腳印，突然心有所悟，蹲在地上，認真觀看，然後他就跑回屋子，找到我祖上的小老婆，讓她吩咐夥計，趕緊幫他抓隻雞。夥計抓來了雞，鄭板橋將雞爪子按在硯台上，然後讓那雞在鋪開的宣紙上亂跑，他畫了些竹節將那些雞爪印聯結起來，一幅既栩栩如生又抽象寫意的墨竹就這樣產生了。從此鄭板橋就成了畫竹的名家。他為此還寫了一首詩：四十年來畫竹枝，日間揮寫夜間思，突然打破悶葫蘆，全賴雪地一群雞。我的老老老老爺爺有一個長得很好看的小老婆在狗肉館子裡當壚賣酒，把鍋賣肉，與鄭板橋眉來眼去，最終發展成了男女關係，店裡的夥計全知道，就瞞著我老老老老爺爺一個人。後來我這個老老老小奶奶生了一個男孩，愈長愈像鄭板橋，有人在我的老老老老爺爺面前說三道四，我的老老老老爺爺就說：糊塗事糊塗了吧！鄭板橋聽了我的老老老老爺爺的話，感歎不已，當下就揮筆寫了「難得糊塗」四個大字，讓人做成了金字匾額，送到我家狗肉館子掛起來。這件事我一直沒對任何人說過，因為我們這一支就是老老老老小奶奶與鄭板橋生的那個男孩的後代，所以我其實是鄭板橋的第十代孫，我們是真正的書香門第，名人苗裔，你別看我衣衫襤褸，但我們祖上曾經富過，你別看我胸無點墨，但我們祖上學富五車，我們祖上是康熙舉人，乾隆進士，你不要拿著豆包不當乾糧。

我說我原來就沒把你不當乾糧，現在我知道了您是鄭板橋先生的第十代孫後就更不敢把您不當乾糧了，而且您也不是豆包，您最起碼是饅頭，或者是大餅，很可能還是壓縮餅乾，吃一塊三天不餓。你既然不要這本祕笈，那我可就收起來了。他說別別別，夥計，既然是我磕了頭認了師傅，這東西自然是我的，是我的就是我的，你收留就是不對的。我將那個破本子放在他的手裡，說，收好了，別讓什麼武林高手搶了去，搶了祕笈去事小，搶了你的小命去我會很難過的。他眼圈紅紅地說，我死了你會替我難過？真的嗎？你不是騙我吧？但是你為什麼會為了我的死難過呢？人們會為了一隻小狗小貓的死而難過，但絕不會為了一個人的死難過，除非這個人是他的親人，是他的親人也不一定難過，你可能不知道，最近幾年內，咱們那裡，連續發生了許多起殺人案件，有兒子殺了爹娘的，有爹娘殺了兒子的，有妻子殺了丈夫的，有丈夫殺了妻子的，有哥哥殺了弟弟的，也有弟弟殺了哥哥的，有姊夫殺了小舅子的，也有小舅子殺了姊夫的，殺紅了眼了，殺亂了套了。你可不要以為這些殺人的和被殺的都是愚昧無知的農民，恰好相反，殺人的和被殺的百分之九十九的都是縣裡和市裡的幹部，知道他們為什麼這樣互相殘殺嗎？你想像不出來，我敢用我的腦袋打賭，你如果能想像出來我就把這顆腦袋割給你，你願意把它當豬頭煮著吃了可以，把它當尿壺可以，把它當成一個球在地上踢來踢去也可以。我說你就別賣關子了，我想像不出來，即便我能想像出來，難道我能忍心割你的頭？所以你還是把謎底告訴我算了。他說，好吧，我告訴你，但你不要對別人說，對你老婆也別說，有多少英雄好漢，就因為把自己的祕密告訴了老婆，結果遭到了殺身之禍。你聽說過劉黑虎的故事吧？看你這副傻呆呆的樣子我就知道你沒聽過劉黑虎的故事，那麼就讓我先把劉黑虎的故事講給你聽聽，也算是我把祕密告訴你之前對你進行一次保密教育。

他說劉黑虎是他家的老親戚，曾經跟著韋小寶大元帥遠征過俄羅斯，立下過赫赫戰功，康熙皇帝賞給他一個小老婆。皇帝賞的老婆，模樣當然不會差，劉黑虎也稀罕她，走到哪裡就把她帶到哪裡，上戰場打仗也帶著。劉黑虎善使鐵鞭，一桿大的，一桿小的，那桿小的曾經在市博物館展覽過，有一把粗細，一人多高，重達一百三十斤，那桿大的有多大就不知道了。說劉黑虎打仗有個習慣，剛開始肯定先用那桿小的，等戰上一百個回合，敵人累得氣喘吁吁時，他卻來了勁頭，打馬回去，換上了那桿大鞭，耍得比那桿小鞭還快，敵人以為他有天神相助，多數都給嚇退了。就靠著這一招，他打了許多勝仗。有一個俄羅斯大將很有心眼，他有科學頭腦，不迷信，就用重金把劉黑虎的小老婆收買了，讓她幫助探聽劉黑虎愈戰愈有勁的祕密。有天夜裡，小老婆先陪著劉黑虎睡了一覺，然後陪著劉黑虎喝酒，把劉黑虎灌得迷迷糊糊，她就問：夫君，你為什麼先用小鞭，然後反而用起了大鞭？劉黑虎低聲說，親愛的，我是騙他們的，等我換上大鞭時，我其實已經沒有勁了，那桿大鞭，其實是個空心的，連小鞭的一半分量都不到。這事對誰都不要說，如果你對別人說了，傳到敵人耳朵裡，我的小命就完了。那個小老婆內心裡鬥爭了半天，最後還是對人說了。等到下次作戰，劉黑虎累了，就虛張聲勢地大叫：小的們，幫我把大鞭抬上來！等他拿起了大鞭，敵人一擁而上，輕鬆地就把劉黑虎給斬了。你現在明白了吧？女人，哪怕是自己的老婆，也不能告訴他你的祕密。

他說，對你進行了保密教育，現在，我就可以把祕密告訴你了。咱們縣出了幾十樁連環命案，而且大都是親人殺親人，其原因就是為了爭奪一本祕笈，這本祕笈是一對開餃子館的老夫妻傳下來的，他們倆的年齡加起來大約有三百歲，他們曾經救過一個從宮裡逃出來的太監，太監為了感謝他們，就把一本祕笈送給了他們。那本祕笈是用宣紙線裝的，裡邊畫著一些古怪的線條，不懂行的人根本看不出什麼名堂，其實這是一張藏寶圖。你一定想問藏的是什麼寶，我告訴你，他壓低了嗓門，把嘴巴靠近了我的耳朵，說：這寶貝用四個盒子套著，最外邊的是一個檀木盒子，第二層是青銅盒子，第三層是白銀盒子，第四層是一個黃金盒子，黃金盒子裡有一個琉璃瓶，瓶子裡盛著一根通靈虎鬚。

國家圖書館出版品預行編目資料

藏寶圖：莫言中篇小說精選 II / 莫言著.-- 初版. -- 台北市：麥田出版：家庭傳媒城邦分公司發行, 2009.4
面；　公分. -- (莫言作品集；5)

ISBN 978-986-173-490-3(平裝)

857.63　　　　98003151

莫言作品集 5

藏寶圖——莫言中篇小說精選II

作　　者　莫言
責任編輯　莊文松

副總編輯　林秀梅
編輯總監　劉麗真
總 經 理　陳逸瑛
發 行 人　涂玉雲

出　　版　麥田出版
城邦文化事業股份有限公司
104台北市中山區民生東路二段141號5樓
電話：（886）2-2500-7696　傳真：（886）2-2500-1966、2500-1967
麥田部落格：http://blog.pixnet.net/ryefield
發　　行　英屬蓋曼群島商家庭傳媒股份有限公司城邦分公司
104台北市中山區民生東路二段141號11樓
書虫客服服務專線：(886)2-2500-7718；2500-7719
24小時傳真服務：(886)2-2500-1990；2500-1991
服務時間：週一至週五09:30-12:00；13:30-17:00
郵撥帳號：19863813　戶名：書虫股份有限公司
讀者服務信箱E-mail：service@readingclub.com.tw
歡迎光臨城邦讀書花園　網址：www.cite.com.tw

香港發行所　城邦（香港）出版集團有限公司
香港灣仔駱克道193號東超商業中心1樓
電話：(852)2508-6231　傳真：(852)2578-9337
E-mail：hkcite@biznetvigator.com

馬新發行所　城邦(馬新)出版集團【Cite(M)Sdn. Bhd】
41, Jalan Radin Anum, Bandar Baru Sri Petaling,
57000 Kuala Lumpur, Malaysia.
電話：(603)9057-8800　傳真：(603)9057-6622
E-mail:cite@cite.com.my

封面設計　徐璽
排　　版　紫翎排版工作室
印　　刷　前進彩藝有限公司

初版一刷　2009年4月1日
初版五刷　2012年10月30日
定價／360元
ISBN：978-986-173-490-3